Edith Wharton · Traumtänzer

[The Glimpses of the Moon]

Edith Wharton

Traumtänzer
[The Glimpses of the Moon]

Roman

Aus dem Amerikanischen
von Inge Leipold

edition ebersbach

Erster Teil

1

Er ging für sie beide auf, ihr Honigmond, über einem See, der als malerischer Hintergrund romantischer Anwandlungen solche Berühmtheit genoß, daß sie einigermaßen stolz auf ihren Mut waren, ihn trotzdem zum Schauplatz ihrer Romanze gewählt zu haben.

»Man muß schon völlig humorlos sein – oder geradezu übermütig, um sich auf so ein Wagnis einzulassen«, meinte Susy Lansing, als sie beide, lässig auf die unvermeidliche Marmorbalustrade gelehnt, den Sternenhimmel beobachteten, der sie beschützte und jetzt seinen Zauberteppich über das Wasser zu ihren Füßen breitete.

»Ja – oder man hat das Angebot von Strefford, in seiner Villa zu wohnen«, ergänzte ihr Mann und spähte durch die Zweige zu einem langgezogenen fahlen Fleck, dem der Mondschein allmählich die Umrisse einer weißen Hausfront verlieh.

»Ach, komm schon – wir konnten schließlich unter fünf Angeboten wählen. Zumindest wenn man die Wohnung in Chicago dazurechnet.«

»Du hast recht, mein Liebling.« Er legte seine Hand auf ihre, und diese Berührung weckte von neuem das Gefühl verwunderten Frohlockens, das jedesmal in ihr aufstieg, wenn sie sich das Abenteuer bewußtmachte, auf das sie sich eingelassen hatten. Auf die ihr eigene Art fügte sie mit einem verhaltenen Lachen hinzu: »Oder laß die Wohnung weg – wir wollen ja nicht prahlen –, und denk nur an die anderen Einladungen: das Haus von Violet Melrose in Versailles, die Villa deiner Tante in Monte Carlo – *und* ein Hochmoor!«

Absichtlich erwähnte sie das Moor nur beiläufig, doch mit genügend Nachdruck, damit er ihr ja nicht vorwerfen könnte, es zu unterschlagen. Allerdings schien er nicht die Absicht zu haben. Er bemerkte lediglich »Armer Fred«, und sie begnügte sich mit einem unbekümmerten »Nun ja ...«

Seine Hand ruhte weiter auf ihrer. Lange standen sie schweigend, von der Schönheit der Nacht sanft umhüllt. Sie fühlte nur noch den warmen Strom von seiner Hand zu ihrer Hand, während der Mondschein über ihnen ein zauberisches Band von einem Ufer zum anderen zog.

Endlich sagte Nick Lansing: »Versailles im Mai, das wäre unmöglich gewesen. Innerhalb von vierundzwanzig Stunden hätte uns die gesamte Pariser Clique die Tür eingerannt. Und Monte Carlo kam nicht in Frage, weil alle dachten, daß wir genau dorthin fahren würden. Es war also – mal ganz im Ernst – keine allzu große geistige Leistung, sich für Como zu entscheiden.«

Sofort wehrte sich seine Frau gegen dieses Herunterspielen ihrer Fähigkeiten. »Immerhin bedurfte es ziemlicher Überredungskunst, bis du eingesehen hast, daß wir den Spott über Como ertragen können.«

»Nun ja, mir wäre etwas nicht so Erlesenes lieber gewesen, zumindest habe ich das gedacht, bis wir hier angekommen sind. Jetzt ist mir klar, dieser Ort ist eine idiotische Wahl, es sei denn, man ist vollkommen glücklich. Und dann ist er – so gut wie jeder andere.«

Sie nickte unbeschwert. »Außerdem hat Streffy sich wirklich alle Mühe gegeben. Schon allein die Zigarren – von wem er die wohl hat, was meinst du?« Nachdenklich fügte sie hinzu: »Sie werden dir fehlen, wenn wir hier wegmüssen.«

»Oh, ich bitte dich, laß uns heute abend nicht von Abreise sprechen. Was interessieren uns Raum und Zeit? – Riechst du das Zeug da drüben, davon würde die Flasche eine Guinee kosten. Was ist das? Kamelien?«

»Mhm … Glaube schon. Oder Gardenien … Oh, die Glühwürmchen! Schau … Da, wo der Mond sich im Wasser spiegelt. Äpfel aus Silber in einem Netz aus Gold …« Sie lehnten sich so eng wie möglich aneinander und blickten gebannt auf das Glitzern der gekräuselten Wellen.

»In einem solchen Augenblick könnte ich sogar eine Nachtigall ertragen«, sagte Lansing.

Ein leises Glucksen kam aus den Magnolien hinter ihnen, dem ein langgezogenes Wispern aus dem Lorbeergestrüpp über ihren Köpfen antwortete.

»Schon ein bißchen spät im Jahr für sie. Sie hören auf, und wir fangen gerade erst an.«

Susy lachte. »Ich hoffe nur, wir sagen einander genauso liebevoll auf Wiedersehen, wenn es soweit ist.«

Fast hätte ihr Mann geantwortet: »Sie verabschieden sich nicht voneinander, sie machen sich nur daran, für Nachwuchs zu sorgen.« Da in seiner Zukunftsplanung derlei jedoch nicht vorgesehen war – und in der von Susy ebensowenig –, lachte auch er und drückte sie fester an sich.

Die Frühlingsnacht zog sie immer tiefer in ihren Bann. Allmählich war das Wellengekräusel sanfter geworden und in seidige Glätte übergegangen, und hoch über den Bergen wechselte die Farbe des Mondes an dem mit verblassenden Sternen gesprenkelten Himmel von Gold zu Weiß. Jenseits des Sees verloschen die Lichter einer kleinen Stadt, eins nach dem anderen, und das ferne Ufer verlor sich in zerfließender Schwärze. Mit der leichten Brise, die an- und abschwoll, stieg der Duft von Blumen und Gras aus dem Garten auf. Ein großer weißer Nachtfalter wurde über das Wasser getrieben, als wäre er ein Blütenblatt einer Magnolie. Die Nachtigallen waren verstummt, und das Plätschern des Brunnens hinter dem Haus war plötzlich aufdringlich.

Mit verträumter Stimme sagte Susy: »Ich habe darüber nachgedacht und meine, wir müßten es mindestens noch ein Jahr lang schaffen.«

Ihr Mann nahm ihre Bemerkung ohne jede Überraschung oder Mißbilligung auf. Seine Antwort zeigte, daß er sie nicht nur verstand, sondern insgeheim das gleiche gedacht hatte.

»Du meinst, auch ohne die Perlen deiner Großmutter?« fragte er.

»Ja, auch ohne die Perlen.«

Er zögerte, dann fuhr er zärtlich flüsternd fort: »Sag mir nur, wie wir das anstellen sollen.«

»Na schön, setzen wir uns erst einmal hin. Nein, mir sind die Kissen am liebsten.«

Er streckte sich in einem Korbliegestuhl aus, sie kuschelte sich auf ein paar herumliegende Bootskissen und lehnte ihren Kopf an seine Knie. Um sie herum nichts als Frieden und Schönheit und Dauer, und ihr Glück war so vollkommen, daß es fast eine Erleichterung war, sich an den stürmischen Hintergrund aus Rechnungen und geliehenem Geld zu erinnern, vor dem sie es in seiner ganzen Zerbrechlichkeit errichtet hatten. »Leute mit einem Bankguthaben können gar nicht so glücklich sein«, meinte Susy grüblerisch.

Leute mit Bankguthaben waren seit jeher ein Schreckgespenst für Susy Branch, und für Susy Lansing sollten sie es weiterhin sein – nur noch gefährlicher. Sie verabscheute sie, verabscheute sie doppelt, als die natürlichen Feinde der Menschheit und als Leute, denen man ständig zu Gefallen sein mußte. Den größten Teil ihres Lebens hatte sie in ihrer Gesellschaft zugebracht, sie wußte fast alles über sie und beurteilte sie mit der verächtlichen Klarsichtigkeit, die eine fast zwanzig Jahre dauernde Abhängigkeit ihr verliehen hatte. Aber jetzt milderte nicht nur die friedfertig stimmende Liebe ihre Feindseligkeit, sondern auch die Tatsache, daß sie von ebendiesen Leuten mehr – und wieviel mehr! – bekommen hatte, als sie und Nick in ihren tollkühnsten Plänen je zu hoffen gewagt hatten.

»Schließlich verdanken wir ihnen all das hier«, sagte sie nachdenklich.

Ihr Mann, ganz in die träumerische Schönheit des Augenblicks versunken, hatte seine Frage nicht wiederholt, aber sie dachte weiter darüber nach. Ein Jahr – ja, sie war sich jetzt sicher, mit ein wenig Geschick müßten sie es ein ganzes Jahr lang schaffen. »Es«, das war ihre Ehe, ihr Zusammensein, weit weg von Leuten, die ihnen nicht lagen, in einer Kameradschaft, für die sie beide von Anfang an dankbar waren. Doch zumindest sie hatte sich nicht träumen lassen, wieviel ihr diese Harmonie bedeuten würde.

Bei einer ihrer ersten Begegnungen – einem jener Abendessen, zu dem die Gillows eine bunt zusammengewürfelte Gesellschaft eingeladen hatten, die sie für »literarisch« hielten – war ihr der junge Mann, der zufällig neben ihr saß und von dem es hieß, er habe etwas »geschrieben«, als die Art von Luxus erschienen, den eine reiche Erbin Susy Branch sich aus reinem Übermut gegönnt hätte. Der verarmten Susy Branch machte es Spaß, sich auszumalen, was diese erfundene Doppelgängerin mit ihren Millionen machen würde, und das war es auch, was sie an ihren reichen Freunden am meisten störte – daß sie ihre Millionen so ohne jegliche Phantasie verschleuderten.

»Mir wäre so ein Ehemann lieber als eine Motorjacht«, dachte sie am Ende ihres Gesprächs mit dem jungen Mann, der etwas geschrieben hatte. Ihr war auf der Stelle klar gewesen, daß nichts, was seine Feder je hervorgebracht hatte oder noch hervorbringen würde, ihn in die Lage versetzen könnte, seiner Ehefrau etwas Aufwendigeres als ein Ruderboot zu bieten.

»Seiner Ehefrau! Als ob er je eine haben würde. Er gehörte ja auch nicht zu den Typen, die wegen einer Jacht heiraten.« Trotz ihrer Vergangenheit hatte Susy sich genügend innere Unabhängigkeit bewahrt, um verborgene Anzeichen davon bei anderen zu entdecken, und auch die Neigung, sie spontan genau jenen Vertretern des anderen Geschlechts zuzuschreiben, die sie zufällig interessierten. Für Leute, die sich mit dem brüsteten, was sie nur hätten hinzunehmen brauchen, empfand sie instinktiv Verachtung. Sie hatte selbst vor, irgendwann zu heiraten, denn schließlich wollte sie nicht ewig auf reiche Leute angewiesen sein, aber sie würde warten, bis sie jemanden fand, der ein Maximum an Reichtum mit zumindest einem Minimum an Umgänglichkeit verband.

Auf Anhieb hatte sie erkannt, daß der Fall des jungen Lansing genau das Gegenteil war. Er war bettelarm, aber so umgänglich, wie man es sich nur vorstellen konnte. Daher beschloß sie, so oft mit ihm zusammenzusein, wie ihr unstetes und verwickeltes Leben es zuließ. Und dies erwies sich, dank einer Reihe geschickter Schachzüge, als guter Handel. In den noch verbleibenden Wintermonaten trafen sie sich häufig. So häufig, daß Mrs. Fred Gillow ihr eines Tages unvermittelt und einigermaßen spitz zu verstehen gab, sie »mache sich lächerlich«.

Mit einem langgezogenen »Ach …« sah Susy ihrer Freundin und Gönnerin direkt in die geschminkten Augen.

»Ja«, rief Ursula Gillow aus, und in ihren Augen sammelten sich Tränen, »bevor du dich eingemischt hast, hat Nick mich schrecklich gern gemocht … Ich will dir natürlich keine Vorwürfe machen … aber wenn ich bedenke …«

Susy gab keine Antwort. Wie konnte sie auch, wenn

sie bedachte? Das Kleid, das sie trug, hatte Ursula ihr geschenkt. Ursulas Wagen hatte sie zu dem Fest gebracht, von dem sie jetzt gemeinsam zurückkehrten. Sie rechnete damit, den kommenden August bei den Gillows in Newport zu verbringen … Die einzige Alternative war, nach Kalifornien zu fahren, mit den Bockheimers, mit denen auch nur zu dinieren sie sich bislang geweigert hatte.

»Was du dir einbildest, ist völliger Unsinn, Ursula, wirklich. Und was mein Einmischen betrifft –«, Susy zögerte und sagte dann leise: »Aber wenn es dich glücklich macht, werde ich es so einrichten, daß ich ihn nicht mehr so oft sehe …« Sie gab sich zutiefst unterwürfig, als sie Ursulas tränenreichen Kuß erwiderte …

Susy Branch stand zu ihrem Wort. Schon am nächsten Tag setzte sie ihren kleidsamsten Hut auf und suchte Mr. Lansing in seiner Unterkunft auf. Sie war entschlossen, das Versprechen, das sie Ursula gegeben hatte, zu halten, aber wenigstens wollte sie dabei so hübsch wie möglich aussehen.

Sie wußte, wann der junge Mann aller Wahrscheinlichkeit nach anzutreffen war, denn er mühte sich mit langweiligen Einträgen für eine Volksenzyklopädie ab (V bis X) und hatte ihr anvertraut, welche Stunden dieser verhaßten Aufgabe vorbehalten waren. »Wenn es wenigstens ein Roman wäre«, dachte sie, als sie die schäbige Treppe hinaufstieg. Doch sofort machte sie sich klar, daß die Art Roman, die zu lesen sie erträglich fand, ihm auch nicht mehr einbringen würde als die Enzyklopädie. Miss Branch stellte gewisse Ansprüche an die Literatur.

Der Raum, gleichzeitig Wohn- und Schlafzimmer, in den Mr. Lansing sie einließ, war um einiges sauberer, aber kaum weniger schäbig als die Treppe. Da er, wie Susy wußte, sich für fernöstliche Antiquitäten begeisterte, hatte sie sich einen unmöblierten Raum vorgestellt, den nur eine makellos geformte chinesische Bronze oder irgendeine kostbare asiatische Tonscherbe schmückte. Aber solch versöhnlich stimmende Dinge fehlten, und es war offensichtlich kein Versuch gemacht worden, die Ärmlichkeit des Zimmers zu kaschieren.

Lansing begrüßte seine Besucherin mit allen Anzeichen der Freude und mit offenkundiger Gleichgültigkeit gegenüber dem Eindruck, den seine Behausung machen mußte. Er schien sich einzig seines Glücks bewußt zu sein, sie an einem Tag zu sehen, an dem sie sich eigentlich nicht hatten treffen wollen. Seine Freude stimmte Susy einerseits traurig, weil sie ihr Versprechen unbedingt halten wollte, andererseits froh, weil sie ihren hübschesten Hut aufgesetzt hatte, und sie blickte ihn erst einmal schweigend unter der Krempe hervor an, die sie über ein Auge herabgezogen hatte.

So aufrichtig die Zuneigung war, die sie füreinander empfanden, nie hatte Lansing auch nur ein Wort von Liebe verlauten lassen. Allerdings schreckte dies seine Besucherin in keiner Weise ab, sie war gewohnt, klar und deutlich ihre Meinung zu äußern, sofern es keine – gesellschaftlichen oder finanziellen – Gründe gab, sie zu verhehlen. So erklärte sie ihm einen Augenblick später, warum sie gekommen war. Es war unangenehm, natürlich, aber er würde es verstehen. Ursula Gillow war eifersüchtig, also müßten sie in Zukunft darauf verzichten, sich zu treffen.

Das schallende Gelächter des jungen Mannes war Musik in ihren Ohren, denn ein wenig hatte sie doch befürchtet, er könnte seine Ergebenheit Ursula gegenüber genauso zu seinen alltäglichen Pflichten zählen wie die Arbeit an der Enzyklopädie.

»Was für ein hirnverbrannter Irrtum! Ich kann mir nicht einmal vorstellen, daß sie wirklich *mich* damit gemeint hat«, protestierte er, doch Susy, deren gesunder Menschenverstand mit der wiedergewonnenen Sicherheit zurückkehrte, schnitt ihm gleich das Wort ab.

»Darauf kannst du dich verlassen, bei solchen Gelegenheiten drückt Ursula sich ziemlich unmißverständlich aus. Und was *du* glaubst, spielt überhaupt keine Rolle. Wichtig ist einzig und allein, was *sie* glaubt.«

»Aber nicht doch. Da habe ich wohl auch ein Wörtchen mitzureden, oder?«

Bedächtig sah Susy sich im Zimmer um. Nichts, rein gar nichts ließ darauf schließen, daß er je auch nur einen Dollar übrig gehabt – oder ein Geschenk angenommen hätte.

»Nicht wenn es um mich geht«, sagte sie schließlich.

»Wie meinst du das? Ich bin frei wie ein Vogel …«

»Ich nicht.«

Er wurde nachdenklich. »Oh, wenn das so ist, natürlich … Nur kommt es mir ein bißchen seltsam vor«, fügte er bedrückt hinzu, »daß in diesem Fall der Einspruch von Mrs. Gillow kommt.«

»Und nicht von meinem millionenschweren Bräutigam? Nun, ich habe keinen, in dieser Hinsicht bin ich genauso frei wie du.«

»Aber dann …? Dann geht es doch nur darum, daß wir beide weiterhin frei bleiben.«

Besorgt zog Susy die Augenbrauen hoch. Es würde wohl doch schwieriger werden. »Ich habe gesagt, in dieser Hinsicht bin ich frei. Ich werde nicht heiraten – und ich vermute, du auch nicht.«

»Großer Gott, nein«, rief er heftig aus.

»Aber das heißt noch lange nicht, daß man vollkommen frei ist …«

Er stand direkt vor ihr und stützte sich mit dem Ellbogen gegen die abscheuliche schwarze Marmoreinfassung des Kamins, in dem kein Feuer brannte. Als sie aufblickte, sah sie, wie sein Gesicht sich verhärtete, und sie errötete.

»Um mir das zu sagen, bist du also hergekommen?« fragte er.

»Oh, du willst einfach nicht verstehen – und ich begreife das nicht, weil wir uns doch beide schon so lange mit der gleichen Sorte von Leuten abgeben.« Unvermittelt stand sie auf und legte ihre Hand auf seinen Arm. »Ich wünschte wirklich, du würdest mir helfen.«

Er stand reglos da und ignorierte ihre Hand. »Dir helfen, mir verständlich zu machen, daß die arme Ursula nur ein Vorwand war, daß es in Wirklichkeit einen anderen gibt, der – aus welchem Grund auch immer – tatsachlich das Recht hat, etwas gegen unsere häufigen Treffen einzuwenden?«

Susy lachte ungeduldig. »Du redest wie der Held in einem Roman – so einem, wie meine Gouvernante sie gerne gelesen hat. Erstens würde ich ein solches Recht, wie du es nennst, nie anerkennen – nie.«

»Welches dann?« fragte er, nicht mehr ganz so verärgert.

»Nun ja – ein Recht, wie du es vermutlich deinem Verleger zugestehst.« Seine Antwort war ein unsicheres Lachen. »Eine Art geschäftliche Verpflichtung, nennen wir es einmal so«, fuhr sie fort. »Ursula tut eine Menge für mich. Die Hälfte des Jahres lebe ich auf ihre Kosten. Das Kleid, das ich anhabe, hat sie mir geschenkt. Heute abend wird mich ihr Wagen zu einem Essen bringen. Den Sommer werde ich bei ihr in Newport verbringen ... und wenn nicht, bin ich gezwungen, mit den Bockheimers nach Kalifornien zu gehen – also leb wohl.«

Plötzlich brach sie in Tränen aus, und ehe er sie zurückhalten konnte, stürzte sie aus dem Zimmer und die drei steilen Treppen hinunter – obwohl, wenn sie es sich recht überlegte, hatte er überhaupt versucht, sie zurückzuhalten? Sie wußte nur noch, daß sie in der klirrenden Kälte eines strahlenden Wintertages lange Zeit an der Ecke der Fifth Avenue gestanden und gewartet hatte, bis sie durch eine Lücke im Strom von Autos, in denen modisch herausgeputzte Damen saßen, die Straße überqueren konnte – und plötzlich dachte: »Eigentlich hätte ich ja Ursula das Versprechen geben – und mich trotzdem weiter mit ihm treffen können ...«

Statt dessen hatte sie, als Lansing sie am nächsten Tag in einem Brief um eine Unterredung anflehte, eine freundliche, aber entschlossene Absage geschickt – und es kurz danach einrichten können, für vierzehn Tage nach Kanada zum Skifahren und anschließend für sechs Wochen auf ein Hausboot in Florida mitgenommen zu werden. –

Als sie in ihrer Rückschau an diesem Punkt angelangt war, beschwor die Erinnerung an Florida die Vision von mondbeschienenem Wasser, den Duft von Magnolien und einer lauen Brise herauf, und ihre Lider wurden wie von einem einschläfernden

Zauber schwer. Ja, es hatte eine schlimme Zeit gegeben, aber das war vorbei. Und sie war hier, behütet und glückselig, bei Nick. Und es waren seine Knie, an denen ihr Kopf lehnte, und vor ihnen lag ein Jahr … ein ganzes Jahr – »Auch ohne die Perlen«, murmelte sie und schloß die Augen.

2

Lansing schnippte den Rest von Streffords teurer Zigarre in den See und beugte sich über seine Frau. Arme Kleine. Sie war eingeschlafen. Er lehnte sich zurück und starrte wieder in den silberüberfluteten Himmel. Wie seltsam es doch war, sich das vorzustellen. Dieses Licht verströmte sein Honigmond. Hätte irgend jemand ihm vor einem Jahr gesagt, er würde sich auf ein derartiges Abenteuer einlassen, er hätte erwidert, man möge ihn doch bitte bei den ersten Anzeichen einsperren.

Nicht einmal jetzt zweifelte er an der Verrücktheit dieses Abenteuers. Mochte Susy ihn auch zwanzigmal am Tag daran erinnern, daß sie es geschafft hätten und Sorgen unnötig seien. Selbst im Licht ihrer weitblickenden Gewitztheit und seines momentanen Glücksgefühls wußte er, einer nüchternen Einschätzung konnten ihre Zukunftsaussichten nicht standhalten. Und wie er so dasaß, im Schein des sommerlichen Mondes, ihren Kopf auf seinen Knien, vergegenwärtigte er sich die einzelnen Schritte, die sie schließlich an Streffys Seeufer geführt hatten.

Was Lansing betraf, so hatte alles ohne Zweifel damals begonnen, als er Harvard mit dem großspurigen Entschluß verlassen hatte, sich nichts entgehen zu lassen. Da stand der immergrüne Baum des

Lebens, an dessen Wurzeln die vier Flüsse entsprangen. Und er war entschlossen, mit seinem kleinen Boot jeden einzelnen der vier Ströme zu erkunden. Zwei von ihnen hatten ihn nicht gerade weit getragen, auf dem dritten wäre er fast im Schlamm steckengeblieben, aber der vierte hatte ihn geradewegs in ein wundersames Reich gebracht. Es war der Strom seiner lebhaften Vorstellungskraft, seines unerschöpflichen Interesses an allem, was schön und ausgefallen und ein wenig verrückt war. Auf diesem Strom hatte er in dem widerstandsfähigen kleinen Boot seiner Armut, seiner Bedeutungslosigkeit und seiner Unabhängigkeit bemerkenswerte Reisen unternommen. Und deshalb hatte er, als Susy Branch – für ihn in der New Yorker Saison das hübscheste und amüsanteste Mädchen weit und breit – ihn mit der höchst widersprüchlichen Enthüllung ihrer zeitgemäßen Ichbezogenheit und ihres altmodischen Anspruchs, ihr Wort zu halten, überrascht hatte, ein unwiderstehliches Verlangen verspürt, zu einer weiteren Kreuzfahrt ins Unbekannte aufzubrechen.

Es gehörte zum Wesen ihres Abenteuers, daß er nach ihrem einzigen Besuch in seiner Behausung sein Versprechen gehalten und nicht versucht hatte, sie wiederzusehen. Er konnte ebenso direkt sein wie sie, und er verstand ihre Schwierigkeiten, was ihn mit ihr fühlen ließ. Er wußte, an welch dünnem Faden die Beliebtheit der Mittellosen hing und auf wie erbarmenswerte Weise ein Mädchen wie Susy Spielball der Launen anderer Leute war. Aber sein Versprechen zu halten war weit lästiger gewesen, als er erwartet hatte. Susy Branch war zu einer köstlichen Gewohnheit geworden in einem Leben, das ansonsten eher langweilig war, und seine Möglichkeiten, sich an etwas zu erfreuen, wurden – das hatte ihr Verschwinden ihm mit einem Mal klar zu Bewußtsein gebracht – immer beschränkter. Vieles, was ihm früher Spaß gemacht hatte, bereitete ihm jetzt wenig oder gar kein Vergnügen. Seine kleine Wunderwelt war auf die Guckkastenschau in einem Provinznest zusammengeschrumpft. Und die Dinge, die sich ihre anregende Kraft bewahrt hatten – Reisen in ferne Länder, Freude an der Kunst, die Begegnung mit unbekannten Schauplätzen und fremden Kulturen –, wurden allmählich unerreichbar für ihn. Lansing hatte nie mehr als ein paar Pennies besessen, und als er sich erstmals ins Leben stürzte, hatte er eher zuviel davon ausgegeben. Er konnte mit nichts Besserem rechnen, als in der Mitte seines Lebens sein Dasein mit schlechtbezahlten Auftragsarbeiten zu fristen, das Ganze etwas erträglicher gemacht durch kurze, karge Ferien. Er wußte, daß er intelligenter war als der Durchschnitt, aber schon vor langer Zeit hatte er eingesehen, daß seine Talente nicht gefragt waren. Gerade siebzig Exemplare des Bändchens mit seinen Sonetten, von einem freundlichen Verleger veröffentlicht, waren verkauft worden. Und sein

Essay über »Chinesische Einflüsse in der griechischen Kunst« hatte zwar kurzfristig Aufsehen erregt, dann aber nichts als kontroverse Schriftwechsel und Einladungen zu Diners eingebracht. Kurzum, es gab wenig Hoffnung, je wirklich Geld zu verdienen, und seine trüben Zukunftsaussichten ließen ihn der Art von Freundschaft, wie er sie mit Susy Branch erlebt hatte, einen immer höheren Wert zuschreiben. Abgesehen von dem Vergnügen, sie anzusehen und ihr zuzuhören – sich dessen zu erfreuen, was andere zwar nicht in dem Maße zu schätzen wußten, aber ebensogern annahmen –, hatte er das Gefühl, zwischen ihm und ihr bestehe aufgrund einer schon sehr früh entwickelten Toleranz und Ironie eine Art Komplizenschaft. Beide hatten in früher Jugend an der Welt Maß genommen, in die sie zufällig hineingeboren worden waren. Sie wußten recht gut, was die Welt für sie wert war und aus welchen Gründen, und da die Gründe dieselben waren, hatte ihre Vertrautheit diese besondere, erlesene Note. Jetzt war er, wegen der eifersüchtigen Laune einer unzufriedenen Närrin, der er sich nicht mehr verpflichtet fühlte als jeder andere junge Mann, der für gute Diners mit guten Manieren bezahlt, der vollkommensten Freundschaft beraubt, die er je erlebt hatte.

Er ließ seine Gedanken schweifen, dachte an den langen und langweiligen Frühling in New York nach seinem Bruch mit Susy, an seine verdrossen heruntergeschriebenen Artikel, an seine lustlosen Überlegungen, wie er am billigsten und nicht ganz trostlos den Sommer hinter sich bringen könnte, und dann an den Glücksfall, sich eher widerwillig und erst in letzter Minute entschlossen zu haben, einen Sonntag bei den armen Nat Fulmers zu verbringen, in der Wildnis von New Hampshire, und dort Susy zu treffen – Susy, von der er nie gedacht hätte, sie könnte jemanden von der Art der Fulmers kennen.

Sie hatte sich untadelig verhalten – und er ebenfalls –, aber beide waren mehr als froh gewesen, sich zu sehen. Es war verwirrend, sich in ihrer Gesellschaft in einem Haus wie dem der Fulmers aufzuhalten, weit weg von dem großspurigen Luxus, den sie beide gewohnt waren, in dem kleinen, beengten Landhaus, in dem ihr Gastgeber sein Atelier auf der Veranda hatte, ihre Gastgeberin im Eßzimmer Geige übte und fünf allgegenwärtige Kinder durch die Gegend tobten und herumtrompeteten und Kaulquappen in die Wasserkrüge warfen und in dem das Mittagessen zwei Stunden zu spät serviert wurde – und dementsprechend schmeckte –, weil die italienische Köchin Fulmer Modell saß.

Lansing hatte zunächst angenommen, ein Zusammentreffen mit Susy unter derartigen Umständen würde sie beide im Handumdrehen von jeglichem Bedauern kurieren. Der Fall der Fulmers war ein abschreckendes Beispiel dafür, was mit jungen Leuten geschah, die den Kopf verloren. Der arme Nat, dessen Bilder kein Mensch kaufte und der plötzlich so schrecklich viele Kinder hatte – und Grace, die für immer die Frau bleiben würde, von der die Leute sagten: »Ich kann mich an sie erinnern, als sie noch ein hübsches Ding war.«

Das Verdächtige daran war jedoch, daß Nat noch nie ein so angenehmer Gesellschafter gewesen war und Grace noch nie so unbeschwert und so voller Musik. Und daß man sich trotz all der Unordnung und des Durcheinanders und trotz des miserablen Essens und der verrückten Unbequemlichkeit in ihrer Gesellschaft wohler fühlte als bei jeder noch so aufwendig in Szene gesetzten Landpartie, durch die Susy und Lansing sich je hindurchgegähnt hatten.

Für den jungen Mann war es fast eine Erleichterung, als Miss Branch ihn am zweiten Nachmittag in die enge Diele zog und erklärte: »Diese Kombination – Graces Geige und die Hupe von dem kleinen Nat, das halte ich nicht länger aus. Komm, wir verschwinden, bis die mit ihrem Duett fertig sind.«

»Ich frage mich nur, wie *sie* das aushalten«, sagte er leise, als er ihr auf den Waldweg hinter dem Haus folgte.

»Könnte der Mühe wert sein, das herauszufinden«, erwiderte sie nachdenklich.

Er blieb jedoch skeptisch. »Oh, gib ihnen noch ein oder zwei Jahre, und sie brechen zusammen. Seine

Bilder werden sich nie verkaufen, er wird sie nicht einmal in einer Ausstellung unterbringen.«

»Wahrscheinlich nicht. Und ihr wird nie genügend Zeit bleiben, um etwas aus ihrer Musik zu machen.«

Sie waren bei einem von Kiefern bewachsenen Hügel angelangt, weit oberhalb des Felsvorsprungs, auf dem das Haus gelegen war. Rund umher nur eine scheinbar unbewohnte Landschaft mit langweiligen Wäldern. »Stell dir nur vor, das ganze Jahr über hier angebunden zu sein«, stöhnte Lansing.

»Ich weiß. Aber stell dir erst vor, wie es ist, mit irgendwelchen Leuten durch die Welt zu ziehen.«

»Himmel, ja. Meine Reise nach Indien mit den Mortimer Hicks. Aber mir ist nichts anderes übriggeblieben – was soll man denn machen?«

»Ich wünschte, ich wüßte es«, seufzte sie und dachte an die Bockheimers.

»Wüßte was?«

»Die Antwort auf deine Frage. Wirklich, was *soll* man machen – wenn man das Problem von beiden Seiten betrachtet. Oder von jeder nur denkbaren Seite, wenn wir schon dabei sind.«

Sie hatten sich auf einem Felsbrocken unter den Kiefern niedergelassen. Allerdings hatte Lansing keinen Blick für die Landschaft zu ihren Füßen, da er nur das Flattern ihrer braunen Wimpern sah.

»Du meinst, Nat und Grace hätten es doch am besten getroffen?«

»Woher soll ich das wissen, wenn ich doch sage, daß ich die Sache von allen Seiten betrachte. Natürlich«, fügte Susy hastig hinzu, *»ich* könnte nicht eine Woche so leben wie sie. Aber es ist wundervoll, wie wenig *ihre* Lebenslust getrübt ist.«

»Nat war bestimmt nie unterhaltsamer. Und sie hält sich sogar noch besser.« Er wurde nachdenklich. »Offenbar tun wir ihnen gut.«

»Ja – oder sie uns. Das ist die Frage.«

Danach, so erinnerte er sich, hatten sie lange schweigend dagesessen. Seine nächste Äußerung war ein jungenhafter Ausbruch gegen die Tyrannei der bestehenden Ordnung gewesen – gefolgt von der leidenschaftlichen Frage, warum sie beide, da sie ja doch nichts daran ändern konnten und beide gewohnt waren, den Tatsachen ins Auge zu blicken, so ungeheuer töricht sein sollten, die einzige Möglichkeit, glücklich zu sein, nicht zu nutzen. An eine eindeutige Antwort Susys auf diese herausfordernde Frage konnte er sich nicht erinnern. Aber nach einer weiteren Pause versank die Welt ohnehin in einem Kuß, und schließlich murmelte sie: »Wahrscheinlich hat das noch nie jemand probiert, aber wir könnten es.« Und dann hatte sie ihm das Experiment vorgeschlagen, auf das sie sich jetzt eingelassen hatten.

Von einem verstohlenen Glück wolle sie nichts wissen, erklärte sie und legte ihm mit schönster Unvoreingenommenheit ihre Gründe dar. Erstens würde sie eines Tages heiraten müssen, und wenn sie sich schon auf einen solchen Handel einließe, sollte er ehrlich sein. Und zweitens, was Liebe betreffe, würde sie sich nie jemandem hingeben, der ihr nicht wirklich etwas bedeute, und sollte ihr dieses Glück widerfahren, dann würde sie sich nicht durch Schwindeln und irgendwelche Heimlichkeiten die Hälfte der Freude nehmen lassen.

»Ich habe zu viele von dieser Art gesehen. Die Hälfte der Frauen hält sich Liebhaber nur aus Spaß am Lügen und Betrügen, die andere Hälfte ist todunglücklich. Und das wäre ich auch.«

An diesem Punkt hatte sie ihm ihren Plan erläutert. Warum sollten sie nicht heiraten, einander offen und in Ehren angehören, und sei es für noch so kurze Zeit, und zwar mit der eindeutigen Übereinkunft, jeder von beiden sollte, wenn sich eine bessere Möglichkeit bot, auf der Stelle seine Freiheit wiederhaben? Die Gesetze ihres Landes machten einen solchen Wechsel leicht, und die Gesellschaft betrachtete ihn allmählich mit vergleichbarer Nachsicht. Während sie sprach, erwärmte sich Susy zusehends für ihr Thema und begann, die unendlichen Vorteile aufzuzählen.

»Wir könnten einander wirklich von Nutzen sein, ohne uns gegenseitig im Weg zu stehen«, erklärte sie begeistert. »Wir kennen doch die Spielregeln. Was der eine nicht sieht, könnte der andere bemerken –

was günstige Gelegenheiten betrifft, meine ich. Und als verheiratetes Paar wären wir eine Attraktion. Beide sind wir außergewöhnlich beliebt – das kann man doch wirklich sagen –, und es ist ein Segen für Leute, die zu Diners einladen, auf ein Paar zählen zu können, bei dem beide keine Langweiler sind. Ja, ich glaube wirklich, wir könnten ein zweimal so großer Erfolg sein. Falls eine Steigerung überhaupt möglich ist«, fügte sie mit einem Lachen hinzu. »Ich weiß nicht, wie du das empfindest. Die Beliebtheit eines Mannes ist niemals so gefährdet wie die eines Mädchens – aber ich weiß, es würde mein Ansehen ungeheuer heben, wenn ich demnächst als verheiratete Frau auftrete.« Sie blickte auf das langgestreckte Tal zu ihren Füßen und fügte dann, etwas leiser, hinzu: »Und ich hätte gerne, nur für eine kleine Weile, das Gefühl, daß etwas im Leben mir allein gehört – nichts Geliehenes wie ein elegantes Kleid oder ein Auto oder ein Cape für einen Abend in der Oper.«

Zunächst fand Lansing den Vorschlag verrückt und gleichzeitig hinreißend – und er hatte ihm gründlich angst gemacht. Aber Susys Argumente waren unwiderlegbar, ihre Findigkeit unerschöpflich. Hatte er das je richtig durchdacht? wollte sie wissen. Nein. Nun, sie schon. Und würde er sie bitte nicht unterbrechen? Erstens wären da all die Hochzeitsgeschenke. Schmuck, ein Wagen, ein Silberservice, ob sie das meine? Ganz und gar nicht. Daran sehe sie ganz deutlich, daß er sich über diese Frage nie richtig Gedanken gemacht hatte. Schecks, mein Lieber, nichts als Schecks – darum würde sie sich kümmern. Sie könnten ungefähr mit fünfzig rechnen, und vermutlich würde er noch ein paar mehr auftreiben. Nun, das alles wäre nur ein Taschengeld. Man würde ihnen Häuser zur Verfügung stellen, in denen sie wohnen könnten, er würde schon sehen. Die Leute hätten immer ihre Freude daran, einem jungvermählten Paar ihr Haus zu überlassen. Es machte soviel Spaß, kurz mal vorbeizuschauen. Man fühlte sich dann selbst verliebt und vergnügt. Sie müßten nur der Reihe nach die Einladungen annehmen – ein Jahr lang Flitterwochen. Ob er davor Angst habe? Ob er etwa glaube, sie wären nicht glücklich genug, um das durchzuhalten? Und warum sollten sie es nicht zumindest versuchen – sich verloben und dann weitersehen? Selbst wenn sie sich irren sollte, wenn ihr Plan fehlschlüge, wäre es dann nicht schön gewesen, sich ein oder zwei Monate lang vorzustellen, glücklich zu werden? »Ich habe mir das oft ausgemalt«, schloß sie, »aber es mir zusammen mit dir auszumalen, das wäre irgendwie ganz anders.« –

So hatte alles begonnen – und nun lebten sie diesen Traum am Ufer des Sees. So phantastisch unwahrscheinlich es ausgesehen hatte, alle ihre Voraussagen waren eingetroffen. Vielleicht gab es ein paar Glieder in der Kette, die nicht gehalten hatten, vielleicht mußten ein paar Abmachungen und Kunstgriffe noch verdeutlicht werden, na wenn schon, er, Lansing, war jedenfalls entschlossen, mit ihr zusammen dem einmal eingeschlagenen Weg zu folgen. Vorläufig war die Freude, einfach hier sitzen zu können, schweigend und glückselig, ihren Kopf auf den Knien, eins mit der Welt im Licht des Mondes, alles wert, was es in der Vergangenheit gekostet haben mochte, und auch jede Buße, die die Zukunft ihm abverlangen würde.

Er beugte sich zu ihr hinab und küßte sie. »Wach auf«, flüsterte er, »Zeit zum Schlafengehen.«

3

Ihr Monat in Como sollte in ein paar Stunden enden. Bis zum letzten Augenblick hatten sie auf eine Gnadenfrist gehofft, aber Streffy war es, bei aller Großzügigkeit, nicht möglich, ihnen die Villa noch länger zu überlassen. Eer hatte sie für ein Heidengeld an reiche Angeber vermieten können, die darauf bestanden, zum vereinbarten Termin Besitz davon zu ergreifen.

In der Morgendämmerung hatte sich Lansing von Susys Seite geschlichen und war zum See hinuntergegangen, um noch einmal hineinzutauchen. Als er in dem kristallenen Licht zurückschwamm, blickte er zu dem prachtvollen Blumengarten, dem langgestreckten, flachen Haus mit dem Zypressenhain und zu dem Fenster, hinter dem seine Frau noch schlief. Der letzte Monat war herrlich gewesen und ihr Glück erlesen, auf phantastische Weise vollkommen wie die Szenerie vor ihm. Er tauchte sein Gesicht in das sonnenbeschienene Wellengekräusel und seufzte vor Zufriedenheit.

Es war lästig, den Schauplatz eines so umfassenden Wohlbefindens zu verlassen, aber die nächste Station ihrer Rundreise versprach kaum weniger wundervoll zu werden. Susy war eine Zauberin. Was sie vorhergesagt hatte, traf tatsächlich ein. Man überschüttete sie mit Angeboten, Häuser zu bewohnen. Von allen

Seiten schienen ihnen wohlwollende Geister zuzufliegen, beladen mit allem nur Erdenklichen, von einem *piano nobile* in Venedig bis hin zu einem Camp in den Adirondacks. Fürs erste hatten sie sich für Venedig entschieden. Abgesehen von allen anderen Überlegungen scheuten sie die Ausgaben für eine Reise über den Atlantik. So waren sie jetzt auf dem Weg zum Palazzo der Nelson Vanderlyns auf der Giudecca. Im kommenden Winter – darüber waren sie sich einig – wollten sie dann nach New York zurückkehren. Auf diese Weise würden sie sich wieder einmal sehen lassen, woraus sich neue günstige Gelegenheiten ergeben könnten. Und tatsächlich dachte Susy bereits an eine passende Wohnung, die eine reiselustige Cousine ihnen bestimmt überlassen würde, wenn man taktvoll mit ihr umging und ihr versprach, ihre Köchin nicht über Gebühr zu beanspruchen. Vorläufig lag die Notwendigkeit, Pläne zu machen, noch in weiter Ferne. Und wenn es eine Kunst gab, in der sich der junge Lansing in den achtundzwanzig Jahren seines Lebens vervollkommnet hatte, dann war es die, unbesorgt in der Gegenwart zu leben.

Wenn er in letzter Zeit versucht hatte, sich nachdrücklicher, als es seine Gewohnheit war, mit der Zukunft zu beschäftigen, so nur Susys wegen. Bei der Heirat hatte er sich vorgenommen, ihr gegenüber genauso gelassen zu sein wie sich selbst gegenüber. Nie hätte sie gewollt, daß ihre Partnerschaft für ihn Anlaß zu sorgenvollen Überlegungen gäbe. Nach und nach hatte sie ihm jedoch Einblick in ihre Vergangenheit gewährt, und nun sehnte er sich danach, sie in Zukunft zu beschützen und zu verteidigen. Er konnte die Vorstellung nicht ertragen, daß ein so bezaubernder Geist wie der ihre durch Kompromisse auch nur im mindesten abgestumpft oder herabgewürdigt werden sollte. Sich selbst nahm er nicht so wichtig. Zu seiner eigenen Orientierung hatte er sich einen behelfsmäßigen Kodex zurechtgezimmert – ein paar »Vielleicht« und »Keinesfalls« –, der sein Leben wesentlich einfacher machte. Es gab Dinge, die ein Mann klar definierter Vorteile wegen hinnahm. Und es gab andere Dinge, auf die er sich um keinen Preis einlassen würde. Bei einer Frau, das wurde ihm immer klarer, sah das ganz anders aus. Die Versuchungen waren größer, der Preis beträchtlich höher und die Grenze zwischen »Vielleicht« und »Keinesfalls« weniger starr. Susy, die mit siebzehn auf sich allein gestellt gewesen war und keinen anderen Menschen als einen Tunichtgut von Vater gehabt hatte, der diese Linie hätte ziehen können, schien hauptsächlich dank einer angeborenen Verachtung für die meisten Ziele menschlichen Wahns verschont geblieben zu sein. »Und für so wertloses Zeug hat er sich aufgegeben«, war ihr schroffer Kommentar zum frühen Tod ihres Vaters. Als hätte sie sich längst mit der Tatsache abgefunden, daß man sich für irgend etwas ruinieren müsse, jedoch entschlossen wäre, unnachgiebig zwischen dem, was es wert war, und dem, was es nicht wert war, zu unterscheiden.

Anfangs hatte diese Philosophie Lansing fasziniert, allmählich weckte sie jedoch gelinde Ängste in ihm. Der wunderbare Panzer ihrer hohen Ansprüche hatte sie vor der Art von Risiken geschützt, denen sie bislang ausgesetzt war. Was aber, wenn andere, raffiniertere Verlockungen eine Schwachstelle bloßlegten? Gab es, bei all ihren heiklen Unterscheidungen, etwas, das seinen eigenen Regeln entsprach? Konnte nicht gerade ihre Vorliebe für das Beste und Erlesenste zum Anlaß ihres Verderbens werden? Und wenn etwas, was kein »wertloses Zeug« war, ihren Weg kreuzte, würde sie dann auch nur eine Sekunde zögern, sich dafür aufzugeben?

Er war entschlossen, sich an den Pakt zu halten, also nichts zu tun, was die »Chance« des anderen beeinträchtigen könnte. Was aber, wenn sich ihr eine Chance bot, die er als solche nicht anerkannte? Er wünschte für sie leidenschaftlich nur das Beste, aber seine Vorstellung von diesem Besten hatte sich im Licht des ersten gemeinsam verbrachten Monats ganz unmerklich, kaum wahrnehmbar verändert.

Seine trägen Schwimmstöße trugen ihn langsam ans Ufer. Aber so einzigartig war die Stunde, daß er sich ein paar Meter vor dem Landungssteg an Streffys vertäutem Boot festhielt und seinen Träumen nachhing. – Es war wirklich lästig, abreisen zu müssen. Zweifellos war dies der Grund, weshalb er plötzlich alles in Frage stellte. Venedig würde herrlich sein, das verstand sich von selbst, aber nie wieder würde etwas so köstlich sein wie ihre Zeit hier. Und dann – sie hatten nur ein abgesichertes Jahr vor sich, von diesem Jahr war nun ein Monat vergangen.

Widerstrebend ging er zum Haus hinauf und öffnete ein Fenster des in kühlen Farben gehaltenen Salons. Schon waren Anzeichen des Aufbruchs zu sehen. In der Halle standen Schrankkoffer, und auf den Stufen lagen Tennisschläger. Auf dem Treppenabsatz kämpfte die Köchin Giulietta mit einer aufsässigen Reisetasche, die sich allen Versuchen, sie zuzuschnüren, widersetzte. Ein Gefühl der Unwirklichkeit ließ ihn frösteln, als wäre der vergangene Monat ein Aufzug in einem Theaterstück gewesen, dessen Bühnenbild jetzt abgebaut wurde, um für ein anderes Stück Platz zu schaffen, in dem er und Susy keine Rollen hatten.

Als er, angezogen und hungrig, wieder nach unten kam, um auf der Terrasse Kaffee zu trinken, hatte er das wohltuende Gefühl der Sicherheit wiedererlangt. Susy war schon da, ausgeruht und fröhlich, eine Rose an der Brust und Sonne im Haar. Sie beugte sich über ein Kursbuch, winkte ihm liebevoll zu, blickte kurz auf und meinte: »Ja, ich glaube, wir können es gerade eben schaffen.«

»Was schaffen?«

»Den Zug nach Mailand – wenn wir um Punkt zehn mit dem Auto losfahren.«

»Mit dem Auto? Mit welchem Auto?«

»Na, mit dem von den Neuen – von Streffys Mietern. Ihren Namen hat er mir nicht gesagt, und der Chauffeur behauptet, er könne ihn nicht aussprechen. Der Chauffeur jedenfalls heißt Ottaviano. Ich habe mich schon mit ihm angefreundet. Er ist gestern nacht angekommen, und er sagt, daß sie erst heute abend in Como erwartet werden. Er hat einen Luftsprung gemacht bei der Aussicht, uns nach Mailand rüberzufahren.«

»Großer Gott«, sagte Lansing, als sie eine Pause machte.

Mit einem Lachen sprang sie vom Tisch auf. »Es wird eine Hetzerei werden, aber ich schaffe es schon, wenn du auf der Stelle raufgehst und die letzten Sachen in deinen Koffer wirfst.«

»Ja, aber hör mal – hast du eine Vorstellung, was das kostet? «

Fröhlich zog sie die Augenbrauen hoch. »Jedenfalls bedeutend weniger als Fahrkarten für die Bahn. Ottaviano hat in Mailand ein Liebchen, und das hat er seit einem halben Jahr nicht mehr gesehen. Als ich das herausgefunden hatte, wußte ich, daß er sowieso dorthin fahren würde.«

Das war ziemlich pfiffig, und er lachte. Aber warum schreckte er mittlerweile schon vor einem so harmlosen Beweis ihrer Fähigkeit zurück, immer alles »zu organisieren«? »Na schön«, sagte er sich, »sie hat ja recht. Der Bursche wäre bestimmt auch so nach Mailand gefahren.«

Auf dem Weg zu seinem Ankleidezimmer sah er sie in einer Wolke von leichten Kleidern, die sie mit geschickten Händen in einen letzten Handkoffer preßte. Noch nie hatte er jemanden so gekonnt packen sehen wie Susy. Die Art und Weise, wie sie widerstrebende Dinge dazu brachte, in einem Koffer zu verschwinden, war ein Symbol dafür, wie sie Dinge, die ihr nicht behagten, irgendwie in ihrem Leben unterbrachte. »Wenn ich einmal reich bin«, sagte sie häufig, »werde ich mich am meisten darüber ärgern, wenn ein tolpatschiges Dienstmädchen sich an meinen Koffern zu schaffen macht.«

Sie warf ihm über die Schulter einen fröhlichen Blick zu, das Gesicht gerötet von der Anstrengung, und zog ein Zigarrenkistchen aus dem Koffer. »Schatz, sei so gut und steck ein paar von den Zigarren ein, als Trinkgeld für Ottaviano.«

Lansing starrte sie an. »Was, um alles in der Welt, machst du denn mit Streffys Zigarren?«

»Ich packe sie ein. – Du glaubst doch nicht etwa, er hätte sie diesen anderen Leuten zugedacht?« Sie sah ihn aufrichtig verwundert an.

»Ich weiß nicht, wem er sie zugedacht hat – aber uns gehören sie nicht. –«

»Ich verstehe nicht, was daran so Besonderes sein soll. Streffy gehören die Zigarren auch nicht. Wahrscheinlich hat er sie irgendeinem Gauner abgeluchst. Und nichts würde ihn mehr ärgern, als wenn ein anderer sie in die Finger bekäme.«

»Unsinn. Wenn sie Streffy nicht gehören, dann mir erst recht nicht. Gib sie mir bitte, Liebes.«

»Ganz wie du willst. Aber mir scheint das eine Verschwendung zu sein. Und diese anderen Leute werden mit Sicherheit keine einzige davon bekommen. – Dafür werden schon der Gärtner und Giuliettas Liebhaber sorgen.«

Lansing sah auf die Wogen von Spitzen und Musselin, aus denen sie wie eine rosige Seejungfrau auftauchte.

»Wie viele Schachteln sind noch übrig?«

»Nur noch vier.«

»Pack sie bitte aus.«

Plötzlich herrschte ein äußerst angriffslustiges Schweigen zwischen ihnen, und Lansing ärgerte sich über die Unverhältnismäßigkeit zwischen seinem Zorn und dem Anlaß dafür. Das machte ihn noch wütender.

Sie streckte ihm eine Schachtel hin. »Die anderen sind unten in deinem Koffer. Er ist abgeschlossen und verschnürt.«

»Dann gib mir den Schlüssel.«

»Wir könnten sie von Venedig aus zurückschicken, wenn du unbedingt willst. Das Schloß ist so sperrig, dafür brauchst du mindestens eine halbe Stunde.«

»Gib mir den Schlüssel, bitte.« Sie gab ihn ihm.

Er ging hinunter und mühte sich – unter den verdutzten Blicken Giuliettas und dem Grinsen des Chauffeurs, der ihn ab und zu von der Schwelle aus daran erinnerte, wie lange sie bis Mailand brauchten – mit dem Schloß ab, genau die vorausgesagte halbe Stunde lang. Endlich ließ sich der Schlüssel drehen. Mit abgebrochenen Fingernägeln, in Schweiß gebadet, holte Lansing die Zigarren heraus und stolzierte damit in das leere Ankleidezimmer. Die Sträuße goldfarbener Rosen, die er und Susy am Tag zuvor gepflückt hatten, ließen ihre Blütenblätter auf den Marmorfußboden fallen. Blasse Kamelien schwammen in den *tazze* aus Alabaster zwischen den Fenstern, und mit der Brise vom See stieg Blumenduft aus dem Garten auf. Nie zuvor war ihm Streffys kleines Haus so sehr als ein Hort der Freude erschienen. Lansing stellte die Zigarrenkisten auf eine Konsole und rannte nach oben, um seine letzten Habseligkeiten zusammenzupacken. Als er herunterkam, saß seine Frau schon in ihrem geliehenen Wagen, die Augen funkelnd vor Genugtuung. Das Gepäck war geschickt verstaut, und Giulietta und der Gärtner küßten ihre Hand, zum Abschied untröstlich schluchzend.

»Ich würde gern wissen, was sie *denen* gegeben hat«, dachte Nick, als er neben ihr in den Wagen sprang, der sie durch das Nachtigallengebüsch zum Tor brachte.

4

Charlie Streffords Villa war wie ein Nest in einem Rosenbusch. Der Palazzo der Nelson Vanderlyns verlangte nach erhabeneren Bildern.

Seine Weitläufigkeit und sein Prunk wirkten erdrückend auf Susy. Ihre Ankunft am Fuß der großen, düsteren Treppenflucht nach Einbruch der Dunkelheit, ihr Abendessen im schwacherleuchteten Saal, ehrfurchtgebietende Olympier über sich, die Kühle des Abends in einer Ecke des Salons, wo vor einem Thron Menuette hätten getanzt werden müssen – all das stand in schroffem Gegensatz zu der seligen Vertrautheit in Como, so wie das Gefühl einer Unstimmigkeit vom gegenseitigen Vertrauen des vorangegangenen Tages abstach.

Die Fahrt war lustig verlaufen. Susy und Lansing hatten beide eine zu lange Lehre in der Kunst der Verschleierung unangenehmer Dinge durchgemacht, um nicht besonders angestrengt die bedrückenden Nachwirkungen ihres ersten Streits voreinander zu verbergen. Tief im Inneren jedoch schwelte die Mißhelligkeit weiter. Und als Susy unter der gewölbten Decke ihres mit Wandteppichen ausgeschlagenen Schlafzimmers vor dem Spiegel saß und ihr Haar bürstete, nagten Gewissensbisse an ihr, weil sie den Anlaß dazu gegeben hatte.

»Ich meinte, ich hätte eine Schwäche für Großartigkeit, aber in diesem Haus geht es zu weit«, dachte Susy und beobachtete in den trüben Seitenspiegeln ihre blasse Hand.

»Ellie Vanderlyn ist gerade mal einen Zentimeter größer als ich und mit Sicherheit kein bißchen würdevoller. – Ob mir der Palast so groß erscheint, weil ich selbst mir heute abend so klein vorkomme?«

Sie liebte den Luxus. Erlesene Dinge gaben ihr das Gefühl, hübsch zu sein, und hohe Räume machten sie selbstbewußt. Sie konnte sich nicht erinnern, daß offensichtlicher Reichtum sie je bedrückt hätte.

Sie legte die Bürste hin und stützte das Kinn auf ihre verschränkten Hände. – Warum nur hatte sie die Zigarren mitnehmen wollen? Sie war sich des Werts ihrer angeborenen Skrupel immer bewußt gewesen. In ihren Ansichten war sie ungewöhnlich frei, was jedoch die Dinge betraf, über die man einfach nicht streiten konnte, war sie hartnäckig. Und dennoch hatte sie Streffys Zigarren nehmen wollen, aber der springende Punkt war, sie hatte sie für Nick nehmen wollen, denn der Wunsch, ihm zu gefallen, ihm sein Leben noch in den winzigsten Kleinigkeiten angenehm und luxuriös zu machen, war zu ihrer Hauptsorge geworden. Ihm zuliebe hatte sie genau die Art erbärmlicher Kleinlichkeit begangen, für die sie sich, wäre es um sie selbst gegangen, unendlich verachtet hätte. Da er jedoch den Unterschied nicht sofort gespürt hatte, würde sie nie in der Lage sein, ihn ihm zu erklären.

Mit einem Seufzer erhob sie sich, schüttelte ihr Haar aus und sah sich in dem großen, mit Fresken geschmückten Raum um. Das Dienstmädchen hatte von einem Brief der Signora gesprochen. Und da lag er auf dem Schreibtisch, zusammen mit ihrer und Nicks Post, ein dicker, in Ellies kindlicher Krakelschrift adressierter Umschlag. Über eine Ecke war ein unübersehbares »Persönlich« geschrieben.

»Was kann sie mir denn nur zu sagen haben, da sie es doch haßt, Briefe zu schreiben?« dachte Susy.

Sie öffnete den Umschlag, und vier oder fünf frankierte und versiegelte Briefe fielen heraus. Alle waren, in Ellies Handschrift, an Nelson Vanderlyn Esqre adressiert. Jeder trug, fein mit Bleistift geschrieben, eine Ziffer und ein Datum: eins, zwei, drei, vier… Zwischen den Angaben lag jeweils eine Woche.

Susy hatte verstanden.

Sie ließ sich in einen Lehnstuhl neben dem Tisch fallen und starrte auf die numerierten Briefe. Ein Blatt Papier mit Ellies Schriftzügen war herausgeflattert, aber sie ließ es liegen. Nur zu gut wußte sie, was darauf stehen würde. Natürlich war sie im Bilde, was ihre Freundin betraf – wer war das nicht, außer dem armen alten Nelson. Nie hätte sie sich jedoch träumen lassen, daß Ellie es wagen würde, sie auf diese Weise zu benutzen. Es war unglaublich, etwas so Schändliches war ihr nie in den Sinn gekommen. – Das Blut stieg ihr ins Gesicht, und wütend sprang sie auf, halb entschlossen, die Briefe in kleine Stücke zu reißen und ins Feuer zu werfen.

Sie hörte ihren Mann an die Tür zwischen ihren Zimmern klopfen und schob das gefährliche Päckchen unter die Schreibunterlage.

»Oh, nicht jetzt, bitte, sei so lieb«, rief sie, »ich bin mit dem Auspacken noch nicht fertig, und hier geht alles drunter und drüber.« Sie nahm Nicks Briefe und schob sie durch den Türspalt. »Da hast du etwas, damit du eine Weile beschäftigt bist«, lachte sie.

Aber sie fühlte sich elend vor Scham. Ellies Brief lag auf dem Boden. Widerwillig hob sie ihn auf, und die Sätze, mit denen sie gerechnet hatte, sprangen ihr in die Augen.

»Eine gute Tat zieht die andere nach sich … natürlich könnt Ihr, Nick und Du, den ganzen Sommer über bleiben … Ihr werdet nicht die geringsten Ausgaben haben – die Dienstboten haben Anweisungen … Wenn Du nur ein Schatz bist und diese Briefe aufgibst … Es ist seit Ewigkeiten meine einzige Chance. Wenn wir uns sehen, werde ich Dir alles erklären. Und spätestens in einem Monat komme ich, um Clarissa zu holen …«

Susy erschrak noch mehr. Um Clarissa zu holen! Dann war also Ellies Kind hier? Unter einem Dach mit ihnen, ihrer Obhut überlassen? Zunehmend wütend las sie weiter. »Sie ist ganz entzückt, die arme Kleine, daß Du kommst. Ich mußte ihrer garstigen Gouvernante kündigen, weil sie unverschämt wurde, und wenn Du nicht wärst, bliebe sie ganz allein bei den Dienstboten, denen ich nicht über den Weg traue. Sei also, um Himmels willen, gut zu meinem Kind und vergib mir, daß ich sie allein lasse. Sie glaubt, daß ich eine Kur mache, und weiß, daß sie ihrem Vater nichts von meiner Abwesenheit sagen soll. Er würde sich nur Sorgen machen. Man kann ihr absolut vertrauen. Du wirst sehen, was für ein kluger Schatz sie ist …« Und dann, unten auf der Seite, in einem schief hingekritzelten Postskriptum: »Susy, meine Liebe, wenn Du mir je einen Gefallen schuldig warst, wirst Du, bei Deiner Ehre, zu niemandem ein Wort verlauten lassen, nicht einmal zu Nick. *Und ich weiß, ich kann mich darauf verlassen, daß Du die Zahlen ausradierst.*«

Susy sprang auf und warf Mrs. Vanderlyns Brief ins Feuer. Dann ging sie langsam zum Sessel zurück. Da lagen die verhängnisvollen Umschläge, und als nächstes mußte sie sich entschließen, was sie damit machen sollte.

Spontan wollte sie sie vernichten. Dadurch würde sie möglicherweise Ellie wie auch sich selbst vor Schwierigkeiten bewahren. Allerdings müßte sie dann gleich morgen abreisen und Ellie verständigen – aber sie suchte vergeblich nach einer Anschrift.

Nun – vielleicht wußte Clarissas Kindermädchen, wo man ihre Mutter erreichte. Nicht einmal Ellie sah es ähnlich, zu verreisen, ohne für irgendeine Möglichkeit zu sorgen, daß ihr Kind Kontakt mit ihr aufnehmen könnte. Heute abend jedenfalls war nichts mehr zu unternehmen. Sie konnte sich höchstens die Einzelheiten ihrer Flucht überlegen und sich den Kopf zerbrechen, um einen Ersatz für diese Gastfreundschaft zu finden. Susy war sich völlig klar darüber, wie fest sie für den Sommer mit dem Palast der Vanderlyns gerechnet hatte. Sie kannte Ellies Großzügigkeit und wußte, daß sich ihre Ausgaben, solange sie ihre Gäste waren, auf ein gelegentliches Geschenk für die Dienstboten beschränken würden. Und was wäre die Alternative? In ihren Gesprächen hatten sie und Lansing sich in eine Vision von müßigen Sommertagen in der Lagune, von sonnendurchfluteten Stunden auf dem Lido, von Abenden bei Musik und von Träumereien auf ihrem großen Balkon über der Giudecca hineingesteigert. Die Vorstellung, auf all diese Freuden verzichten und sie Nick vorenthalten zu müssen, erfüllte Susy mit einem Zorn, den die Erinnerung an seine Eröffnung, daß er »schreiben wolle«, wenn sie es sich in Venedig gemütlich gemacht hätten, noch verstärkte. Schon wuchs in ihr die wilde Entschlossenheit der Schriftstellergattin heran, die die Ungestörtheit ihres Mannes zu verteidigen und seine Begegnungen mit der Muse zu erleichtern hatte. Es war widerwärtig, einfach widerwärtig von Ellie Vanderlyn, sie in eine derartige Falle zu locken.

Na schön – es blieb ihr nichts anderes übrig, als Nick alles einzugestehen. Der banale Vorfall mit den Zigarren – und wie banal erschien er jetzt! – lehrte sie, welchen Standpunkt er einnehmen konnte, und ließ sie seine unnachgiebige Kompromißlosigkeit ahnen. Sie würde ihm morgen die ganze Geschichte erzählen und versuchen, gemeinsam mit ihm einen Ausweg zu finden. Susys Glaube an ihre Fähigkeit, eine Lösung zu finden, war nicht zu erschüttern. Plötzlich erinnerte sie sich jedoch der inständigen Bitte am Schluß von Mrs. Vanderlyns Brief: »Wenn Du mir je einen Gefallen schuldig warst, wirst Du, bei Deiner Ehre, auch Nick kein Wort davon sagen …«

Kein Mensch hatte das Recht, so etwas von ihr zu verlangen. Wenn man das Wort »Recht« überhaupt in einen Zusammenhang mit diesem Wirrwarr von Lug und Trug bringen konnte. Tatsache war, daß sie Ellie mehr als nur einen Gefallen schuldete. Und es war das erste Mal, daß ihre Freundin von ihr verlangte, dafür zu bezahlen. Sie befand sich wieder in einer Situation wie damals, als Ursula Gillow sie aufgefordert hatte, Nick Lansing aufzugeben. Ja, überlegte Susy, aber schließlich war auch Nelson Vanderlyn sehr nett zu ihr gewesen. Und das Geld, das Ellie so großzügig ausgab, stammte von Nelson. – Das

Kartenhaus von Susys Normen begann in seinen Grundfesten zu wanken – sie wußte einfach nicht, was, inmitten all dieser Schlechtigkeit, fair wäre.

So verwirrt war sie noch nie gewesen. Sie hatte sich oft genug in nahezu ausweglosen Situationen befunden. Ja eigentlich gab es keine, die nicht auf die eine oder andere Weise ausweglos gewesen wäre. Blickte sie auf ihre Vergangenheit zurück, so sah sie ein Geflecht von endlosen Zugeständnissen und Listen. Nie zuvor hatte sie jedoch so sehr das Gefühl gehabt, zu Fall gebracht, gefesselt und geknebelt worden zu sein. Der zweite Monat ihrer Flitterwochen begann eindeutig umwölkt. –

Sie warf einen Blick auf den kunstvoll emaillierten Reisewecker auf ihrem Toilettentisch – eines der wenigen Hochzeitsgeschenke dieser Art, die sie angenommen hatte – und war erstaunt, wie spät es schon war. Nick würde jeden Moment auftauchen, und ein unangenehmes Gefühl in der Kehle warnte sie, daß sie aus schierer Nervosität und Wut mit etwas Unbesonnenem herausplatzen könnte. Die alte Gewohnheit, immer auf der Hut zu sein, ließ sie in den Spiegel sehen. Ihr Gesicht war blaß und eingefallen, und nachdem sie den Ausdruck von Erschöpfung mit Hilfe einiger geschickter kosmetischer Kunstgriffe noch verstärkt hatte, ging sie durch den Raum und öffnete vorsichtig die Tür zum Zimmer ihres Mannes.

Er saß unter einer Lampe und las einen Brief, den er beiseite legte, als sie eintrat. Sein Gesicht war ernst.

»Ich bin sehr müde, Schatz, und meine Kopfschmerzen sind schrecklich, ich sage dir lieber gleich gute Nacht.« Sie beugte sich über die Stuhllehne und legte die Arme um seine Schultern. Er hob seine Hände, um ihre zu ergreifen, aber sein Blick war immer noch ernst, fast fern. Es war, als habe sich zum ersten Mal ein kaum wahrnehmbarer Schleier zwischen seine und ihre Augen gelegt.

»Es tut mir so leid – es war ein langer Tag für dich«, sagte er geistesabwesend und preßte seine Lippen auf ihre Hände.

Das gefürchtete Zucken in ihrer Kehle, sie spürte es. »Nick«, brachte sie heraus, während sie ihn fester umschlang, »ehe ich gehe, mußt du mir schwören, bei deiner Ehre, daß du *weißt,* niemals hätte ich diese Zigarren für mich genommen!«

Einen Augenblick lang starrte er sie an, und sie starrte mit dem gleichen Ernst zurück. Dann stieg in beiden unwiderstehliche Fröhlichkeit auf, und ein befreiendes Lachen fegte Susys Gewissensbisse beiseite.

Als Susy am nächsten Morgen erwachte, fiel strahlende Sonne durch die Brokatvorhänge, und der Widerschein des Wellengekräusels auf dem Kanal zeichnete ein Gitter aus goldenen Schuppen an die

Decke. Gerade hatte das Mädchen ein Tablett auf ein Intarsientischchen neben dem Bett gestellt, und über dem Rand des Tabletts tauchte das ernste Gesichtchen Clarissa Vanderlyns auf. Beim Anblick des kleinen Mädchens erwachten erneut all ihre Bedenken.

Clarissa war gerade acht und schmächtig für ihr Alter. Ihre klaren braunen Augen starrten Susy durch das Gestänge des Toastständers und die Teerose in einem Muranoglas an. Susy hatte sie seit zwei Jahren nicht mehr gesehen. Sie schien in der Zwischenzeit von einer nachdenklichen Kindlichkeit zur vollen Reife weiblicher Erfahrung herangewachsen zu sein. Wohlwollend blickte sie den Gast ihrer Mutter an.

»Ich bin sehr froh, daß du gekommen bist«, erklärte sie mit leiser, zarter Stimme. »Ich mag dich sehr. Ich weiß, ich soll nicht oft bei dir sein, aber ein bißchen wirst du doch auf mich aufpassen, nicht wahr?«

»Ein bißchen auf dich aufpassen! Ich werde dich gar nicht mehr aus den Augen lassen, wenn du mir so hübsche Dinge sagst.« Susy lachte und stützte sich in ihren Kissen auf, um das kleine Mädchen zu sich hinaufzuziehen.

Clarissa lächelte und machte es sich auf dem seidenen Bettüberwurf bequem. »Oh, ich weiß, ich darf nicht immer bei dir sein, weil du frisch verheiratet bist, aber *könntest* du dafür sorgen, daß ich regelmäßig mein Essen bekomme?«

»Wie denn, mein armer Liebling. Bekommst du das denn nicht?«

»Nicht wenn Mutter so eine Kur macht. Die Dienstboten tun nicht, was ich sage, verstehst du, ich bin so klein für mein Alter. In ein paar Jahren werden sie mir gehorchen müssen – auch wenn ich nicht viel wachse«, fügte sie altklug hinzu. Sie streckte ihre Hand aus und berührte die Perlenschnur um Susys Hals. »Die sind zwar klein, aber sehr gut. Die anderen nimmst du wohl nicht mit, wenn du auf Reisen bist.«

»Die anderen? Du meine Güte! Ich habe keine anderen – und werde wahrscheinlich auch nie welche haben.«

»Keine anderen Perlen?«

»Überhaupt keinen anderen Schmuck.«

Clarissa starrte sie an. »Ist das *wirklich* wahr?« fragte sie, als sei dies etwas Unerhörtes.

»Und wie wahr«, sagte Susy. »Aber ich glaube, ich bringe die Dienstboten auch ohne Perlen dazu, mir zu gehorchen.«

Dieser Punkt schien für Clarissa, die nach wie vor ihre Gefährtin ernsthaft musterte, an Interesse verloren zu haben. Nach einer Weile setzte sie zu einer weiteren Frage an: »Hast du alle deine Juwelen hergeben müssen, als du geschieden wurdest?«

»Geschieden …?« Susy warf ihren Kopf auf die Kissen zurück und lachte. »Aber wieso denn, wo denkst du hin? Weißt du nicht mehr – das letzte Mal, als du mich gesehen hast, war ich noch nicht einmal verheiratet.«

»Schon. Aber das war vor zwei Jahren.« Das kleine Mädchen schlang seine Arme um Susys Hals und schmiegte sich zärtlich an sie. »Wirst du dich also bald scheiden lassen? Ich verspreche es, ich sage niemandem etwas davon, wenn du das nicht willst.«

»Mich scheiden lassen? Natürlich nicht. Wie kommst du denn auf die Idee?«

»Weil du so schrecklich glücklich aussiehst«, sagte Clarissa Vanderlyn.

5

So belanglos das Anzeichen auch war, es hatte sich in Susys Kopf festgesetzt: An diesem ersten Morgen in Venedig war Nick ausgegangen, ohne zuerst bei ihr vorbeizuschauen. Sie war lange im Bett geblieben, hatte mit Clarissa geplaudert und jeden Augenblick damit gerechnet, daß die Tür sich öffnen würde und Nick auftauchte. Als das Kind dann gegangen war, sprang sie aus dem Bett, um in Nicks Zimmer zu schauen. Es war leer, und auf seinem Toilettentisch lag eine kurze Notiz, daß er weggegangen sei, um ein Telegramm aufzugeben.

Es paßte eher zu einem Liebhaber, sogar zu einem kleinen Jungen, zu glauben, es sei notwendig, ihr seine Abwesenheit zu erklären. Aber warum war er nicht einfach in ihr Zimmer gekommen, um ihr das zu sagen? Instinktiv brachte sie diesen kleinen Umstand mit der Andeutung von Besorgtheit in Verbindung, die sie am Abend zuvor in seinem Gesicht bemerkt hatte, als er in seinen Brief vertieft gewesen war. Beim Ankleiden grübelte sie weiter, was wohl in dem Brief stand und ob das Telegramm, das er so eilig wegschicken mußte, eine Antwort darauf enthielt.

Als er zurückkam, gutaussehend und strahlend wie der Morgen, gab er ihr keine Erklärung. Und es war

Teil ihrer Lebensphilosophie, keine Fragen zu stellen. Zu lange war sie mit ihrem kleinen Boot durch gesellschaftliche Untiefen gesteuert, um nicht zu wissen, wie eng die Durchfahrt ist, die zum Seelenfrieden führt. Und sie war entschlossen, in der Mitte der Fahrrinne zu bleiben. Doch der Vorfall hatte eine Art symbolischer Bedeutung gewonnen, als markiere er einen Wendepunkt in ihrer Beziehung zu ihrem Ehemann. Und schon blickte sie auf ihr Glück, als sei es ein schwankendes Eiland in stürmischer See.

Ungefähr drei Wochen nach ihrer Ankunft in Venedig saß sie bei Sonnenuntergang allein auf dem Balkon und beobachtete, wie das schräg auf das Wasser einfallende Licht auf der schwankenden Spiegelung alter Palazzi seine Muster webte. Um diese Stunde war sie fast immer allein. Nick hatte beschlossen, nachmittags zu schreiben – er hatte Wort gehalten –, und es war ihm zur Gewohnheit geworden, erst am Abend mit seiner Frau eine Ruderfahrt durch die Lagune zu unternehmen. Sie war, wie üblich, mit Clarissa in den Giardino Pubblico gegangen, wo das artige Kind ohne großes Interesse »gespielt« hatte – Clarissa beteiligte sich an den Spielen gleichaltriger Kinder wie an einem veralteten Ritual –, und hatte sie dann zu einer Musikstunde zurückgebracht.

Susy war inzwischen dankbar für Clarissas Anwesenheit. Ohne das kleine Mädchen hätte sich in ihren Stolz auf den Arbeitseifer ihres Mannes möglicherweise ein leises Gefühl von Ausgeschlossenheit gemischt. Da aber Nicks Fleiß die vollkommenste Rechtfertigung für ihren Aufenthalt hier war und für das, was sie getan hatte, empfand sie Dankbarkeit Clarissa gegenüber, denn sie half ihr, sich weniger einsam zu fühlen. Clarissa trug außerdem zu Susys Rechtfertigung bei. Dem Kind zuliebe wie um Nicks willen hatte sie geschwiegen, war in Venedig geblieben und hatte sich einmal in der Woche weggeschlichen, um einen von Ellies numerierten Briefen aufzugeben. Ein Tag im Palazzo Vanderlyn hatte Susy von der Unmöglichkeit überzeugt, Clarissa im Stich zu lassen. Aus langer Erfahrung wußte sie, daß man in den Haushalten mit den meisten Dienstboten oft die einsamsten Kinderzimmer findet und daß ein reiches Kind Gefahren ausgesetzt ist, die eine weniger behütete Kindheit nicht kennt. Derlei Erkenntnisse hatten sie bisher wenig belastet, waren Fäden in dem wirren Muster des Lebens gewesen. Jetzt entdeckte sie in sich Gefühle, wo sie vorher nur geurteilt hatte. Sie empfand ihr zerbrechliches Glück nun als von der neuen Last des Mitleids beschwert.

In Gedanken versunken, bemerkte sie plötzlich eine Gondel, deren Schnabel auf die Stufen unter dem Balkon zielte. Sie beugte sich vor, und ein großgewachsener Herr in schäbigem Anzug, der zu ihr hinaufblickte, als er aus der Gondel sprang, winkte ihr mit einem zerknautschten Panamahut eine fröhliche Begrüßung zu.

»Streffy!« rief sie ebenso fröhlich und sprang ihm und seinem mit Gepäck beladenen Bootsführer entgegen.

»Es ist dir doch recht, nehme ich an? Ellie hat gesagt, ich könnte kommen«, erklärte er mit schrillvergnügter Stimme. »Und ich soll wieder das grüne Zimmer mit den Papageienpaneelen bekommen, weil die Möbel ohnehin schon so schreckliche Flecken von meinem Haarwasser haben.«

Susy strahlte ihn mit der tiefen Befriedigung an, die seine Anwesenheit bei seinen Freunden immer hervorrief. Es gab keinen Menschen auf der Welt, darin stimmten sie alle überein, der auch nur halb so häßlich und unordentlich und vergnügt war wie Streffy. Keinen, der eine so unverblümte Selbstsucht mit einer so unerschütterlich guten Laune verband. Keinen, der sich so gut darauf verstand, mit seinem Charme den seines Gegenübers zu wecken.

Abgesehen von diesen verführerischen Eigenschaften hatte Strefford für Susy noch einen weiteren Reiz, dessen er sich vermutlich gar nicht bewußt war, nämlich den, der einzige zu sein, der inmitten der kommenden und gehenden und einander abwechselnden Gestalten, die ihre Welt ausmachten, fest verwurzelt und immer derselbe war. Seit jeher lebte Susy unter Leuten, die sich ihrer Nationalität so sehr entfremdet hatten, daß diejenigen, die man für Russen hielt, sich oft als Amerikaner entpuppten, während andere, die man eher mit New York in Verbindung gebracht hätte, sich als Italiener oder Rumänen erwiesen. Diese Kosmopoliten – die in Ländern lebten, die nicht ihre Heimat waren, in Häusern wohnten, die groß wie Hotels waren – hatten in der ganzen Welt und nach allen Gesetzen, die menschliche Bindungen zu regeln versuchen, untereinander geheiratet, sich geliebt und sich wieder scheiden lassen. Auch Strefford hatte in diesem Kosmos sein Zuhause, aber es war nur das eine. Das andere, von dem er nur selten sprach und an das er wahrscheinlich auch nur selten dachte, war ein großes, langweiliges englisches Landhaus in einer nördlichen Grafschaft. Hier lebte eine Generation nach der anderen ein Leben, das so monoton und selbstgenügsam war wie sein eigenes bewegt und abwechslungsreich. Das Wissen um dieses Haus und um alles, was es verkörperte, selbst für diesen herumvagabundierenden und respektlosen Mann, dieses Wissen, das hin und wieder in seinen Äußerungen aufflackerte, verlieh ihm beständige Umrisse und einen festeren Halt als den anderen Marionetten in diesem Reigen. Oberflächlich betrachtet, war er ihnen sehr ähnlich und ungemein darauf bedacht, sie an Unvoreingenommenheit und Anpassungsfähigkeit noch zu übertreffen. Gern machte er sich über die

Vorurteile lustig, die er abgeschüttelt hatte und an denen seine Landsleute noch festhielten, bewahrte sich jedoch mit aller Bestimmtheit das Gerüst traditionellen Glaubens und traditioneller Lebensart. »Er spricht alle Sprachen mindestens so gut wie wir«, hatte Susy einmal von ihm gesagt, »aber wenigstens eine spricht er besser als die anderen.« Als man Strefford diese Bemerkung hinterbrachte, hatte er gelacht und sie eine Närrin genannt – und sich gefreut.

Jetzt stiegen sie Arm in Arm die Treppe hinauf, und Susy sah Streffords Besonderheit in neuem Licht. Auch sie und Lansing waren, obwohl Amerikaner und mit einem beachtlichen Hintergrund altmodischer Verwandtschaftsbeziehungen in New York und Philadelphia gesegnet, gefühlsmäßig losgelöst und überall auf der Welt zu Hause wie die Tipgeber bei einem internationalen Wettrennen. Wenn man sie als Amerikaner erkannte, dann nur, weil sie so gut Französisch sprachen und weil Nick für einen »Ausländer« zu blond war und für einen Engländer ein zu markant geschnittenes Gesicht hatte. Charlie Strefford jedoch war durch und durch Engländer. Und plötzlich erkannte Susy, wie schön ein so gewachsenes Empfinden für Tradition sein mußte.

Strefford streckte sich in einem Liegestuhl auf dem Balkon aus, ohne sich im geringsten um sein Gepäck zu kümmern, und zeigte sich ungeheuer interessiert am letzten Kapitel ihrer Geschichte, sichtlich erfreut, daß es unter seinem Dach in Szene gesetzt worden war. Höchst respektlos amüsierte er sich über die Hartnäckigkeit, mit der sie sich weigerte, ihn Nick aufsuchen zu lassen, ehe dieser sein Tagwerk beendet hatte.

»Schreiben? Quatsch! Was schreibt er denn? Er legt dich rein, meine Liebe. Ja, das macht er, er bastelt ein Alibi zusammen. Was wetten wir, daß er nur rumsitzt, raucht und *Le Rire* liest? Komm, wir schauen nach.«

Susy blieb jedoch unnachgiebig. »Er hat mir sein erstes Kapitel vorgelesen – es ist wundervoll. Es wird eine philosophische romantische Erzählung, etwa in der Art von *Marius*. Verstehst du?«

»Oh ja – und ob«, erwiderte Strefford mit einem ihrer Ansicht nach unnötig ironischen Lachen.

Sie wurde rot wie ein Kind. »Das ist albern, Streffy. Du vergißt, daß Nick und ich Alibis nicht nötig haben. Wir haben diese ganze Scheinheiligkeit über Bord geworfen, als wir abgemacht haben, einander zu helfen. Wir haben nicht geheiratet, um zu spionieren und zu lügen und um aneinander herumzunörgeln. Wir sind zum Vorteil für uns beide eine Partnerschaft eingegangen.«

»Verstehe, das ist großartig. Aber wie kannst du sicher sein, daß du, wenn Nick eine Veränderung will, dies als vorteilhaft für ihn betrachtest?«

Das war genau der Punkt, der Susy insgeheim immer gequält hatte. Oft fragte sie sich, ob dieser Gedanke Nick genauso plagte.

»Ich hoffe, ich verfüge über genügend gesunden Menschenverstand …«, begann sie.

»Oh, natürlich, gesunder Menschenverstand. Darauf müßt ihr eure Argumentation stützen, egal, wie ihr argumentiert.«

Diese Ironie brachte sie aus der Fassung: »Was würdest *du* denn machen, wenn du heiraten würdest? Nicht so laut, Streffy! Ich verbiete dir, so zu schreien – die Gondeln halten schon an, um zu sehen, was hier los ist.«

»Was kann ich dafür?« Er schaukelte in seinem Stuhl vor und zurück. »›Wenn du heiraten würdest, Streffy, was würdest du tun, wenn du plötzlich völlig durchdrehst?‹«

»Das habe ich nicht gesagt. Angenommen, dein Onkel und dein Cousin sterben, dann würdest du morgen heiraten. Du weißt, daß das stimmt.«

»Oh, jetzt redest du vom Geschäft.« Er verschränkte seine langen Arme, lehnte sich über die Balkonbrüstung und blickte auf das mit kleinen Lichtern gesprenkelte Wellengekräusel. »In diesem Fall würde ich sagen ›Susan, meine Liebe – Susan –, jetzt, da du kraft des gnädigen Eingreifens der Vorsehung Gräfin von Altringham in der Peerage Großbritannien und Baronesse Dunsterville und d'Amblay in den Peerages Irland und Schottland geworden bist, wäre ich dir dankbar, wenn du nicht vergißt, daß du nun Mitglied eines der ältesten Geschlechter im Vereinigten Königreich bist – und dich nicht erwischen läßt.«

Susy lachte. »Wir wissen, was derartige Warnungen bedeuten. Schon jetzt habe ich Mitleid mit meiner Namensschwester.«

Er bedachte sie mit einem schnellen Blick aus seinen kleinen zwinkernden Augen. »Gibt es noch eine andere Frau auf dieser Welt, die Susan heißt?«

»Hoffentlich, wenn denn der Name eine Voraussetzung ist. Selbst wenn Nick mir den Laufpaß gibt – zähle nicht auf mich, um dieses Programm durchzuführen. Ich habe zu oft gesehen, wie so was endet.«

»Na schön. Soweit ich weiß, sind alle in Altringham bei bester Gesundheit.« Er wühlte in seiner Tasche und zog einen Füllfederhalter, ein tintenbeflecktes Taschentuch und ein Päckchen zerdrückter Zigaretten hervor.

Während er sich eine anzündete und die anderen Dinge wieder in seiner Tasche verstaute, fuhr er mit ruhiger Stimme fort: »Sag mir – wie hast du es geschafft, dich mit den Gillows wieder zu versöhnen? Ursula lief Amok, als ich letzten Sommer in Newport war. Damals fingen die Leute gerade an zu erzählen, du würdest Nick heiraten. Ich hatte schon Angst, sie würde dich einsperren lassen, statt dessen hat sie dir, wie ich höre, einen ansehnlichen Scheck in die Hand gedrückt.«

Susy schwieg. Sie hatte gleich gewußt, daß Streffy irgendwann diese Frage stellen würde. Er war neugierig wie ein Luchs, und wenn er etwas herausfinden wollte, würde ihn niemand davon abbringen. Nach kurzem Zögern sagte sie also: »Ich habe mit Fred geflirtet. Es war lästig – aber er hat sich sehr anständig verhalten.«

»Das war zu erwarten – armer Fred. Und du hast Ursula einen gründlichen Schreck eingejagt?«

»Nun – es reichte. Und dann kreuzte glücklicherweise dieser junge Nerone Altineri aus Rom auf. Er ist nach New York gekommen, um sich eine Stelle als Ingenieur zu suchen, und Ursula hat Fred dazu gebracht, Nerone in ihrem Eisenwerk unterzubringen.« Erneut hielt sie inne und fügte dann abrupt hinzu: »Streffy! Wenn du wüßtest, wie ich so etwas hasse. Mir wäre lieber, wenn es denn sein muß, Nick käme herein und würde mir ins Gesicht sagen – und ich weiß, genau das würde er tun –, daß er weggeht, mit…«

»Mit Coral Hicks?« schlug Strefford vor.

Sie lachte. »Arme Coral Hicks. Wie kommst du ausgerechnet auf sie?«

»Weil ich sie und ihre Eltern neulich auf Capri getroffen habe. Sie sind auf Kreuzfahrt und haben erklärt, sie würden hierherkommen.«

»Wie ärgerlich! Ich hoffe, sie spüren uns nicht auf. Sie waren schrecklich nett zu Nick, als er mit ihnen nach Indien gereist ist, aber sie sind ein bißchen einfältig – zu erwarten, daß Nick sich über ihren Besuch freuen würde.«

Strefford deutete mit seiner Zigarette auf einen Touristen, der sich ein Tuch um den Hut geschlungen hatte und den Palazzo anstarrte. »Ah«, murmelte er voller Genugtuung, als er merkte, daß der Seitenhieb gesessen hatte: »Coral Hicks wächst sich zu einer recht hübschen Person aus.«

»Aber Streffy – jetzt träumst du. Dieser Koloß von einem Mädchen mit Brille und dicken Fesseln! Die arme Mrs. Hicks sagte immer zu Nick ›Als Mr. Hicks und ich Coral eine fundierte Ausbildung angedeihen ließen, nahmen wir an, in Europa sei Kultiviertheit gefragter, als es jetzt den Anschein hat.‹«

»Nun, du wirst sehen, die Erziehung wird dieses Mädchen nicht bremsen, wenn es erst einmal in Fahrt kommt. Also, wenn Nick jetzt hereinkäme und sagte, er würde weggehen ...«

»Dann wäre ich ungeheuer dankbar, wenn er das mit einer solchen Vogelscheuche wie Coral täte. Aber weißt du«, fügte sie mit einem Lächeln hinzu, »wir haben abgemacht, daß so etwas ein Jahr lang nicht vorkommen darf.«

6

Nach diesem ersten, ein wenig albernen Auftritt wirkte Strefford außergewöhnlich liebenswürdig und entgegenkommend auf Susy. Das Interesse, das er an ihrer und Nicks Zukunft zeigte, schien nicht so sehr seiner üblichen unersättlichen Neugierde zu entspringen, sondern freundlicher Zuneigung. Ihm wurde die Ehre zuteil, Nicks erstes Kapitel lesen zu dürfen. Es beeindruckte ihn derart, daß er Susy ernsthaft darauf hinwies, wie wichtig es sei, die Arbeitsstunden ihres Mannes zu respektieren. Er trieb sein allgemeines Wohlwollen sogar so weit, ein väterliches Interesse für Clarissa Vanderlyn an den Tag zu legen. Auch sonst war er meist bezaubernd zu Kindern, allerdings auf eine etwas sprunghafte und vorsichtige Weise, die der Sorge entsprang, sie könnten ihn in seiner Unabhängigkeit beeinträchtigen oder ihn plötzlich langweilen. Noch nie hatte Susy ihn diese Zurückhaltung so vollständig aufgeben sehen wie bei Clarissa.

»Armes Teufelchen. Wer paßt denn auf sie auf, wenn ihr beide weg seid? Willst du etwa sagen, Ellie hat die Gouvernante gefeuert und ist weggefahren, ohne für einen Ersatz zu sorgen?«

»Ich glaube, sie hat damit gerechnet, daß ich das übernehme«, erklärte Susy mit einem Anflug von

Schroffheit. Es gab Augenblicke, da lastete die Verpflichtung Clarissa gegenüber schwer auf ihr. Immer wenn sie mit Nick ausging, verfolgte sie das Bild der kleinen Gestalt, wie sie ihnen vom Balkon aus wehmütig nachwinkte.

»Das sieht Ellie ähnlich. Du hättest dir denken können, daß sie eine Gegenleistung erwartete, als sie dir all das hier zur Verfügung stellte. Allerdings hat sie bestimmt nicht damit gerechnet, daß du deine Aufgabe so gewissenhaft erfüllst.«

Susy überlegte. »Wahrscheinlich nicht. Und vielleicht hätte ich das vor einem Jahr auch noch nicht so ernst genommen. Aber verstehst du« – sie zögerte –, »Nick ist so schrecklich gut, das läßt mich vieles in einem anderen Licht sehen ...«

»Zum Teufel mit Nicks Güte! Einzig daß du so glücklich bist, hat das bewirkt, meine Liebe. Du gehörst eben zu den Leuten, denen das bekommt.«

Susy lehnte sich zurück und musterte sein verknittertes, ironisches Gesicht.

»Und was bekommt dir so gut, Streffy? Ich habe dich noch nie so menschlich gesehen. Wahrscheinlich verlangst du ein Heidengeld für die Villa.«

Strefford lachte und tätschelte seine Brusttasche. »Ich wäre ein Esel, wenn ich das nicht täte. Ich habe ein Telegramm bekommen, sie müßten sie unbedingt noch einen Monat länger haben, egal, was es kostet.«

»So ein Glück. Das freut mich wirklich. Wer ist es übrigens?«

Er richtete sich aus seinem Liegestuhl auf und grinste sie an: »Auch so ein liebeskrankes Paar wie du und Nick … Weißt du – laß uns, ehe ich das ganze Geld ausgebe, losziehen und irgendwas Umwerfendes für Clarissa kaufen.«

Die Tage vergingen schnell und strahlend. Wäre nicht Clarissa gewesen, Susy hätte kaum bemerkt, daß sich die Abwesenheit ihrer Gastgeberin in die Länge zog. Mrs. Vanderlyn hatte von »höchstens vier Wochen« gesprochen. Die vier Wochen waren um, aber sie war nicht zurückgekehrt und hatte auch keine Erklärung gesandt. Genaugenommen gab es seit ihrer Abreise nicht einmal ein Lebenszeichen von ihr, es sei denn, man zählte eine Postkarte dazu, die Clarissa am Tag nach der Ankunft der Lansings erhalten hatte und auf der Mrs. Vanderlyn ihre Tochter anwies, artig zu sein und nicht zu vergessen, den Mungo zu füttern. Diese Karte war in Mailand aufgegeben worden.

Sie vertraute Strefford ihre Sorgen an. »Diesem grünäugigen Kindermädchen traue ich nicht. Ständig steckt es mit dem jüngeren Gondoliere zusammen, und Clarissa merkt alles. Ich verstehe nicht, warum Ellie noch nicht da ist. Sie sollte letzten Montag zurückkommen.«

Ihr Begleiter lachte, und irgend etwas im Klang

seines Lachens ließ sie vermuten, er wisse über Ellies Unternehmungen genausoviel wie sie selbst, wenn nicht mehr. Mit leichtem Widerwillen, den dieses Thema immer bei ihr auslöste, nahm sie sein verständnisinniges Lächeln zur Kenntnis. Wenn sie doch Nick alles, was sie in der Nacht ihrer Ankunft erfahren hatte, erzählen und dann mit ihm weggehen könnte, egal wohin. Aber da war Clarissa …

Entschlossen konzentrierte sie ihre Gedanken auf ihren Ehemann. An Nicks Zufriedenheit gab es keinen Zweifel. Er vergötterte sie, genoß Venedig in vollen Zügen, und seine Arbeit bereitete ihm Freude. Was er schrieb, war bestimmt gut – das sagte ihr ihr Verstand ebenso wie ihr Gefühl. Nach wie vor bezweifelte sie, daß er sich als Romanautor je seinen Lebensunterhalt verdienen könnte, aber er würde etwas Bemerkenswertes schreiben, und darum ging es in erster Linie. Schließlich schrieb er nicht einfach einen Roman, sondern einen philosophischen Roman, und das war außergewöhnlich genug. Selbst wenn sie nicht objektiv war – Streffords Anerkennung hatte sie beruhigt. Strefford galt als Autorität auf diesem Feld, schließlich war er selbst Autor. In Wirklichkeit waren die paar Seiten, die er veröffentlicht hatte, nicht der Rede wert. Aber man mußte es ja nicht so genau nehmen mit der Unterscheidung von Geschmack und Talent, und wenn er auch so tat, als gäbe er nichts auf das Urteil der Leute, so hörte er es doch gern, wenn sie sagten: »Wenn nur Streffy sich dazu entschlossen hätte …«

Der Beifall, den Strefford dem philosophischen Roman zollte, bestärkte sie darin, daß es richtig gewesen war, Nick zuliebe in Venedig zu bleiben. Wenn nur Ellie zurückkäme, um Clarissa nach St. Moritz oder Deauville mitzunehmen, dann würde diese unangenehme Episode sich wie eine Wolke auflösen, und sie könnten in vollkommener Freude leben.

Ellie kam nicht. Aber die Mortimer Hicks kreuzten auf, und Nick Lansing wurde von genau den Skrupeln befallen, die seine Frau vorausgesehen hatte. Als Strefford eines Abends vom Lido zurückkam, berichtete er, unter den Vergnügungsdampfern im äußeren Hafen habe er die riesige Silhouette der *Ibis* erkannt. Und schon am nächsten Abend, als die Gäste des Palazzo Vanderlyn im Florian ein Eis aßen, tauchten am anderen Ende des Platzes unerbittlich die Hicks auf.

Vergebens versuchte Susy, Nicks Arbeitsrhythmus zu verteidigen. »Vergiß nicht, du bist hier, um zu schreiben, Liebster. Es ist deine Pflicht, dich von niemandem davon abhalten zu lassen. Warum sagen wir ihnen nicht einfach, daß wir gerade abreisen?«

»Weil das keinen Sinn hat. Wir würden ihnen mit Sicherheit immer wieder über den Weg laufen. Und außerdem wäre es verdammt unfair, wenn ich die Hicks meide. Fünf ganze Monate habe ich auf der

Ibis verbracht. Und wenn sie mich auch gelegentlich gelangweilt haben, von Indien kann ich das nicht behaupten.«

»Wir werden sie auf jeden Fall dazu bringen, mit uns nach Aquileia zu fahren«, erklärte Strefford beschwichtigend. Und am nächsten Vormittag brachen die Hicks über das wehrlose Trio herein.

Sie bildeten eine furchterregende Front, nicht nur wegen ihres Körpergewichts – Mr. und Mrs. Hicks waren auf majestätische Weise dreidimensional –, sondern auch, weil sie ohne ihre Eskorte, bestehend aus zwei Privatsekretären (einer davon für Fremdsprachen zuständig), Mr. Hicks' Arzt, einer alten Jungfer namens Eldorada Tooker (Mrs. Hicks' Cousine, die Stenographin war) und schließlich ihrer Tochter Coral Hicks, nie ins Ausland reisten.

Als Susy die Gesellschaft das letzte Mal gesehen hatte, war Coral Hicks ein dickes Schulmädchen mit Brille gewesen, das ständig hinter den Eltern hertrottete und einen widerspenstigen Pudel an der Leine führte. Jetzt war der Pudel verschwunden, und seine Herrin führte die Prozession an. Aus dem dicken Mädchen war eine junge Dame geworden, nicht ohne Anmut, wenn auch mit gedrungener Figur. Durch ein Lorgnon, das die Brille ersetzt hatte, betrachtete Miss Coral Hicks die Welt nicht mehr verdrießlich, sondern selbstsicher und zugleich kritisch. So stark und zuversichtlich wirkte sie, daß ihre Position an der Spitze der Prozession nicht zufällig sein konnte. »Gott sei Dank ist sie nicht auch noch hübsch«, dachte Susy, als sie sie rasch taxierte.

Hübsch war sie zwar nicht, aber gut gekleidet. Und wenn sie auch übermäßig gebildet war, so schien sie doch, wie Strefford angedeutet hatte, durchaus in der Lage, selbst mit diesem schlimmsten aller Mängel fertig zu werden. Die Gesellschaft saß noch keine fünf Minuten vor einem weiteren Eis (Eldorada und die Sekretäre hatten an einem etwas im Hintergrund stehenden Tisch Platz genommen), als Coral mit Nick bereits die Frage der Erforschung Mesopotamiens erörterte.

»Ein merkwürdiges Kind, diese Coral«, sagte er zu Susy, als sie abends auf ihrem Balkon eine Zigarette rauchten. »Heute nachmittag hat sie mir erzählt, daß sie sich an viele Dinge erinnere, die sie mich in Indien hat sagen hören. Damals hatte ich den Eindruck, sie interessiere sich nur für Sahnebonbons und Bilderrätsel, aber anscheinend hat sie genau zugehört und alle Bücher gelesen, die sie in die Finger bekommen konnte. Letztes Jahr hat sie in Bryn Mawr an einem Kurs teilgenommen, so fasziniert war sie von orientalischer Archäologie. Nächstes Frühjahr will sie nach Bagdad und zurück über die persische Hochebene und durch Turkistan.«

Susy lachte zufrieden. Sie saß da und hielt Nicks Hand, während der späte Mond – ihr Mond – sie über dem Campanile von San Giorgio sein orangefarbenes Rund bewundern ließ.

»Arme Coral. Wie langweilig ...«, murmelte Susy.

»Langweilig? Wieso? Ich kann mir nichts Schöneres vorstellen, als eine solche Reise zu unternehmen.«

»Oh, ich meinte doch nur: Wie langweilig, eine solche Reise ohne dich machen zu müssen«, lachte sie und stand träge auf, um nach drinnen zu gehen. Ein breites Band des Mondlichts teilte ihr Zimmer in zwei Hälften, zog sich über das venezianische Bett mit dem zurückgeschlagenen Laken, der Tagesdecke aus Damast und den mit Spitzen eingefaßten Kopfkissen. Nick trat neben sie und umarmte sie, bog ihren Kopf zurück, um ihr in die Augen zu sehen.

Die Hicks hatten Nicks Aufenthalt an Bord der *Ibis* in angenehmster Erinnerung, und Susy, gerührt von ihrer aufrichtigen Freude, ihn wiederzusehen, war froh, daß er ihrem Rat nicht gefolgt war und nicht versucht hatte, ihnen aus dem Weg zu gehen. Wenn sie auch in gewisser Weise Streffords Begabung bewunderte, Menschen skrupellos auszunutzen und dann fallenzulassen, so hoffte sie doch, daß Nick es ihm nicht gleichtun würde, auch wenn sie es ihm vorgeschlagen hatte. Es war nicht zu verachten, die Jacht der Hicks praktisch vor der Tür zu haben, aber am meisten gefiel es Susy, daß Nick so bewundert wurde. Sie wurde sich sogar eines wachsenden Gefallens an ihnen bewußt, einer Art von Zustimmung für eben jene Eigenschaften, die früher ihre Mißbilligung hervorgerufen hätten. Susy hatte sich lange genug darin geübt, Leute mit großen Geldbörsen zu mögen. Ihr Vorrat an Toleranz und Entschuldigungen war unerschöpflich. Allerdings nur, wenn die großen Geldbörsen mit großem Erfolg gekoppelt waren – und hier lag das Problem bei den Hicks. Sie waren nicht nur erfolglos, sondern auch noch lächerlich. Beharrlich hatten sie den Bemühungen erfahrener Berater widerstanden, die versucht hatten, ihnen auf dem Weg nach oben zu helfen. Immer setzten sie auf die falschen Leute, gaben unpassende Gesellschaften und verschwendeten Millionen auf Dinge, die niemanden, der irgendwie etwas zu sagen hatte, interessierten. Sie glaubten an »Bewegungen« und »Grundfragen« und »Ideale« und umgaben sich mit Verfechtern ihrer neuesten Überzeugungen, verlangten unablässig danach, von verhärmten Frauen in sackartigen Gewändern Vorträge zu hören und sich von wildromantischen Leuten porträtieren zu lassen.

All dies hätte früher Susys Verachtung herausgefordert. Nun mochte sie die Hicks gerade wegen ihrer Fehler. Sie war gerührt von ihrer schlichten Gutgläubigkeit, von ihrer Art, sich durch eine fremde und gleichgültige Welt treiben zu lassen – eine fest zusammengeschweißte Gruppe, umgeben von merkwürdigen Aposteln und Schmarotzern. Ihr Vorbild mochte ein längst untergegangener fürstlicher Lebensstil sein, in den Augen von Mrs. Hicks durch das symbolisiert, was sie als »den Hof der Renaissance« bezeichnete. Eldorada war natürlich ihre wichtigste Prophetin. Aber selbst die bemüht »munteren« und modernen Sekretäre, Mr. Beck und Mr. Buttles, legten eine rührende Neigung an den Tag, ihre Ansicht zu teilen, und sprachen – im Geiste Pandolfinos, der die Großzügigkeit der Medici pries – von Mr. Hicks als einem »Förderer der Künste«.

»Allmählich mag ich die Hicks recht gern. Ich glaube, selbst wenn sie im Danieli wohnten, sollte ich nett zu ihnen sein«, sagte Susy zu Strefford.

»Und sogar dann, wenn *dir* die Jacht gehörte?« erwiderte er. Und dieses eine Mal erschien ihr sein Geplänkel unangebracht.

Während der langen Junitage brachte die *Ibis* sie zu weit entfernten Ufern. Sie durchstreiften die Euganeen, besuchten Aquileia und Pomposa und Ravenna. Nur zu gern hätten ihre Gastgeber sie in noch entlegenere Gegenden entführt, über die Adria und weiter in das goldene Netzwerk der Ägäis. Susy widersetzte sich jedoch diesem Angriff auf Nicks Zeitplan, und er selbst war es zufrieden, bei seiner Arbeit zu bleiben. Nur schrieb er jetzt in den frühen Morgenstunden. So konnten sie meist noch vor Mittag aufbrechen, um erst spät abends in den schwach schimmernden Lichtersaum der Lagune zurückzukehren. Seine Arbeit machte beständige Fortschritte, und während er eine Seite nach der anderen beschrieb, verstärkte sich in Susy das Gefühl, daß etwas Bedeutsames entstehe, was letztlich ihrer beider Leben verändern könnte. In welcher Richtung, das wußte sie nicht zu sagen. Aber allein die Tatsache, daß er sich einen Beruf gewählt hatte und ihm nachging, wenn auch nur ein paar rosige Sommerwochen hindurch, ließ ihn bereits auf eine neue Art und Weise »Ja« oder »Nein« sagen.

7

Auch Nick Lansing spürte neue Energien. Er konnte das Buch, an dem er arbeitete, besser beurteilen als Susy und Strefford. Er kannte dessen Schwächen und die tückische Art, wie es sich ihm immer dann entzog, wenn er meinte, es zu beherrschen. Und wenn er aufgeben wollte, wenn es so aussah, als sei es ihm entglitten, zeigte es sich wieder und streifte sein Gesicht mit heftigem Flügelschlag.

Geld würde es ihm nicht einbringen, darüber gab er sich keinen Illusionen hin, und als Susy auf *Marius,* den Roman von Walter Pater, angespielt hatte, war er eher zusammengezuckt, als stolz zu sein. Das Buch sollte *Der Triumphzug Alexanders* heißen. Die Vorstellung, den Vormarsch des jungen Eroberers durch die sagenhaften Landschaften Asiens zu schildern, hatte ihn fasziniert. Außerdem hoffte er, in die Romanhandlung seine Theorie orientalischer Einflüsse auf die abendländische Kunst einbringen zu können. Er beherrschte sein Thema gut genug, um sich im klaren zu sein, daß er keine wissenschaftliche Arbeit darüber schreiben könnte. Also begnügte er sich mit dieser Art, seine Ideen darzulegen, und in den Augenblicken des Selbstzweifels nahm er Zuflucht zu Susys Einschätzung und empfand doch wieder Vergnügen an seiner Arbeit.

Noch nie war er so voller Zuversicht glücklich gewesen. Durch seine Auftragsarbeiten hatte er sich das disziplinierte Schreiben angewöhnt. Nun wurde diese Gewohnheit belebt durch Inspiration. Seine literarischen Versuche waren bisher ein vorsichtiges, ängstliches Tasten gewesen. Wenn er jetzt von Inspiration sprechen konnte, so mußte es an den Umständen liegen, die so anders waren. Er fühlte sich wohl, sicher, zufrieden. Und zum ersten Mal seit seiner frühen Jugend, seit der Zeit vor dem Tod seiner Mutter, hatte er das Gefühl, jemanden zu haben, um den er sich kümmern konnte, jemanden, der seiner ganz persönlichen Fürsorge anvertraut und dem er für sein Verhalten Rechenschaft schuldig war.

Seit er sich in Susy verliebt hatte, seit sie verheiratet waren, hatte sich in ihm die Vorstellung herausgebildet, sie wäre die Antwort auf ein tiefverwurzeltes Bedürfnis nach Verehrung. Sie gehörte fest zu ihm, anders, als er es je bei einer anderen Frau empfunden hatte. Er konnte den Unterschied nicht benennen – die Tatsache jedoch, daß sie seine Frau war, verlieh seinen wirren Regungen Sinn und Zusammenhang und seiner Aufgabe die Glut der Hingabe.

Während der ersten Tage ihrer Ehe hatte er sich ein- oder zweimal gefragt, was geschehen würde, sollte Susy ihm je langweilig werden. Bei anderen Frauen war genau das eingetreten. Das quälende Gefühl, zugleich Jäger und Gejagter zu sein, hatte ihn in hilflosem Bedauern zurückgelassen, denn keine der beiden Rollen entsprach seinem Wesen – und es kam unweigerlich zur Trennung.

Es war, als treffe nicht eine einzige seiner früheren Erfahrungen auf den Nick Lansing von heute zu. Er konnte sich nicht vorstellen, daß Susy ihn langweilen würde oder daß er versuchen müßte, ihr zu entfliehen. Er konnte sie sich nicht als seine Feindin vorstellen, nicht einmal als Komplizin, denn Komplizen sind potentielle Feinde. Sie war die Frau, mit der er, dank irgendeines unerhörten Wunders, Freuden über Freuden der Gemeinsamkeit erleben konnte und die, über die flüchtigen Ekstasen hinaus, ganz einfach und unwandelbar seine Freundin blieb.

Sein Gefühlswandel wirkte sich nicht auf seine generelle Lebenseinstellung aus. Er bestärkte lediglich seinen Glauben, das Leben sei dazu da, sich »zu vergnügen«. Nie hatte er all jenes, was ihm seit jeher Freude bereitete, intensiver genossen. Ein gutes Essen wie ein schöner Sonnenuntergang – beide konnten ihn nach wie vor gleichermaßen erfreuen. Und auch auf Susys Intelligenz und Vorurteilslosigkeit war er so stolz wie je, sie konnte ihm gar nicht »modern« genug sein. Voll und ganz teilte er ihre leidenschaftliche Hingabe an das Hier und Jetzt und ihr fieberhaftes Bemühen, jedem Tag ein Höchstmaß an Glück abzutrotzen.

Für die fortdauernde Abwesenheit Ellie Vanderlyns war er dankbar, und allmählich begann er sich mit der Hoffnung zu tragen, sie könnten den Palazzo für den Rest des Sommers ganz für sich haben. Dann hätte er Zeit, sein Buch abzuschließen, und Susy könnte sich ein wenig um die Zinsen ihrer Hochzeitsschecks kümmern. So ließe sich ihr verzaubertes Jahr möglicherweise auf zwei verlängern.

Obwohl die Saison schon weit fortgeschritten war, hatte ihre und Streffords Anwesenheit in Venedig bereits einige Mitglieder ihrer Clique angezogen. Bezeichnenderweise konnten diese gleichgültigen, aber äußerst anhänglichen Leute nie lange voneinander getrennt bleiben, ohne ein unbestimmtes Gefühl des Unbehagens zu verspüren. Lansing kannte es recht gut. Es hatte ihn gelegentlich selbst gequält, und oft hatte er anderen beigestanden, wenn sie davon befallen waren. Es war kaum mehr als ein leichter, nagender Schmerz, aber es gab den Unentschlossenen ein Ziel und half vielen noch Zaudernden über die alljährlichen Schwierigkeiten hinweg, sich zwischen Deauville und St. Moritz, zwischen Biarritz und Capri zu entscheiden.

Es überraschte Nick keineswegs zu erfahren, es werde allmählich Mode, in Venedig haltzumachen und bei den Lansings vorbeizuschauen. Streffy war mit seinem Beispiel vorangegangen, und Streffys Beispiel folgte man immer. Und dann war Susys

Heirat nach wie vor Gegenstand anteilnehmender Spekulationen. Die Leute kannten die Geschichte mit den Hochzeitsschecks und waren gespannt, wie lange sie damit auskommen würden. Dieses Jahr ging es darum, ihre Flitterwochen verlängern zu helfen, indem man dem abenteuerlustigen Paar Häuser förmlich aufdrängte. Noch ehe der Juni verstrichen war, sonnte sich eine Schar alter Freunde zusammen mit den Lansings auf dem Lido.

Aber Nick fühlte sich irritiert durch ihre Ankunft. Um ihren Kommentaren und Neckereien zu entgehen, legte er sein Buch beiseite und untersagte Susy, davon zu sprechen. Er erklärte ihr, er brauche eine Ruhepause. Augenblicklich und mit allem Nachdruck machte seine Frau sich diese Ansicht zu eigen und bewahrte ihn genauso eifrig vor der Versuchung zu arbeiten, wie sie ihn vom Müßiggang abgehalten hatte. Und er war sehr darauf bedacht, sie nicht merken zu lassen, daß die Veränderung seiner Gewohnheiten damit zusammenfiel, daß er mit seinem Buch an einem schwierigen Punkt angelangt war. Aber obgleich es ihm nichts ausmachte, eine Schreibpause einzulegen, fühlte er sich bedrückt von der Last des Nichtstuns. Zum ersten Mal hatte gemeinsamer Müßiggang seinen Reiz für ihn verloren. Nicht weil seine Mitbummler weniger gewinnend gewesen wären als früher, sondern weil er in der Zwischenzeit etwas so unermeßlich viel Besseres kennengelernt hatte. Der Abstand zwischen ihm und ihnen, seit jeher vorhanden, war dadurch so groß geworden, daß es ihm unfair erschien, Vergleiche anzustellen.

Wenn er gehofft hatte, Susy würde seine Einstellung teilen, so mußte er nun feststellen, daß die Ankunft der Freunde ihre Stimmung noch hob. Es war, als würde sich das innere Leuchten, das ihr eine neue Schönheit verliehen hatte, in der Anwesenheit eben jener Leute, denen auszuweichen sie nach Venedig gekommen waren, noch verstärken.

Lansing war irritiert, und als er sie fragte, wie es ihr gefiele, die altvertraute Bande wieder um sich zu haben, machte ihre lachend vorgebrachte Antwort, sie hoffe nur, die lieben Dummchen würden nicht allzu deutlich merken, wie sehr sie sie langweilten, die Sache nicht besser. Die Unaufrichtigkeit der Antwort machte Lansing hilflos. Er wußte, daß sie sich keineswegs langweilte, und ihm war klar, daß sie einfach seine Gefühle erraten und instinktiv übernommen hatte. Hinfort würde sie immer das gleiche denken wie er. Um diese Befürchtung zu bestätigen, erklärte er unbekümmert: »Es ist wirklich ganz lustig, mal wieder ein Weilchen mit ihnen herumzuziehen«, und sofort antwortete sie überzeugt: »Nicht wahr? Die lieben Kerle – immer noch die alten.«

Wieder spürte Lansing etwas wie Angst vor der Zukunft. Vor allem ihre Selbständigkeit und Unabhängigkeit hatten Susy so anziehend gemacht.

Wenn sie sich nun in ein Echo verwandelte, lief ihr köstlicher Dialog Gefahr, zum langweiligsten aller Monologe zu verkommen. Er übersah, daß er es ihr noch fünf Minuten zuvor übelgenommen hatte, sich über die Anwesenheit ihrer Freunde zu freuen. Unterschiedlicher Meinung zu sein macht wütend, aber mit dem anderen einig zu sein ist langweilig.

Waren sie doch nicht geeignet für die Ehe? Einzig der Gedanke, Susys Unterwerfung unter seine Launen würde aller Wahrscheinlichkeit nach nicht anhalten, bewahrte ihn davor zu verzweifeln. Aber nicht einmal jetzt kam es ihm in den Sinn zu überlegen, ob seine Bedenken nicht überflüssig wären, da ihre Verbindung ja ausdrücklich nur befristet war. Die Vorstellung, er oder sie könnten je dem andern zuliebe aufeinander verzichten, war inzwischen längst zur bloßen Erinnerung an einen alten Witz geworden.

Nach ein oder zwei Wochen wurde ihm klar, daß die Hicks ihn von allen alten Freunden am wenigsten langweilten. Sie hatten die *Ibis* verlassen und wohnten jetzt in einer Wohnung in einem verfallenen Palazzo nahe dem Canareggio, die sie von einem Maler (ihrer neuesten Entdeckung) gemietet hatten. Stoisch fanden sie sich mit dem Fehlen modernen Komforts ab, um dafür des unschätzbaren Vorteils von »Atmosphäre« gewiß zu sein. In dieser »Atmosphäre« scharte sich die übliche gemischte

Gesellschaft von ruhigen, lernbeflissenen Leuten und lauten Verfechtern neuer Theorien um sie. Und die Hicks wurden sich nie der Unvereinbarkeit ihrer verschiedenen Gäste bewußt, waren vielmehr überzeugt, endlich ihren Platz am Quell der Weisheit gefunden zu haben.

Früher hätte dies Lansing eine halbe Stunde lang amüsiert, und darauf wäre ein Abend der Langeweile gefolgt angesichts der juwelenbehängten Mrs. Hicks, eingerahmt von einem in sich gekehrten Professor für Archäologie und einem Komponisten mit buschigen Augenbrauen oder dem Hohepriester eines neuen Tanzes, während Mr. Hicks, über seiner sich spannenden weißen Weste strahlend, dafür sorgte, daß der Champagner unerschöpflicher sprudelte als die Unterhaltung, und die munteren jungen Sekretäre sich beflissen bemühten, mit all der Gelehrsamkeit und Weissagung Schritt zu halten. Mit Lansing war jedoch eine Veränderung vor sich gegangen. Waren ihm bislang die Hicks im Vergleich zu seinen Freunden unerträglich vorgekommen, so glich es nun einer Flucht vor diesen Freunden, daß die Hicks ihm nicht nur sympathisch waren, sondern sogar interessant vorkamen. War es doch immerhin etwas, mit Leuten zusammenzusein, die Venedig nicht einfach als eine Stätte außergewöhnlich günstiger Gelegenheiten zum Baden und zum Ehebruch betrachteten, sondern die sich, wenn auch undeutlich, der Gegenwart von etwas Einzigartigem bewußt und entschlossen waren, dieses Privileg zu nutzen.

»Immerhin«, dachte er, und er empfand so etwas wie die schlichte Freude eines Genesenden, »immerhin glauben sie an etwas.« Dieser Gedanke kam ihm sogleich wie ein Hinweis auf eine neue Facette seines Gemütszustands und wie der Schlüssel zu seiner veränderten Einstellung den Hicks gegenüber vor. Ihre verworrene Begeisterung für Großartiges war seiner eigenen neuen Sicht des Universums nicht unähnlich. Menschen, die, wie verschwommen auch immer, das Wunder des Lebens spürten, mußten ihm von nun an näherstehen als jene, die es einzig und allein nach dem Bankkonto beurteilten. Wenn er es sich recht überlegte, war es das, was er meinte, wenn er von den Hicks annahm, sie »glaubten an etwas«. –

Ein paar Tage später wurde sein mühsam erlangtes Gleichgewicht durch die Ankunft Fred Gillows gestört. Lansing hatte seit jeher ein nachsichtiges Gefallen an Gillow gefunden, einem großen, lächelnden, schweigsamen jungen Mann mit dem heftigen, ernsthaften Verlangen, sich nichts entgehen zu lassen, was sein Vermögen und seine Stellung ihm verschaffen konnten. Welchen Gebrauch er von seinen Erfahrungen machte, hatte Lansing nie erraten können. Er hatte jedoch immer vermutet, der verschwenderische Fred sei nichts weiter als ein verkappter Voyeur. Von Anfang an hatten er und Susy von den Gillows weniger oft gesprochen als von den anderen in ihrer Gruppe. Stillschweigend hatten sie es vermieden, ihren Namen zu nennen, von dem Tag an, als Susy in Lansings Wohnung gekommen war, um ihm von der Bitte Ursula Gillows zu berichten, auf ihn zu verzichten, bis zu dem Tag, kurz vor ihrer Hochzeit, als sie ihn mit dem begeisterten Ausruf »Da ist unser erstes Hochzeitsgeschenk! Ein Riesenscheck von Fred und Ursula« begrüßt hatte.

Nur zu viele mitfühlende Leute waren, das wußte Lansing, bereit, ihm zu erzählen, was in der Zwischenzeit passiert war. Er hatte sich jedoch gehütet, danach zu fragen. Er hatte sogar so überzeugend vorgegeben, in alle Einzelheiten eingeweiht zu sein, daß die Freunde, die darauf brannten, ihn aufzuklären, sich entmutigen ließen, da er offenbar mehr wußte als sie. Allmählich hatte er sich dazu durchgerungen, ihre Ansicht zu übernehmen, und hatte schließlich das Gefühl, tatsächlich alles zu wissen.

Nun wurde ihm klar, daß er überhaupt nichts wußte. Das »Hallo, Fred, alter Freund«, mit dem Susy Gillow bei seiner Ankunft begrüßte, hätte einfach das bei ihnen übliche familiäre Willkommen sein können. Was aber, wenn sich hinter der Begrüßung Abgründe eines geheimen Einverständnisses auftaten?

Susy freute sich ganz offensichtlich, Gillow zu sehen, und sie zeigte ihre Freude unbeschwert. Diese Tatsache entwaffnete ihren Ehemann, und er schämte sich für sein Unbehagen. »Das alles hättest du dir früher überlegen müssen, hör also auf, überhaupt daran zu denken«, war der vernünftige, aber wirkungslose Rat, den er sich selbst am Tag nach Gillows Ankunft erteilte.

Fred Gillow erweckte durchaus nicht den Eindruck, als sei er sich dessen bewußt, Nicks Seelenfrieden zu stören. Tag für Tag rekelte er sich stundenlang auf dem Sandstrand des Lido, die Hände unter dem Kopf verschränkt, hörte sich Streffys Unsinn an und beobachtete Susy unter schläfrigen Lidern hervor. Er zeigte jedoch keinerlei Verlangen, sie allein zu sehen oder sie abseits von den anderen in ein Gespräch zu verwickeln. Wie stets schien er zufrieden mit der Rolle eines Zuschauers bei einer prächtigen Vorstellung, die zu seiner persönlichen Unterhaltung inszeniert wurde. Erst als er Susy eines Morgens ein wenig über die zunehmende Hitze und die lästigen Stechmücken murren hörte, sagte er, ganz so, als hätten sie die Angelegenheit schon lange zuvor besprochen und schließlich geregelt: »Das Hochmoor steht nach dem ersten August jederzeit zur Verfügung.«

Nick bildete sich ein, Susy sei ein wenig errötet und habe trotziger als sonst einen Kieselstein über das Wellengekräusel hüpfen lassen.

»In Schottland wird es viel kühler sein«, fügte Fred hinzu, mit einer für ihn ungewöhnlichen Anstrengung, sich klar auszudrücken.

»Tatsächlich?« erwiderte sie fröhlich und setzte mit geheimnisvoller und wichtigtuerischer Miene hinzu: »Nick hat hier zu tun. Wahrscheinlich werden wir deshalb den ganzen Sommer über bleiben.«

»Zu tun? Quatsch! Ihr werdet hier eingehen.« Verdutzt starrte Gillow unter seinem Hutrand zum Himmel und fügte beinahe empört hinzu: »Außerdem dachte ich, es wäre abgemacht.«

»Warum«, fragte Nick an dem Abend seine Frau, als sie nach einem späten Abendessen auf dem Lido wieder in Ellies kühlen Salon traten, »warum meinte Gillow, es sei abgemacht, daß wir im August zu seinem Hochmoor fahren?« Als ihm bewußt wurde, wie seltsam es wirken mußte, ihren Freund beim Nachnamen zu nennen, wurde er rot.

Susy hatte ihren Spitzenumhang auf den Boden gleiten lassen und stand in dem schwach erleuchteten Raum in einem fast durchsichtigen schwarzen Kleid vor ihm.

Unbekümmert hob sie die Augenbrauen. »Das habe ich dir doch schon längst erzählt, er hat uns für August eingeladen.«

»Du hast mir nicht erzählt, daß du zugesagt hast.«

Sie lächelte, als hätte er etwas ebenso Einfältiges geäußert wie Fred. »Ich habe für alles zugesagt – und zwar allen!«

Was sollte er darauf antworten? Das war genau der

Grundsatz, auf den sie sich bei ihrem Handel geeinigt hatten. Und wenn er jetzt sagen würde: »Nun, dieser Fall liegt anders, weil ich auf Gillow eifersüchtig bin«, was für ein Licht hätte eine solche Antwort auf seine eigene Vergangenheit geworfen? Der angemessene Zeitpunkt, eifersüchtig zu sein – wenn eine derart veraltete Einstellung überhaupt vertretbar wäre –, lag vor seiner Ehe – und bevor er die großzügigen Spenden angenommen hatte. Warum hatten ihn solche Bedenken damals nicht gequält? Seine Widersprüchlichkeit ärgerte ihn und verstärkte seinen Groll auf Gillow. »Ich schätze, er hält uns für sein Eigentum«, brummte er.

Er hatte sich in einen Armstuhl fallen lassen, und Susy kam über die glänzenden Arabesken des Bodens auf ihn zu, ließ sich zu seinen Füßen nieder, schmiegte ihren schlanken Körper an ihn und flüsterte mit zu ihm emporgewandtem Gesicht, die Lippen ganz nahe bei seinen: »Wir brauchen überhaupt nie irgendwohin zu fahren, wo du nicht hinwillst.« Dieses eine Mal war ihre Unterwürfigkeit wohltuend. Er zog sie an sich und flüsterte: »Dann nicht dorthin.«

Susy erwiderte seine Umarmung, und er empfand gerührt, daß sie mit jeder Entscheidung glücklich wäre, wenn sie ihnen nur genügend Augenblicke wie diesen schenkte. Seine Zweifel und sein Mißtrauen kamen ihm wie törichte Ungerechtigkeit vor.

»Wir wollen so lange hier bleiben, wie Ellie uns läßt«, sagte er, als wäre hier ein Zauberkreis um sein Glück gezogen.

Schläfrig murmelte sie eine Zustimmung. »Es ist schon schrecklich spät. – Hilfst du mir beim Aufhaken? – Oh, da ist ein Telegramm.«

Sie nahm es vom Tisch, riß es auf und starrte es einen Augenblick an. »Von Ellie. Sie kommt morgen.«

Sie drehte sich zum Fenster und ging langsam auf den Balkon hinaus. Nick folgte ihr und legte seinen Arm um sie. Der Kanal unter ihnen lag in mondloser Dunkelheit da. Von weitem drang das Lied eines Gondoliere zu ihnen, von einem schwülen Hauch nach oben getragen.

»Die gute alte Ellie. Trotzdem … ich wünschte, wir müßten aus diesem Traum nicht erwachen«, seufzte Susy.

8

Es war nicht Mrs. Vanderlyns Schuld, wenn nach ihrer Ankunft der Palazzo den Lansings noch genauso zu gehören schien wie vorher.

Die Stimmung allumfassenden Wohlwollens, in der sie eintraf, machte es Susy unmöglich, die Freundin auch nur andeutungsweise zur Rede zu stellen und sich selbst von ihrem schlechten Gewissen zu befreien.

»Ich habe gewußt, du würdest ein Engel sein und das erledigen, Liebste, weil ich wußte, du würdest mich verstehen … vor allem *jetzt*«, erklärte sie, und ihre großen Augen (denen Clarissas so ähnlich) strahlten im Glanz vergangener Freuden und zukünftiger Pläne.

Susy Lansing empfand diesen Vertrauensbeweis als unerwartet abstoßend. Noch nie hatte sie ein so herzliches Eingeständnis so kalt aufgenommen. Sie hatte sich immer vorgestellt, das eigene Glück würde sie dem Glück anderer gegenüber nachsichtig machen – und wenn es auch auf noch so zweifelhaften Voraussetzungen beruhen sollte. Beinahe schämte sie sich, so unbeteiligt auf den Überschwang der Freundin zu reagieren. Aber sie selbst verspürte kein Bedürfnis, ihr Glück Ellie anzuvertrauen. Warum konnte Ellie nicht ähnliche Zurückhaltung üben?

»Es war alles so vollkommen – verstehst du, meine Liebe, *es war mir bestimmt, glücklich zu sein*«, fuhr Ellie fort, als erhebe eine so ungewöhnliche Erfahrung sie über alle anderen und räume ihr besondere Vorrechte ein.

Mit einer gewissen Schärfe antwortete Susy, sie sei immer davon ausgegangen, daß alle dafür bestimmt wären.

»Nein, Liebste, Gouvernanten und Schwiegermütter und Gesellschafterinnen und die Sorte von Leuten nicht. Sie wüßten nicht einmal, wie sie es anstellen sollten, wenn sie es versuchten. Aber du und ich, Liebste ...«

»Ich halte mich keineswegs für außergewöhnlich«, fiel Susy ihr ins Wort. Zu gerne hätte sie hinzugefügt: »Jedenfalls nicht in *deinem* Sinne ...«, aber erst vor wenigen Minuten hatte Mrs. Vanderlyn erklärt, der Palazzo stehe ihr für den Rest des Sommers zur Verfügung und sie selbst würde sich – wenn es ihnen recht wäre – nur so lange hier aufhalten, wie sie brauche, um ihre Sachen zusammenzupacken und nach St. Moritz aufzubrechen. Diese Eröffnung hatte die Wirkung, Susys Ironie im Zaum zu halten und sie das Gespräch auf den sicheren, wenn auch nicht weniger anstrengenden Gegenstand der Anzahl der Tages- und Abendkleider, die man für eine Saison in St. Moritz brauchte, lenken zu lassen.

Während sie Mrs. Vanderlyn zuhörte – die sich

über dieses Thema nicht weniger beredt ausließ als über das andere –, überlegte Susy, wie groß die Kluft zwischen ihrer Vergangenheit und ihrem gegenwärtigen Leben doch war. »Das ist das Leben, das ich früher geführt habe, das sind die Dinge, die mir wichtig waren«, dachte sie, als sie vor den ausgebreiteten Herrlichkeiten der Garderobe Mrs. Vanderlyns stand. Nicht, daß es sie nicht mehr interessiert hätte – sie konnte Ellies Gewänder aus Spitze und Seide und ihre Pelze nicht betrachten, ohne sich vorzustellen, wie sie selbst darin aussähe, und sich zu fragen, mit welch neuem Zaubertrick sie sich in die Lage versetzen könnte, von denselben großen Modeschöpfern eingekleidet zu werden. Aber solche Fragen waren nun nicht mehr so wichtig für sie. Die letzten Monate hatten ihr eine neue Perspektive eröffnet, und was sie an Ellie am meisten verwirrte und aus der Fassung brachte, war die Tatsache, daß die Freundin Liebe ganz offensichtlich gleichsetzte mit Herausputzen und Bridge und Dinieren.

Die Begutachtung der Kleider dauerte lange und war bestimmt von Mrs. Vanderlyns zahlreichen Stimmungsschwankungen, die von Hoffnungsfreude bis zu Verzweiflung angesichts der völligen Unzulänglichkeit ihrer Garderobe reichten. Es war einfach unmöglich, sich so in St. Moritz sehen zu lassen, gekleidet wie eine alte Vogelscheuche, aber es blieb keine Zeit mehr, sich irgend etwas aus Paris schicken zu lassen, und was auch immer geschähe, keinesfalls würde sie sich in umgeänderten Kleidern zeigen. Plötzlich hellte sich ihr Gesicht jedoch auf: »Aber natürlich, Nelson wird mir die Sachen bringen – den hatte ich ganz vergessen! Sie werden gerade rechtzeitig eintreffen, wenn ich ihm auf der Stelle telegraphiere.«

»Kommt Nelson mit dir nach St. Moritz?« fragte Susy überrascht.

»Himmel, nein! Er kommt her, um Clarissa abzuholen und sie zu irgendeiner langweiligen Kur nach Österreich zu bringen, zusammen mit seiner Mutter. Ich habe wirklich sagenhaftes Glück. Es bleibt gerade noch genug Zeit, ihm zu telegraphieren, er soll meine Sachen mitbringen. Eigentlich wollte ich ja nicht auf ihn warten, aber es wird mich nicht mehr als einen oder zwei Tage kosten.«

Susy verließ der Mut. Vor Ellie allein hatte sie keine große Angst, aber Ellie und Nelson zusammen stellten eine unkalkulierbare Bedrohung dar. Kein Mensch konnte sagen, welcher Funke Wahrheit bei ihrem Zusammenprall aufblitzte. Einzeln und nacheinander könnte sie mit jeder der Gefahren fertig werden – aber nicht mit beiden gleichzeitig.

»Aber warum denn auf Nelson warten, Ellie? Ich finde bestimmt jemanden, der nach St. Moritz fährt und deine Sachen mitnimmt, wenn Nelson sie herbringt. Du kannst doch nicht riskieren, daß deine Zimmer besetzt sind.«

Einen Augenblick lang leuchtete dieses Argument Mrs. Vanderlyn ein. »Das stimmt. Alle berichten, die Hotels seien ausgebucht. Meine Liebe, du denkst immer so praktisch.« Sie zog Susy an ihren duftenden Busen. »Und weißt du was, Liebste, ich bin sicher, ihr werdet froh sein, wenn ihr mich los seid – du und Nick. Oh, tu jetzt nicht scheinheilig und sage ›Unsinn!‹ Siehst du, ich kann das ja verstehen … Ich mußte so oft an euch denken, an euch beide … während dieser Wochen der Seligkeit, als *wir* beide allein waren …«

Die Tränen, die unvermittelt aus Ellies wunderschönen Augen strömten und die blauen Schatten darunter mit dem angrenzenden Karmesinrot zu vermischen drohten, erfüllten Susy mit Reue.

»Armes Ding – oh, das arme Ding«, dachte sie. Und als sie Nick rufen hörte, der auf sie wartete, um mit ihr den Sonnenuntergang über der Lagune zu erleben, spürte sie, wie eine Woge von Mitleid sie überschwemmte, weil Ellie diese höchste aller nur vorstellbaren Freuden nie erleben würde. »Aber trotzdem«, dachte Susy, als sie zu ihrem Ehemann hinuntereilte, »trotzdem hin ich froh, daß ich sie überredet habe, nicht auf Nelson zu warten.«

Es war schon einige Tage her, seit Susy und Nick einen Sonnenuntergang für sich allein gehabt hatten. Was außer Nick ihr Leben ausmachte, betrachtete Susy nur mehr als eine Art Theatervorstellung: eine lustige Aufführung, die zu versäumen jammerschade gewesen wäre, bei der sie jedoch, falls notwendig, jederzeit aufstehen und gehen konnten – vorausgesetzt, sie gingen zusammen.

Als ihr Boot über die Spiegelungen der Palazzi und durch den Duft verborgener Gärten glitt, schmiegte sie sich an ihn. Ihre Gedanken schweiften zu Ellie zurück und sie murmelte: »Nick, würdest du mich ganz schrecklich hassen, wenn ich keine Kleider hätte?«

Ihr Mann zündete sich eine Zigarette an, und das Streichholz beleuchtete sein verschmitztes Gesicht, als er antwortete: »Aber, mein Liebes, habe ich je die geringsten Anzeichen gezeigt …«

»Quatsch! Wenn eine Frau sagt ›Keine Kleider‹, dann heißt das ›Nicht die richtigen Kleider‹.«

Nachdenklich zog er an seiner Zigarette. »Aha, du hast mit Ellie ihre Garderobe durchgesehen.«

»Ja, alle diese Schrankkoffer, alle randvoll. Und sie meint, sie hätte nichts für St. Moritz.«

»Natürlich«, murmelte er, träge vor Zufriedenheit, und ließ nur ein laues Interesse am Thema der Garderobe von Mrs. Vanderlyn erkennen.

»Stell dir nur vor – sie hätte fast beschlossen hierzubleiben, bis Nelson nächste Woche kommt, damit er ihr noch zwei oder drei Koffer mehr aus Paris mitbringt. Aber glücklicherweise habe ich sie überzeugen können, daß es dumm wäre, auf ihn zu warten.«

Susy spürte, wie Nick kaum merklich von ihr abrückte.

»Du hast sie ›überzeugen‹ können ...«, sagte er und betonte das Wort ironisch. »Aber warum denn?«

»Warum – was?«

»Warum, um alles in der Welt, hast du versucht, Ellie davon abzuhalten, auf Nelson zu warten, wenn sie das dieses eine Mal in ihrem Leben wollte?«

Susy, die merkte, wie sie plötzlich rot wurde, nahm ihren Kopf von der blauen Flanellschulter, als könnte das Pochen in ihren Schläfen sie verraten.

»Also wirklich, Liebster ...«, murmelte sie. Aber Nick ließ sich nicht ablenken und wiederholte: »Warum?«

»Weil sie so darauf brennt, nach St. Moritz zu kommen – und solche Angst hat, ob im Hotel ihre Zimmer für sie freigehalten werden«, stieß Susy irgendwie atemlos hervor.

»Ach – ich verstehe.« Nick machte wieder eine vielsagende Pause. »Du bist wirklich eine ergebene Freundin, stimmt's?«

»Was für eine komische Frage. Ich muß ihr doch ergeben sein, ich verdanke ihr so viel«, erwiderte seine Frau. Und sie spürte, wie er reuig ihre Hand drückte.

»Mein Liebes! Du hast ja recht. Ich bin ihr auch dankbar dafür, uns in diesem Paradies allein zu lassen.«

Als sie an diesem Abend verspätet zum Essen eintraf, verkündete Ellie, sie habe doch beschlossen, auf Nelson zu warten.

»Ich würde einfach krank vor Sorge, wenn ich nicht sicher wäre, meine Sachen zu bekommen«, erklärte sie im Ton leichter Besorgtheit, den sie immer anschlug, wenn sie von ihren eigenen Schwierigkeiten sprach. »Schließlich werden Leute, die sich *alles* versagen, verschroben und bitter, nicht wahr?« meinte sie klagend, und ihre hübschen Augen wanderten von einem ihrer Freunde zum anderen.

Würdevoll bemerkte Strefford, dieses Leiden habe seine Gesundheit verhängnisvoll untergraben. Und unter dem nun einsetzenden Gelächter schlenderte die Gesellschaft in das große Speisezimmer mit der gewölbten Decke.

»Wenn *du* mich auslachst, Streffy, mein Lieber, stört mich das nicht im geringsten«, gab seine Gastgeberin zurück und drückte seinen Arm. Susy zuckte zusammen, als sie den Blick des Einverständnisses zwischen den beiden auffing, und es tat ihr weh. Natürlich wußte Streffy alles. Er hatte sich durchaus nicht überrascht gezeigt, Ellie nicht vorzufinden, als er ankam. Und wenn er Bescheid wußte, dann war abzusehen, daß auch Nelson es herausfand. Denn Strefford konnte man, wenn er in der Laune war, Unheil anzurichten, nicht mehr trauen als einem mutwilligen Kind. Susy beschloß, das Risiko einzugehen, mit ihm zu sprechen, wenn nötig ihm sogar das Geheimnis der Briefe anzuvertrauen. Nur wenn sie ihm klarmachte, wie groß die Gefahr war, in der sie selbst schwebte, konnte sie hoffen, sich sein Schweigen zu sichern.

Spätabends auf dem Balkon, als die anderen drinnen den leisen Klaviervariationen eines jungen Komponisten lauschten, der eine Toccata von Browning zum Thema gewählt hatte, bot sich Susy ihre Chance. Unaufgefordert war Strefford ihr gefolgt und stand nun, schweigend rauchend, neben ihr.

»Weißt du, Streff – ach, warum sollten du und ich Geheimnisse voreinander haben?« setzte sie unvermittelt an.

»Warum eigentlich, ganz recht, aber haben wir denn welche? «

Susy warf einen Blick auf die Gruppe am Flügel.

»Wegen Ellie, meine ich – und wegen Nelson.«

»Großer Gott. Ellie und Nelson? *Das* bezeichnest du als Geheimnis? Dagegen sind ja die Leuchtreklamen, die die Hauptstraßen in deiner Heimat schmücken, geheimnisvoll.«

»Na ja, schon. Aber ...« Erneut hielt sie inne. Hatte sie nicht Ellie versprochen, nichts zu verraten?

»Meine Güte, Susan, was ist denn los?« fragte Strefford.

»Ich weiß auch nicht ...«

»Na schön, aber ich. Du hast Angst, daß Ellie, wenn

sie hier mit Nelson zusammentrifft, mit irgend etwas – Unklugem herausplatzen könnte.«

»Oh, *sie* bestimmt nicht!« rief Susy fast empört.

»Nun – wer denn dann? Diesem unglaublichen Kind traue ich zu, daß es das nicht macht. Und du und ich und Nick …«

»Oh«, unterbrach sie aufgeregt, »genau das ist es ja. Nick weiß nichts davon … ahnt nicht einmal etwas. Und wenn er …«

Strefford schnippte seine Zigarre weg, drehte sich um und musterte sie. »Ich verstehe nicht – ich will verdammt sein, wenn ich das kapiere. Was geht das schließlich irgendeinen von uns an?«

Das war natürlich die übliche Einstellung: Man duldete stillschweigend und kam sich auch noch anständig vor. Aber Susy kam damit nicht mehr zurecht. »Wenn Nick herausfindet, daß ich Bescheid weiß …«

»Großer Gott – weiß er denn nicht, daß du es weißt? Immerhin ist das doch, schätze ich, nicht das erste Mal …«

Sie schwieg weiter.

»… das erste Mal, daß – verheiratete Freunde dir etwas anvertraut haben. Glaubt Nick etwa, du hättest, selbst in deinem zarten Alter, bislang derlei nicht erlebt? – Zum Henker, was ist nur in dich gefahren, Kleines?«

Ja, was nur, wie könnte sie ihm das erklären?

Und dennoch verspürte sie dringender denn je das Bedürfnis, ihn sicher auf ihrer Seite zu haben. Wenn er ihr sein Wort gegeben hatte, konnte sie ihm vertrauen. Sonst aber waren seiner Fähigkeit, willkürlich Schaden anzurichten, keine Grenzen gesetzt.

»Schau, Streffy, du und ich, wir wissen, daß Ellie keine Kur gemacht hat und daß die arme Clarissa nicht deswegen darauf eingeschworen wurde, es nicht zu verraten, weil ›Vater sich Sorgen macht‹, wenn er glaubt, Mutter müsse sich um ihre Gesundheit kümmern.« Sie hielt inne, da sie sich selbst für den ironischen Tonfall, um den sie sich bemühte, verachtete.

»Und ... ?« fragte Strefford gelangweilt.

»Na ja, Nick hat ... hat keine Ahnung davon. Wenn er wüßte, daß wir unseren Sommer hier ... der Tatsache verdanken, daß ich Bescheid weiß ...«

Strefford hatte sich in einen Sessel fallen lassen, und in der Dunkelheit spürte sie sein Erstaunen. »Bei Zeus!« stieß er schließlich, mit einem leisen Pfeifen, hervor. Susy beugte sich über die Balustrade, ihr Herz pochte gegen den Stein.

»*Was blieb von der Seele, frage ich mich ...*«, drang die Stimme des jungen Komponisten durch die offenstehenden Fenster.

Erst als Susy sich zum erleuchteten Zimmer umwandte, sagte Strefford: »Also gut, meine Liebe, wir werden das alleine durchstehen. Du und ich – und Clarissa.« Er lachte rauh und stand auf, um ihr zu folgen. Er griff nach ihrer Hand und drückte sie kurz, als sie in den Salon traten, wo Ellie gerade mit klagender Stimme zu Fred Gillow sagte: »Ich kann das einfach nicht hören, ohne losheulen zu wollen wie ein Baby.«

9

Mr. Nelson Vanderlyn, noch in Reisekleidung, blieb auf der Schwelle zu seinem Speisezimmer stehen und ließ mit Genugtuung seinen Blick über die Szene schweifen.

Er war ein gedrungener, rundlicher Mann mit angegrautem Haar, kleinen lustigen Äuglein und einem breiten, vertrauensseligen Lachen.

Am Eßtisch saß, eingerahmt von Charlie Strefford und Nick Lansing, seine Ehefrau. Neben Strefford thronte Clarissa in kindlicher Schönheit auf ihrem Stuhl, während Susy Lansing für sie einen Pfirsich zerteilte. Durch orangefarbene Markisen fiel die Sonne schräg auf die hellgekleidete Gruppe.

»Na … na … na! Hab' ich euch erwischt«, rief der glückliche Vater, der die Angewohnheit hatte, seine Frau und seine Freunde auf eine Weise anzusprechen, als hätte er sie in einer peinlichen Situation ertappt. Er schlich sich von hinten an Clarissas Stuhl und hob seine Tochter empor, während ein Chor von »Hallo, Nelson, alter Freund« ihn begrüßte.

Zwei oder drei Jahre waren vergangen, seit Nick Lansing Mr. Vanderlyn zuletzt gesehen hatte. Er war jetzt der Londoner Beauftragte der großen New Yorker Bank Vanderlyn & Co. und hatte sein prunkvolles Haus in der Fifth Avenue gegen ein anderes, noch prächtigeres in Mayfair ausgetauscht. Neugierig und aufmerksam musterte der junge Mann seinen Gastgeber.

Mr. Vanderlyn war älter und korpulenter geworden, aber sein Gesicht zeigte nach wie vor den Ausdruck eines leicht abgenutzten Optimismus. Er umarmte seine Frau, begrüßte Susy mit großer Liebenswürdigkeit und die beiden Männer mit einem herzlichen Händedruck.

»Holla«, rief er aus, als er das Kettchen mit einer von Korallen eingefaßten Perle bemerkte, das Clarissas Hals schmückte. »Wer schenkt hier meiner Tochter Juwelen, das möchte ich schon gerne wissen!«

»Oh, Streffy war das – stell dir nur vor, Vater. Weil ich gesagt habe, ich hätte lieber das als ein Buch, weißt du«, rief Clarissa mit heller Stimme, während sie ihre Arme um den Hals ihres Vaters schlang und Strefford anstrahlte.

Nelson Vanderlyns Augen nahmen einen leicht durchtriebenen Ausdruck an, wie immer, wenn es um eine Frage materieller Werte ging.

»Was, Streffy? Hab' ich dich erwischt, eh? Bei meiner Seele – die kleine Göre derart zu verwöhnen! Das wäre doch nicht nötig gewesen, mein Lieber – eine hübsche barocke Perle ...«, protestierte er in dem halb entschuldigenden Ton eines reichen Mannes, den ein kostspieliges Geschenk von einem mittellosen Freund in Verlegenheit bringt.

»Wirklich nicht? Und warum? Weil es für Clarissa zu kostbar oder für mich zu teuer ist? Ersteres kann ja wohl nicht sein. Und was mich betrifft – ich habe unverhofft Glück gehabt, und das Geld bringe ich jetzt mit den Damen durch.«

Strefford verfiel, wie Lansing bemerkt hatte, immer dann in einen saloppen Ton, wenn er etwas verlegen war und vom eigentlichen Punkt ablenken wollte. Aber was irritierte ihn, und wen wollte er ablenken? Vanderlyn hatte ganz offenkundig nur der Form halber protestiert. Wie die meisten reichen Leute hatte er kaum eine Vorstellung davon, was Geld für arme Leute bedeutete. Aber es war ungewöhnlich für Strefford, irgend jemandem ein Geschenk zu machen, noch dazu ein kostspieliges. Vielleicht hatte das Vanderlyns Aufmerksamkeit erregt.

»Unverhofft Glück gehabt?« wiederholte er fröhlich.

»Ja, ein bißchen. Man hat mir eine unerhörte Summe für mein kleines Haus in Como geboten, und ich bin rübergesaust, um mit euch zusammen meine Millionen zu verplempern«, erwiderte Strefford ungerührt.

Auf der Stelle wurde Vanderlyns Blick interessiert und anteilnehmend. »Was – für den Schauplatz der Flitterwochen?« Er schloß Nick und Susy in sein freundliches Lächeln ein.

»Ganz genau: der Lohn der Tugend. Weißt du was,

mein Alter, gib mir eine Zigarre, ja? Ich habe ein paar überaus gute in Como vergessen, na ja, Pech – und du kannst mir glauben, daß Ellie, was Tabak betrifft, keine Expertin ist, und Nick ist zu sehr in sein Glück versunken, um darauf zu achten, was er raucht«, nörgelte Strefford und streckte seine Hand nach dem Zigarrenkistchen seines Gastgebers aus.

»Juwelen mag ich wirklich am allerliebsten«, flüsterte Clarissa und umarmte ihren Vater.

Als erstes hatte Nelson Vanderlyn seiner Ehefrau mitgeteilt, er habe alle ihre Kleider mitgebracht. Und sie hatte ihn mit angemessener Begeisterung willkommen geheißen. Für die Zeugen ihrer Begrüßung war es ziemlich eindeutig, daß Ellies Wiedersehensfreude in direkter Beziehung zu der Beruhigung stand, ihre Garderobe erhalten zu haben. Aber kein solcher Verdacht trübte Mr. Vanderlyns Glück, endlich einmal unter demselben Dach zu weilen wie seine Gattin und seine Tochter, und das für nahezu vierundzwanzig Stunden. Er verhehlte nicht sein Bedauern, seiner Mutter versprochen zu haben, sich ihr am folgenden Tag anzuschließen, und mit einem sehnsüchtigen Blick auf Ellie fügte er hinzu: »Wenn ich nur gewußt hätte, daß du auf mich warten würdest.«

Da er jedoch ein Mann mit Pflichtgefühl war, in häuslichen wie in geschäftlichen Angelegenheiten, zog er die Möglichkeit nicht einmal in Erwägung, die anspruchsvolle alte Dame, der er seine Existenz verdankte, zu enttäuschen. »Mutter liegt nur an sehr wenigen Menschen etwas«, sagte er gern, nicht ohne einen leisen Unterton kindlichen Stolzes. »Ich muß daher öfter mit ihr zusammensein, als wenn sie geselliger wäre.« Und mit lächelnder Ergebenheit erteilte er Anweisungen, damit Clarissa am nächsten Abend reisebereit wäre.

»Aber in der Zwischenzeit«, meinte er abschließend, »werden wir es uns so schön wie nur möglich machen.«

Die Damen der Gesellschaft schienen sich einig in dem Bestreben, diesen Vorsatz in die Tat umzusetzen, und man beschloß, sobald Mr. Vanderlyn zu Mittag gegessen habe, würden seine Frau, Clarissa und Susy ihn zu einem Picknick auf Torcello entführen. Sie machten nicht einmal den Vorschlag, daß Strefford oder Nick oder irgendwelche anderen jungen Männer der Clique doch mitkommen sollten. Nelson wollte, wie Susy es nannte, allein mit seinem Harem losziehen, und es blieb Lansing und Strefford nichts anderes übrig, als den Aufbruch des glücklichen, von aufmerksamen Schönen umringten Paschas zu beobachten.

»Na – das nennt man also verheiratet sein«, sagte Strefford und winkte Clarissa mit seinem zerknautschten Panamahut zu.

»Aber nicht für mich«, lachte Lansing.

»Für *den* schon. Aber weißt du …« – Strefford hielt inne und drehte sich schwungvoll zu seinem Gefährten um –, »weißt du, wenn das grausame Erwachen kommt, lege ich keinen Wert darauf, dabeizusein. Ich glaube, da wird einiges Geschirr zerbrochen.«

»Sollte mich nicht wundern«, erwiderte Lansing gleichgültig. Er schlenderte zu seinem Zimmer und überließ Strefford seiner Pfeife und seinen philosophischen Gedanken.

Lansing wußte längst über den armen alten Nelson Bescheid. Wer wußte das nicht, außer dem armen alten Nelson selbst? Der Fall war ihm früher lustig vorgekommen, weil er so typisch war. Jetzt allerdings irritierte es Nick eher, daß Vanderlyn ein solcher Esel sein sollte. Aber er würde am nächsten Tag abreisen, Ellie ebenfalls, und dann wäre der Palazzo für viele verzauberte Wochen wieder das Eigentum von ihm und Susy. Von all den Leuten, die hier kamen und gingen, waren sie die einzigen, die ihn zu schätzen wußten und sich darauf verstanden, ihn auf angemessene Weise zu bewohnen. Und das machte ihn in dem einzig gültigen Sinne zu ihrem Eigentum.

So einfach war das, dachte Lansing und schloß sich mit seinem Buch ein. Nach ein paar Wochen Ferien war er mit neuer Energie zur Arbeit daran zurückgekehrt und entschlossen, es schnell zu beenden. Er erwartete nicht, daß es ihm viel Geld einbringen würde, doch schon ein bescheidener Erfolg könnte ihm den Zugang zu Zeitschriften und Magazinen eröffnen. Dann würde er die Archäologie zugunsten von Romanen aufgeben und hoffen, als Romancier einen Lebensunterhalt für sich und Susy zu verdienen.

Am späten Nachmittag legte er die Feder aus der Hand und schlenderte hinaus ins Freie. Er liebte die zunehmende Hitze des venezianischen Sommers, die fleckigen, fahlen Farben heruntergekommener Häuserfassaden, den Glanz des Sonnenlichts auf den Kanälen, den Geruch halbverfaulter Früchte und Blumen, der schwer in der Luft hing. Er konnte sich – wenn er es nur wagte – herrliche Traumbilder ausmalen: er und Susy in der Mansarde eines verfallenen Palazzo, mit einer Terrasse, die über ein Fleckchen verwilderten Gartens ragte – und Schecks von den Verlegern, die in angemessenen Abständen eintrafen! Warum sollten sie sich nicht in Venedig niederlassen, falls er den Durchbruch schaffte?

Er fand sich vor der Scalzi-Kirche wieder, öffnete die lederbespannte Tür und schlenderte unter dem Wirbel von rosen- und zitronenfarbenen Engeln auf Tiepolos Deckenfresko durch das Mittelschiff. In dieser Kirche auf Touristen zu stoßen war unwahrscheinlich. Aber kurz darauf bemerkte er eine junge Dame, die allein in der Nähe des Chors stand und ihren Feldstecher auf das himmlische Gewimmel richtete, das sie mit einer Darstellung in ihrem Handbuch verglich.

Als Lansings Schritte auf dem Steinboden widerhallten, drehte die junge Dame sich um – es war Miss Hicks.

»Ah – das gefällt Ihnen also auch? Allerdings ein paar Jahrhunderte von Ihrem eigentlichen Interessengebiet entfernt, meinen Sie nicht?« fragte Nick, als sie sich die Hand reichten.

»Warum sollten einem nicht auch Dinge gefallen, die nicht zum eigentlichen Interessengebiet gehören?« antwortete sie ernsthaft, und er stimmte freundlich zu, ja, gerade das habe oft seinen besonderen Reiz.

Sie sah ihn weiter ernsthaft an, und nach ein paar belanglosen Bemerkungen über die Fresken wurde ihm klar, daß sie sich an ein persönlicheres Thema herantastete.

»Ich bin froh, Sie allein anzutreffen«, erklärte sie schließlich mit einer Direktheit, die, wäre sie nicht so völlig unbewußt gewesen, plump gewirkt hätte. »Dazu habe ich nur selten Gelegenheit«, fügte sie mit dem ernsten Lächeln, das ihr herbes Gesicht fast hübsch machte, hinzu und fuhr, ohne ihm Zeit zum Widersprechen zu lassen, fort: »Ich wollte mit Ihnen reden – Ihnen das mit Vaters Einladung, mit uns nach Persien und Turkistan zu kommen, erklären.«

»Erklären?«

»Ja. Sie haben den Brief vorgefunden, als Sie nach Ihrer Hochzeit hier eingetroffen sind, nicht wahr? Es muß Ihnen seltsam vorgekommen sein, daß wir Sie ausgerechnet zu dem Zeitpunkt eingeladen haben, aber wir hatten nichts von Ihrer Heirat gehört.«

»So etwas Ähnliches habe ich mir schon gedacht. Es geschah ohne großes Aufheben, und ich war zu nachlässig, es bekanntzugeben, selbst alten Freunden.«

Lansing runzelte die Stirn. Seine Gedanken waren zu jenem Abend zurückgekehrt, als er Mrs. Hicks' Brief in der Post vorgefunden hatte, die ihn in Venedig erwartete. In seiner Erinnerung verband sich dieser Tag mit dem lächerlichen, ärgerlichen Vorfall mit den Zigarren – den teuren Zigarren, die Susy aus Streffords Villa mitnehmen wollte. Ihre Unstimmigkeit hatte die erste Trübung auf der vollkommenen Oberfläche seines Glücks hinterlassen, und bei der Erinnerung daran fühlte er sich noch immer unbehaglich. Ein paar Stunden lang war ihm die Aussicht auf ein Leben mit Susy unerträglich erschienen. Und in genau der Stimmung hatte er den Brief von Mrs. Hicks vorgefunden – mit der fast unwiderstehlichen Einladung. Wenn ihre Tochter geahnt hätte, wie nahe dran er gewesen war, sie anzunehmen.

»Es war eine große Versuchung«, meinte er lächelnd.

»Mit uns zu kommen? Aber warum haben Sie dann –?«

»Alles ist jetzt anders. Ich muß mit dem Schreiben weitermachen.«

Miss Hicks musterte ihn unverwandt. »Heißt das, Sie werden Ihre eigentliche Arbeit aufgeben?«

»Meine eigentliche Arbeit – die Archäologie?« Wieder lächelte er, um einen Anflug des Bedauerns zu überspielen. »Nun ja, ich fürchte, damit kann man sich kaum seinen Lebensunterhalt verdienen. Und das muß ich auch bedenken.« Er wurde plötzlich rot, als befürchtete er, Miss Hicks könnte ein Hilfsangebot in Erwägung ziehen. Als er sie jedoch anblickte, bemerkte er, daß Tränen in ihren Augen standen.

»Ich dachte, das sei Ihre Berufung«, sagte sie.

»Ich auch. Aber dann kommt das Leben und stellt alles auf den Kopf.«

»Oh, ich verstehe. Es könnte Dinge geben – die es wert sind, alles andere dafür aufzugeben.«

»Und ob«, sagte Nick begeistert.

Aber er sah, daß Miss Hicks' Augen mehr von ihm forderten als diese überschwengliche Beteuerung.

»Ihr Roman könnte ein Mißerfolg werden«, erklärte sie mit ihrer seltsamen Schroffheit.

»Vielleicht – wahrscheinlich sogar«, stimmte er zu. »Aber wenn man aufhörte, derlei Möglichkeiten in Betracht zu ziehen ...«

»Müssen Sie das denn nicht, wo Sie jetzt doch verheiratet sind?«

»Meine liebe Coral – wie alt sind Sie eigentlich? Noch keine zwanzig?« fragte er und legte brüderlich seine Hand auf ihre.

Einen Augenblick lang starrte sie ihn an und trat dann linkisch einen Schritt zur Seite. »Ich war nie jung … wenn Sie das meinen. Was für ein Glück, nicht wahr, daß meine Eltern mir eine so großartige Ausbildung geben konnten. Denn sehen Sie, die Kunst, sie ist eine wundervolle Zuflucht.« (Sie betonte es Zu-*flucht*.)

»Sie werden diese – oder eine andere – nicht brauchen, wenn Sie jung werden, und das werden Sie eines Tages«, versicherte er, unverändert freundlich.

»Wollen Sie damit sagen, wenn ich mich verliebe? Aber ich *bin* verliebt … Oh, da sind Eldorada und Mr. Beck!« Sie winkte mit ihrem Feldstecher dem Paar zu, das am anderen Ende des Kirchenschiffs aufgetaucht war. »Ich habe ihnen versprochen, wenn sie sich heute hier mit mir treffen, würde ich versuchen, ihnen Tiepolo verständlich zu machen. Denn sehen Sie, zu Hause haben wir Tiepolo nie wirklich verstanden. Uund Mr. Beck und Eldorada sind die einzigen, denen das aufgefallen ist. Mr. Buttles ist dazu einfach nicht in der Lage.« Sie streckte Lansing ihre Hand hin. »Ich *bin* verliebt«, wiederholte sie ernst, »und das ist der Grund, weshalb die Kunst eine solche Zu-*flucht* für mich ist.«

Sie rückte ihre Brille zurecht, schlug ihr Handbuch auf und schritt durch die Kirche auf die Neuangekommenen zu.

Als er ihr nachsah, fragte sich Lansing, ob wohl

Mr. Beck der Gegenstand dieses offenbar unerwiderten Gefühls war. Dann kam er, in einer seltsamen Anwandlung von Selbstbeobachtung, zu dem Schluß: nein, bestimmt nicht. Aber dann – aber dann … Nun, es hatte keinen Sinn, solche Mutmaßungen anzustellen. Er wandte sich zum Ausgang und fragte sich, ob die Ausflügler wohl schon im Palazzo Vanderlyn eingetroffen wären.

Sie kamen gerade rechtzeitig zu einem späten Abendessen zurück, unter Neckereien und Gelächter und offenkundig immer noch verzaubert von ihrem Zusammensein. Nelson Vanderlyn strahlte seine Frau an, schickte seine Tochter mit einem Kuß zu Bett, lehnte sich an dem von Früchten und Blumen überquellenden Tisch in seinem Armstuhl zurück und erklärte, noch nie in seinem ganzen Leben habe er einen vergnügteren Tag verbracht als diesen. Susy schien ihm außerordentlich zu gefallen, und Lansing hatte den Eindruck, Ellie zeige sich ungewöhnlich aufmerksam ihrer Freundin gegenüber. Strefford blickte von seinem Platz neben der Gastgeberin hin und wieder zu Mrs. Lansing hinüber, und sein Blick wirkte auf Lansing wie ein vertraulicher Kommentar zu der Begeisterung der Vanderlyns. Aber Strefford machte ja unablässig irgendwelche nur Eingeweihten verständliche Witze, und Lansing ärgerte sich, weil er es nicht lassen konnte, selbst seine besten Freunde einer gegen ihn gerichteten Verschwörung zu verdächtigen. »Wenn ich jetzt auch noch anfange, auf Strefford eifersüchtig zu sein …«

Allerdings sah Susy so entzückend aus, daß man schon unruhig werden konnte. Als Mädchen war sie für den Geschmack einiger Leute ein wenig zart und eckig gewesen. Jetzt hatte sich der früheren Zartheit ein geheimnisvoller Schmelz, eine Art Tiefe, in der die Sterne sich spiegeln mochten, hinzugesellt. Ihre Bewegungen waren langsamer, weniger fahrig. Ihr Mund war leicht nach unten geschwungen, ihre Lider schienen von den Wimpern niedergezogen zu werden. Aber dann funkelte unvermittelt die alte Lebhaftigkeit durch die neue melancholische Lässigkeit – wie ein Windstoß, auf den man nicht gefaßt war. Nick sah sie über die Blumen und Lichter hinweg verliebt an – und alles andere war unwichtig.

Am nächsten Morgen reisten Vanderlyn und Clarissa frühzeitig ab. Mrs. Vanderlyn, die nachmittags nach St. Moritz aufbrechen sollte, widmete die letzten Stunden bangen Beratungen mit ihrem Mädchen und Susy. Strefford war mit Fred Gillow und den anderen zum Schwimmen gegangen, und Lansing konnte sich seinem Buch widmen.

Die Stille in dem großen Palazzo vermittelte ihm einen Vorgeschmack auf die künftige Einsamkeit. Mitte August würde die ganze Gruppe sich zerstreut haben. Die Hicks wären auf einer Kreuzfahrt nach Kreta und in die Ägäis, Fred Gillow auf dem Weg zu seinem Hochmoor, Strefford würde bis zu seinem Jahresbesuch in Northumberland im September bei Freunden auf Capri sein. Einer nach dem anderen würden auch die übrigen folgen und Susy und Lansing in dem großen, vor der Sonne geschützten Palazzo allein lassen, allein unter dem sternenübersäten Himmel, allein mit dem orangefarbenen Mond – immer noch ihr Honigmond – über dem Glockenturm von San Giorgio. In dieser Ruhe würde der Roman sich entfalten, so harmonisch wie in seinen Träumen.

Er schrieb weiter und achtete nicht auf die Zeit, bis die Tür sich öffnete und er Schritte hörte. Im nächsten Augenblick legten sich zwei Hände über seine Augen, und die Luft war erfüllt von Mrs. Vanderlyns neuem Parfüm.

»Du Goldstück – ich bin eigentlich schon weg, verstehst du«, erklärte sie. »Susy hat mir gesagt, du müßtest arbeiten, und ich habe ihr verboten, dich runterzurufen. Sie und Streffy warten auf mich, um mich zum Bahnhof zu bringen, und ich bin nur schnell raufgelaufen, um dir auf Wiedersehen zu sagen.«

»Ellie, meine Liebe.« Mit schlechtem Gewissen schob Lansing sein Manuskript beiseite und stand auf. Sie drückte ihn jedoch auf seinen Stuhl zurück.

»Nein, nein! Ich würde es mir nie verzeihen, wenn ich dich gestört hätte. Ich hätte eigentlich gar nicht raufkommen dürfen. Susy wollte es nicht. Aber ich mußte dir sagen, mein Lieber … Ich mußte dir einfach danken.«

In ihrem dunklen Reisekleid mit passendem Hut, so diskret auffällig, so gekonnt lässig, mit einem Schleier, der ihr Make-up milderte, und mit Handschuhen, die ihre Ringe verbargen, wirkte sie jünger, einfacher, natürlicher, als er sie je gesehen hatte. Arme Ellie – eine gute Seele, trotz allem.

»Mir danken? Wofür? Daß ich hier so glücklich bin?« lachte er und nahm ihre Hände.

Sie sah ihn an, lachte ebenfalls und schlang ihre Arme um seinen Hals.

»Dafür, daß ihr *mir* geholfen habt, woanders so glücklich zu sein – du und Susy, ihr beiden Lieblinge«, rief sie und drückte einen Kuß auf seine Wange.

Wie versteinert starrte Lansing sie an, und ihre Arme fielen herab.

»Aber«, fragte sie erschrocken, »hast du denn nicht gewusst … ?«

Sie hörte Streffys aufgeregte Stimme auf der Treppe. »Ellie, wo zum Teufel steckst du? Susy ist schon in der Gondel. Du verpaßt noch den Zug!«

Lansing stand auf und packte Mrs. Vanderlyn beim Handgelenk. »Was willst du damit sagen? Wovon redest du überhaupt?«

»Nichts, nichts … Aber ihr beide habt euch so kameradschaftlich verhalten mit den Briefen … Und auch, als Nelson hier war … Nick, verdreh mein Handgelenk nicht so! Ich muß mich beeilen!«

Er ließ ihre Hand fallen und stand reglos da, starrte ihr nach und lauschte auf das Klappern ihrer hohen Absätze, als sie durch das Zimmer und durch den Korridor hastete.

Als er sich zum Tisch umwandte, bemerkte er, daß ein kleines Etui aus Saffianleder zwischen seine Unterlagen gefallen war. Es hatte sich geöffnet, und vor ihm lag auf dem Samtfutter eine Krawattennadel mit einer vollendeten Perle. Er hob das Etui auf und wollte Mrs. Vanderlyn nachlaufen – es sah ihr ähnlich, überall Juwelen zu verstreuen –, als er auf dem Deckel seine Initialen sah.

Wie ein Stück heiße Kohle ließ er das Etui fallen. Eine Weile saß er da und starrte das goldene N. L. an, das ihm in den Augen brannte.

Schließlich nahm er sich zusammen und stand auf.

10

Mit einem Seufzer der Erleichterung zog Susy die Nadeln aus ihrem Hut und ließ sich auf die Chaiselongue fallen.

Die Gefahr war vorüber, und Mr. und Mrs. Vanderlyn waren ohne Zwischenfälle ihrer getrennten Wege gegangen. Die arme Ellie war nicht gerade berühmt für ihre Besonnenheit, und wenn das Leben ihr zulächelte, neigte sie dazu, ihre Dankbarkeit offen kundzutun. Dank Susys Wachsamkeit (und dank Streffords stillschweigender Mithilfe) waren jedoch die gefürchteten vierundzwanzig Stunden glücklich vorbeigegangen. Nelson Vanderlyn war mit ungetrübter Miene abgereist, und wenn auch Ellies Gesicht, als sie nach dem Abschied von Nick heruntergekommen war, Susy weniger heiter erschien als zuvor, so war sie doch wieder ganz die alte, als man das Fehlen der roten Saffiantasche mit ihrem Schmuckkästchen bemerkte. Noch ehe man sie in den Tiefen der Gondel aufgespürt hatte, waren sie schon am Bahnhof angelangt, und es blieb gerade noch Zeit, Ellie in den Schlafwagen zu verfrachten, von dem aus sie ihren Freunden ein fröhliches Lebewohl zuwinkte.

»Nun, meine Liebe, das hätten wir hinter uns gebracht«, bemerkte Strefford und atmete tief durch, als der St.-Moritz-Expreß anfuhr.

Susy seufzte in stummem Einverständnis. Dann, wie um zu vertuschen, daß sie sich eben selbst verraten hatte: »Armes Ding, wenn sie an etwas Gefallen findet, dann gründlich.«

»Ja – und wenn es auch nur so ein miserabler Kerl ist«, stimmte Strefford zu.

»Ein miserabler Kerl? Wieso, ich dachte …«

»Es sei immer noch der kleine Davenant? Himmel nein – schon seit einem halben Jahr nicht mehr. Hat sie dir das nicht erzählt?«

Susy spürte, wie sie rot wurde. »Ich habe sie nicht danach gefragt.«

»Gefragt? Du meinst, du hast es sie nicht erzählen lassen.«

»Ich habe sie nicht erzählen lassen. Und ich lasse auch dich nicht …«, fügte Susy heftig hinzu, als er ihr in die Gondel half.

»Schon gut. Ich würde sagen, du hast recht. Das macht die Dinge wesentlich einfacher«, lenkte Strefford friedfertig ein.

Jetzt lag Susy in ihrem Zimmer und grübelte über die lange Strecke nach, die sie im Verlauf des letzten Jahres zurückgelegt hatte. Scharfsinnig, wie er war, hatte Strefford ihre Gedanken gelesen. Es war noch nicht lange her, da hätte sie es für völlig natürlich gehalten, daß Ellie ihr alles erzählte, daß sie ihr ganz selbstverständlich den Namen des Nachfolgers des kleinen Davenant anvertraute. Offenbar hatte sogar Ellie die Veränderung gespürt, denn nach einem ersten Versuch, Susy ihre Geständnisse aufzudrängen, hatte sie sich mit allgemeinen Dankbarkeitsbekundungen, anspielungsreichen Seufzern und der hübschen »Überraschung« zufriedengegeben, einem Saphirarmreif, den sie ihrer Freundin bei der Abschiedsumarmung über das Handgelenk streifte.

Das Armband war wirklich wunderschön. Susy, die den Blick eines Auktionators für diese Dinge hatte, kannte ganz genau den Wert der gewölbten Steine, die mit kleinen Smaragden und Brillanten wechselten. Sie war froh, das Armband zu besitzen, und entzückt, wie gut es sich auf ihrem schmalen Handgelenk ausnahm. Und doch hatte sie es, noch während sie es bewunderte und sich freute, daß es ihr gehörte, in Gedanken in Geld umgesetzt und überlegt, wie lange sie damit die täglichen Ausgaben begleichen könnte. Was sie auch ihr eigen nannte, es interessierte sie nur noch in bezug auf ihr Leben mit Nick.

Die Tür ging auf, und Nick trat ein. Es war schon dämmrig, und sie konnte sein Gesicht nicht genau erkennen. Aber irgend etwas an der Art, wie die Türklinke heruntergedrückt wurde, erregte ihre stets wachsame Besorgnis. Sie eilte ihm entgegen und streckte ihm ihr Handgelenk hin.

»Schau nur, Schatz – war das nicht lieb von Ellie?«

Sie knipste die Lampe auf ihrem Toilettentisch an, und im Lichtschein sah sie das Gesicht ihres Mannes wie das eines Fremden. Sie streifte das Armband ab und hielt es ihm hin.

»Da kann ich mit etwas Besserem aufwarten«, erklärte er mit einem Lachen, zog ein Etui aus Saffianleder aus seiner Tasche und warf es zwischen die Parfümfläschchen.

Mechanisch öffnete Susy das Etui und starrte die Perle an, denn sie hatte Angst davor, Nick anzusehen.

»Ellie – hat dir das gegeben?« fragte sie schließlich.

»Ja. Sie hat mir das gegeben.« Es entstand eine Pause. »Würde es dir etwas ausmachen«, fuhr Lansing in dem gleichen beiläufigen Ton fort, »mir genauer zu sagen, für welche Dienste wir so ansehnlich bezahlt worden sind?«

»Die Perle ist wirklich wunderschön«, murmelte Susy, während ihre Gedanken fieberhaft arbeiteten.

»Deine Saphire auch. Obwohl es, bei näherer Betrachtung, fast den Anschein hat, meine Dienste seien höher eingestuft worden. Aber würdest du mir nun endlich sagen, was für Dienste das eigentlich waren?«

Susy warf den Kopf zurück und sah ihn an. »Wovon, um alles in der Welt, redest du überhaupt, Nick? Warum sollte uns Ellie nicht so etwas schenken? Für sie ist es doch nicht mehr als ein Federwischer oder ein Stiefelknöpfer. Was willst du damit andeuten?«

Es hatte viel Mut erfordert, seinem Blick standzuhalten, als sie ihm diese Frage stellte. Irgend etwas war vorgefallen zwischen ihm und Ellie, kein Zweifel – einer jener gräßlichen, unvorhersehbaren Fehler, die mit einem Schlag die klügsten Pläne zunichte machen können. Erneut wurde ihr bewußt, wie zerbrechlich ihr Glück doch war. Aber Susy hatte sich mehr als einmal in Situationen befunden, in denen alles davon abhing, ob sie einen klaren Kopf und einen klaren Blick bewahrte. Es wäre doch unvorstellbar, wenn sie jetzt, da für sie alles auf dem Spiel stand, nicht in der Lage gewesen wäre, sich ebenso geschickt zu verteidigen.

»Wovon redest du?« wiederholte sie ungeduldig, als Lansing weiterhin schwieg.

»Um das zu fragen, bin ich hier«, gab er zurück und sah sie genauso unverwandt an. »Es gibt, ganz wie du sagst, keinen Grund auf dieser Welt, warum Ellie uns keine Geschenke machen sollte – so teure Geschenke, wie es ihr beliebt. Und die Perle ist wirklich wunderschön. Ich will nur wissen, für welche Dienste haben wir sie bekommen? Denn auch ohne die geringsten Skrupel gibt es, darin stimmst du vielleicht mit mir überein, gewisse Grenzen unter zivilisierten Menschen, zumindest hat es bisher solche Grenzen gegeben ...«

»Ich weiß wirklich nicht, was du damit sagen willst. Ich denke, Ellie wollte uns zeigen, wie dankbar sie uns ist, daß wir uns um Clarissa gekümmert haben.«

»Aber als Gegenleistung dafür hat sie uns doch all das hier gegeben, oder etwa nicht?« Nick beschrieb eine weit ausholende Geste. »Und zwar einen ganzen Sommer lang, wenn wir wollen.«

Susy lächelte. »Offenbar war sie der Ansicht, das sei nicht genug.«

»Was für eine hingebungsvolle Mutter. Das zeigt, wieviel ihr an ihrem Kind liegt!«

»Nun, liegt uns denn nicht auch an Clarissa?«

»Clarissa ist entzückend. Aber als ihre Mutter mir diese Belohnung brachte, hat sie das Kind nicht erwähnt.«

Wieder hob Susy den Kopf. »Wen hat sie denn erwähnt?«

»Vanderlyn«, erklärte Lansing.

»Vanderlyn? Nelson?«

»Ja – und Briefe ... irgend etwas im Zusammenhang mit Briefen. Was, meine Liebe, sollten wir vor Vanderlyn verheimlichen, warum wurden wir angeheuert? Denn ich würde gerne wissen«, rief Nick aufbrausend, »ob wir auch angemessen bezahlt wurden.«

Susy schwieg, sie brauchte Zeit, um ihre Kräfte zu sammeln und sich den nächsten Zug zu überlegen. Ihre Gedanken drehten sich in einem solchen Wirbel der Furcht, daß sie schließlich nicht mehr hervorbrachte als: »Was hat Ellie zu dir gesagt?«

Lansings Lachen war unheimlich. »Nur das möchtest du also wissen, nicht wahr, um zu entscheiden, welcher Strategie du dich bedienen sollst, wenn du mir dann eine Erklärung lieferst.«

Der Hohn bewirkte eine Reaktion, die er nicht hatte voraussehen können und die auch Susy selbst nicht erwartet hatte.

»Oh, nicht – laß uns nicht so miteinander reden!« rief sie aus. Sie sank an ihrem Toilettentisch in sich zusammen und verbarg ihr Gesicht in den Händen.

Es war, als gehe es nur noch darum, ihre Liebe füreinander, ihren Glauben aneinander vor der Zerstörung zu bewahren. Sie war bereit, Nick alles zu erzählen – sie wollte es ihm erzählen –, wenn sie nur sicher sein könnte, daß er ein Einsehen hätte. Die Szene mit den Zigarren kam ihr wieder in den Sinn und lähmte sie. Warum nur wollte er nicht begreifen, daß nichts anderes zählte, solange sie einander liebten?

Mitleidig legte er seine Hand auf ihre Schulter. »Arme Kleine – nicht doch«, sagte er. Ihre Augen trafen sich, und sie versuchte zu lächeln. »Siehst du denn nicht ein«, fuhr er fort, »daß wir diese Sache klären müssen?«

Durch ein Prisma von Tränen starrte sie ihn weiter an. »Ich kann nicht – solange du so vor mir stehst«, stammelte sie kindlich.

Sie hatte sich wieder in eine Ecke der Chaiselongue gekauert. Lansing setzte sich jedoch nicht neben sie, sondern auf einen Stuhl ihr gegenüber, als müßte er zwischen ihnen beiden Platz für einen Teewagen lassen. »Ist es so recht?« fragte er förmlich, als hätte er ihren Wunsch erfüllt.

»Nichts ist recht – solange du nicht du selbst bist!«

»Nicht ich selbst?«

Müde schüttelte sie den Kopf. »Ich weiß nicht weiter. Theoretisch akzeptierst du gewisse Dinge – und wenn es dann dazu kommt ...«

»Was für Dinge? Wozu ist es gekommen?«

Plötzlich wurde sie ungeduldig. Was stellte er sich eigentlich vor? »Aber du weißt doch über Ellie Bescheid. Wir haben uns früher oft genug über sie unterhalten«, erklärte sie.

»Ellie und der kleine Davenant?«

»Der kleine Davenant oder irgendein anderer ...«

»Oder irgendein anderer. Aber was haben wir damit zu tun?«

»Genau das möchte ich auch gerne wissen«, rief sie und sprang mit ungestümer Erleichterung auf. Lansing erhob sich ebenfalls, aber von seinem Gesicht war keine Antwort abzulesen.

»Wir haben nicht das geringste damit zu tun, nicht wahr?« insistierte er.

»Absolut nichts.«

»Und was, bitte, hat dann Ellies Dankbarkeit zu bedeuten? Dankbarkeit dafür, was wir mit irgendwelchen Briefen gemacht haben – und mit Vanderlyn?«

»Oh, *du* doch nicht«, rief Susy unbeherrscht aus.

»Ich nicht? Dann also du?« Er packte ihr Handgelenk. »Antworte mir. Warst du in irgendeine schmutzige Angelegenheit verwickelt?«

Susy konnte nicht sprechen, solange sie den schmerzenden Griff um ihr Handgelenk spürte, da, wo der Armreif gewesen war. Endlich ließ er sie los und trat zur Seite. »Antworte«, wiederholte er.

»Ich habe dir doch gesagt, das ist meine Sache und nicht deine.«

Er nahm das schweigend auf, dann fragte er: »Du hast für sie Briefe weggeschickt, nehme ich an. An wen?«

»Warum quälst du mich so? Nelson sollte nicht wissen, daß sie weg war. Sie hat mir die Briefe dagelassen, um jede Woche einen an ihn aufzugeben. Ich habe sie in der Nacht, als wir angekommen sind, hier vorgefunden. – Das war der Preis ... für *das* hier. Oh, Nick, sag, daß es das wert war – sag wenigstens, daß es das wert war!« flehte sie.

Er antwortete nicht. Mit einer Hand trommelte er auf die Ecke ihres Toilettentisches, so daß das Juwelenarmband tanzte.

»Wie viele Briefe?«

»Ich weiß es nicht ... vier ... fünf ... Was bedeutet das schon?«

»Und das einmal pro Woche, sechs Wochen lang ...?«

»Ja.«

»Und du hast das alles als selbstverständlich hingenommen?«

»Nein, ich habe es gehaßt. Aber was sollte ich sonst machen?«

»Sonst machen?«

»Wenn doch unser Zusammensein davon abhing? O Nick, könntest du glauben, ich würde dich je aufgeben?«

»Mich aufgeben?« echote er.

»Nun ja – hängt denn nicht unser Zusammensein davon ab – was wir aus anderen Leuten herausholen können? Und muß das nicht immer irgendeine Art von Geben und Nehmen sein? Hast du je in deinem Leben erwartet, etwas umsonst zu bekommen?« rief sie mit plötzlicher Wut. »Du lebst schon genausolange unter diesen Leuten wie ich. Ich schätze, es ist nicht das erste Mal ...«

»Und ob es das ist«, rief er aus und wurde rot, »genau das macht den Unterschied aus – den grundlegenden Unterschied.«

»Den Unterschied?«

»Zwischen dir und mir. Nie in meinem Leben habe ich anderer Leute Dreckarbeit erledigt – schon gar nicht als Gegenleistung für irgendwelche Geschenke. Ich vermute, du hast das erraten, sonst hättest du mir diese ekelhafte Geschichte nicht verheimlicht.«

Nun stieg auch Susy das Blut in die Schläfen. Ja, sie

hatte es erraten. Instinktiv war sie sich von dem Tag an, als sie ihn in seiner kargen Wohnung aufsuchte, seiner strengen Maßstäbe bewußt gewesen. Aber wie sollte sie ihm klarmachen, daß unter seinem Einfluß auch ihre Maßstäbe strenger geworden waren und daß sie zwar nichts gesagt hatte, um seinem Zorn zu entgehen, aber auch, um sich ihre Demütigung nicht einzugestehen.

»Du weißt, nicht einen Tag wäre ich geblieben, wenn ich das gewußt hätte«, fuhr er fort.

»Ja, und wo hätten wir dann hingehen sollen?«

»Du meinst, auf die eine oder andere Weise ist das, was du als Geben und Nehmen bezeichnest, der Preis für unser Zusammensein?«

»Nun – ist es etwa nicht so?« stammelte sie.

»Dann sollten wir uns besser trennen, meinst du nicht auch?«

Er sprach nachdenklich und bedachtsam, als sei dies die unausweichliche Schlußfolgerung, zu der ihre Auseinandersetzung geführt hatte.

Susy gab keine Antwort. Einen Augenblick lang hatte sie den Anlaß für das, was eben geschehen war, verdrängt. Das Geschehen als solches schien sie unter seinen Trümmern begraben zu haben.

Nick ging langsam zum Fenster und starrte auf den mit Lichtern gesprenkelten Kanal. Sie stellte sich vor, was wohl passieren würde, wenn sie jetzt zu ihm ginge und ihre Arme um ihn legte. Doch selbst wenn ihre Berührung den Bann gebrochen hätte, sie war sich nicht sicher, ob sie das auf diese Weise erreichen wollte. Irgendwo regte sich das Gefühl, ungerecht behandelt worden zu sein. Als sie ihre seltsame Abmachung getroffen hatten, wußte Nick genausogut wie sie selbst, auf welche Kompromisse und Zugeständnisse sie sich eingelassen hatten. Er konnte das doch nicht vergessen haben. Und mit einem neuen Aufflackern von Furcht fragte sie sich, ob er die Unbedachtheit der armen Ellie als Mittel benutzte, um einer Bindung zu entkommen, die ihn bereits langweilte. Trotzig hob sie den Kopf und lachte auf. »Wahrscheinlich hattest du recht, als du mich zu deiner Geliebten machen wolltest.«

Er drehte sich um und starrte sie überrascht an. »Du – meine Geliebte?«

Bei allem Schmerz empfand sie etwas wie Stolz bei der Entdeckung, daß eine solche Möglichkeit für ihn schon längst undenkbar geworden war. Doch sie gab nicht nach. »Jener Tag bei den Fulmers – hast du das vergessen? Als du gesagt hast, es sei reiner Wahnsinn, wenn wir heiraten?«

Lansing lehnte in der Fensteröffnung. Seine Augen fixierten das Muster des Mosaikfußbodens. »Ich hatte durchaus recht, als ich sagte, es sei reiner Wahnsinn, wenn wir heiraten«, erwiderte er schließlich.

Erregt sprang sie auf. »Nun, das läßt sich ganz einfach klären. Unsere Abmachung.«

»Oh, diese Abmachung ...«, unterbrach er sie ungeduldig.

»Verlangst du nicht genau jetzt von mir, sie einzuhalten?«

»Weil ich gesagt habe, wir sollten uns besser trennen?« Er hielt inne. »Aber die Abmachung – beinahe hätte ich sie vergessen –, war sie nicht so gedacht, daß wir einander helfen sollten, falls sich einem von uns eine bessere Chance böte? Die ganze Geschichte war natürlich absurd, ein Witz, zumindest in meinen Augen. Ich werde nie eine bessere Chance wollen ... oder überhaupt irgendeine andere Chance ...«

»Oh, Nick, oh, Nick ... aber dann –« Sie stand jetzt dicht neben ihm, und durch ihre Tränen hindurch sah sie verschwommen sein Gesicht. Aber er schob sie von sich weg.

»Das wäre sehr einfach gewesen, nicht wahr«, sagte er, »wenn wir uns so ohne weiteres voneinander trennen könnten. So wie die Dinge liegen, wird es furchtbar weh tun. Aber darüber zu reden bringt auch nichts. Du hattest eben ganz recht, als du gefragt hast, wovon wir denn sonst leben sollten. Wir sind geborene Schmarotzer, beide, schätze ich, oder wir hätten schon längst einen Ausweg gefunden. Ich glaube jedoch, es gibt Dinge, mit denen ich mich, was mich selbst betrifft, abfinden könnte, notfalls – und das werde ich irgendwann wohl auch tun. Aber ich kann nicht zulassen, daß du dich mir zuliebe damit abfindest … niemals. Die Zigarren in Como – glaubst du etwa, ich hätte nicht gewußt, daß du das meinetwegen getan hast? Und das jetzt auch? Nun, ich werde nicht … ich werde nicht …«

Er brach ab, als hätte der Mut ihn verlassen, und sie schluchzte: »Aber deine Arbeit – wenn dein Buch ein Erfolg wird …«

»Meine arme Susy – auch das gehört zu dem ganzen Schwindel. Wir wissen beide, daß ich mit solchen Büchern kein Geld verdienen werde. Und was ist die Alternative – wenn nicht weitere Erniedrigungen? Bis wir ganz abgestumpft sind? Ich will nicht so lange weitermachen, bis ich alles als selbstverständlich hinnehme.«

Ängstlich streckte sie ihre Hand aus. »Aber das müßtest du doch nicht, Liebster – wenn du das nur mir überlassen würdest …«

Er zuckte zurück. »Dir kommt das wohl ganz einfach vor. Nun, Männer sind anders.« Er ging auf den Toilettentisch zu und warf einen Blick auf die kleine emaillierte Uhr, eines ihrer Hochzeitsgeschenke.

»Zeit zum Umziehen, oder? Würde es dir etwas ausmachen, wenn ich jetzt gehe und dich allein mit Streffy – oder wer sonst noch aufkreuzt – zu Abend essen lasse? Ich würde lieber einen Spaziergang machen und im Augenblick nicht mehr reden – außer mit mir selbst.«

Er ging an ihr vorbei und verließ hastig den Raum.

Susy stand reglos da, unfähig, ihn mit einer Handbewegung aufzuhalten oder noch einmal um Verständnis zu bitten. Auf ihrem Toilettentisch, auf dem jetzt alles wirr durcheinanderlag, glitzerten Mrs. Vanderlyns Geschenke im rosigen Licht der Lampe.

Ja, Männer waren ganz anders, wie er gesagt hatte.

11

ABER ES GAB DOCH GEWISSE Notwendigkeiten, sich anzupassen, es hatte sie immer gegeben. Früher war Nick der erste gewesen, dies zuzugeben. – Wie hatten sie über die »Aufrechten« gelacht, jene Leute, die auf der anderen Straßenseite vorbeigingen (man mußte sie schließlich erst einmal verstehen, um sie ablehnen zu können)! Und nun war Nick plötzlich selbst einer der Aufrechten geworden ...

Wenn ihre dahinjagenden Gedanken einmal Ruhe gaben, betrachtete Susy an diesem Abend, am Kopfende der Tafel sitzend, die bis zum Überdruß vertrauten Gesichter derer, die sie ihre Freunde nannte: Strefford, Fred Gillow, den idiotischen, ständig kichernden kleinen Breckenridge, der zur gerade angekommenen New Yorker Clique gehörte, und Nerone Altineri, Ursulas Prinz, der sich, solange Ursula eine dieser lästigen Kuren machte, schlicht und ganz selbstverständlich in Venedig ihrem Ehemann angeschlossen hatte. Susy blickte von einem zum anderen, als wären ihr eben erst die Augen aufgegangen, und fragte sich, wie das Leben wohl aussähe, gäbe es darin nur Gesichter wie diese ...

Ach, Nick war einer der Aufrechten geworden! – Nun ja, schließlich gingen die meisten Leute durchs Leben, indem sie eine bestimmte Anzahl von Gesten ausführten, wie im voraus eingeübte Tanzschritte. Wenn es im Tanzlehrbuch hieß, man müsse zu einem bestimmten Zeitpunkt aufrecht dastehen, dann mußte man das eben tun, automatisch – und genau das tat Nick!

»Aber nun sag doch mal im Ernst, Susy«, drang plötzlich Gillows Stimme wie aus unermeßlicher Ferne zu ihr, »was werdet ihr für den Rest des Sommers in diesem stickigen Loch machen?«

»Frag Nick, mein Freund«, antwortete Strefford für sie. Und jetzt warf der kleine Breckenridge, der aufblickte und etwas verspätet die Abwesenheit seines Gastgebers bemerkte, ein: »Übrigens, wo steckt denn Nick – wenn man fragen darf?«

»Er ißt auswärts«, erklärte Susy schlagfertig. »Irgendwelche Leute sind aufgetaucht, verdammte Langweiler, die ich euch nicht antun wollte.« Wie leicht ihr die vertraute Flunkerei fiel!

»Die Art Leute, zu denen man sagt ›Vergessen Sie ja nicht, bei mir vorbeizuschauen‹, und dann verbringt man den Rest seines Lebens damit, ihnen aus dem Weg zu gehen – wie unseren guten Hicks«, ergänzte Strefford.

Die Hicks – aber natürlich, Nick war bei den Hicks. Wie ein Stich durchfuhr es Susy, und das Auswärts-Essen, das sie so leichthin erfunden hatte, wurde eine beklemmende Wahrheit. Fiebrig sagte sie sich: »Nach dem Essen werde ich ihn anrufen – und dann wird er sich bestimmt albern vorkommen«, aber augenblicklich fiel ihr ein, daß sich die Hicks in ihrer mittelalterlichen Umgebung so etwas wie ein Telefon natürlich versagt hatten.

Nick war unerreichbar. Diese Gewißheit verwandelte ihre Qual in spöttische Gereiztheit. Aha, dahin trieben ihn also seine Prinzipien, seine Grundsätze oder wie er die neuen Regeln nannte, die plötzlich für das alte Spiel gelten sollten. Daß sie das nicht gleich erraten hatte.

»Oh, die Hicks – Nick verehrt sie, müßt ihr wissen. Demnächst wird er Coral heiraten«, lachte sie und ließ, in geübter Beiläufigkeit, ihren Scherz die Runde machen.

»Großer Gott«, sagte Gillow begriffsstutzig, während der Prinz das durch nichts zu erschütternde Lächeln zur Schau trug, das er (wie Susy respektlos behauptete) jeden Morgen bei seiner Gymnastik einübte.

Plötzlich spürte Susy, daß Strefford sie fixierte.

»Was stimmt denn nicht mit mir? Zuviel Rouge?« fragte sie und hakte sich bei ihm ein, als sie vom Tisch aufstanden.

»Nein, zuwenig. Schau dich doch mal an«, antwortete er leise.

»Oh, in diesen altersfleckigen Spiegeln sieht jeder so aus, als hätte man ihn gerade aus dem Kanal gefischt.«

Sie stützte die Hände in die Hüften, pfiff eine Ragtime-Melodie und wirbelte durch den Saal. Der Prinz und der kleine Breckenridge holten sie ein, und sie tanzte mit Breckenridge weiter, während Gillow – es hieß, dies sei die einzige Fertigkeit, auf die er sich verstand – mit den Fingern schnippte, daß es wie beim Würfelspiel klang, und schwerfällig hinter dem Paar dreinstampfte.

Susy ließ sich auf ein Sofa neben dem Fenster sinken und fächelte sich mit einem Halstuch Kühlung zu, während die Männer Zigaretten suchten und Erfrischungsgetränke bestellten.

»Nun, und jetzt – das war doch nicht alles, oder?« fragte Gillow vom Diwan aus, auf dem er sich mit schweißnassem Gesicht ausgestreckt hatte. Es war für ihn unvorstellbar und kam einem Verbrechen gleich, auch nur eine einzige Stunde ohne verordnetes Vergnügen zu erleben. Der kleine Breckenridge, der den gleichen Standpunkt vertrat, und der Prinz, der sich ernsthaft bemühte, ihn zu vertreten, brachten die Gesellschaft auf den Gedanken, bei irgend jemandem, den sie kannten, fände heute nacht auf dem Lido eine Tanzerei statt.

Gegen den Lido legte Strefford sein Veto ein, mit der Begründung, er sei eben erst von dort zurückgekommen, und schlug vor, zur Abwechslung einmal zu Fuß auszugehen.

»Warum nicht? Das macht bestimmt Spaß!« Susy

sprang augenblicklich auf. »Laßt uns irgend jemandem einen Überraschungsbesuch abstatten – Streffy, Prinz, fällt euch niemand ein, der sich ganz besonders ärgern würde, wenn wir plötzlich auftauchen?«

»Oh, die Liste ist zu lang. Gehen wir einfach los und suchen wir uns unterwegs unser Opfer aus«, schlug Strefford vor.

Susy rannte in ihr Zimmer, um sich einen Umhang zu holen, und machte sich, ohne ihre hochhackigen Satinslipper gegen andere Schuhe auszutauschen, mit den vier Männern auf den Weg. Der Mond schien nicht – Gott sei Dank schien der Mond nicht! –, aber die Sterne hingen wie Früchte zum Greifen nahe über ihnen, und der Wind trieb verführerische Düfte herbei. Erinnerungen an Como krampften Susys Herz zusammen.

Lachend schlenderten sie dahin und vertrauten sich den wechselnden Launen ziellos Umherstreifender an.

Schon bald schlug einer von ihnen vor, sich die Fassade von San Giorgio Maggiore genauer anzusehen. Sie hielten eine Gondel an und ließen sich durch die tanzenden Lichtkreise rudern. Als sie anlegten, schlug Gillow, den beeindruckende Szenerien aufs höchste langweilten – auf mitternächtliche Schönheit reagierte er besonders empfindlich –, einen Nachtclub ganz in der Nähe vor, wo es, so beteuerte er, lustig zugehe. Der Prinz unterstützte diesen Vorschlag wärmstens. Auf Susys schroffe Weigerung hin nahmen sie jedoch ihr Umherstreifen wieder auf und zogen durch die dunklen Gassen Richtung Piazza zu Florians Eissalon. An der Ecke einer *calle,* die Susy zwar nicht vertraut war, ihr aber doch irgendwie bekannt vorkam, blieb sie stehen und blickte sich lachend um.

»Halt, die Hicks – das ist doch ihr Palazzo. Und die Fenster sind alle erleuchtet! Die geben bestimmt ein Fest. Oh, wir gehen rauf und überraschen sie!« Die Idee erschien ihr als eine der drolligsten, die sie je gehabt hatte, und sie wunderte sich, daß ihre Begleiter so lau darauf reagierten.

»Ich kann nichts besonders Aufregendes daran finden, die Hicks zu überraschen«, protestierte Gillow, der sich um mögliche Freuden betrogen sah. Und Strefford ergänzte: »Es würde *mich* mehr überraschen als sie, wenn ich dort hinginge.«

Susy bestand jedoch fieberhaft darauf: »Ihr habt ja keine Ahnung. Es könnte schrecklich aufregend werden! Ich habe so eine Ahnung, daß Coral ihre Verlobung bekannt gibt – ihre Verlobung mit Nick! Komm, gib mir deine Hand, Streff – und du deine, Fred …« Sie summte die ersten Takte von Donna Annas Auftritt in *Don Giovanni.* »Schade, daß ich keinen schwarzen Umhang und keine Maske habe.«

»Oh, dein Gesicht tut es auch«, meinte Streff und legte seine Hand auf ihren Arm.

Mit hochrotem Gesicht fuhr sie zurück. Breckenridge und der Prinz waren vorausgelaufen, und auch Gillow war schon halb die Treppe hinauf.

»Mein Gesicht? Mein Gesicht? Was ist denn mit meinem Gesicht? Kannst du mir irgendeinen Grund nennen, weshalb ich heute abend nicht die Hicks besuchen sollte?« stieß Susy, plötzlich wütend, hervor.

»Absolut keinen. Außer daß ich mich, wenn du das machst, zu Tode langweilen werde«, erwiderte Strefford heiter.

»Oh, in dem Fall ...!«

»Nein, komm jetzt. Ich höre diese Idioten schon an die Tür hämmern.« Er nahm sie bei der Hand, und sie gingen die Treppe hinauf. Auf dem ersten Absatz blieb sie jedoch stehen, riß sich los, und ohne ein Wort, ohne einen bewußten Gedanken rannte sie durch das Vestibül zurück und in die Dunkelheit der *calle* hinaus.

Strefford holte sie ein, und einen Augenblick lang standen sie schweigend in der Nacht.

»Susy – was zum Teufel ist denn los?«

»Was los ist? Siehst du das denn nicht? Daß ich müde bin, daß ich rasende Kopfschmerzen habe – daß du mich zu Tode langweilst, daß ihr alle mich langweilt, einer wie der andere!« Sie drehte sich um und legte entschuldigend ihre Hand auf seinen Arm. »Streffy, lieber alter Streffy, mach dir nichts draus, aber halte, um Himmels willen, eine Gondel an und schick mich nach Hause.«

»Allein?«

»Allein.«

Streff machte sich normalerweise nichts daraus, wenn jemand Dinge tun wollte, die er nicht begriff, und sie wußte, daß sie sich auf seine Willfährigkeit verlassen konnte. Schweigend gingen sie zum nächsten Kanal. Er hielt eine vorübergleitende Gondel an und ließ sie einsteigen.

»Und jetzt geh und amüsier dich«, rief sie ihm nach, als das Boot unter der nächsten Brücke hindurchfuhr. Alles, alles, nur allein sein, weg von der Torheit und Nichtigkeit, dem einzigen, was ihr bliebe, sollte Nick aus ihrem Leben verschwinden …

»Aber vielleicht ist er schon verschwunden – für immer«, dachte sie, als sie am Palazzo der Vanderlyns ausstieg.

Der Morgen dämmerte schon, eine erwachende Brise kräuselte das Wasser und ließ es von neuem gegen die Mauern des alten Palazzo schwappen. Fast zwei Uhr! Nick war bestimmt längst zurückgekommen. Schon allein der Gedanke an seine Nähe beruhigte sie. Sobald ihre Augen und Lippen sich träfen, konnte unmöglich noch irgend etwas zwischen ihnen stehen.

Der bei der Anlegestelle dösende Gondoliere stand auf, um ihr heraufzuhelfen, und reichte ihr zwei

Umschläge. Der obere enthielt ein Telegramm für Strefford. Sie gab es ihm zurück und blieb unter einer Laterne stehen, in der Hand den anderen Umschlag. Er trug ihren Namen in Nicks Handschrift.

»Wann hat der Signore das für mich abgegeben? Ist er noch einmal weggegangen?«

Noch einmal weggegangen? Aber der Signore war doch nach dem Abendessen gar nicht zurückgekommen, dessen war sich der Gondoliere sicher, er hatte den ganzen Abend Dienst gehabt. Ein Junge hatte den Brief gebracht – ein Junge, den er nicht kannte und der, ohne zu warten, gleich wieder verschwunden war. Die Signora mit ihren Gästen war vielleicht eine halbe Stunde weg gewesen.

Susy, die ihm kaum zugehört hatte, rannte in ihr Zimmer, und dort, neben der Lampe, die zwei Monate zuvor ihr Licht auf Ellie Vanderlyns verhängnisvollen Brief geworfen hatte, öffnete sie den von Nick.

»Halte mich nicht für grausam, Liebste, aber ich muß mit mir selbst ins reine kommen. Je eher, desto besser – meinst Du nicht auch? Ich werde jetzt erst einmal den Schnellzug nach Mailand nehmen. In ein oder zwei Tagen bekommst Du einen richtigen Brief. Ich wünschte, ich könnte jetzt etwas sagen, das Dir zeigt, daß ich kein Unmensch bin – aber ich kann nicht. N. L.«

Von der Nacht war nicht mehr viel geblieben, und an Schlaf war ohnehin nicht zu denken. Der Brief fiel aus Susys Händen. Sie schleppte sich auf den Balkon hinaus und kauerte sich dort zusammen, ihre Stirn an die Balustrade gepreßt. Der in der Dämmerung aufkommende Wind spielte in ihrem leichten Spitzenumhang. Durch ihre geschlossenen Augenlider spürte sie die zunehmende Helligkeit, das erbarmungslose Heraufziehen eines neuen Tages – eines Tages ohne Sinn und Zweck, eines Tages ohne Nick. Schließlich zwang sie sich, die Augen zu öffnen, und starrte auf den feurigen Rand über den Dächern jenseits des Canale Grande. Sie sprang auf, rannte zurück in ihr Zimmer, zog die schweren Vorhänge zu und taumelte zu der Chaiselongue, um sich, mit dem Gesicht nach unten, in die Kissen fallen zu lassen.

Sie schreckte hoch, steif und mit schmerzenden Gliedern, und sah einen goldenen Streifen Sonne auf dem Boden zu ihren Füßen. Sie hatte geschlafen – war das möglich? –, und es war bestimmt schon acht oder neun Uhr! Sie hatte geschlafen – geschlafen wie eine Betrunkene –, obwohl der Brief direkt neben ihr auf dem Tisch lag! Ach, jetzt erinnerte sie sich – sie hatte geträumt, der Brief sei ein Traum. Aber da lag er, unerbittlich. Und sie nahm ihn auf und las ihn noch einmal. Dann zerriß sie ihn in kleine Fetzen und suchte fieberhaft nach einem Streichholz. Sie kniete vor dem leeren Kamin nieder und ließ, als vollziehe sie ein Bestattungsritual, jedes einzelne

Stückchen zu Asche verbrennen. Eines Tages würde Nick ihr dafür danken!

Nachdem sie ein Bad genommen und sich hastig zurechtgemacht hatte, fühlte sie sich etwas frischer und hoffnungsvoller. Schließlich hatte Nick nichts weiter gesagt, als daß er für »einen oder zwei Tage« wegfahren würde. Und der Brief war nicht grausam. Er enthielt auch Zärtliches, das durch die knappen Worte schimmerte. Sie lächelte sich im Spiegel ein wenig gezwungen zu, trug einen Hauch Rot auf ihre farblosen Lippen auf und klingelte nach dem Mädchen.

»Kaffee, Giovanna. Und sag bitte Mr. Strefford, ich würde ihn gerne sprechen, gleich.«

Falls Nick tatsächlich an seinem Vorhaben festhielt, ein paar Tage wegzubleiben, mußte sie sich irgendeine Erklärung für seine Abwesenheit ausdenken. Ihr Verstand weigerte sich jedoch zu arbeiten, und das einzige, was ihr einfiel, war, Strefford ins Vertrauen zu ziehen. Sie wußte, daß sie sich in einer wirklich schwierigen Situation auf ihn verlassen konnte. Wenn seine Freunde ihn brauchten, verwandelte sich seine spitzbübische Bosheit in Einfallsreichtum.

Das Mädchen stand da und sah sie verblüfft an. Ein wenig barsch wiederholte Susy ihre Anweisung. »Aber weck ihn nicht extra deswegen auf«, fügte sie hinzu, da sie die mögliche Auswirkung auf Streffords Laune voraussah.

»Aber, Signora, der Herr ist schon weg.«

»Schon weg?« Strefford, der vor dem Mittagessen kaum aus dem Bett zu bekommen war! »Ist es denn schon so spät?« rief Susy ungläubig.

»Nach neun. Und der Herr hat den Acht-Uhr-Zug nach England genommen. Gervaso hat gesagt, er hätte ein Telegramm bekommen. Er hat hinterlassen, er würde der Signora schreiben.«

Die Tür schloß sich hinter dem Mädchen, und immer noch starrte Susy auf ihr bemaltes Gesicht im Spiegel, als versuchte sie, einen aufdringlichen Besucher aus der Fassung zu bringen. Dann war also niemand mehr da, den sie um Rat fragen konnte – niemand außer dem armen Fred Gillow. Bei dem Gedanken verzog sie ihr Gesicht. – Aber was, um alles in der Welt, konnte Strefford dazu bewogen haben, nach England zurückzukehren?

12

Im Mailand-Express breitete sich ein Strahl derselben Sonne über Nick Lansings Knie und weckte ihn. Er gähnte, sah voller Widerwillen seine schlafenden Reisegenossen an und fragte sich, warum er beschlossen hatte, nach Mailand zu fahren, und was er anfangen sollte, wenn er dort ankam. Die Schwierigkeit nach plötzlichen Entscheidungen war die gähnende Leere am nächsten Morgen …

Als der Zug in den Bahnhof von Mailand einfuhr, stieg Nick aus, trank einen Kaffee und beschloß, seine Reise bis Genua fortzusetzen. Solange er im Zug saß, mußte er nicht handeln und nichts entscheiden. Und nach zwölf Stunden verbissener Grübelei war es genau das, was er brauchte.

Er döste wieder ein, schreckte gelegentlich auf, ohne seine Gedanken ordnen zu können, und überließ sich dann wieder dem Rattern des Zuges. Nur in der einen Stunde, nachdem er in der vergangenen Nacht den Palazzo Vanderlyn verlassen hatte, waren ihm klare Gedanken möglich gewesen. Von da an war in seinem Kopf nichts als ein unermüdliches Kreisen um dasselbe Problem. Die Tasse Kaffee hatte ihn nur noch nervöser gemacht.

In Genua wanderte er durch die heißen Straßen, kaufte sich einen billigen Koffer und etwas Unterwäsche und ging dann zum Hafen hinunter, auf der Suche nach einem kleinen Hotel, an das er sich erinnerte. Eine Stunde später – er saß im Café, rauchte und überflog geistesabwesend die Zeitungen, während er wartete, bis es Zeit zum Mittagessen war – wurde er sich bewußt, daß ein kleiner Mann mit rundem Gesicht, der allein am nächsten Tisch saß, ihn durch seine Brille ängstlich, aber eindringlich musterte.

»Hallo – Buttles!« rief Lansing aus, als er zu seiner Überraschung den störrischen Sekretär erkannte, der sich Miss Hicks' Bemühungen, ihn für Tiepolo zu begeistern, widersetzt hatte.

Mr. Buttles, der bis an die Wurzeln seiner spärlichen Haare errötete, erhob sich und verbeugte sich förmlich.

Nicks erste Reaktion war Verärgerung darüber, in seinem einsamen Brüten gestört worden zu sein. Die zweite Reaktion war Erleichterung über den Aufschub.

»Ich hatte keine Ahnung, daß Sie hier sind. Liegt die Jacht im Hafen?« fragte er, sich erinnernd, daß die *Ibis* kurz davor sein mußte, ihre Flügel auszubreiten.

Mr. Buttles, der in Habachtstellung hinter seinem Stuhl stand, verneinte schweigend. Einen Augenblick lang schien er zu betreten, um zu sprechen.

»Ah – dann sind Sie als eine Art Vorhut hier? Jetzt erinnere ich mich – ich habe vorgestern in Venedig

Miss Hicks getroffen«, fuhr Lansing fort, wie betäubt von dem Gedanken, daß seit seiner Begegnung mit Coral in der Kirche kaum achtundvierzig Stunden vergangen waren.

Statt etwas zu sagen, näherte sich Mr. Buttles zögernd seinem Tisch. »Darf ich mich einen Augenblick setzen, Mr. Lansing? Vielen Dank. Nein, ich bin nicht als Vorhut hier – obwohl ich glaube, daß die *Ibis* morgen im Laufe des Tages eintreffen wird.« Er räusperte sich, putzte mit einem seidenen Taschentuch seine Brillengläser und fuhr gemessen fort: »Vielleicht sollte ich Ihnen, um einem möglichen Mißverständnis vorzubeugen, sagen, daß ich nicht mehr in den Diensten von Mr. Hicks stehe.«

Teilnahmslos blickte Lansing ihn an. Es war klar, daß er bei diesem Geständnis litt, obwohl sein rundes Gesicht sich jegliche dramatische Zurschaustellung eines Gefühls versagte.

»Tatsächlich?« lächelte Nick und sagte dann aufs Geratewohl: »Ich hoffe, Anlaß dafür waren nicht die Einwände, die Sie aus Gewissensgründen gegen Tiepolo erhoben haben?«

Mr. Buttles' Erröten ging in Totenblässe über. »Ah, Miss Hicks hat Ihnen gegenüber erwähnt... Ihnen gesagt...? Nein, Mr. Lansing. Ich bin zwar aus Prinzip gegen die verweichlichte Kunst Tiepolos und seiner Zeitgenossen, das gestehe ich. Wenn jedoch Miss Hicks sich vorübergehend einer ungesunden Faszination durch die italienische Dekadenz hinzugeben beliebt, steht es mir nicht zu, ihr zu widersprechen oder sie zu kritisieren. Ihr intellektuelles und ästhetisches Verständnis übersteigt meine bescheidenen Fähigkeiten in einem Maße, daß es lächerlich wäre, ungehörig … «

Er brach ab und putzte erneut seine leicht beschlagenen Brillengläser. Ganz offensichtlich litt er an einem Kummer, den mitzuteilen er sich sehnte, aber zugleich fürchtete. Nick unternahm jedoch keine weiteren Anstrengungen, die Kluft zu seinen eigenen Sorgen zu überbrücken. Und nach einer erwartungsvollen Pause fuhr Mr. Buttles fort: »Wenn Sie mich heute hier antreffen, dann nur, weil ich mich nach einer etwas überstürzten Abreise außerstande sehe, unsere Freunde zu verlassen, ohne einen letzten Blick auf die *Ibis* zu werfen, den Schauplatz so vieler anregender Stunden. Ich muß Sie jedoch ersuchen«, fügte er ernst hinzu, »falls Sie Miss Hicks – oder ein anderes Mitglied der Gesellschaft – sehen sollten, keinerlei Bezug auf meine Anwesenheit in Genua zu nehmen. Ich möchte«, sagte Mr. Buttles schlicht, »strengstes Inkognito wahren.«

Lansing blickte ihn liebenswürdig an. »Oh, aber – ist das nicht ein wenig unfreundlich?«

»Ein anderes Verhalten ist nicht möglich, Mr. Lansing«, erklärte der Ex-Sekretär, »und ich gebe mich Ihrer Diskretion anheim. Die Wahrheit ist, ich bin nicht hier, um noch einen Blick auf die *Ibis* zu werfen, sondern auf Miss Hicks – nur einen einzigen. Sie werden mich verstehen und sich dessen bewußt sein, wie ich leide.«

Er verbeugte sich erneut und trippelte auf seinen kleinen, in enge Schnürstiefel gezwängten Füßen davon. Auf der Schwelle blieb er stehen und sagte: »Es war von Anfang an aussichtslos«, ehe er durch die Glastür verschwand.

Ein Anflug von Mitleid zog durch Nicks Denken. Der Anblick des munteren, effizienten Mr. Buttles, zu einem jämmerlichen Zerrbild unerwiderter Leidenschaft zusammengeschrumpft, hatte etwas seltsam Ergreifendes. Und was für eine schmerzliche Überraschung für die Hicks, auf diese Weise plötzlich des Sekretärs beraubt zu sein, der »die fremden Sprachen« beherrschte! Mr. Beck erledigte die Buchhaltung und verhandelte mit den Hotelbesitzern. Die erhabenere Aufgabe Mr. Buttles' bestand jedoch darin, sich mit den unbekannten Genies, die sich um die Hicks scharten, in ihrer Muttersprache zu unterhalten, und Nick konnte sich vorstellen, wie irritierend seine Abreise am Vorabend ihrer griechischen Kreuzfahrt sein mußte – die Mrs. Hicks gewiß als Odyssee bezeichnete.

Aber schnell verblaßte das Bild von Corals hoffnungslosem Verehrer, und Nicks Gedanken kreisten erneut um seinen eigenen Kummer. Als er in der

Nacht zuvor von einem kleinen Restaurant nahe des Palazzo Vanderlyn aus, das sie oft zusammen aufgesucht hatten, seine kurze Nachricht schickte, hatte er dies in der festen Absicht getan, für einen oder zwei Tage wegzufahren, um wieder Herr seiner Sinne zu werden und die ganze Situation zu überdenken. Nachdem er jedoch den Brief dem kleinen Sohn des Wirts anvertraut hatte, der ein spezieller Freund Susys war, hatte Nick beschlossen, die Rückkehr des Jungen abzuwarten. Er hatte den Boten nicht aufgefordert, um eine Antwort zu bitten. Aber Nick, der das freundliche und neugierige Wesen der Italiener kannte, war sich fast sicher, daß der Junge, in der Hoffnung, einen kurzen Blick auf Susy zu erhaschen, ein wenig herumtrödeln würde. Und er malte sich aus, wie das Mädchen an die Tür des Zimmers seiner Frau klopfte und Susy hastig etwas Puder auf ihr verweintes Gesicht auflegte, ehe sie das Licht anschaltete – armes, närrisches Kind!

Der Junge war viel früher zurückgekommen als erwartet, und er hatte keine Antwort mitgebracht, sondern lediglich die Auskunft, die Signora sei ausgegangen, alle seien ausgegangen.

»Alle?«

»Die Signora und die vier Herren, die im Palazzo gespeist haben. Sie sind alle zusammen nach dem Essen zu Fuß weggegangen. Es war keiner mehr da, dem ich den Brief geben konnte, außer dem Gondoliere an der Anlegestelle, denn die Signora hat gesagt, es würde sehr spät werden, und hat das Mädchen ins Bett geschickt. Und das Mädchen ist natürlich auf der Stelle mit ihrem *innamorato* ausgegangen.«

»Ach ...«, sagte Nick, steckte dem Jungen ein Trinkgeld zu und verließ das Restaurant.

Susy war ausgegangen – mit der üblichen Clique ausgegangen, wie sie es jede Nacht in diesen schwülen Sommerwochen tat, war nach ihrem Gespräch mit Nick ausgegangen, als sei nichts geschehen, als sei nicht seine ganze Welt und auch die ihre zu ihren Füßen in Trümmer gefallen. Ach, arme Susy! Nun ja, sie hatte lediglich dem Instinkt der Selbsterhaltung gehorcht, der unerbittlichen alten Gewohnheit, nicht aufzugeben, sondern weiterzumachen und die Sorgen zu verbergen. Wenn nicht die Gewohnheit tatsächlich schon zu Gleichgültigkeit geführt hatte und es für sie so einfach geworden war wie für die meisten ihrer Freunde, von einem Drama zum Tanzen, von Kummer zu Ausgelassenheit überzugehen. Was war von der Seele geblieben?

Sein Zug war erst um Mitternacht gegangen, und nachdem er das Restaurant verlassen hatte, war Nick durch die stickigen Seitengassen gewandert, bis seine müden Füße ihn bei einer Anlegestelle in der Nähe der Piazetta haltmachen ließen. In einer kleinen Weinstube konnte er etwas Erfrischendes trinken, bis es Zeit war, zum Bahnhof zu fahren.

Es war nach elf, als eine Gondel anlegte und eine Gruppe junger Leute in Abendkleidung unter Scherzen und Lachen heraussprang. Nur eine Dame war unter ihnen – Susy, bezaubernd und unbeschwert, eine Zigarette zwischen den Lippen, Streffords Arm ergreifend, wobei ein heller Schal von ihren bloßen Schultern glitt. Sie wandte sich in Richtung des Florian, Gillow, den Prinzen und den kleinen Breckenridge im Gefolge.

Immer wieder hatte Nick während der Stunden im Zug und bei seinem ziellosen Umherwandern durch die Straßen von Genua diese kurze Szene ablaufen lassen. In einem Leben, wie Susy und er es führten, mußte man entweder weitermachen, oder man war draußen – und Susy hatte offensichtlich beschlossen weiterzumachen. Im Schein der Lampe über der Anlegestelle hatte er ihr Gesicht gut erkennen können und gesehen, daß die Maske aus Schminke und Puder sorgfältig genug aufgetragen war, um irgendwelche verheerenden Spuren der Szene zwischen ihnen zu verbergen. Vielleicht hatte sie sich sogar etwas Atropin in die Augen geträufelt.

Es war keine Zeit mehr zu verlieren, wenn er den Zug um Mitternacht erreichen wollte – und keine andere Gondel in Sicht als die, aus der seine Frau eben ausgestiegen war. Er sprang hinein und nannte den Bahnhof als Ziel. Als er sich zurücklehnte, nahm er einen Hauch ihres Parfüms wahr. Und zu seinen Füßen lag eine Rose, die sich von ihrem Kleid gelöst haben mochte. Er zertrat sie mit dem Absatz, als er ausstieg.

Das war es also: Das war das letzte Bild, das er von ihr behalten sollte. Denn er wußte nun, daß er nicht zurückkehren würde, zumindest nicht, um ihr Zusammenleben wiederaufzunehmen. Natürlich mußte er sich noch einmal mit ihr treffen, um alles zu besprechen, für ihre Zukunft einiges zu regeln. Er war ehrlich gewesen, als er gesagt hatte, er hege keinen Groll gegen sie, nur konnte er nicht in diesen Sumpf zurückkehren. Wenn er es täte, würde er unausweichlich mit hinuntergezogen werden, von Zugeständnis zu Zugeständnis tiefer sinken …

Die Geräusche einer heißen Sommernacht im Hafen von Genua hätten auch das sorgloseste Gemüt nicht zur Ruhe kommen lassen. Nick jedoch nahm sie kaum wahr, obwohl er wachlag, denn der Tumult in seinem Kopf war betäubend. Die Dämmerung brachte wenig Erleichterung, und erst gegen Morgen fiel er erschöpft in einen bleiernen Schlaf. Als er aufwachte, war es fast Mittag, und von seinem Fenster aus sah er die wohlbekannten Umrisse der *Ibis,* dunkel vor dem Glitzern des Hafens. Er hatte keine Sorge, ihren Besitzern zu begegnen. Es war anzunehmen, daß sie schon vor einiger Zeit angelegt hatten und längst kühlere und elegantere Stadtviertel besichtigten. Seltsamerweise verstärkte das noch sein Gefühl, niemanden auf der ganzen Welt zu haben, an den er sich wenden konnte. Er kleidete sich an und schlenderte niedergeschlagen hinaus, um in einem schattigen Winkel eine Tasse Kaffee zu trinken.

Allmählich wurden seine Gedanken klarer. Er hatte sich wie ein Irrer oder wie ein verdrießliches Kind benommen – er zog den Irren vor. Es gab, falls er und Susy sich trennen mußten, keinen Grund, warum dies nicht auf anständige und ruhige Weise geschehen sollte, wie solche Angelegenheiten unter ihresgleichen eben geregelt wurden. Es erschien ihm grotesk, in die kleine Welt unerschütterlicher Müßiggänger etwas von einem Melodram zu bringen, und fast wollte er über seine unangemessene Reaktion lächeln … Aber plötzlich füllten sich seine Augen mit Tränen. Die Vorstellung einer Zukunft ohne Susy war unerträglich. Warum sollten sie sich überhaupt trennen? Er sah ihr zartes Gesicht, lächelnd, wie er es so liebte, ganz deutlich vor sich. Nun gut – er würde zurückkehren. Aber er würde nicht versuchen, zu einer neuen Übereinkunft zu gelangen, ihr gemeinsames Leben wie eine Geschäftsverbindung aufzuziehen. Nein – wenn er zurückkehrte, dann ohne Bedingungen, im Guten, für immer …

Nur, was war das für ein Immer? Was war mit dem nicht allzu fernen Tag, an dem die Hochzeitsschecks aufgebraucht, die Perlen verkauft wären und nichts mehr übrigbliebe als bedingungslose Abhängigkeit von reichen Freunden, die Rolle erklärter Schmarotzer? Gab es denn keine andere Lösung, keine Möglichkeit, ihr Leben neu zu organisieren? Nein – es gab keine. Er konnte sich Susy nicht außerhalb ihrer Welt des Luxus und Müßiggangs vorstellen, konnte sich für sie beide kein Leben wie etwa das der Nat Fulmers ausmalen. Er dachte an das unordentliche Haus in New Hampshire, an die schlampigen Dienstboten, das ungenießbare Essen und die lärmenden Kinder. Wie könnte er Susy bitten, ein solches Leben mit ihm zu teilen? Und wenn er es täte, dann hätte sie wahrscheinlich Verstand genug, sich zu weigern. Ihre Verbindung beruhte auf der Verrücktheit eines Augenblicks im Hochsommer. Nun mußte die Zeche bezahlt werden …

Er beschloß, ihr zu schreiben. Konnte er sich denn zutrauen, ihr gegenüberzutreten? Er rief einen Kellner, bat um Papier und Feder und schob einen Stapel ungelesener Zeitungen an den Rand des Tisches, auf dem man ihm seinen Kaffee serviert hatte. Dabei fiel sein Blick auf eine zwei Tage alte *Daily Mail.* Um seinen Brief hinauszuschieben, nahm er die Zeitung und warf einen Blick auf die Titelseite. Er las:

»Tragischer Segelunfall im Solent-Kanal. Earl von Altringham und sein Sohn, Vicomte d'Amblay, ertranken nach einem Zusammenstoß um Mitternacht. Beide Leichen wurden geborgen.«

Er las weiter. Soviel begriff er: Das Unglück hatte sich in der Nacht ereignet, ehe er Venedig verlassen hatte – und infolge dichten Nebels im Solent war ihr alter Freund Strefford jetzt Earl von Altringham und Besitzer eines der größten Privatvermögen in England. Sich ihren alten Streff, stets knapp bei Kasse, als den Hauptdarsteller in einem solchen Abenteuer vorzustellen, war schwindelerregend. Und welche Ironie lag in dieser doppelten Wende des Schicksals, das an einem Tag ihn, Nick Lansing, in Hoffnungslosigkeit gestürzt, den anderen hingegen in den Himmel der Reichen emporgehoben hatte.

Wieder drängte sich ihm das Bild auf, wie Susy aus der Gondel gestiegen war, ihr Lachen und das Scherzen mit Strefford, die Art, wie sie seinen Arm genommen hatte, die anderen Männer im Schlepptau. Strefford – Susy und Strefford! Mehr als einmal war Nick aufgefallen, daß die Stimme seines Freundes sich veränderte, wenn er mit Susy sprach, daß seine Augen einen grüblerischen Ausdruck annahmen, wenn er Susy ansah. Blind vor Glück hatte er diesen Hinweisen keine Bedeutung beigemessen. Wirklich eifersüchtig war er nur auf Fred Gillow gewesen, der es sich leisten konnte, alle Launen einer Frau zu befriedigen. Nick wußte jedoch, daß Susy mit Geld allein nicht glücklich zu machen wäre. Mit Strefford war das etwas anderes. Sie hatte sich in seiner Gesellschaft wohlgefühlt, als er noch ein berüchtigt ungeeigneter Kandidat gewesen war. Konnte sie ihn jetzt nicht unwiderstehlich finden?

Die Bedingungen ihres Ehevertrags kamen Nick wieder in den Sinn: die absurde Abmachung, auf die er und Susy sich feierlich verpflichtet hatten. Aber war sie denn wirklich so absurd? Es war Susys Vorschlag gewesen (nicht seiner, Gott sei Dank), und vielleicht hatte sie ihn ernster gemeint, als er vermutet hatte. Vielleicht hätten, selbst wenn es nicht zum Bruch zwischen ihnen gekommen wäre, die Strefford so plötzlich zugefallenen Ehrentitel sie veranlaßt, ihre Freiheit einzufordern.

Geld, Luxus, Eleganz, Vergnügen – das waren die vier Eckpfeiler ihres Lebens. Das hatte er immer gewußt – sie hatte es auch nie abgestritten, selbst nicht in ihrem letzten, schrecklichen Gespräch. Und er hatte sich im Glanz ihrer Offenheit gesonnt. Wie hatte er vergessen können, daß sie, um all dies zu bekommen, mit der Zeit immer tiefer sinken würde? Vielleicht könnte er sie retten, wenn er sie Strefford überließe? Jedenfalls, der Geschmack der Vergangenheit war nun so bitter, daß er eigentlich den Göttern, welche auch immer es sein mochten, dafür danken mußte, ihm diesen tödlichen Abgrund gezeigt zu haben.

»Susy, Liebste«, schrieb er, »das Schicksal scheint unsere Zukunft in die Hand genommen und uns die Mühe erspart zu haben, die Fäden zu entwirren.

Ich war oft eigensüchtig genug, die Bedingungen zu vergessen, unter denen Du eingewilligt hast, mich zu heiraten. In diesen beiden einsamen Tagen sind sie mir wieder in den Sinn gekommen. Du hast mir alles gegeben, was ein Mann sich wünschen kann, und nichts wird mir je wieder so viel bedeuten. Da ich jedoch nicht in der Lage bin, Dir das zu bieten, was Du brauchst, erkenne ich an, daß ich kein Recht dazu habe, Dir im Weg zu stehen. Wir dürfen nicht noch mehr venezianische Palazzi irgendwelchen hinterhältigen Gefälligkeiten verdanken. Wie ich aus den Zeitungen erfahre, kann Streff Dir jetzt so viele Paläste schenken, wie Du begehrst. Soll er die Chance haben – ich kann mir vorstellen, er stürzt sich darauf, und er ist die beste Partie weit und breit. Ich wünschte, ich steckte in seiner Haut.

In einem oder zwei Tagen, wenn ich wieder einen klaren Kopf habe, werde ich Dir noch einmal schreiben und Dir eine Adresse nennen. Nick.«

Er fügte noch ein paar Zeilen zum Thema ihrer bescheidenen Geldmittel an, steckte den Brief in einen Umschlag und adressierte ihn an Mrs. Nicholas Lansing. Dabei machte er sich klar, daß er ihren Namen – als seine Frau – noch nie geschrieben hatte.

»Nun denn – nach ihr soll ihn, bei Gott, keine andere Frau tragen«, dachte er, während er in seiner Jackentasche nach einer Briefmarke kramte.

Er streckte seine müden Glieder und beschloß, trotz der Hitze den Brief selbst aufzugeben. Aber was, um Himmels willen, sollte er danach tun? Er setzte seinen Hut auf und ging in die gleißende Sonne hinaus.

Als er aus dem Hauptpostamt kam, winkte ihm aus einem vorbeifahrenden Taxi Coral Hicks mit einem weißen Sonnenschirm zu. Sie ließ halten und streckte ihm ihre Hand entgegen.

»Ich habe gewußt, daß ich Sie finden würde«, rief sie triumphierend. »In der Gluthitze bin ich stundenlang auf und ab gefahren, um Besorgungen zu machen und gleichzeitig nach Ihnen Ausschau zu halten.«

Er starrte sie ausdruckslos an, zu verwirrt, um sich auch nur zu fragen, woher sie wußte, daß er in Genua war. Scheu und zugleich herrisch, wie es ihre Art war, so daß er sich in ihrer Gegenwart immer wie ein Orchestermitglied unter einem gebieterischen *bâton* vorkam, fuhr sie fort: »Jetzt steigen Sie bitte in den Wagen und lassen mich nicht länger schmoren.« Dem Taxifahrer rief sie zu: *»Al porto.«*

Nick Lansing ließ sich neben sie fallen. Dabei bemerkte er einen Berg Päckchen zu ihren Füßen und hatte das Gefühl, als ein weiteres Päckchen dazugekommen zu sein. Er nahm an, sie würde ihre Ausbeute jetzt zur *Ibis* bringen, und er würde an Deck getragen und zusammen mit den anderen zur

Schau gestellt werden. Nun, das alles würde ihm helfen, den Tag hinter sich zu bringen – und bis zum Abend wäre er wohl zu irgendeiner Art Entscheidung gelangt.

Am dritten Tag nach Nicks Abreise brachte der Postbote drei Briefe für Mrs. Lansing zum Palazzo Vanderlyn.

Als erstes kam eine Nachricht von Strefford, im Zug hastig hingekritzelt und in Turin aufgegeben. Darin teilte er ihr kurz mit, daß ein schreckliches Unglück, von dem Susy wahrscheinlich in den Tageszeitungen gelesen habe, ihn nach Hause gerufen hätte. Er fügte hinzu, von England aus würde er ihr wieder schreiben, und dann – in einem tintenverschmierten Postskriptum: »Mir hätte außerordentlich viel daran gelegen, Dir persönlich auf Wiedersehen zu sagen, aber die Tageszeit war unmöglich. Grüße an Nick. Bitte, schreib mir doch nach Altringham, wenigstens ein paar Zeilen.«

Die anderen Briefe, die beide am Nachmittag eintrafen, kamen aus Genua. Susy stürzte sich auf den Umschlag mit der Handschrift ihres Mannes. Einen Augenblick lang konnte sie ihn nicht öffnen, so sehr zitterte ihre Hand. Dann überflog sie den Brief in Windeseile, um anschließend jedes Wort hin und her zu wenden. Er konnte so vieles bedeuten – so quälend viele Möglichkeiten der Gleichgültigkeit und der Verzweiflung, der Ironie und der Zärtlichkeit konnte sie in ihn hineinlesen! Hatte Nick gelitten, als er ihr schrieb, oder wollte er ihr nur weh tun? Oder brachten die Worte seine aufrichtigen Gefühle zum Ausdruck, und wollte er wirklich, sie solle ihn so verstehen, daß er es für seine Pflicht hielt, ihren lachhaften Vertrag buchstabengetreu einzuhalten? Er hatte sie im Zorn und voller Empörung verlassen, und dennoch stand kein einziges vorwurfsvolles Wort in seinem Brief. Vielleicht war das der Grund, weshalb er ihr so kalt vorkam ... Sie schauderte und wandte sich dem anderen Umschlag zu.

Die großen gespreizten Buchstaben riefen, obwohl halb vertraut, keine klare Vorstellung in ihr wach. Sie öffnete den Umschlag und blickte auf eine Postkarte von der *Ibis,* wie sie mit vollen Segeln über eine gekräuselte See glitt. Auf der Rückseite stand:

»Wie schrecklich nett von Ihnen, uns Mr. Lansing für eine kleine Kreuzfahrt auszuleihen. Sie können sich darauf verlassen, wir werden bestens auf ihn aufpassen. Coral.«

Zweiter Teil

13

Als Violet Melrose im letzten Winter in New York zu Susy Branch gesagt hatte: »Aber warum, um alles in der Welt, verbringt ihr eure Flitterwochen nicht in meinem kleinen Haus in Versailles? Ich reise nach China, und ihr könnt es den ganzen Sommer für euch alleine haben«, war dieses Angebot verführerisch genug gewesen, die Verliebten unentschlossen zögern zu lassen.

Es war ein so schlichtes, kleines Haus, so erfüllt von der Einfachheit ungeheuren Reichtums, daß es Susy als die richtige Art von Zufluchtsstätte vorkam, um die ersten Schritte in einem entsagungsvollen Leben zu wagen. Nick hatte jedoch eingewandt, in Paris wimmle es im Sommer von Bekannten, die sie zu jeder Tages- und Nachtzeit stören würden. Und Susy wußte aus eigener Erfahrung, daß die sehr Reichen nichts lustiger fanden, als mit dem vorlieb zu nehmen, was die sehr Armen bieten konnten. Sie hatten daher Streffords Villa den Vorzug gegeben, mit dem stillschweigenden Vorbehalt (von Susys Seite), zu einer anderen Jahreszeit könnte Violets Haus für ihre Zwecke genau richtig sein.

Diese Gedanken gingen ihr durch den Kopf, als sie an einem regnerischen Nachmittag Ende August vor Mrs. Melroses Tür vorfuhr. Auf dem Dach des Taxis, das sie sich am Bahnhof genommen hatte, türmten sich ihre Koffer. Sie war von Venedig aus direkt hierhergekommen und hatte in Mailand ihre Reise nur gerade so lange unterbrochen, um eine Antwort auf das Telegramm abzuholen, das sie an Mrs. Melroses perfekte Haushälterin geschickt hatte, deren ständige Anwesenheit diese in die Lage versetzte, sagen zu können: »Oh, wenn mir alles zuwider ist, fahre ich einfach schnell und ohne Vorwarnung in meine kleine Hütte in Versailles und lebe dort ganz allein und nur von Rühreiern.«

Die perfekte Haushälterin hatte auf Susys Nachfrage geantwortet »Bin sicher, Mrs. Melrose wäre entzückt«, und ohne noch einen weiteren Gedanken darauf zu verschwenden, war Susy in einen Zug nach Versailles gestiegen und stand jetzt im Nieselregen auf der von Sphinxen bewachten Schwelle des Pavillons.

Im Spätsommer waren in Versailles kaum noch Besucher zu befürchten, und wenn auch Susys Gründe, die Einsamkeit zu suchen, nichts mehr mit denen aus ihrer glücklichen Zeit zu tun hatten, so waren sie doch nicht weniger zwingend. Allein sein – allein! Sie war so schutzlos ausgeliefert gewesen, ständig in der Gegenwart Fred Gillows und seiner Gefolgschaft, ständig den höhnischen Glanz der Lagune vor Augen. In ihrer Qual hatte sie sich um sich selbst gedreht wie ein in einen zu engen Käfig gesperrtes Tier, und das Alleinsein war ihr als die einzige Zuflucht, das einzig Erstrebenswerte erschienen. Irgendwo allein sein, in einer Umgebung, so verschieden wie nur möglich von der sinnlichen Pracht Venedigs und seinem azurblauen Himmel. Hätte sie die Wahl gehabt, sie hätte sich in ein schäbiges Gasthaus in einer verregneten Stadt im Norden verkrochen, wo sie noch nie gewesen war und wo niemand sie kannte. Da ihr dieser Luxus versagt war, stand sie jetzt auf der Schwelle eines leeren Hauses, an einem verlassenen Ort, unter einem tiefhängenden Himmel. Sie hatte Fred Gillow abgeschüttelt, der schmollend zu seinem Hochmoor aufgebrochen war (halbwegs hatte sie ihm versprochen, sich ihm im September dort anzuschließen). Der Prinz, der kleine Breckenridge und die wenigen Unermüdlichen der venezianischen Clique hatten sich Richtung Engadin oder Biarritz aufgemacht. Nun könnte sie endlich zu sich kommen, sich über sich selbst Rechenschaft ablegen und die Gelassenheit einüben, mit der sie sich der nächsten Phase ihres Lebens stellen mußte. Gott sei Dank regnete es in Versailles!

Die Tür wurde geöffnet, sie hörte Stimmen im Salon, und eine ätherische Gestalt erschien auf der Schwelle.

»Liebste!« rief Violet, sie umarmend, und zog sie in den dämmrigen, dufterfüllten Raum.

»Aber – ich habe gedacht, du seist in China«, stammelte Susy.

»In China … in China?« Mrs. Melrose starrte sie aus verträumten Augen an, und Susy rief sich Violets ungeordnetes Leben in Erinnerung, ein Leben, das noch planloser war als das der anderen Schwarmgeister, die sich von Vergnügen zu Vergnügen wirbeln ließen.

»Nun ja, Madam, das habe ich auch gedacht, bis ich gestern abend ein Telegramm von Mrs. Melrose bekommen habe«, bemerkte die perfekte Haushälterin, die hinter ihrer Herrin auftauchte.

Mrs. Melrose preßte die Hände gegen ihre eingefallenen Schläfen. »Natürlich, aber natürlich. Ich hatte ja wirklich vor, nach China zu reisen – nein, nach Indien. – Aber ich habe ein Genie entdeckt … und ein Genie, du weißt ja … « Unfähig, ihren Gedankengang zu vollenden, ließ sie sich auf einen mit Kissen übersäten Diwan sinken, streckte einen Arm aus und rief: »Fulmer! Fulmer!« Und während Susy mit immer größer werdenden Augen mitten im Zimmer stand, tauchte aus einem Nebengelaß Nat Fulmer auf. Wahrhaftig, der gute Nat Fulmer aus dem Bungalow in New Hampshire, Nat Fulmer mit der zahlreichen Nachkommenschaft. Aber hier stand er in großspuriger Lässigkeit, die Hände in den Hosentaschen, eine Zigarette zwischen den Lippen, die Füße fest in eines der Leopardenfelle Violet Melroses gepflanzt.

»Susy!« rief er und breitete seine Arme aus. Und Mrs. Melrose murmelte: »Du hast also nichts davon gewusst? Du hast nichts von seinen Meisterwerken gehört?«

Gegen ihren Willen brach Susy in Lachen aus: »Nat ist also dein Genie?«

Mrs. Melrose blickte sie vorwurfsvoll an.

Fulmer lachte. »Nein, das von Grace. Aber Mrs. Melrose war unser Schicksal, und ...«

»Schicksal?« fiel seine Gastgeberin ihm ins Wort. »Reden Sie nicht, als wären Sie in einer Gebetsstunde. Er hatte eine Ausstellung in New York ... es war ein umwerfender Erfolg. Er ist ins Ausland gefahren, um Studien für die Gestaltung meines Musikzimmers in New York zu betreiben. Ursula Gillow läßt ihn ihr Gartenhaus in Roselyn herrichten. Und Mrs. Bockheimers Ballsaal – oh, Fulmer, wo sind denn nur die Entwürfe?« Sie sprang auf, durchwühlte einen Stapel Modezeitschriften auf einem Lacktischchen und sank, erschöpft von der Anstrengung, zurück. »Ich war schon in Brindisi. Tag und Nacht war ich unterwegs, um rechtzeitig hier zu sein und ihn zu treffen«, erklärte sie. »Aber, Liebste«, und damit streckte sie zärtlich ihre Hand nach Susy aus, »ich habe ganz vergessen, dich zu fragen, ob du schon Tee getrunken hast.«

Bereits eine Stunde später, am Teetisch, fühlte Susy sich auf geheimnisvolle Weise erneut in das einbezogen, was so lange ihr ureigenstes Element gewesen war. Einen Hauch davon hatte Ellie Vanderlyn nach Venedig gebracht. Damals hatte Susy jedoch in einer anderen Sphäre gelebt, in der nur Nicks Persönlichkeit zählte. Nun, da sie verlassen war, erneut auf ihre eigenen Fähigkeiten zurückgeworfen, fühlte sie sich plötzlich der Gnade der Einflüsse ausgeliefert, die sie schon fast vergessen hatte.

Es schien nur natürlich, daß in dem seltsamen gesellschaftlichen Strudel, dem sie erst vor so kurzer Zeit entflohen war, das Glücksrad sich für Nat Fulmer gedreht, ihn nach oben in die Berühmtheit befördert und Violet Melrose aus den entferntesten Weltgegenden zurückgeholt hatte, damit sie sich in seinem Erfolg sonnen konnte – Violet, ein freundlicher Vampir mit Perlenkette, der nichts weiter wollte, als von der Berühmtheit zehren, die all seine Millionen ihm nicht verschaffen konnten. Auf den ersten Blick hätte man in Violet Melrose eine böse Zauberin und in Nat Fulmer ihr wehrloses Opfer sehen können. Susy wußte es besser: Ellie Vanderlyn mit ihren kurzen, trivialen Leidenschaften, die gesellschaftliche und erotische Interessen miteinander zu verbinden wußte, Ellie war eine Frau, die ein Ziel verfolgte. Violet hingegen ließ sich dahintreiben.

Und was war mit Fulmer? Als sie jetzt seine kleine kräftige Gestalt betrachtete, sein harmloses bärtiges Gesicht und die Augen, die träumten oder umherschweiften oder einen dann ganz plötzlich fixieren konnten, glaubte Susy den Schlüssel für seine jahrelange verbissene Plackerei, seine stoische Ruhe gegenüber Mißachtung, Armut und gegenüber den Ansprüchen seiner immer größer werdenden Familie gefunden zu haben. – Ja, er sah alltäglich genug aus, um ein Genie zu sein – er *war* ein Genie, auch wenn Violet Melrose es war, die dies behauptete. Susy blickte Fulmer unverwandt an, ihre Blicke trafen sich, und er lächelte ihr zaghaft zu.

»Ja, ich habe ihn entdeckt – ich war es«, beteuerte Mrs. Melrose, die in den Kissen ihres schwarzen Samtdiwans ruhte wie eine gestrandete Meerjungfrau. »Du darfst nicht ein Wort von dem glauben, was Ursula Gillow erzählt: Sie habe in einer dunklen Ecke der Ausstellung amerikanischer Künstler seinen ›Schneesturm im Frühling‹ entdeckt – *viel zu hoch gehängt,* ich bitte dich! Sie haben ihn vor noch nicht einmal einem Jahr *viel zu hoch gehängt!* Aber natürlich hat Ursula nie in ihrem Leben in einer Gemäldeausstellung höher geschaut als bis zur Signatur. Und jetzt tut sie doch tatsächlich so… oh, um Himmels willen, sagen Sie nicht, das mache nichts aus, Fulmer! Wenn Sie das sagen, ermutigt sie das nur und die Leute glauben, es wäre tatsächlich so gewesen. Wo doch in Wirklichkeit jeder, der mich bei der Vernissage gesehen hat – wer? Na ja, Eddy Breckenridge zum Beispiel. Er war in Ägypten, sagst du? Vielleicht war er da! Als ob man sich an die Leute um einen herum erinnern könnte, wenn man plötzlich auf ein großes Kunstwerk stößt, so wie es dem heiligen Paulus passiert ist – das ist ihm doch passiert? – und ihm die Schuppen von den Augen gefallen sind. Nun … genauso ist es mir an jenem Tag ergangen … und Ursula war, jeder weiß das, damals in Roselyn drunten und ist zu der Ausstellung gar nicht raufgekommen. Und Fulmer sitzt hier und lacht und sagt, das sei nicht so wichtig und er würde für mich jeden Tag ein anderes Bild malen, damit ich es entdecken kann!«

Mit zitternder Hand hatte Susy an der Tür geläutet, voll banger Erwartung – Erwartung, allein zu sein, ihrer Lage ins Gesicht zu sehen und Pläne zu machen, ehe sie sich erneut ins Getümmel wagte. Sie hatte auf der Türschwelle gestanden, ganz klein zwischen ihren Koffern, und die Sekunden gezählt, bis Schritte zu hören wären und der Türknauf sich drehte, um sie einzulassen. – Und nun saß sie seit einer Stunde in Violets Salon, in eben dem Haus, in dem sie ihre Flitterwochen hätte verbringen können. Und keiner hatte sie gefragt, woher sie kam oder warum sie allein kam oder was der Schlüssel zu der Tragödie war, die in ihrem eingefallenen Gesicht geschrieben stand. –

Gleichgültigkeit hatte die alte Gefahr aufdringlicher Neugierde abgelöst. Man war mit seiner Tragödie, seinem Unglück allein, auf sich gestellt, denn es gab niemanden, der stehenblieb und das kleine versteckte Päckchen bemerkte, das man mit sich herumschleppte.

»Ich wollte allein sein«, dachte sie, »nun, das bin ich wahrhaftig.« Sie fröstelte und wandte sich Fulmer zu: »Und Grace?«

Unbefangen strahlte er sie an. »Oh, sie ist auch hier, natürlich – wir sind in Paris, die Kinder und alles. In einer *pension,* wo wir ein bißchen besser Französisch lernen. Aber ich sehe sie kaum, weil sie mit ihrer Musik ebenso beschäftigt ist wie ich mit meiner Malerei. Es ist für sie genauso eine Chance wie für mich, verstehst du, und sie nutzt sie voll und fiedelt und hört anderen Fiedlern zu. Nun ja, alles ziemlich verändert gegenüber New Hampshire.« Verträumt blickte er sie an, als unternehme er einen angestrengten Versuch, sich aus einem Traum zu lösen und einen Blick in die allmählich verblassende Vergangenheit zu werfen. »Erinnerst du dich an den Bungalow? Und Nick – ah, wie geht es Nick?« erkundigte er sich triumphierend.

»O ja – der liebe Nick?« mischte Mrs. Melrose sich ein. Und Susy, mit erhobenem Kopf und glühenden Wangen, erklärte tapfer: »Sehr gut – ausgezeichnet!«

»Aber er ist nicht hier?« kam es von Fulmer.

»Nein. Er ist auf Reisen – auf einer Kreuzfahrt.«

Kurzzeitig erregte dies die Aufmerksamkeit von Mrs. Melrose. »Mit irgend jemand Interessantem?«

»Nein. Ihr kennt sie wahrscheinlich gar nicht. Leute, die wir getroffen haben ...« Sie brauchte nicht fortzufahren, denn erneut schweiften die Blicke ihrer Gastgeberin umher.

»Und du bist wahrscheinlich wegen deiner Kleider gekommen, nehme ich an, Liebste? Hör nicht auf die Leute, die sagen, die Röcke würden weiter. Ich habe eine neue Schneiderin entdeckt – ein Genie –, die bandagiert dich regelrecht ... Ihr Name ist mein Geheimnis. Aber wir werden zusammen zu ihr gehen.«

Susy erhob sich aus dem Armsessel, der viel zu groß für sie war. »Macht es euch etwas aus, wenn ich auf mein Zimmer gehe? Ich bin ziemlich müde – es war eine lange Fahrt.«

»Natürlich nicht, meine Liebe. Ich glaube, zum Abendessen kommen ein paar Leute ... Mrs. Match kann dir das sagen. Sie hat ein solches Gedächtnis ... Fulmer, wo sind denn nur die Entwürfe für das Musikzimmer?«

Susy hörte ihre Stimmen noch auf der Treppe, als sie hinter Mrs. Match zu ihrem weißgetäfelten Zimmer mit den bunten Leinenvorhängen hinaufstieg. »Wenn wir hierhergefahren wären«, dachte sie, »wäre vielleicht alles ganz anders gekommen.« Und sie zuckte zusammen bei der Erinnerung an das prunkvolle Schlafzimmer im Palazzo Vanderlyn, in dem sie Nick zuletzt gesehen hatte.

Mrs. Match erklärte, sie hoffe, Susy würde alles finden, erwähnte noch, Abendessen gebe es nicht vor neun, und schloß leise die Tür. Susy war allein mit ihrem Kummer.

»Alles finden?« dachte Susy. O ja, sie würde immer alles finden. Wenn sich jetzt die Tür hinter ihr schloß und das Geräusch der Stimmen verebbte, würden ihre Erinnerungen hier auf sie warten, jede einzelne, würden ruhig warten, geduldig, hartnäkkig, wie arme Leute im Wartezimmer eines Arztes, die immer als letzte versorgt werden, die jedoch nichts entmutigt oder wegtreibt. – Dem Himmel sei Dank, trotz allem, daß sie das Haus nicht leer vorgefunden hatte, wenn sie nun, wann immer sie in ihr Zimmer zurückkehrte, dort ihren Erinnerungen begegnen würde!

Gerade eine Woche war vergangen, seit Nick sie verlassen hatte. In dieser Woche – ein einziger Wirbel aus Packen, Erklärungen, Ausflüchten – hatte sie geglaubt, ihr Heil läge im Alleinsein. Nun wurde ihr klar, daß es nichts gab, auf das sie so unvorbereitet, für das sie so ungeeignet war. Wann war sie, in ihrem ganzen Leben, je allein gewesen? Und wie sollte sie das jetzt ertragen, wenn all die Erinnerungen sie belagerten?

Essen nicht vor neun? Was könnte sie denn nur bis neun Uhr tun? Sie kniete sich vor ihre Koffer und begann fieberhaft auszupacken. –

Allmählich, kaum wahrnehmbar, stellten sich die heimtückischen Gewohnheiten ihres alten Lebens wieder ein.

Als sie ihre zerknitterten Kleider herauszog, mußte sie an Violets nachdrückliche Warnung denken: »Hör nicht auf die Leute, die sagen, die Röcke würden weiter.« Waren ihre nicht sowieso unmöglich? An Violets Vorstellungen gemessen war ihre gesamte Ausstattung, waren diese Kleider, die Nick originell und elegant gefunden hatte, bereits so alltäglich und abgetragen, daß man sie nicht einmal mehr verschenken konnte. Aber Susy würde sie tragen müssen, bis sie zu Fetzen wurden – oder aber ... Nun, oder aber das alte Leben begänne wieder. –

Sie lachte laut über die Wendung, die ihre Gedanken nahmen. Kleider? Wie wenig hatten sie ihr noch vor ein paar Wochen bedeutet. Und jetzt würden sie vielleicht wieder Gegenstand täglicher Überlegungen. Wie könnte es auch anders sein, wenn sie wieder in die alte Abhängigkeit von Ellie Vanderlyn, Ursula Gillow, Violet Melrose zurückkehrte?

Ein Klopfen an der Tür – welche Erleichterung. Es war wieder Mrs. Match, mit einem Telegramm. Wem hatte Susy ihre neue Adresse gegeben? Mit klopfendem Herzen riß sie den Umschlag auf und las:

»Werde Freitag für vierundzwanzig Stunden in Paris sein – wo kann ich Dich treffen – schreib ans Nouveau Luxe.«

Ah, ja – jetzt erinnerte sie sich, sie hatte Strefford geschrieben. Und das war seine Antwort: Er kam. Sie ließ sich in einen Sessel fallen und versuchte sich zu erinnern. Was genau hatte sie in ihrem Brief geschrieben? Es war ein Beileidsbrief, aber nun erinnerte sie sich, in einem überstürzten Postskriptum hinzugefügt zu haben: »Nick kann ich Deine Grüße nicht ausrichten. Er ist mit den Hicks abgereist – ich weiß nicht, wohin oder für wie lange. Das ist natürlich ganz in Ordnung, es war Teil unseres Vertrags.«

Sie hatte diesen letzten Satz gar nicht schreiben wollen. Aber als sie ihren Brief an Strefford versiegeln wollte, war ihr Blick auf Nicks Botschaft gefallen. Nichts in den knappen Zeilen des Briefes von ihrem Mann hatte sie so sehr verbittert wie die Anspielung auf Strefford. Als hätte Nick seine Pläne gemacht, seine Zukunft gesichert und könne sich nun frei und unbeschwert mit ihrer Zukunft beschäftigen und ihr Ratschläge erteilen. Bei diesem Gedanken hatte sie die Wut gepackt. Wo sie zuerst Eifersucht herausgelesen hatte, sah sie jetzt nur kalte Vorausschau, und mit tränenverschleierten Augen hatte sie ihr Postskriptum an Strefford hingekritzelt. Sie erinnerte sich: Sie hatte ihn nicht einmal gebeten, ihr Geheimnis zu wahren. Na schön – was würde es auch ausmachen, wenn die Leute bereits wüßten, daß Nick sie verlassen hatte? Ihre Trennung konnte nicht lange ein Geheimnis bleiben, und die Tatsache, daß es keines mehr war, könnte es ihr leichter machen, den Anschein von Gleichgültigkeit zu wahren.

»Es war Teil unseres Vertrags – unseres Vertrags«, hämmerte es in ihrem Kopf, als sie Streffords Telegramm noch einmal las. Er hatte sich die Zeit für seinen eiligen Abstecher einzig in der Hoffnung genommen, sie zu sehen, und ihre Augen füllten sich mit Tränen. Je bitterer ihre Gedanken an Nick wurden, desto mehr rührte sie dieser Freundschaftsbeweis Streffords.

Zu ihrer Erleichterung war es nun doch Zeit geworden, sich zum Essen umzuziehen. Gleich würde sie hinuntergehen, mit Violet und Fulmer und den anderen Gästen plaudern, die wahrscheinlich ein bißchen verrückt und amüsant und viel zu sehr mit sich selbst beschäftigt wären, um sie mit peinlichen Fragen in Verlegenheit zu bringen. Sie würde an einem diskret beleuchteten Tisch sitzen, erlesene Speisen essen (auf Mrs. Match war Verlaß) und allmählich wieder in den Bannkreis ihrer alten Gefährten gezogen werden. Alles, alles, nur nicht allein sein …

Sie kleidete sich mit größerer Sorgfalt an als sonst, zog gewissenhaft ihre Lippen nach, stäubte einen Schimmer rosigen Puders auf ihre Wangen und ging hinunter – um Mrs. Match zu begegnen, die mit einem Tablett heraufkam.

»Oh, Madam, ich dachte, Sie wären zu müde ... Ich wollte es Ihnen raufbringen – nur ein winziges Stückchen Huhn.«

Susy spähte an ihr vorbei und sah durch die offene Tür, daß die Lampen im Salon nicht brannten.

»Aber nein, ich bin nicht müde, danke. Ich dachte, Mrs. Melrose erwartet zum Diner Freunde?«

»Freunde zum Diner – *heute abend?«* stieß Mrs. Match mit einem Seufzer der Verzweiflung hervor. Manchmal, das schien der Seufzer auszudrücken, mutete ihre Herrin ihr wirklich zuviel zu. »Nun, Mrs. Melrose und Mr. Fulmer haben in Paris eine Verabredung zum Essen. Sie sind vor einer Stunde weggefahren. Mrs. Melrose hat erklärt, sie hätte Ihnen Bescheid gesagt«, jammerte die Haushälterin.

Susy lächelte ihr zu. »Dann habe ich das wohl mißverstanden. In diesem Fall ... nun ja, wenn es keine Umstände macht, esse ich doch besser oben.«

Langsam drehte sie sich um und folgte der Haushälterin – zurück in die Einsamkeit, der sie gerade entflohen war.

14

Am nächsten Tag tauchten eine Menge Leute unangemeldet zum Lunch auf. Es waren nicht die Paradiesvögel, auf die Mrs. Melrose sich seit neuestem spezialisierte, sondern einfach Leute der besseren Gesellschaft, die über die amüsante romantische Idee, ohne einen Pfennig Geld zu heiraten, Bescheid wußten und denen Susy erklären mußte (wenn auch keiner ihr wirklich zuhörte), Nick sei zur Zeit nicht bei ihr, weil er eine Kreuzfahrt unternehme ... eine Kreuzfahrt durch die Ägäis, mit Freunden ... um Material für sein Buch zu sammeln (dieses Detail war ihr in der Nacht eingefallen).

Es war die Art von Zusammentreffen, vor der sie am meisten Angst gehabt hatte, aber nun zeigte sich, daß sie ziemlich einfach durchzustehen war, verglichen mit den endlosen Stunden der Schlaflosigkeit im Käfig ihres Zimmers. Alles, alles, nur nicht allein sein ...

Es war wohl die Macht der Gewohnheit, die sie allmählich an dem Tischgespräch teilhaben und sich tatsächlich für abwesende Freunde, leicht hingeworfene Anspielungen auf die Liebesaffären und Streits, Skandale und Ungeheuerlichkeiten des vergangenen Jahres interessieren ließ. Die Damen in ihren pastellfarbenen Sommerkleidern waren so anmutig, sorglos und selbstsicher, die Männer so unbeschwert. Vielleicht sollte sie dem flüchtigen Paradies, das seine Pforten bereits hinter ihr geschlossen hatte, doch nicht so sehr nachtrauern. Aber als sie nach dem Essen auf der Terrasse saßen und in den schon herbstlichen Park blickten, machte eine der Frauen eine Anspielung, nichts weiter, aber es genügte, um Susys Wunde wieder aufbrechen zu lassen. – Sie stand auf und floh in das fahle Licht des herbstlichen Gartens.

Zwei Tage später saßen Susy und Strefford auf einer Terrasse der Tuilerien über der Seine. Sie hatte ihn gebeten, sich hier mit ihr zu treffen, da sie das Foyer und den Salon des Nouveau Luxe meiden wollte, wo es selbst in dieser angeblich »toten« Saison von Bekannten wimmelte. Hier auf der Bank, umgeben von hohen Haufen verwelkter Blätter, waren sie ungestört. Nur ein einfach gekleidetes Paar saß in einiger Entfernung und verzehrte müde und freudlos sein Mittagessen.

Strefford sah in seiner Trauerkleidung wohlhabend und wohlumsorgt aus. Seine Gesichtszüge jedoch wirkten so unordentlich, sein Lächeln war so schrullig wie stets. Seine Beziehung zu dem arroganten Onkel und dem kränkelnden Cousin, deren Tod seine Zukunftsaussichten so plötzlich verändert hatte, war kühl, aber freundschaftlich gewesen. Und es entsprach seiner Art, seine Gefühle eher zu untertreiben, als mehr als die empfundene Betroffenheit zu zeigen. Dennoch, unter seiner gewohnten Scherzhaftigkeit spürte Susy eine Veränderung. Der Unglücksfall hatte ihn zutiefst erschüttert. Schon jetzt, während des kurzen Aufenthalts auf den ihm zugefallenen Besitztümern, waren alte Instinkte erwacht, vergessene Gedankengänge in den Vordergrund gerückt. Versonnen hörte Susy ihm zu. Instinktiv wahrte sie einen Abstand, fast ehrfürchtig.

»Es war schrecklich ... die beiden nebeneinander in der gräßlichen Pugin-Kapelle in Altringham ... besonders der arme Junge ... ich schätze, das ist es vor allem, was mich jetzt so mitnimmt«, murmelte er entschuldigend.

»Oh, es ist mehr als das – mehr als du ahnst«, sagte sie. Er aber erwiderte barsch: »Werde jetzt bitte nicht sentimental, meine Liebe«, und kramte in der bereits etwas ausgebeulten Tasche nach einer Zigarette.

»Aber jetzt zu dir – denn deswegen bin ich ja gekommen«, fuhr er fort und wandte sich mit einer für ihn typischen abrupten Bewegung ihr zu. »Aus deinem Brief bin ich einfach nicht schlau geworden.«

Sie schwieg einen Augenblick, weil sie fürchtete, daß ihre Stimme bebte. »Nicht? Wahrscheinlich hast du meinen Vertrag mit Nick vergessen. *Er* nicht – und er hat mich aufgefordert, ihn zu erfüllen.«

Strefford starrte sie an. »Was – dieser Unsinn von

wegen einander freigeben, wenn sich einem von euch die Chance einer guten Partie bietet?«

Sie nickte: »Ja.«

»Und er hat tatsächlich von dir verlangt ...?«

»Na ja, mehr oder weniger. Er ist mit den Hicks weggefahren. Vor seiner Abreise hat er mir einen kurzen Briet geschrieben, es wäre besser, wenn wir beide uns als frei betrachteten. Und Coral hat mir eine Postkarte geschickt, daß sie sich bestens um ihn kümmern würde.«

Strefford dachte nach, die Augen auf seine Zigarette geheftet. »Aber wie, zum Teufel, ist es dazu gekommen? Das kann doch nicht einfach so passiert sein, aus heiterem Himmel.«

Susy errötete, zögerte und wandte die Augen ab. Sie hatte ihm die ganze Geschichte erzählen wollen, darum, vor allem, hatte sie ihn wiedersehen wollen. Ein wenig war es ihr dabei auch um ihre Selbstachtung zu tun gewesen. Jetzt aber hatte sie das Gefühl, sie brächte das Eingeständnis, wie tief Nicks Frau gesunken war, nicht über die Lippen, und ihr Freund errate, welcher Art ihr Zögern war.

»Wenn du nicht gern darüber sprichst, mußt du es nicht, das weißt du, meine Liebe.«

»Nein, ich *will* ja. Es ist nur so schwer. Verstehst du – wir hatten so schrecklich wenig Geld ... Und Nick – der an sein Buch dachte und an alle möglichen großartigen Dinge, schöne Dinge – ihm war einfach nicht klar … er hat alles mir überlassen … ich sollte alles organisieren –«

Sie stolperte über das Wort, bei dem Nick immer zusammengezuckt war. Strefford schien dies jedoch nicht zu bemerken. Hastig sprach sie weiter und skizzierte in kurzen unbeholfenen Sätzen ihre finanziellen Schwierigkeiten und Nicks Unfähigkeit zu verstehen, daß man sich, um ein Leben wie das ihre führen zu können, mit gewissen Dingen abfinden … Gefälligkeiten annehmen mußte.

»Du meinst, Geld leihen?«

»Nun ja, und alles andere.« Nein – es war ganz unmöglich, sie konnte Strefford die Episode mit Ellies Briefen nicht gestehen. »Nick hatte, vermute ich, plötzlich das Gefühl, er könne dies alles nicht ertragen«, fuhr sie fort. »Und anstatt mich zu bitten, es zu versuchen – zu versuchen, anders zu leben, mit ihm irgendwohin zu gehen und wie Arbeiter zu leben, in zwei Zimmern, ohne Dienstboten, wozu ich bereit gewesen wäre. Na ja, statt dessen hat er mir geschrieben, von Anfang an sei das Ganze ein Irrtum gewesen, wir könnten so nicht weitermachen, und es wäre besser, ich würde mich mit dieser Tatsache abfinden. Und dann ist er auf der Jacht der Hicks abgereist. An dem letzten Abend, an dem du in Venedig warst – das war, als er nicht zum Essen zurückkam –, ist er nach Genua gefahren, um sich mit ihnen zu treffen. Ich schätze, er hat vor, Coral zu heiraten.«

Schweigend nahm Strefford dies auf. »Nun – so lautete doch euer Vertrag, oder?« meinte er schließlich.

»Ja, aber …«

»Genau, eben das habe ich dir immer gesagt. Du warst noch nicht soweit, ihn gehen zu lassen – das ist alles.«

Sie wurde über und über rot. »Oh, Streff – ist es wirklich nur das?«

»Eine Frage der Zeit? Wenn du daran zweifelst, würde ich gerne sehen, wie du versuchst, eine Zeitlang in diesen zwei Zimmern zu wohnen, ohne Dienstboten, dann sprechen wir uns wieder. Nun, meine Liebe, es ist nur eine Frage der Zeit, selbst in einem Palast, wo vor den Stufen eine Motorjacht vertäut ist und in der Garage jede Menge Automobile bereitstehen. Schau dich nur um, dann verstehst du es. Und hast du dir je überlegt, warum von allen Leuten ausgerechnet du und Nick dem allgemeinen Schicksal entgehen und wie Philemon und Baucis überleben solltet, während um euch herum die Leidenschaften vergehen und die Scheidungsbehörden immer mehr Geld anhäufen?«

Sie saß mit gesenktem Kopf da. Wie eine bleierne Last drückte die Vorstellung der langen Jahre, die noch kommen sollten, auf ihre Schultern.

»Aber ich bin noch so jung … und das Leben ist so lang. Was also hat Bestand?«

»Ach, du bist zu jung, um mir zu glauben, wenn

ich es dir sagen würde. Obwohl du intelligent genug bist, es einzusehen.«

»Was also?«

»Nun, das Festhalten an den Dingen, von denen wir alle glauben, wir könnten ohne sie auskommen. Gewohnheiten – sie überdauern die Pyramiden. Komfort, Luxus, die Atmosphäre des Wohlbefindens ... und mehr als alles andere die Möglichkeit, der Langeweile und Eintönigkeit, den Zwängen und Unannehmlichkeiten zu entfliehen. Für diese Möglichkeit hast du dich instinktiv entschieden, noch ehe du überhaupt erwachsen warst. Und Nick auch. Der einzige Unterschied zu dir besteht darin, daß er Verstand genug hatte, eher einzusehen als du, daß dies die Dinge *sind,* die Bestand haben, die Grundbedürfnisse.«

»Das glaube ich nicht!«

»Natürlich nicht. In deinem Alter denkt man über seinen Materialismus nicht nach. Und außerdem bist du tödlich gekränkt, weil Nick das schneller herausgefunden hat als du und seine Einsicht nicht hinter irgendwelchen scheinheiligen Phrasen versteckt hat.«

»Aber es gibt doch bestimmt Menschen ...«

»Ja, Heilige und Genies und Helden – alles Fanatiker! Zu welcher dieser Kategorien zählst du uns, uns Schwächlinge? Und die Helden und Genies – haben sie nicht ihre gewaltigen Schwächen und Gelüste?

Und wie sollten wir es verhindern, die Opfer unserer kleinen zu werden?«

Eine Weile saß sie da, ohne etwas zu sagen. »Aber Streff, wie kannst du solche Dinge sagen, wenn ich doch weiß, daß du etwas empfindest – mir gegenüber, beispielsweise?«

»Empfinden?« Er legte seine Hand auf ihre. »Aber, meine Liebe, gerade die Flüchtigkeit unseres sterblichen Empfindens ist es doch, die es so erlesen macht! Eben weil wir *wissen*, daß wir es nicht festhalten können, oder einander, oder irgend etwas ...«

»Ja ... ja ... aber nein, bitte! So etwas darfst du nicht sagen!« Sie stand auf, den Tränen nahe. Er erhob sich ebenfalls.

»Na komm, wo sollen wir zu Mittag essen?« fragte er mit einem Lächeln und hakte sich bei ihr ein.

»Oh, ich weiß nicht. Nirgends. Ich glaube, ich fahre nach Versailles zurück.«

»Weil ich dich so angewidert habe? Mein Pech – wo ich doch rübergekommen bin, um dich zu bitten, mich zu heiraten!«

Sie lachte, aber er war plötzlich sehr ernst geworden. »Bei meiner Seele, das stimmt.«

»Lieber Streff! Als wenn ... jetzt ...«

»Nein, nicht jetzt – ich weiß. Ich bin mir darüber im klaren, selbst bei euren rasanten Scheidungsmethoden ...«

»Das ist es nicht. Ich habe dir gesagt, es hat keinen

Sinn, Streff – ich habe es dir schon vor langer Zeit gesagt, in Venedig.«

Er zuckte spöttisch die Schultern. »Es ist nicht Streff, der dich jetzt fragt. Streff war kein Heiratskandidat, er hat nur mit dir herumgetändelt. Das jetzige Angebot kommt von einem ältlichen, finanziell unabhängigen Peer. Überleg es dir, meine Liebe, solange du willst, und fünf Lakaien harren deines Befehls. Es eilt nicht im mindesten, natürlich nicht. Aber ich glaube fast, Nick selbst würde dir zuraten.«

Sie errötete wieder und dachte daran, daß Nick dies gerade erst getan hatte. Und die Erinnerung ließ ihr Streffords zynische Philosophie weniger unerträglich erscheinen. Warum sollte sie eigentlich nicht mit ihm zu Mittag essen? Er war in den ersten Tagen seiner Trauer ausdrücklich zu dem Zweck nach Paris gekommen, sie zu treffen und ihr eines der größten Vermögen in England anzubieten. Sie dachte an Ursula Gillow, Ellie Vanderlyn, Violet Melrose und ihre herablassende Freundlichkeit, an die geschenkten Kleider vom Vorjahr, die Weihnachtsschecks und all die gedankenlosen Gefälligkeiten, die so leicht zu verteilen und so schwer anzunehmen waren. »Es würde mir wirklich Spaß machen, ihnen einiges zurückzuzahlen«, murmelte sie.

Sie wollte Strefford nicht heiraten – sie war noch nicht einmal soweit, die Möglichkeit einer Scheidung in Betracht zu ziehen –, aber es war nicht zu leugnen, daß diese plötzliche Aussicht auf Reichtum und Unabhängigkeit sie freier durchatmen ließ. Sie lachte erneut auf, aber diesmal ohne Bitterkeit.

»Nun gut, essen wir zusammen. Aber heute wünsche ich mit Streff zu speisen.«

»Ah, sehr wohl, ich glaube fast, für ein *tête-à-tête* ist er der Geeignetere.«

Während des Essens in einem kleinen Restaurant am anderen Ufer der Seine, bei dem sie auf den billigsten Gerichten bestand, da es ja »Streff« war, der bezahlen mußte, war er wieder ganz der schrullige, umgängliche alte Freund. Ein- oder zweimal versuchte sie, das Gespräch auf seine Zukunftsperspektiven zu lenken, auf die neuen Rechte und Pflichten, aber er zuckte nur mit den Schultern und schien sich viel mehr für die bunt zusammengewürfelte Gesellschaft bei Violet Melrose zu interessieren und steuerte zu den jeweiligen Personen drollige oder boshafte Anekdoten bei.

Erst als sie ihren Kaffee getrunken hatten und Susy mit der vagen Vorstellung, den nächsten Zug zu nehmen, auf die Uhr sah, fragte er: »Aber was wirst du jetzt machen? Du kannst schließlich nicht ewig bei Violet bleiben.«

»Bestimmt nicht«, rief sie erschrocken.

»Nun, dann – du hast doch vermutlich irgendwelche Pläne?«

»Ich weiß nicht«, sagte sie langsam, aus dem angenehmen Zwischenspiel ihrer gemeinsam verbrachten Stunden in die rauhe Wirklichkeit versetzt.

»Du kannst dich nicht endlos treiben lassen, oder? Es sei denn, du willst das alte Leben ein für allemal wieder aufnehmen.«

Sie wurde schon wieder rot, und ihre Augen füllten sich mit Tränen. »Das kann ich nicht, Streff, ich weiß, daß ich es nicht kann!«

»Was also dann …?«

Sie zögerte und sagte schließlich mit gesenktem Kopf: »Nick wird mir wieder schreiben – in ein paar Tagen. Ich muß abwarten …«

»Oh, natürlich. Überstürze nichts.« Auch Strefford sah jetzt auf die Uhr. »*Garçon, l'addition!* Ich nehme den Zug heute abend, und ich habe noch eine Menge zu tun. Aber jetzt hör mir gut zu, meine Liebe – wenn du zu einem Entschluß kommst, auf die eine oder andere Weise, laß es mich wissen, ja? Ich meine nicht in der Angelegenheit, die mir am meisten am Herzen liegt. Die wollen wir für den Augenblick vergessen. Aber vielleicht kann ich dir in anderer Hinsicht von Nutzen sein – zum Henker, du weißt, ich kann dir sogar Geld leihen. Auch kein schlechtes Angebot, oder?«

»Oh, Streff … Streff«, stammelte sie verlegen, aber er trieb es noch weiter: »Versuch es, wirklich, versuch es – ich versichere dir, du brauchst keine Zinsen zu zahlen, und es sind keine Bedingungen damit verknüpft. Und versprich, mich wissen zu lassen, wenn du irgend etwas entschieden hast.«

Sie sah in seine fröhlich zusammengekniffenen Augen und versuchte zu lächeln.

»Ich verspreche es«, sagte sie.

15

Die wenigen Stunden mit Streff hatten ihre Perspektive völlig verändert. Statt der Aussicht auf Abhängigkeit, auf eine erzwungene Rückkehr zu ihrem alten Leben der stillschweigenden Komplizenschaft und der Zugeständnisse, erwarteten sie – wann immer sie wollte – Freiheit, Macht und Würde. Würde! Seltsam, welches Gewicht dieses Wort für sie erlangt hatte. Schon in ihren jungen, sorglosen Tagen wollte sie etwas davon besitzen, nur war sie nicht bereit gewesen, Opfer zu bringen. Und seit sie Nicks Frau geworden war, hatte sie sich gequält, hatte gelitten, um Würde zu bewahren. Ja, Strefford zu heiraten würde ihr jene Selbstachtung verleihen, die, in einer Welt wie der ihren, nur Reichtum und Rang sichern konnten. Wenn sie schon geistig und moralisch nicht dafür gerüstet war, auf irgendeine andere Weise Unabhängigkeit zu erlangen, konnte man es ihr dann zum Vorwurf machen, wenn sie andere Bedingungen akzeptierte?

Natürlich bestand die Möglichkeit, daß Nick zurückkehrte, daß ihm das Leben ohne sie ebenso unerträglich erschien, wie es ihr ohne ihn vorkam. Wenn das geschähe – ach, wenn das geschähe! Dann würde sie aufhören, angestrengt in die Zukunft zu blicken, sie würde jeden Tag genießen, sich fallen lassen bis zum tiefsten Grund des Vergessens. Nichts anderes würde dann mehr zählen – Geld oder Freiheit oder Stolz oder ihre kostbare moralische Würde, wenn sie nur wieder in Nicks Armen läge.

Aber da waren Nicks eisiger Brief und Coral Hicks' anmaßende Postkarte, um ihr zu zeigen, wie gering die Chance einer solchen Lösung war. Susy war überzeugt, daß Nick schon vor der Entdeckung ihres Handels mit Ellie Vanderlyn insgeheim des Lebens, das zu führen ihre Ehe ihn zwang, müde geworden war. Seine Leidenschaft war nicht stark genug – war nie stark genug gewesen –, um seine Vorurteile, Skrupel, Prinzipien, wie auch immer man sie nennen mochte, aufzuwiegen. Susys Würde mochte im lodernden Feuer ihrer Liebe aufgehen wie Zunder, seine war von weniger leicht entflammbarer Art. Bei ihrem letzten Gespräch hatte sie das Gefühl gehabt, für immer die innere Harmonie zwischen ihnen beiden zerstört zu haben.

Nun – so sah es aus, und es war weder ihre Schuld noch die seine, sondern die der Welt, in der sie aufgewachsen waren, der moralischen Verachtung, die sie für diese Welt empfanden, von der sie doch materiell abhingen, die Schuld seiner Beinahe-Begabungen und ihrer Beinahe-Prinzipien, des Etwas in ihnen, das nicht stark genug war, zu widerstehen, und nicht biegsam genug, sich zu unterwerfen. Auf ihrer Fahrt zurück nach Versailles und während der schlaflosen

Nacht in ihrem Zimmer sah sie dieser Tatsache tapfer ins Auge. Und am nächsten Morgen, als das Mädchen mit dem Frühstückstablett hereinkam, war sie von trügerischer Energie erfüllt, die dann entsteht, wenn man sich – und sei es noch so halbherzig – für einen bestimmten Weg entschieden hat.

Sie hatte sich gesagt: »Wenn nächste Woche um diese Zeit kein Brief von Nick gekommen ist, werde ich Streff schreiben ...« Die Woche war verstrichen, und kein Brief war gekommen.

Drei Wochen war es nun her, seit er sie verlassen hatte, und außer seinem kurzen Schreiben aus Genua hatte sie kein Lebenszeichen mehr von ihm erhalten. Wahrscheinlich dachte er sich, daß sie nicht mehr in Venedig war, und würde ihr über ihre Bank in Paris eine Nachricht zukommen lassen. Aber obwohl sie die Bank unverzüglich von ihrer neuen Anschrift in Kenntnis gesetzt hatte, war ihr keine Botschaft von Nick übermittelt worden. Und sie lächelte mit einem Anflug von Bitterkeit, wenn sie sich die Schwierigkeiten vorstellte, die ihm das Verfassen des versprochenen Briefes bereiten würde. Ihr eigener Papierkorb war in den ersten Tagen bis zum Rand gefüllt gewesen mit Fetzen der Briefe, die sie begonnen hatte, und sie sagte sich, daß der Grund, weshalb es ihnen beiden so schwerfiel zu schreiben, wahrscheinlich der war, daß sie einander nichts mehr zu sagen hatten.

Bei all der Grübelei verstrichen die Tage bei Mrs. Melrose so wie früher, wenn Susy Branch unter den Dächern der Reichen zwischen zwei Episoden ihrer unsicheren Existenz auf der Stelle trat. Ihre Erfahrung war vielfältig genug, um ihr ein äußerst feines Gespür dafür zu verleihen, welche Wirkung sie auf die wechselnden Gastgeber hatte. Und im gegenwärtigen Fall wußte sie, daß Violet sich ihrer Anwesenheit kaum bewußt war. Aber wenn auch nicht mehr als geduldet, so wurde sie doch zumindest nicht als Belastung empfunden. Wurde man von der Gastgeberin vergessen, war dies wenigstens ein Beweis dafür, daß man ihr nicht im Weg stand.

Violet war, wie üblich, ständig unterwegs, denn ihre Ziellosigkeit äußerte sich in reger Betriebsamkeit. Nat Fulmer war nach Paris zurückgekehrt. Susy vermutete jedoch, daß seine Wohltäterin sich nach wie vor häufig in seiner Gesellschaft befand, und wenn Mrs. Melrose von ihrem Chauffeur abgeholt wurde, dann doch sicher zu irgendeinem erneuten Zusammentreffen zwischen Fulmer und der Kunst. Gelegentlich bot sie an, Susy nach Paris mitzunehmen, dann widmeten sie lange, hektische Vormittage den Schneidern, und Susy erlag dem vertrauten Zauber eleganter Garderobe. Wenn Pelze, Spitzen und Brokatstoffe zur Seite geschoben, zurückgebracht oder auch ohne langes Überlegen gekauft wurden, zählte nichts anderes als die Laune des Augenblicks und das unausgesprochene Gefühl, daß keine Frau es überhaupt wert war, angesehen zu werden, die nicht über die Mittel verfügte, ohne Rücksicht auf die Kosten auszuwählen.

Der Zauber wich jedoch Ernüchterung, sobald Susy wieder allein war, und da sie fürchtete, von ihrem alten Leben wieder eingefangen zu werden, beschloß sie, Grace Fulmer aufzusuchen. Sie war neugierig, wie die unbekümmerte Gefährtin der schlechten Zeiten Nat Fulmers die Last seines Glücks ertrug, und undeutlich hatte sie das Gefühl, es wäre erfrischend, jemanden zu sehen, der Angst vor der Armut nicht kannte.

Das stickige Wohnzimmer in der Pension, in dem sie wartete, während ein mißmutiges Dienstmädchen im ganzen Haus nach Mrs. Fulmer suchte, hatte nicht die erwünschte Wirkung. Es war eine Sache, wenn Grace sich mit einer derartigen Unterkunft abfand, solange sie sie mit Fulmer teilte. Aber hier zu hausen, während er sich im verführerischen Glanz von Versailles sonnte oder in Mrs. Melroses Wagen vom *château* zur Galerie rollte, stellte einen Mut unter Beweis, dem nachzueifern Susy sich außerstande fühlte.

»Meine Liebe! Ich habe gewußt, du würdest mich besuchen«, schallte Graces fröhliche Stimme durch das Treppenhaus, und einen Augenblick später drückte sie Susy überschwenglich an sich.

»Nat wußte nicht mehr, ob er dir unsere Adresse gegeben hat, obwohl er es mir versprochen hat, als er das letzte Mal hier war.« Sie hielt Susy auf Armeslänge von sich weg und strahlte sie aus ihren kurzsichtigen Augen an: immer noch die zerzauste Grace, so unbekümmert um ihre vernachlässigte Schönheit und ihre vergeudete Jugend, so heiter und zerstreut und sorglos – die ausgelassene Atmosphäre des Bungalows in New Hampshire schien mit ihr zusammen in den stickigen Salon Einzug zu halten.

Während sie die Geschichte von Nats plötzlicher Berühmtheit und den unerwarteten Folgen hervorsprudelte, verlor sich Susy in Träumereien. Lag das Geheimnis seines Triumphes vielleicht in den langen Jahren der Erfolglosigkeit, die er klaglos und ohne Neid ertragen hatte – mit der fröhlichen Unterstützung seiner Frau? War er auf Kosten ihrer Jugendlichkeit und ihrer Begabung, der »Vorteile« der Kinder, auf Kosten von allem, außer der Festigkeit des Bandes zwischen Mann und Frau, erkauft worden? Nun – es war den Preis wert. Was aber, wenn jetzt, da er zu Ehren und Wohlstand gekommen war, das Band gekappt und Grace inmitten der Scherben allein zurückgelassen würde?

Nichts in ihrem Ton oder in ihren Worten ließ auf eine solche Möglichkeit schließen. Wie Susy bemerkte, war ihre ungeschickt zusammengestellte Kleidung jetzt von besserer Qualität und professioneller geschnitten als die selbstgenähten Gewänder, die damals im Bungalow ihre Körperfülle verhüllt hatten. Offensichtlich versuchte sie, ihre Kleidung der neuen Stellung Nats an zupassen. Vor allem jedoch freute sie sich daran, atmete hungrig die kräftigende Luft seines Erfolgs ein. Mißtrauen lag ihr fern, und sie verdächtigte Nat in keiner Weise, zu denen zu gehören, die bereit sind, das Brot der mageren Jahre zu teilen, den Kuchen der fetten Jahre aber für sich alleine haben zu wollen.

»Meine Liebe, es ist einfach wundervoll! Er hat mir gesagt, daß ich so viele Konzert- und Opernkarten kaufen soll, wie ich will. Und ich darf immer alle Kinder mitnehmen. Die großen Konzerte fangen erst später im Jahr an, aber in der Oper ist natürlich immer etwas los. Und dann all die kleinen Veranstaltungen – Paris ist zu jeder Jahreszeit voller Musik. Und es ist gut möglich, daß wir später für eine Woche nach München fahren – oh, Susy!« Sie faltete die Hände, in ihren Augen standen Tränen – sie trank den Wein des neuen Lebens wie aus einem Abendmahlskelch.

»Erinnerst du dich, Susy, als du und Nick uns in dem Bungalow besucht habt? Nat meinte, ihr würdet entsetzt sein, wie primitiv wir leben – aber ich wußte es besser. Und ich hatte recht, nicht wahr? Als ihr gesehen habt, wie glücklich wir sind, habt ihr beschlossen, unserem Beispiel zu folgen, stimmt's?«

Sie strahlte bei der Erinnerung. »Und jetzt, was habt ihr jetzt für Pläne? Ist Nicks Buch schon fertig? Ich vermute, ihr müßt ziemlich sparsam leben, bis er einen Verleger findet. Und das Baby, Liebste – wann kommt *das* dran? Wenn es demnächst soweit wäre, könnte ich dir eine Menge alter Kindersachen geben.«

»Du bist immer so lieb, Grace. Aber wir haben noch keine besonderen Pläne – nicht einmal für ein Baby. Und ich möchte, daß du mir statt dessen von euren Plänen erzählst.«

Nichts tat Mrs. Fulmer lieber. Wie Susy feststellte, beschränkten sich ihre bisherigen Erlebnisse in Europa weitgehend auf Gespräche darüber, was alles noch kommen würde. »Na ja, siehst du, Nat ist den ganzen Tag über so beschäftigt mit Besichtigungen und Galerien und damit, wichtige Leute zu treffen, bis jetzt hatte er keine Zeit, mit uns herumzureisen. Und da so wenige Theater geöffnet sind und nur so wenig Konzerte gegeben werden, habe ich die Gelegenheit genutzt, mit meinen Flickarbeiten weiterzumachen. Junie hilft mir jetzt dabei – sie ist unsere älteste, erinnerst du dich? Sie ist ein großes Mädchen geworden, seit du sie zuletzt gesehen hast. Aber später werden wir vielleicht reisen. Und was das Wundervollste von allem ist – außer Nats Erfolg, meine ich –, ich brauche mir nicht mehr ständig etwas auszudenken und zu knausern und jede einzelne Minute auf irgend etwas zu verzichten. Stell dir nur vor – Nat hat sogar eine besondere Abmachung getroffen, daß die Kinder hier in der Pension immer eine doppelte Portion von allem bekommen. Und wenn ich zu Bett gehe, kann ich an meine Musik denken, anstatt wachzuliegen und zu rechnen und zu überlegen, wie ich bis zum Monatsende mit dem Geld auskomme. Oh, Susy, das ist einfach *himmlisch!*«

Susys Herz krampfte sich zusammen. Sie war zu ihrer Freundin gekommen, um wieder einmal eine Lektion in Gleichgültigkeit gegenüber materiellen Dingen erteilt zu bekommen. Statt dessen hörte sie nun aus Grace Fulmers Mund das lang unterdrückte Geständnis von der Tyrannei der Armut. Wenn man es genauer betrachtete, war der materielle Kampf auf jenem Hügel in New Hampshire doch nicht die mit einem Lächeln bewältigte Kleinigkeit, als die Grace und Nat sie hatten erscheinen lassen. Und dennoch … dennoch …

Unvermittelt stand Susy auf und rückte den teuren Hut gerade, der schief über Graces linkem Ohr saß.

»Was stimmt denn damit nicht? Junie hat mir geholfen, ihn auszusuchen, und sie kennt sich im allgemeinen ganz gut aus«, lachte Mrs. Fulmer, hilflos die Hände ausstreckend.

»Es ist die Art, wie du ihn trägst, Liebste – und die Schleife sitzt zu weit oben. Gib ihn mir mal, bitte.« Susy nahm den Hut vom Kopf ihrer Freundin und machte sich an dem Putz zu schaffen. »So würden Maria Guy oder Suzanne es machen. – Und jetzt erzähle weiter von Nat …«

Susy hörte nachdenklich zu, während Grace die Geschichte des Triumphes ihres Ehemannes heraussprudelte: wie er in den Zeitungen erwähnt wurde, wie gefragt seine Werke waren, wie sich die feinen Damen darüber stritten, wer ihn entdeckt hatte, und wie viele Aufträge sich aus dieser Rivalität ergeben hatten.

»Natürlich sind sie wütend aufeinander – vor allem Mrs. Melrose und Mrs. Gillow –, weil jede behauptet, sie sei die erste gewesen, die seinen ›Schneesturm im Frühling‹ beachtet hat, aber in Wirklichkeit war es keine von beiden, sondern nur der arme alte Bill Haslett, ein Kunstkritiker, den wir seit Jahren kennen. Er hat zufällig das Bild gesehen und ist losgerannt, um einem Kunsthändler davon zu berichten, der auf der Suche nach einem neuen Maler war, um ihn groß herauszubringen.« Plötzlich hob Grace ihre sanften kurzsichtigen Augen und sah Susy an. »Aber, weißt du, am merkwürdigsten ist, daß Nat das allmählich vergisst und glaubt, es sei tatsächlich Mrs. Melrose gewesen, die bei der Vernissage vor seinem Bild stehenblieb und ausrief ›Das ist genial!‹ Komisch, ihm scheint soviel daran zu liegen, obwohl *ich* doch immer gewußt habe, daß er begabt ist – und *er* hat es auch gewußt. Aber sie sind alle so nett zu ihm, besonders Mrs. Melrose. Und ich vermute, so etwas klingt einfach ganz anders, wenn man es von einem Außenstehenden hört.«

Nachdenklich sah Susy sie an. »Und wie wäre dir zumute, wenn es Nat zu sehr gefällt, Mrs. Melrose das sagen zu hören? Ich meine, zu sehr, um sich noch Gedanken darüber zu machen, was du gefühlt oder gedacht hast?«

Das abgespannte Gesicht ihrer Freundin wurde plötzlich rot und dann blaß. Fast bereute Susy ihre Frage. Mrs. Fulmer entgegnete jedoch mit ruhiger Würde: »Du bist noch nicht lange genug verheiratet, meine Liebe, um zu verstehen … wie Leute wie Nat und ich über solche Dinge denken … oder wie unwichtig sie erscheinen, aufs Ganze gesehen … aufs Ganze des gemeinsamen Lebens.«

Susy stand auf und schlang die Arme um ihre Freundin. »Oh, Grace«, lachte sie mit feuchten Augen, »wie kannst du so klug sein und doch nicht einmal genügend Verstand haben, um einen passenden Hut zu kaufen?«

Sie ließ ihre Arme sinken und hastete davon. Schließlich hatte sie doch ihre Lektion gelernt, auch wenn es nicht die war, an die sie gedacht hatte.

Eine Woche hatte sie sich zugestanden, sie war vergangen, und immer noch war keine Nachricht von Nick eingetroffen. Sie räumte sich noch einen Tag ein, und auch dieser verging ohne einen Brief. Nun entschloß sie sich zu einem Schritt, vor dem sie bisher zurückgeschreckt war. Sie würde bei der Bank anrufen und sich nach Nicks Adresse erkundigen. Sie rief an, verlegen und zögernd, und nach einigen Rückfragen teilte man ihr mit, Mr. Nicholas Lansing habe seit der Adresse des Palazzo Vanderlyn vor drei Monaten keine neue angegeben. An diesem Nachmittag fuhr sie mit der festen Absicht nach Versailles zurück, Strefford zu schreiben, wenn bei der nächsten Morgenpost kein Brief wäre.

Der nächste Morgen brachte keine Nachricht von Nick, aber eine hingekritzelte Botschaft von Mrs. Melrose, Susy möge doch bitte möglichst bald zu ihr aufs Zimmer kommen, um etwas zu besprechen. Susy sprang auf, badete in aller Eile, kleidete sich an und klopfte an die Tür ihrer Gastgeberin. In dem riesigen niedrigen Bett, mit Aussicht auf das üppige Laubwerk des Parks, lag Mrs. Melrose, rauchte eine Zigarette und sah ihre Post durch. Mit der Andeutung eines Lächelns sah sie auf und erklärte verträumt: »Susy, Liebste, hast du irgendwelche speziellen Pläne – für die nächsten paar Monate, meine ich?«

Susy errötete. Sie kannte diesen Tonfall nur zu gut und glaubte zu verstehen, was er bedeutete.

»Pläne, Liebste? Jede Menge … Übermorgen reiße ich mich von hier los … höchstwahrscheinlich besuche ich die Gillows in ihrem Hochmoor«, verkündete sie hastig.

Sie hatte damit gerechnet, in Mrs. Melroses tragischer Miene Erleichterung zu lesen, aber statt dessen bemerkte sie reine Enttäuschung.

»Oh, wirklich? Das ist zu schade. Steht das schon absolut fest?«

»Was mich betrifft, ja«, erwiderte Susy knapp.

»Das ist wirklich ein Jammer. Siehst du, ich wollte dich eigentlich bitten, hierzubleiben und dich um die Fulmer-Kinder zu kümmern. Fulmer und ich fahren nächste Woche nach Spanien – ich möchte bei ihm sein, wenn er seine Studien macht, seine ersten Eindrücke gewinnt. Welch wundervolles Erlebnis, dabei zu sein, wenn er und Velázquez sich begegnen!« Sie hielt inne, verloren in zukünftiger Verzückung. »Aber, siehst du, da Grace Fulmer darauf besteht, mit uns zu kommen …«

»Ah, ich verstehe.«

»Na ja, da sind die fünf Kinder – das ist wirklich ein Problem«, seufzte ihre Wohltäterin. »Wenn du allerdings nicht so recht wüßtest, was du anfangen sollst, solange Nick mit seinen Freunden unterwegs ist, könnte ich es so einrichten, daß es für dich wirklich der Mühe wert ist …«

»Das ist schrecklich lieb von dir, Violet, nur weiß ich zufällig genau, was ich anfangen soll.«

Oh, welche Erleichterung, das sagen zu können, fröhlich, fest und sogar wahrheitsgemäß! Sich um die Fulmer-Kinder kümmern, also wirklich! Susy erinnerte sich, wie sie und Nick an jenem Herbstnachmittag in New Hampshire vor ihnen geflohen waren. Das Angebot vermittelte ihr eine heilsame Vorstellung davon, wie man sie im Lauf der Jahre, wenn sie den Reiz des Neuen und Frischen eingebüßt hätte, zunehmend als bequeme Lückenbüßerin, Ersatzsekretärin, Kinderfräulein oder Gesellschafterin benutzen würde. Sie dachte an einige alte Damen, Pensionistinnen ihrer Clique, die – gut gekleidet und in allen Manierismen der Clique bewandert – schon längst in die Rolle solcher Arbeiterameisen abgedrängt waren. Nicht um alles in der Welt würde sie sich diesem Heer anschließen.

Mrs. Melrose machte ein langes Gesicht und sah Susy mit dem Ausdruck wehleidigen Unverständnisses an, der den Herrschern über Millionen eigen ist, für die alles, was man nicht kaufen kann, außerhalb ihres Vorstellungsvermögens liegt.

»Aber ich verstehe nicht, warum du deine Pläne nicht ändern kannst«, murmelte sie mit sanfter Hartnäckigkeit.

»Ach, na ja, weißt du …«, Susy hielt inne und lächelte still in sich hinein, »es sind zufällig nicht nur meine Pläne.«

Mrs. Melroses Miene verdüsterte sich. Die unvorhergesehene Komplikation, Mrs. Fulmers Teilnahme an der Reise, hatte ihre Nerven offenbar schon auf eine harte Probe gestellt, und dieses neue Hindernis für ihre Pläne erschütterte ihren Glauben an die göttliche Ordnung der Dinge.

»Nicht nur deine Pläne? Du wirst dir doch nicht von Ursula Gillow Vorschriften machen lassen? Da wäre mein Jadeanhänger, von dem du neulich gesagt hast, er gefalle dir. Die Fulmers werden nicht mit mir kommen, wenn die Kinder nicht zu ihrer Zufriedenheit versorgt sind. Das Ganze wird ins Wasser fallen. Susyliebling, du warst immer viel zu uneigennützig. Ich hasse es, mitansehen zu müssen, wie du dich für Ursula aufopferst.«

Vor einem Jahr wäre Susy froh gewesen, den Jadeanhänger ihrer bereits durch Ellie Vanderlyns Saphire bereicherten Sammlung hinzufügen zu können. Vor einem Monat hätte sie das Angebot als eine Beleidigung ihrer neuentdeckten Prinzipien empfunden. Jedoch schon allein die Tatsache, daß sie in Zukunft, wenn sie nur wollte, völlig außerhalb der Reichweite solcher Bestechungsgeschenke sein konnte, ermöglichte es ihr, nachsichtig auf sie herabzublicken. Oh, die gesegnete moralische Freiheit, die Reichtum mit sich brachte! Sie erinnerte sich an Mrs. Fulmers unbeherrschten Ausbruch: »Was das Wundervollste von allem ist, ich brauche mir nicht mehr ständig etwas auszudenken und zu knausern und jede einzelne Minute auf irgend etwas zu verzichten!« Ja, einzig und allein unter diesen Bedingungen konnte man seine Seele wirklich sein eigen nennen.

Dieses Gefühl, ein Geschenk des Himmels, verlieh Susy die Möglichkeit, liebenswürdig zu erwidern: »Wenn ich es irgendwie einrichten könnte, dir auszuhelfen, bedürfte es keines Geschenks, um mich zu überreden, Violet. Und, wie du gesagt hast, es gibt keinen Grund, weshalb ich mich für Ursula aufopfern sollte – oder für irgend jemand anderen. Nur, zufällig«, sie hielt inne und wagte schließlich den Sprung, »fahre ich nach England, weil ich versprochen habe, mich dort mit einem Freund zu treffen.«

In dieser Nacht schrieb sie Strefford.

16

Unter einem Sonnensegel auf dem Deck der *Ibis* ausgestreckt, blickte Nick Lansing für einen Augenblick auf die Klippen Maltas, ehe er sich wieder in sein Buch vertiefte.

Nahezu drei Wochen hatte er auf der *Ibis* wie im Rausch verbracht. Die Drogen waren von zweierlei Art: Visionen vorüberziehender Landschaften, die aus der blauen See auftauchten und wieder versanken, und Visionen, die ihm Bücher vermittelten. Denn zum ersten Mal seit vielen Monaten befand sich in seiner Reichweite eine richtige Bibliothek: Bücher, die Wissen vermittelten und dabei unterhaltsam waren, Lektüre, nach der sein ruheloser, ungeduldiger Geist sich sehnte. Er wußte, daß er sich nur oberflächlich betäubte, daß Bücher Schmerzen nicht lindern, Erinnerungen nicht tilgen konnten. Aber das Lesen rief allmählich eine Art geistiger Melancholie hervor, nicht unangenehm und, verglichen mit dem wilden Schmerz der ersten Tage, fast wohltuend. Es war genau die Art von Drogen, die er brauchte.

Unter ihrem Einfluß redete er sich unermüdlich ein, daß es sinnlos wäre, Susy erneut zu schreiben. In der kurzen Nachricht, die er ihr aus Genua hatte zukommen lassen, hatte er versprochen, sie werde in ein paar Tagen wieder von ihm hören. Als die paar

Tage dann verstrichen waren und er sich allmählich dieser Aufgabe zuwenden wollte, erfand er hundert Gründe, es aufzuschieben.

Hätte es irgendwelche praktischen Fragen zu klären gegeben, dann natürlich … Keine vierundzwanzig Stunden hätte er die Vorstellung ertragen, sie könnte sich in einer finanziellen Notlage befinden. Aber all das hatten sie vor langer Zeit schon geregelt. Von Anfang an war sie für die Verwaltung ihres bescheidenen Vermögens zuständig gewesen. Bei ihrer Heirat war Nicks mageres Einkommen, das der Bevollmächtigte, der sich seit Jahren um das dahinschmelzende Familienvermögen kümmerte, in nicht allzu regelmäßigen Abständen überwies, auf sie überschrieben worden. Es war das einzige Hochzeitsgeschenk, das er ihr machen konnte. Und die Hochzeitsschecks waren natürlich alle unter ihrem Namen hinterlegt worden. Es gab also keine »geschäftlichen« Gründe, mit ihr Verbindung aufzunehmen, und Gründe anderer Art – schon allein der Gedanke daran lähmte ihn.

In den ersten Tagen hatte er sich wegen seiner Trägheit Vorwürfe gemacht. Dann begann er nach Gründen zu suchen, sie zu rechtfertigen. Im Grunde war die Politik des Abwartens vielleicht die klügste für ihr beider Wohl. Er hatte Susy verlassen, weil er die Bedingungen nicht ertragen konnte, auf denen, wie er entdeckt hatte, ihr Zusammenleben gründete.

Und das hatte er ihr auch dargelegt. Was war noch mehr zu sagen?

Nichts hatte sich an ihrer Situation geändert. Wenn sie wieder zusammenkämen, könnte dies nur bedeuten, das gleiche Leben wiederaufzunehmen. Und das erschien ihm, während die Tage dahingingen, immer unmöglicher. Er hatte noch nicht den Punkt erreicht, eine endgültige Trennung zu erwägen. Aber wann immer er das Leben überdachte, das hinter ihnen lag, schreckte er vor jeglichem Versuch zurück, dorthin zurückzukehren. Solange diese geistige Verfassung anhielt, schien nichts dem bereits Geschriebenen hinzuzufügen zu sein, außer vielleicht die Information, daß er zusammen mit den Hicks auf einer Kreuzfahrt war. Und ihr dies mitzuteilen sah er keinen zwingenden Grund.

Den Hicks gegenüber hatte er keinerlei Andeutungen hinsichtlich seiner Situation gemacht. Als Coral Hicks ihn vor vierzehn Tagen in den Straßen Genuas aufgespürt und auf die *Ibis* entführt hatte, dachte er an nichts weiter als an ein Abendessen und vielleicht an einen Segeltörn im Mondschein. Dann hatte er ihnen, auf ihr freundliches Drängen hin, gestanden, er hätte sich nicht wohl gefühlt – sei in der Tat überstürzt abgereist, da er eine Luftveränderung brauche –, und dies hatte ihn wehrlos ihrem Vorschlag ausgeliefert, doch an Bord der *Ibis* zu bleiben. Sie waren unterwegs nach Korsika und Sardinien, und von da aus sollte es – über Neapel – nach Sizilien gehen. In Neapel könnte er ja einen Zug nehmen, wäre also in zehn Tagen wieder in Venedig.

Zehn Tage Gnadenfrist – die Versuchung war unwiderstehlich. Und er mochte die freundlichen, unkomplizierten Hicks wirklich gern. In all ihrem Überfluß waren sie ehrlich und einfach geblieben, der enorme Aufwand ihres derzeitigen Lebens hatte den Duft der Prärie, aus der sie stammten, nicht vertrieben. Mit solchen Leuten zusammenzusein war wie ein reinigendes Bad. Als die Jacht in Neapel anlegte, willigte er ein – da sie so schrecklich nett waren –, weiter nach Sizilien mitzukommen. Und als der Chefsteward, der in Neapel zum letzten Mal vor der Überfahrt an Land ging, ihn fragte: »Irgendwelche Briefe, Sir?«, war seine Antwort wie bei jedem vorangegangenen Halt: »Nein, danke, keine.«

Jetzt hatten sie Kurs auf Rhodos und Kreta genommen – Kreta, das er immer schon hatte sehen wollen. Obwohl es schon spät im Jahr war, hielt sich das schöne Wetter. Unter einem wolkenlosen Himmel funkelte die See, und der schmale Bug der *Ibis* durchschnitt mühelos die sanften Wellen.

Außer der Besatzung waren nur seine Gastgeber und ihre Tochter an Bord – und natürlich Eldorada Tooker und Mr. Beck als Begleitung. Ein berühmter Archäologe, der sich in Neapel hätte anschließen sollen, sagte im letzten Augenblick telegraphisch ab, und Nick bemerkte, daß Coral, während Mrs. Hicks sich wiederholt für die Abwesenheit des großen Mannes entschuldigte, nur lächelte und schwieg.

Um die Wahrheit zu sagen, nie waren Mr. und Mrs. Hicks angenehmer, als wenn man sie für sich hatte. In Gesellschaft lief Mr. Hicks Gefahr, allzu gastfreundlich zu erscheinen, und Mrs. Hicks brachte in ihrem Bestreben, die gesamte Kultur in ihre Konversation einzubeziehen, Namen und Daten durcheinander. Mit Nick, ihrem alten Reisegefährten, zeigten sie sich jedoch in ihrer ursprünglichen Einfachheit. Mr. Hicks sprach sehr vernünftig von Investitionen, und Mrs. Hicks erinnerte sich an die ersten Tage ihrer Ehe in Apex City, als beim Einzug in ihr neues Haus in der Aeschylus Avenue ihr erster Gedanke war: »Wie, um alles in der Welt, soll ich nur all diese Fenster putzen?«

Der Verlust von Mr. Buttles hatte sie so schwer getroffen, wie Nick vermutet hatte. Mr. Beck konnte sich nicht der Hoffnung hingeben, ihn je zu ersetzen. Abgesehen von seiner geheimnisvollen Sprachbegabung und seiner nahezu übernatürlichen Fähigkeit zu wissen, wie man Briefe an herausragende Persönlichkeiten adressierte und unterschrieb, verfügte Mr. Buttles auch über Kenntnisse in Archäologie und allgemeiner Kulturgeschichte, auf die zurückzugreifen Mrs. Hicks sich angewöhnt hatte – ihr eigenes Gedächtnis war leider der Vielfalt ihrer Interessen nicht ganz gewachsen.

Ihre Tochter hätte ihr vielleicht helfen können, aber es entsprach nicht Miss Hicks' Art, ihre Eltern zu belehren. Sie war äußerst liebenswürdig zu ihnen, überließ es aber ihnen selbst, sich soviel Wissen wie möglich anzueignen, während sie ihrem eigenen, autodidaktischen Weg folgte. Ein melancholisch-düsteres Streben nach Wissen erfüllte den Geist dieses seltsamen Mädchens. Sie schien einzig an immer neuen Möglichkeiten interessiert, ihrem Vorrat an Daten weitere hinzuzufügen, kaum durch Phantasie und noch weniger durch Poesie bereichert. Aber sie waren, sorgfältig katalogisiert und in ihrem umfassenden, klaren Verstand säuberlich geordnet, jederzeit genauso zugänglich wie die Bände in einer öffentlichen Bibliothek, die immer auf dem neuesten Stand ist.

Für Nick hatte diese reine intellektuelle Neugierde etwas Beruhigendes. Mehr als alles andere wollte er sich von Gefühl, von Verführung, von Launen und Impulsen und aufflammenden Widersprüchen, von all dem, was Susy verkörperte, lösen. Susy las nicht besonders viel. Ihr Wissen war begrenzt, und sie war unter Leuten aufgewachsen, die sich vor dem Nachdenken fürchteten wie vor einer ansteckenden Krankheit. Wenn Nick ihr jedoch, vor allem in der ersten Zeit, ein Buch in die Hand gegeben oder ihr ein Gedicht vorgelesen hatte, dann konnte sie mit ihrer schnellen Auffassungsgabe sogleich ein neues Licht auf das Thema werfen und es, wie es ihrem Wesen entsprach, ausloten. Was für ein Jammer, daß dieser außergewöhnliche Scharfblick, dieses intuitive Urteilsvermögen fast nur darauf verschwendet wurde, die Gedanken anderer zu lesen und irgendeinen Vorteil daraus zu ziehen – etwas zu »organisieren«, wie sie es seit ihrer Kindheit nannte.

Dann diese ganz andere, empfindsame Susy. Er dachte an einen Tag, als er sie in den Louvre mitgenommen hatte und sie von Mantegnas »Kreuzigung Christi« so beeindruckt war. Er selbst hatte das Bild gar nicht betrachtet, da er in Gedanken bereits bei Corregio und Fragonard war, bei den kühnen Darstellungen von »Zeus und Antiope«, bei dem Lachen in der »Musikstunde«. Als er bemerkte, daß sie nicht mehr neben ihm stand, war er zurückgegangen und hatte sie, ihn vergessend, alles vergessend, mit Tränen in den Augen, immer noch in die Kreuzigungsdarstellung vertieft, wiedergefunden. Auch das war Susy …

Er klappte sein Buch zu und warf verstohlen einen Blick auf Coral Hicks' Profil. Sie hatte ihren Kopf im Liegestuhl neben ihm zurückgelehnt. Ihre einfachen Gesichtszüge, der Bogen der schwarzen Augenbrauen, die sich über der dicken geraden Nase fast trafen, und der kaum sichtbare schwarze Flaum auf ihrer

Oberlippe hatten etwas Herbes und Erfrischendes an sich. Irgendein Wunder der Willenskraft hatte, im Verein mit allen Kunstgriffen, die der Reichtum ermöglichte, das dickliche blasse Mädchen, an das er sich erinnerte, in diese junge Frau verwandelt, die auf ihre beeindruckende, gebieterische Art fast hübsch war. Als er die anmaßenden Linien ihres Profils betrachtete, erinnerte er sich, mit einem prickelnden Gefühl, das seiner Eitelkeit schmeichelte, wie er zweimal – unter der Kuppel der Scalzi-Kirche und in den Straßen von Genua – diese Linien, als er sich näherte, hatte weich, fast demütig werden sehen. Auch das war Coral …

Plötzlich sagte sie, ohne sich ihm zuzuwenden: »Sie haben, seit Sie an Bord sind, keine Briefe bekommen.«

Überrascht blickte er sie an. »Nein – Gott sei Dank nicht«, lachte er.

»Und Sie haben auch keine geschrieben«, fuhr sie mit ihrer gleichmütigen Stimme fort.

»Nein«, bestätigte er, wieder lachend.

»Das bedeutet, Sie sind wirklich frei …«

»Frei?«

Er sah, daß Coral errötete. »Sie machen wirklich Urlaub, meine ich, sind nicht irgendwie verpflichtet.«

Nach einer Pause erwiderte er: »Nein, ich hin eigentlich zu nichts verpflichtet.«

»Und Ihr Buch?«

»Oh, mein Buch ...« Er hielt inne und überlegte. In der Nacht seiner Flucht aus Venedig hatte er den *Triumphzug des Alexander* in seine Reisetasche geworfen, aber seitdem keinen Blick mehr darauf geworfen. Zu viele Erinnerungen und Illusionen steckten in dem Manuskript. Er wußte ganz genau, an welcher Stelle er Ellie Vanderlyn hinter sich gespürt, einen Hauch ihres Parfums wahrgenommen und ihr atemloses »Ich *mußte* dir einfach danken!« gehört hatte.

»Ich bin an einem toten Punkt angelangt«, erklärte er ungeduldig, verärgert über Miss Hicks' Mangel an Taktgefühl. Wirklich ein Mädchen, das nie seine Fühler ausstreckte ...

»Nun ja, das habe ich mir schon gedacht«, fuhr sie ruhig fort, und er sah sie verdutzt an. »Was zum Teufel denkt sie sonst noch?« fragte er sich. Er hatte ihr nie zugetraut, weit genug aus ihrem Panzer der Selbstgenügsamkeit herauszukommen, um die Gefühle eines anderen Menschen zu verstehen.

»Um die Wahrheit zu sagen«, fuhr er etwas verwirrt fort, »ich vermute, ich habe zu blind drauflosgearbeitet. Wahrscheinlich hatte ich deshalb das Bedürfnis nach einer Luftveränderung. Verstehen Sie, ich bin noch Anfänger.«

Sie hörte nicht auf mit ihren unnachgiebigen Fragen. »Aber später ... werden Sie natürlich daran weiterarbeiten?«

»Oh, ich weiß nicht.« Er hielt inne, ließ seine Augen über das blanke Deck und dann hinaus auf das funkelnde Wasser schweifen. »Es war ein Traum, verstehen Sie. Ich glaube eher, ich werde das Buch ganz sein lassen und versuchen, eine Beschäftigung zu finden, mit der ich etwas verdiene. Schreiben, wie ich mir das vorstelle, bedarf eines gesicherten Einkommens.«

Sofort bereute er, etwas gesagt zu haben. Bislang hatte er in seiner Beziehung zu den Hicks auch die kleinste Anspielung sorgfältig vermieden, die sich auf ihre Großzügigkeit bezogen haben könnte. Aber seine Wachsamkeit hatte nachgelassen, und er hatte dem Bedürfnis nachgegeben, seine verschwommenen Absichten in Worte zu fassen. Vielleicht würde ihm das helfen, sich über seine Zukunft klarzuwerden.

Zu seiner Erleichterung antwortete Miss Hicks nicht sogleich, und als sie dann sprach, klang ihre Stimme sanfter und ungewohnt zögernd.

»In meinen Augen wäre es eine Schande, wenn Sie mit Ihren Talenten nicht eine Art von Beschäftigung finden könnten, die ihnen genügend Muße läßt, sich Ihrer eigentlichen Arbeit zu widmen …«

Spöttisch zuckte er die Schultern. »Ja – es gibt ganze Heerscharen, die nach dieser besonderen Art von Beschäftigung suchen.«

Ihr Ton wurde etwas geschäftsmäßiger. »Ich weiß, es ist schwer, so etwas zu finden – nahezu unmöglich. Aber würden Sie es annehmen, frage ich mich, wenn man es Ihnen anböte … ?«

Sie wandte leicht den Kopf, und ihre Blicke trafen sich. Für einen Augenblick packte ihn blankes Entsetzen. Ehe er jedoch dazu kam, sich zu wehren, fuhr sie mit ihrer ungerührten Stimme fort: »Mr. Buttles' Stelle, meine ich. Meine Eltern brauchen unbedingt jemanden, auf den sie sich verlassen können. Es ist keine schwierige Aufgabe … und ich glaube, Sie würden Ihr Gehalt angemessen finden.«

Nick atmete auf. Gerade hatten ihre Augen wieder den Ausdruck angenommen wie in der Scalzi-Kirche – und er mochte das Mädchen zu gerne, um sich darüber zu freuen. Aber Mr. Buttles' Stelle? Warum nicht?

»Der arme Buttles«, murmelte er, um Zeit zu gewinnen.

»Oh«, meinte sie, »Sie werden nicht dieselben Gründe finden, die Stelle aufzugeben. Er war ein Märtyrer seiner künstlerischen Überzeugungen.«

Von der Seite her blickte er sie verwundert an. Schließlich wußte sie nichts von seiner Begegnung mit Mr. Buttles in Genua und auch nichts von seinem Geständnis. Vielleicht ahnte sie nicht einmal etwas von Mr. Buttles' hoffnungsloser Leidenschaft. Jedenfalls blieb ihre Miene gelassen.

»Warum wollen Sie es sich nicht überlegen – zumindest für ein paar Monate? Bis nach unserer

Expedition durch Mesopotamien?« fuhr sie drängend fort.

»Sie sind überaus nett, aber ich weiß nicht ...«

Mit einer ihrer typischen, abrupten Bewegungen stand sie auf. »Sie brauchen sich nicht auf der Stelle zu entscheiden. Lassen Sie sich Zeit – überlegen Sie es sich. Vater hat mich gebeten, Sie zu fragen«, setzte sie noch hinzu.

Er spürte, wie unangemessen seine Antwort war. »Es reizt mich sehr, natürlich. Aber ich muß abwarten, das auf jeden Fall – Briefe abwarten. Ehrlich gesagt, ich muß von Rhodos aus telegraphieren, um sie mir nachschicken zu lassen. Ein paar Wochen lang habe ich mich um nichts mehr gekümmert, nicht einmal um Briefe.«

»Sie sind wirklich erschöpft«, murmelte sie und warf ihm einen letzten Blick zu, als sie davonging.

Von Rhodos aus telegraphierte Nick Lansing seiner Pariser Bank und bat um Nachsendung seiner Briefe nach Candia. Als jedoch die *Ibis* dort eintraf und die Post an Bord gebracht wurde, enthielt der dicke Umschlag, der ihm ausgehändigt wurde, keine Nachricht von Susy.

Warum auch, da er ihr schließlich ebenfalls nicht geschrieben hatte?

Er hatte nicht geschrieben, nein, aber er hatte seiner Bank seine Adresse mitgeteilt und Susy damit die Möglichkeit gegeben, ihn zu erreichen, wenn sie es wünschte. Aber sie hatte kein Lebenszeichen von sich gegeben.

Als sie am späten Nachmittag von ihrem ersten Ausflug zurückkehrten, lag ein Stapel Zeitungen in der Kajüte. Nick nahm eines der Londoner Journale und überflog geistesabwesend die Gesellschaftsspalten.

Er las:

»Unter den Besuchern, die nächste Woche auf Schloß Ruan (für diese Saison an Mr. Frederick J. Gillow aus New York vermietet) erwartet werden, befinden sich Prinz Altineri aus Rom, der Earl von Altringham und Mrs. Nicholas Lansing, die letzte Woche, aus Paris kommend, in London eingetroffen ist.«

Nick warf die Zeitung hin. Gerade einen Monat war es her, daß er den Palazzo Vanderlyn verlassen und den Nachtzug nach Mailand genommen hatte. Einen ganzen Monat – und Susy hatte nicht geschrieben. Nur einen Monat – und Susy und Strefford waren schon zusammen!

17

Susy hatte beschlossen, in London auf Strefford zu warten.

Der neue Lord Altringham war bei seiner Familie im Norden, und obwohl sie bei ihrer Ankunft ein Telegramm vorgefunden hatte, daß er sich ihr in der kommenden Woche in der Stadt anschließen würde, fürchtete sie sich vor den Tagen, die sie irgendwie ausfüllen mußte.

London war zum Verzweifeln. Es regnete ununterbrochen, und in dem kleinen Hotel – das einzige, was sich gerade noch leisten konnte – saß sie einsam und verlassen da, ihren Gedanken ausgeliefert.

Als Violet begriffen hatte, daß Susy keine Hilfe war, ihren Plan für die Fulmer-Kinder in die Tat umzusetzen, war ihr Interesse an ihrem Gast merklich geschwunden. Schon oft hatte Susy Branch, in alten Zeiten, diesen plötzlichen Temperaturabfall im Verhalten der jeweiligen Gastgeberin gespürt. Und schon oft – wie oft! – hatte sie nachgegeben und lieber den verlangten Dienst erwiesen, als die Folgen einer Entfremdung zu riskieren. Zumindest so weit würde sie sich, Gott sei Dank, nie mehr erniedrigen lassen müssen.

Als sie jedoch in Versailles eilig ihre Koffer packte, ein angemessenes Trinkgeld für Mrs. Match zusammenkratzte und Violet (die plötzlich, als sie ihren Gast sicher auf dem Weg zum Bahnhof sah, demonstrativ liebenswürdig geworden war) auf Wiedersehen sagte – als Susy das alte vertraute Possenspiel des verordneten Abschiednehmens durchexerzierte, stieg in ihr ein so tiefer Ekel vor diesem Leben der Notbehelfe und Anpassung auf, daß sie, wäre in diesem Augenblick Nick aufgetaucht und hätte seine Arme nach ihr ausgestreckt, nicht sicher war, ob sie den Mut aufgebracht hätte, zu ihm zurückzukehren.

In ihrer Einsamkeit in London wurde diese Sehnsucht nach Unabhängigkeit noch heftiger. Unabhängigkeit ohne finanzielle Sorgen, selbstverständlich. Oh, ihre hassenswerte, nutzlose Liebe zur Schönheit … es war, was ein Segen hätte sein können, doch immer nur ein Fluch gewesen. Sie empfand fast krankhaften Ekel vor diesem abscheulichen, in gelbliches Regenlicht getauchten Hotelzimmer, vor dem Geruch nach Ruß und Kohl, der durch das Fenster drang, vor der aufgeworfenen Tapete, den verstaubten Wachssträußen und der elektrischen Beleuchtung, die so eingestellt war, daß, schaltete man die schwache Deckenlampe ein, die noch schwächere neben dem Bett ausging.

Was hatten sie sich nur eingebildet, Nick und sie, in ihren wenigen gemeinsamen Monaten? Wie konnten sie Anspruch erheben auf das erlesene Ambiente reicher Müßiggänger? Allmählich war es ihnen so vorgekommen, als hätten sie ein Recht auf das hinter Zypressen verborgene Haus über dem See oder auf die großartigen Räume auf der Giudecca. Ein Recht darauf, in liebevoller Eintracht und untadelig vom Reichtum anderer Leute zu leben. –

Nun, aus diesem Traum mußte es ein Erwachen geben, notgedrungen, und vielleicht war es besser, daß es jetzt schon so gekommen war. Jedenfalls hatte es keinen Sinn, die Gedanken zu ihrem zerstörten Narrenparadies zurückschweifen zu lassen. Nur, woran sonst sollte sie denken, während sie so dasaß und die Stunden bis zum Eintreffen Streffords zählte?

An ihre und seine Zukunft?

Aber was sollte es darin noch Neues geben? Sie hatte ihr ganzes Leben unter den Reichen und Eleganten verbracht und kannte bis in jede Einzelheit das Drum und Dran einer reichen, eleganten Hochzeit. Schon längst hatte sie ausgerechnet, aus wie vielen Abendkleidern, wie vielen Nachmittagskleidern und wieviel Spitzenwäsche die Ausstattung der zukünftigen Gräfin von Altringham bestehen würde. Sie hatte sich sogar schon entschieden, welchen Schneider sie wegen ihres Chinchilla-Umhangs aufsuchen würde – denn einen solchen wollte sie haben, und zwar knöchellang und weicher und bauschiger und prächtiger als der von Violet oder Ursula … ganz zu schweigen von den Silberfüchsen und Zobeln … oder gar von den Altringham-Juwelen.

All das wußte sie auswendig, hatte es immer gewußt. Neu war für sie lediglich das kurze Zwischenspiel mit Nick gewesen – ein in seiner Inszenierung irreales, seinem Wesen nach jedoch so reales Leben – die einzige Realität, die ihr je entsprochen hatte. Als sie jetzt darauf zurückblickte, sah sie, wieviel es ihr gegeben hatte, über das goldene Hochgefühl ihres Glücks, das plötzliche Aufblühen sinnlicher Freude hinaus. Ja – noch etwas anderes war aufgeblüht, etwas Ernsteres, Stärkeres, etwas, was sie in ihrem ersten Entzücken kaum wahrgenommen, was aber immer deutlicher von ihr Besitz ergriffen hatte. Etwas, was Nick und die Liebe sie gelehrt hatten, was jedoch sogar über die Liebe und über Nick hinausging.

Der Regen zerrte an ihren Nerven, und der Geruch nach Kohl und Kohle, der sich im Zimmer ausbreitete, sobald sie das Fenster schloß, gab ihr einen Vorgeschmack auf das Mittagessen, zu dem sie gleich hinuntergehen mußte. Sie sah den feucht-kalten Frühstücksraum vor sich, den schmutzigbraunen Kaminvorleger, die Mädchen, die lustlos Gerichte servierten, die auch im Regen gestanden zu haben schienen. Nein, in ihrer Niedergeschlagenheit würde sie das nicht noch einmal ertragen. –

Sie sprang auf, nahm Hut und Jacke und rannte auf die Straße, hielt ein Taxi an und fuhr zum Londoner Nouveau Luxe. Es war gerade ein Uhr, und sie war sicher, noch eine Kleinigkeit zu essen zu bekommen, denn mochte auch London menschenleer sein, dieses großartige Etablissement war es nicht. War es nie. In dem mit Samtteppichen ausgelegten Foyer, in dem großen, von Blumen und Wohlgerüchen erfüllten Speisesaal herrschte immer ein Kommen und Gehen jener stets beschäftigten Leute, die, da sie nichts zu tun hatten, unablässig in Erfüllung ihrer Pflichten von einem Ende der Welt zum anderen hasteten.

Unbehagen erfüllte Susy, als sie die Gleichförmigkeit dieser Gesichter wahrnahm – Gesichter, die ihr vertraut waren, obwohl sie hier niemanden kannte. Sie zögerte, drehte sich dann um und floh. Auf der Schwelle stieß sie jedoch fast mit einer perlenbehängten Dame im Zobelpelz zusammen, die gerade einer Luxuslimousine entstiegen war.

Es war Ursula Gillow – die liebe alte Ursula, auf ihrem Weg nach Schottland –, und sie und Susy fielen einander um den Hals. Anscheinend war Ursula, durch die Trödelei eines Schneiders bis zum nächsten Abend hier festgehalten, ebenfalls ohne Beschäftigung, und die beiden beschlossen, gemeinsam die Zeit totzuschlagen. Der Oberkellner beeilte sich, Mrs. Gillow und ihren Gast zum angenehmsten Tisch zu führen, zu einem Mittagsmahl, dessen Zusammenstellung ihm zu überlassen sei, wie üblich.

Ursula war guter Laune. Das war sie nicht oft, aber wenn, dann kannte ihr Wohlwollen keine Grenzen.

Wie Mrs. Melrose war auch sie viel zu sehr von ihren eigenen Angelegenheiten in Anspruch genommen, um auf die anderer mehr als einen flüchtigen Gedanken zu verschwenden. Sie war jedoch entzückt über das Zusammentreffen mit Susy. Nicht allein zu sein war das Vordringlichste. Und Ursula, die sich seit achtundvierzig Stunden allein in London aufhielt, nahm ihrer Freundin auf der Stelle das Versprechen ab, auch den Rest des Tages mit ihr zu verbringen. Sobald dies jedoch abgemacht war, wandte sich ihr Denken wieder ihren eigenen Angelegenheiten zu, und beim Ablauf einer Speisenfolge, die das Verständnis des Oberkellners für diesen speziellen Fall unter Beweis stellte, überschüttete sie Susy mit vertraulichen Neuigkeiten.

Ursulas Herzensergüsse glichen einander stets, wenn sie sich auch gewöhnlich um immer neue Personen drehten. Mit der gleichen Häufigkeit und dem gleichen Ungestüm, mit denen sie ihre Schneider wechselte, ihre Salons umgestaltete, neue Autos bestellte, die Fassung ihrer Juwelen ändern ließ und ganz allgemein die Staffage ihres Leben erneuerte, zerstörte sie ihr Gefühlsleben und baute es wieder auf. Susy kannte im voraus den Inhalt der Geschichte. Aber bei einem erstklassigen Kaffee, mit einer ambraduftenden Zigarette zwischen den Lippen ihrer Freundin zuzuhören war angenehmer, als allein in einem muffigen Restaurant kalten Hammel zu verzehren. So besänftigend war der Kontrast, daß sie sogar ein vages Interesse an Ursulas Bericht bei sich feststellte.

Nach dem Essen ließen sie den Wagen vorfahren und begannen eine systematische Rundreise zu den Läden im Westend: Kürschner, Juweliere und Antiquitätenhändler. Im Gegensatz zu Violet Melrose, die lange zauderte, bis endlich der Augenblick der Entscheidung kam, stürzte Ursula sich genauso schnell und entschlossen auf Silberfüchse und alte Lackarbeiten wie auf die Objekte ihrer überschüssigen Sentimentalität. Sie wußte sofort, was sie wollte, und schätzte es erst dann so recht, wenn es ihr gehörte.

»Und jetzt – könntest du mir vielleicht dabei helfen, ein gutes Klavier zu finden?« schlug sie vor, als der letzte Antiquitätenhändler sie unter Verbeugungen aus seinem Laden geleitet hatte.

»Ein Klavier?«

»Ja, für Ruan. Ich will für Grace Fulmer eines hinbringen lassen. Sie wird uns besuchen ... habe ich dir das schon erzählt? Ich will, daß die Leute sie spielen hören. Ich will, daß sie Engagements in London bekommt. Meine Liebe, sie ist ein Genie.«

»Ein Genie – Grace?« stieß Susy hervor. »Ich dachte, Nat sei eines.«

»Nat – Nat Fulmer?« Ursula lachte spöttisch. »Ach, natürlich – du warst ja bei dieser albernen Violet.

Das arme Ding ist ganz außer sich wegen Nat – es ist wirklich zum Weinen. Natürlich hat er Talent. *Ich* hatte das erkannt, ehe Violet auch nur von ihm gehört hatte. Nun, bei der Vernissage der Ausstellung amerikanischer Künstler, letzten Winter, blieb ich vor seinem ›Schneesturm im Frühling‹ stehen (den bis zu diesem Augenblick niemand bemerkt hatte) und sagte zum Prinzen, der mich begleitete, ›Der Mann hat *Talent.*‹ Aber Genie – nun, seine Frau hat Genie! Hast du Grace nie Geige spielen hören? Die arme Violet ist wie üblich auf dem falschen Dampfer. Ich habe Fulmer den Auftrag für mein Gartenhaus gegeben – Violet hat dir das bestimmt erzählt –, weil ich ihm helfen wollte. Grace aber ist *meine* Entdeckung, und ich bin entschlossen, sie berühmt zu machen, und alle Leute sollen wissen, daß von den beiden *sie* das Genie ist. Ich habe ihr gesagt, sie müsse einfach nach Ruan kommen und den besten Pianisten mitbringen, den sie auftreiben kann. Du weißt ja, den armen Nerone langweilt Sport ganz fürchterlich, obwohl er natürlich mit auf die Jagd geht. Und wenn man sich abends nicht ein wenig Kultur gönnen würde … Oh, Susy, willst du mir etwa erzählen, du wüßtest nicht, wie man ein Klavier aussucht? Ich dachte, du seist so musikbegeistert!«

»Ich mag Musik, ohne allerdings viel davon zu verstehen – auf die Art eben, wie wir alle in unserer Clique die Dinge mögen, die es wert wären«, fügte sie in Gedanken hinzu – denn solche Überlegungen Ursula mitzuteilen war wohl sinnlos.

»Bist du auch sicher, daß Grace kommt?« fragte sie laut.

»Ganz sicher. Warum auch nicht? Ich habe ihr gestern telegraphiert. Ich biete ihr tausend Dollar und ersetze ihr alle Auslagen.«

Erst beim Tee in einem Café auf dem Piccadilly legte Mrs. Gillow allmählich ein wenig Interesse für die Pläne ihrer Begleiterin an den Tag. Der Gedanke, ohne Susy auskommen zu müssen, wurde ihr plötzlich unerträglich. Der Prinz, der nicht einsah, warum er außerhalb der Saison in London bleiben sollte, war bereits in Ruan, und den Abend sowie den ganzen nächsten Tag allein hinter sich bringen zu müssen, das erschien Ursula unmöglich.

»Aber was machst du eigentlich in der Stadt, Liebste? Ich glaube, das habe ich dich noch gar nicht gefragt«, erklärte sie und stützte ihre kräftigen Ellenbogen auf den Teetisch, um sich eine Zigarette an der von Susy an zu zünden.

Susy zögerte. Es war ja klar, irgendwann müßte sie eine Erklärung für ihre Anwesenheit hier geben. Und warum nicht bei Ursula mit dem Erzählen beginnen?

Aber was sollte sie ihr erzählen?

Ihr Schweigen schien Mrs. Gillow wie ein Vorwurf zu treffen, und sie fuhr voller Gewissensbisse fort:

»Und Nick? Nick ist auch hier? Wie geht es ihm? Ich dachte, ihr seid noch in Venedig, bei Ellie Vanderlyn.«

»Wir waren dort, für ein paar Wochen.« Sie bemühte sich, ruhig zu sprechen. »Es war herrlich. Aber jetzt gehen wir wieder getrennte Wege – vorübergehend.«

Mrs. Gillow musterte sie eingehender. »Oh, dann bist du also alleine hier, ganz allein?«

»Ja, Nick macht mit Freunden eine Kreuzfahrt durchs Mittelmeer.«

Ursulas oberflächlicher Blick wurde auf ganz einzigartige Weise tiefgründig. »Aber Susy, Liebste, wenn du allein bist – und ohne Beschäftigung, zumindest vorübergehend ...«

Susy lächelte. »Nun, da bin ich mir nicht ganz sicher.«

»Aber wenn du das wärest, Liebste, und nach Ruan kommen würdest! Ich weiß, Fred hat dich eingeladen – nicht wahr? Und er hat mir gesagt, ihr beide, du und Nick, hättet abgelehnt. Er war eingeschnappt, weil ihr nicht kommt, aber ich vermute, es war, weil Nick andere Pläne hatte. Jetzt könnten wir ihn gar nicht brauchen, denn für noch einen Jäger haben wir keinen Platz. Aber da er nicht hier ist und du frei bist – warum nicht, Liebste, du weißt doch, wie gerne wir dich bei uns hätten. Fred würde sich ungeheuer freuen – er wäre überglücklich –, und es macht dir doch nichts aus, wenn er dir ein wenig den

Hof macht, oder? Und du wärst eine solche Hilfe für mich – das kannst du dir doch vorstellen. Das große Haus voller Männer, und jeden Abend kommen Leute, um bei uns zu dinieren, und Fred interessiert sich nur für Sport, aber Nerone haßt das einfach und macht sich darüber lustig, und ich habe keine freie Minute, um ihn bei Laune zu halten. – Oh, Susy, Liebste, sag nicht nein, sondern laß mich augenblicklich telefonieren, um einen Platz im Zug morgen abend zu reservieren!«

Susy lehnte sich zurück und sah zu, wie ihre Zigarette verglimmte. Wie vertraut war diese Bitte! Ursula brauchte dringend jemanden, der ein paar Wochen mit Fred flirtete … und hier war die passende Person. Susy schauderte bei dem Gedanken. Sie hatte nie wirklich vorgehabt, nach Ruan zu fahren, hatte es lediglich als Ausrede benutzt, als Violet Melrose sie sanft vor die Tür gesetzt hatte. Ehe sie das tat, worum Ursula sie bat, würde sie lieber ein paar hundert Pfund von Strefford borgen, wie er es ihr vorgeschlagen hatte, und sich dann nach einer vorübergehenden Beschäftigung umsehen, bis …

Bis sie Lady Altringham wurde? Nun, vielleicht. Jedenfalls würde sie nie wieder die Sklavin Ursulas sein.

Mit einem leichten Lächeln schüttelte sie den Kopf. »Es tut mir ja so leid, Ursula, natürlich würde ich dir gerne den Gefallen tun …«

Mrs. Gillows Blick wurde vorwurfsvoll. »Das möchte ich doch meinen«, murmelte sie. Als Susy ihrem Blick begegnete, las sie darin von einer langen Reihe erwiesener Gefälligkeiten, und ihr wurde klar, daß Ursula nicht die Frau war, die vergaß, wer hier wem verpflichtet war.

Susy zögerte. Sie erinnerte sich an die Wochen überschwenglichen Glücks, die sie dem Hochzeitsscheck der Gillows verdankt hatte, und es tat ihr weh, undankbar zu erscheinen.

»Wenn ich könnte, Ursula ... aber ehrlich ... ich bin im Augenblick nicht frei.« Sie hielt inne und faßte dann unvermittelt einen Entschluß. »Tatsache ist, ich warte hier, um mich mit Strefford zu treffen.«

»Strefford? Lord Altringham?« Ursula starrte sie an. »Ach ja – ich erinnere mich. Du und er, ihr wart schon immer dicke Freunde, stimmt's?« Ihr oberflächliches Interesse wurde eindringlicher. – Wenn Susy hier auf Lord Altringham wartete – auf einen der reichsten Männer Englands? Unvermittelt öffnete Ursula ihre Handtasche aus Goldlamé und zog hastig einen winzigen Kalender hervor.

»Aber Augenblick mal – ja, das *ist* nächste Woche. Ich habe es doch gewußt, er kommt nächste Woche nach Ruan! Aber, mein Schatz, dann ist ja alles in bester Ordnung. Du schickst ihm gleich ein Telegramm. Morgen kommst du dann mit mir und triffst dich dort mit ihm, anstatt in dieser häßlichen, schmutzigen Wüstenei. – Oh, Susy, wenn du wüßtest, wie schwer das Leben in Schottland für mich ist, zwischen dem Prinzen und Fred, dann könntest du gar nicht nein sagen!«

Susy zögerte noch. Aber wenn Strefford sowieso nach Ruan kam, warum sollte sie sich nicht dort mit ihm treffen, in einem angenehmen Rahmen und in Muße, anstatt mit ihm durch die verregneten Straßen Londons zu wandern? Sie wußte, daß er aller Wahrscheinlichkeit nach seinen Besuch in Ruan nicht aufschieben würde, um mit ihr in London zu bleiben. Zugeständnisse waren noch nie seine Art gewesen, und jetzt, da er so ausschließlich tun und lassen konnte, was ihm beliebte, war es noch unwahrscheinlicher.

Zum ersten Mal wurde ihr wirklich klar, wie sehr sein Schicksal sich verändert hatte. Jetzt waren natürlich alle seine Tage und Stunden im voraus geplant. Er wurde mit Einladungen nur so überhäuft, günstige Gelegenheiten drängten sich ihm auf, er brauchte nur auszuwählen. – Und dann die Frauen! Noch nie zuvor hatte sie einen Gedanken an die Frauen verschwendet. Jedes Mädchen in England würde ihn heiraten wollen, ganz zu schweigen von ihren unternehmungslustigen Landsmänninnen. Und dann die verheirateten Frauen, die noch mehr zu fürchten waren. Zunächst mochte Strefford einer Ehe entgehen, obwohl sie sich die Macht der Überredung vorstellen konnte, den Druck seitens der Familie, all die zusammenwirkenden Einflüsse der Tradition, über die er sich so oft lustig gemacht, von der er sich jedoch, wie sie wußte, nie ganz gelöst hatte. – Ja, jene stillen, unsichtbaren Frauen in Altringham – die Witwe seines Onkels, seine Mutter, seine altjüngferlichen Schwestern. Es war durchaus nicht undenkbar. Mit Feingefühl und Geduld – und die einfältigste Frau konnte bei solchen Gelegenheiten taktvoll und geduldig sein – könnten sie ihn davon überzeugen, daß es seine Pflicht sei, und könnten genau im richtigen Augenblick die richtige junge Schönheit in seiner Nähe postieren … Aber inzwischen waren da die verheirateten Frauen. Ah, *die* würden nicht abwarten, *die* legten jetzt schon ihre Fallen aus! Bei dem Gedanken zuckte Susy zusammen. Zu gut wußte sie, wie man das anstellte, war zu oft selbst diesen verschlungenen Pfaden einer Annäherung gefolgt. Nicht, daß sie heutzutage noch besonders verschlungen wären – viel häufiger war es nur mehr ein Ansetzen zum Sprung und ein Zupacken, wenn der richtige Zeitpunkt gekommen war. Aber sie kannte all die Tricks und Listen, die dazu führten. Sie kannte sie, oh, und wie sie sie kannte – obwohl, bei Streff hatte sie, Gott sei Dank, nie darauf zurückgreifen müssen! Seine Liebe war mühelos zu haben. Wäre sie nicht eine Närrin, sie zurückzuweisen?

Vielleicht, aber in diesem Punkt war sie noch unentschlossen. Auf jeden Fall aber sah sie ein, daß es eindeutig besser wäre, Ursulas Drängen nachzugeben. Es wäre besser, ihn in Ruan zu treffen, in einer angenehmen Umgebung, wo sie Zeit hätte, sich vorzubereiten, auszuspähen, welche Gefahren ihm drohten, und sich schließlich zu entscheiden, ob es ihre Bestimmung war, ihn vor den anderen Frauen zu retten. –

»Na schön, wenn du willst, Ursula …«

»Oh, du bist ein Engel! Ich bin ja so froh! Wir fahren gleich zum nächsten Postamt und geben das Telegramm auf.«

Als sie in den Wagen stiegen, drückte Mrs. Gillow inständig Susys Arm. »Und du wirst doch zulassen, daß Fred dir ein wenig den Hof macht, nicht wahr, Liebste?«

18

»Aber ich verstehe nicht«, erklärte Ellie Vanderlyn ernsthaft, »warum du deine Verlobung nicht schon bekanntgibst, sondern erst die Scheidung abwarten willst. Das machen jetzt immer mehr Leute, glaub mir – es ist einfach sicherer!«

Auf der Rückreise von St. Moritz nach England hatte Mrs. Vanderlyn in Paris Station gemacht, um ihre armselige Garderobe – noch vor zwei Monaten waren zahllose Schrankkoffer zum Bersten gefüllt gewesen – aufzustocken. Andere Damen, die zum gleichen Zweck aus allen Weltgegenden herbeiströmten, erörterten mit ihr die Louis-XVI-Suiten im Nouveau Luxe, die in das Licht rosafarbener Kerzen getauchten Tische im Restaurant, die Termine beim Schneider. Und eben weil es so viele waren und weil sich alle so fieberhaft bemühten, zur gleichen Zeit die gleichen Sachen zu erstehen, waren sie alle aufgeregt, glücklich und in ihrem Element. Es war die bedeutsamste Zeit im Jahr, der Höhepunkt der »Schneider-Saison«.

Mrs. Vanderlyn war Susy Lansing bei einer der Vorführungen in der Rue de la Paix begegnet, wo, dichtgedrängt und vor Hitze und Aufregung bleich, Damen stundenlang in verzückter Aufmerksamkeit dasaßen, während zarte Erscheinungen in unglaublichen Gewändern auf schmerzenden Füßen an ihnen vorbeiwankten.

Irritiert durch das Gefühl, eine andere Dame interessiere sich ebenfalls ernsthaft für die königliche Pracht eines Chinchilla-Capes, hatte Mrs. Vanderlyn sich umgedreht und zu ihrer Überraschung Susy erblickt, deren Augen kritisch den Pelz musterten.

»Susy! Ich hatte ja keine Ahnung, daß du hier bist! Ich habe in den Zeitungen gelesen, du seist bei den Gillows.« Es folgte das Begrüßungszeremoniell. Dann fragte Mrs. Vanderlyn, deren Augen dem unvergleichlichen Cape folgten, als es in einer Prozession von zurückgleitenden Mannequins verschwand, scharf: »Kaufst du für Ursula ein? Wenn du vorhast, das Cape für *sie* zu bestellen, würde ich das ganz gerne wissen.«

Susy lächelte und wartete einen Augenblick, ehe sie antwortete. In dieser kurzen Zeit nahm sie all die erlesenen Einzelheiten von Ellie Vanderlyns ewig jugendlicher Erscheinung in sich auf, von der federgeschmückten Bekrönung ihres Kopfes bis zu dem vollendet geschwungenen Rist ihrer Lackschuhe. Schließlich sagte sie ruhig: »Nein – heute kaufe ich für mich selbst ein.«

»Für dich selbst? Für dich selbst?« echote Mrs. Vanderlyn und starrte sie ungläubig an.

»Ja, nur so zur Abwechslung«, bestätigte Susy heiter.

»Aber das Cape – ich meine das Chinchilla-Cape ... das mit dem Hermelinbesatz ... «

»Ja, sieht fabelhaft aus, findest du nicht auch? Aber ich werde mich erst noch woanders umsehen, ehe ich mich entscheide.«

Ah, wie oft hatte sie ihre Freundinnen diesen Satz sagen hören. Uund wie amüsant war es, jetzt Ellies Erstaunen zu sehen, als sie die Worte im Ton geringschätzigen Überdrusses von Susy hörte. Susy war zunehmend auf solche Ablenkungen angewiesen. Ohne sie hätten sich ihre Tage, so angefüllt sie waren, träge dahingezogen. Aber es machte ihr immer noch Spaß, in die großen Modehäuser zu gehen, die Mannequins vorüberschreiten zu sehen und von ihren Freundinnen gesehen zu werden, wie sie herablassend die überaus teuren Gewänder in dieser Prozession begutachtete. Wie sie wußte, waren Gerüchte im Umlauf, sie und Nick würden sich scheiden lassen, und Lord Altringham sei ihr »ergeben«. Weder bestätigte sie das Gerede, noch leugnete sie es, sie ließ sich einfach genüßlich von dieser angenehmen Strömung dahintragen. Aber sie hatte Nick, obwohl inzwischen drei Monate vergangen waren, seit er den Palazzo Vanderlyn verlassen hatte, nicht geschrieben – und er ihr auch nicht.

Wenn sie auch ihre Tage gewissenhaft mit irgendwelchen Beschäftigungen ausfüllte, so verging die Zeit doch immer schleppender, und nichts ließ ihr

Herz schneller schlagen. Strefford gehörte ihr. Sie wußte, er würde sie heiraten, sobald sie frei war. Sie hatten zusammen zehn Tage bei den Gillows in Schottland verbracht, und danach war sie mit ihm in seinem Wagen südwärts gefahren. Unterwegs hatten sie haltgemacht, um sich Altringham anzusehen, zu einem Zeitpunkt, als seine Verwandten nicht anwesend waren.

In Altringham hatten sie sich voneinander verabschiedet, und nach zwei weiteren Besuchen in England war sie nach Paris zurückgekehrt, wo sie ihn nun erwartete. Nach den wenigen Stunden in Altringham war ihr klar gewesen, daß er so lange auf sie warten würde, wie es nötig war. Seitdem quälte sie die Furcht vor den »anderen Frauen« nicht mehr. Aber vielleicht erschien ihr gerade aus diesem Grund die Zukunft weniger aufregend, als sie erwartet hatte. Gelegentlich dachte sie, der Anblick des großartigen Hauses, der sie überwältigt hatte, sei schuld daran. Es war zu weitläufig, zu ehrfurchtgebietend, zu sehr der Vergangenheit verpflichtet. Vielleicht hatten zu viele ernste, gewissenhafte Frauen zu lange darin gelebt. Sie konnte sich nicht recht vorstellen, wie Bridge und Schulden und Ehebruch dort Einzug halten würden. Aber dennoch, genau das würde geschehen, natürlich … es war ja ganz unmöglich, daß sie und Strefford ein Leben der Verantwortung, der langweiligen Gesellschaften, der mühseligen Pflichten, des Kirchgangs und des Vorsitzes in örtlichen Ausschüssen führen sollten. – Wirklich ein Jammer, daß sie den Familiensitz nicht verkaufen und in ein kleines Haus an der Themse ziehen konnten.

Dennoch bedauerte sie es nicht, als sich herumsprach, Altringham würde ihr gehören, wann immer sie es anzunehmen geruhte. Hin und wieder fragte sie sich, ob Nick wohl Bescheid wußte ... ob die Gerüchte bis zu ihm gedrungen waren. Falls ja, so wußte er, was sein Brief angerichtet hatte. Er hatte ihr den Weg gewiesen, den sie einschlagen sollte. Und sie folgte diesem Weg.

Zunächst war das Zusammentreffen mit Ellie Vanderlyn ein Schock für sie gewesen. Sie hatte gehofft, Ellie nie wiederzusehen. Aber jetzt, als sie sich gegenüberstanden, spürte Susy, wie sehr ihre Gefühle abgestumpft waren. Binnen weniger Augenblicke hatte sie sich wieder an Ellie gewöhnt, so wie sie sich an alle und alles in dem alten Leben gewöhnte, in das sie zurückgekehrt war. Was hatte es für einen Zweck, so ein Aufhebens von den Dingen zu machen? Sie und Mrs. Vanderlyn verließen das Modehaus gemeinsam, und nach einer anstrengenden Sitzung im nächsten Salon tranken sie jetzt in Ellis Suite im Nouveau Luxe Tee.

Mit der Beharrlichkeit eines verwöhnten Kindes war Ellie auf das Chinchilla-Cape zurückgekommen. Es war das einzige, das ihr zumindest einigermaßen gefallen hatte, und da sie keinen anständigen Pelz unter ihrem Namen hatte zurücklegen lassen, war es nun höchste Zeit für sie... aber natürlich, wenn Susy dieses Modell tatsächlich für eine Freundin ausgesucht hatte...

Susy lehnte sich in die Kissen zurück und betrachtete forschend Mrs. Vanderlyns sorgsam zurechtgemachtes Gesicht, das jenen Ausdruck kindlichen Eifers zeigte, den es auch annahm, wenn sie von dem jeweils aktuellen kleinen Davenant sprach. Erneut fiel es Susy auf, daß in Ellies bewegtem Leben offenbar alle Interessen auf einer einzigen Ebene angesiedelt waren.

»Natürlich«, antwortete sie lachend, »natürlich soll der arme frierende Liebling seinen hübschen warmen Wintermantel bekommen. Ich suche einfach einen anderen aus.«

»Oh, du bist ein Schatz! Würdest du das wirklich tun? Natürlich darf diejenige, für die du ihn bestellt hast – egal, wer es ist –, nie davon erfahren. –«

»In diesem Punkt muß ich dich leider enttäuschen. Ich habe dir schon gesagt, daß ich ihn für mich bestellen wollte.« Susy hielt inne, um Ellies fassungslose Verwirrung voll und ganz auszukosten. Dann aber machte eine Veränderung im Ausdruck ihrer Freundin ihrer Amüsiertheit ein Ende.

»Oh, Liebste – wirklich? Ich wußte nicht, daß es da jemanden gibt...«

Susy errötete. Ein entsetzliches Gefühl der Demütigung überkam sie. Wie konnte Ellie es wagen, so etwas von ihr anzunehmen – wie konnte irgend jemand es wagen!

»Jemanden, der Chinchilla-Capes für mich bezahlt! Vielen Dank!« brauste sie auf. »Wahrscheinlich sollte ich auch noch froh sein, daß du nicht gleich auf diese Idee verfallen bist. Wenigstens hast du eine Anstandspause des Zweifelns eingelegt.« – Sie erhob sich, lachte erneut und begann im Zimmer auf und ab zu gehen. Im Spiegel über dem Kaminsims sah sie ihr hochrotes verärgertes Gesicht und Mrs. Vanderlyns fassungsloses Staunen.

»Alle anderen werden das gleiche denken wie du. Vielleicht ist es daher besser, wenn ich das klarstelle.« Sie hielt inne und holte rasch Atem. »Nick und ich wollen uns trennen – Tatsache ist, wir haben uns bereits getrennt. Er ist zu dem Schluß gekommen, daß das Ganze ein Fehler war. Vermutlich wird er in Kürze wieder heiraten – und ich ebenfalls.«

In ihrer Empörung bei der Vorstellung, Ellie Vanderlyn könnte einen Augenblick länger glauben, eine andere Erklärung sei auch nur denkbar, stieß sie ihr Eingeständnis hervor. Sie hatte nicht so deutlich werden wollen, aber als die Worte ausgesprochen waren, bereute sie es ganz und gar nicht. Ohnehin würden die Leute sich bald fragen, warum sie wieder alleine durch die Welt streifte. Und warum sollte sie, da ja Nick es so gewollt hatte, dies nicht sagen? Als sie sich an den brennenden Schmerz jener letzten Stunden in Venedig erinnerte, fragte sie sich, welche Rücksichtnahme sie dem Mann schuldete, der sie so gedemütigt hatte.

Erstaunt blickte Ellie Vanderlyn sie an. »Du? Du und Nick – ihr wollt euch trennen?« Plötzlich schien ihr etwas klarzuwerden. »Ah – dann hat er mir wohl deswegen die Krawattennadel zurückgegeben?«

»Die Krawattennadel?« fragte Susy erstaunt, da sie sich nicht sogleich erinnerte.

»Die armselige kleine Krawattennadel, die ich ihm gegeben habe, ehe ich aus Venedig abgereist bin. Er hat sie fast gleich darauf zurückgeschickt, mit einer äußerst seltsamen Bemerkung: ›Genaugenommen habe ich sie nicht verdient.‹ Ich konnte mir nicht vorstellen, warum er sie nicht behalten wollte. Jetzt vermute ich allerdings, das war, weil ihr euch gestritten habt. Obwohl, auch wenn das so war, verstehe ich nicht, warum er auf mich wütend ist ...«

Susy verlor fast die Beherrschung. Nick hatte die Krawattennadel zurückgeschickt – die unselige Krawattennadel! Und sie, Susy, hatte das Armband behalten – hatte es eingepackt, um es nicht mehr ansehen zu müssen, und zuckte vor dem kleinen Päckchen zurück, sooft ihre Hand es berührte – aber nie hatte sie daran gedacht, es zurückzugeben, nein, nicht ein einziges Mal! Wer von ihnen beiden, so fragte sie sich, hatte das Richtige getan? War es eine indirekte Kränkung für sie, Susy, daß Nick der armen, verständnislosen Ellie ihr Geschenk vor die Füße geworfen hatte? Oder war es vielmehr ein neuerlicher Beweis seines höher entwickelten Sinnes für Anstand? – Und wie sollte man das, in ihrer verwirrenden Welt, entscheiden?

»Es war nicht, weil wir uns gestritten haben. Wir haben nicht gestritten«, sagte sie langsam, von dem plötzlichen Verlangen getrieben, ihre und Nicks Privatsphäre zu verteidigen, ihre letzte gemeinsame, bittere Stunde vor den Augen aller abzuschirmen. »Wir sind einfach zu dem Schluß gekommen, daß unser Experiment nicht gutgehen konnte – wenn beide Habenichtse sind.«

»Ah, na ja – das haben wir uns damals natürlich alle gedacht. Und jetzt möchte ein anderer dich heiraten? Und du hast das Cape für deine Aussteuer ausgesucht?« rief Ellie in ungläubigem Entzücken. Dann schlang sie ihre Arme um Susy, die zurückschreckte. »Du Glückspilz! Du kluger, kluger Schatz! Wer, um alles in Welt, könnte es sein?«

Und jetzt sprach Susy zum ersten Mal den Namen Lord Altringhams aus.

»Streff – Streff? Unser guter alter Streff? Du willst damit sagen, er will dich *heiraten?*« Als die Neuigkeit in Ellies Denken eingesickert war, fing sie an zu schwärmen. »Aber, meine Liebste, was für ein unglaubliches Glück! Natürlich habe ich immer gewußt, daß er schrecklich in dich verknallt ist. Fred Davenant hat das immer gesagt, soweit ich mich erinnere … und sogar Nelson ist es aufgefallen, der in solchen Dingen doch so einfältig ist, in Venedig. – Aber damals war alles ganz anders. Damals wäre kein Mensch auch nur auf die Idee gekommen, ihn zu heiraten, während jetzt natürlich alle Frauen versuchen, ihn sich zu angeln. Oh, Susy, was du auch machst, verpaß deine Chance nicht! Du kannst dir gar nicht vorstellen, was für niederträchtige Intrigen und Ränke jetzt geschmiedet werden, um ihn zu kriegen – auf allen Seiten und selbst dort, wo man es am allerwenigsten vermutet. Du weißt nicht, welch grauenhafter Dinge Frauen fähig sind – und sogar Mädchen!« Bei dem Gedanken schüttelte sie sich, und ungestüm umklammerte sie Susys Handgelenk. »Aber ich verstehe nicht, meine Liebe, warum du deine Verlobung nicht auf der Stelle bekanntgibst. Immer mehr Leute machen das, glaub mir – es ist einfach sicherer!«

Nachdenklich blickte Susy sie an. Nicht ein Wort des Mitgefühls für das Zerbrechen ihres kurzen Glücks, nicht einmal ein Schimmer von Neugierde, was der Grund dafür gewesen war! Kein Zweifel, Ellie Vanderlyn hatte, wie alle anderen Freundinnen und Freunde Susys, schon längst ihren kurzen Traum »abgeschrieben« und sich vielleicht schon Gedanken über die weitere Entwicklung gemacht, ehe sie selbst ihr Glück hatte schwinden sehen. Sie und Nick hatten den größeren Teil ihrer gemeinsamen Wochen unter Ellie Vanderlyns Dach verbracht. Aber für Ellie bedeutete dies alles offenbar nicht mehr als ihre eigene Eskapade, die sie zur gleichen Zeit mit dem erfolgreicheren Rivalen des kleinen Davenant erlebt hatte – dem »miserablen Kerl«, dessen Namen Strefford nie genannt hatte. Die einzige Sorge um ihre Freundin war, Susy solle sich ihren Preis sichern. Wenigstens setzte sie nicht dies falsche Lächeln auf, wie es die meisten Frauen ihrer Clique getan hätten. Ihr Rat war immerhin ehrlich, und vielleicht war er klug. Warum sollte Susy nicht alle Welt wissen lassen, daß sie beabsichtigte, Strefford zu heiraten, sobald die »Formalitäten« erledigt waren?

Sie antwortete nicht sogleich auf Mrs. Vanderlyns Frage. Ellie wiederholte sie und fügte ungeduldig hinzu: »Ich verstehe dich nicht. Wenn Nick einverstanden ist ...«

»Oh, er ist einverstanden«, erklärte Susy.

»Was willst du dann noch mehr? O Susy, wenn du nur meinem Beispiel folgen würdest!«

»Deinem Beispiel?« Susy hielt inne, die Worte abwägend, da ihre Freundin sie irgendwie verlegen, schelmisch und doch halb entschuldigend ausgesprochen hatte. »Deinem Beispiel?« wiederholte sie. »Wieso Ellie, was, um Himmels willen, willst du damit sagen? Doch nicht etwa, daß du dich von dem armen Nelson trennst?«

Mrs. Vanderlyn begegnete ihrem vorwurfsvollen Staunen mit einem kristallklaren Blick. »Ich will es nicht, weiß Gott – der arme liebe Nelson! Ich versichere dir, es widerstrebt mir zutiefst. Clarissa gegenüber verhält er sich einfach himmlisch ... und dann, wir sind aneinander gewöhnt. Aber was soll ich machen? Algie ist so reich, so entsetzlich reich, ich muß ständig auf der Hut sein, um andere Frauen von ihm fernzuhalten – und das ist ungeheuer anstrengend ...«

»Algie?«

Mrs. Vanderlyn zog ihre hübschen Augenbrauen hoch. »Algie. Algie Bockheimer. Hast du das nicht gewußt? Ich glaube, er hat einmal erwähnt, du hättest bei seinen Eltern diniert. Niemand in der Welt ist so reich wie die Bockheimers. Und Algie ist ihr einziges Kind. Ja, mit ihm zusammen ... mit ihm zusammen war ich letztes Frühjahr so glücklich ... und jetzt habe ich eine Heidenangst, ihn zu verlieren. Und ich versichere dir, es gibt keine andere Möglichkeit, die Männer zu halten, wenn sie so gräßlich reich sind!«

Susy stand auf. Sie fröstelte. Jetzt fiel ihr ein, daß sie Algie Bockheimer bei einer Einladung seiner Eltern in ihren gerade erst eingeweihten Marmorhallen in der Fifth Avenue kennengelernt hatte. Sie erinnerte sich an seine zu makellose Kleidung und an den kleinlichen, verschlagenen Gesichtsausdruck dieses Schönlings. Plötzlich von Verachtung erfüllt, sah sie Ellie Vanderlyn an. »Ich finde dich widerwärtig«, rief sie aus.

Das untadelig zurechtgemachte kleine Gesicht fiel in sich zusammen. »Wi-der-wär-tig? Wi-der-wär-tig? Susy!«

»Ja … wegen Nelson … und Clarissa … und eurer gemeinsamen Vergangenheit … und das ganze Geld, das kannst du doch unmöglich alles haben wollen … und *diesen* Mann! Widerwärtig.«

Ellie stand auf, sie zitterte. Szenen war sie nicht gewohnt, und sie ließen ihre Gedanken ebenso entgleisen wie ihre Gesichtszüge.

»Das ist sehr grausam von dir, Susy – so grausam und schrecklich, daß ich kaum weiß, was ich darauf antworten soll«, stammelte sie. »Aber du weißt einfach nicht, wovon du redest. *Als ob irgend jemand je so viel Geld haben könnte, wie er will!*« Vorsichtig betupfte sie ihre Augen mit einem Taschentuch und fügte großherzig hinzu: »Aber ich werde versuchen, deine Worte zu vergessen.«

19

Da war es wieder, dieses Gefühl von Abscheu und Ekel vor den Maßstäben und Idealen der Reichen, das Susy damals in ihre Ehe mit Nick getrieben hatte.

Würde sie sich je in diese Welt einfügen können? War nicht allein schon die Erwägung, Streff zu heiraten, ein Zeichen der Unterwerfung, der Kapitulation? Und Nick – wie wollte er denn seine geistige Freiheit erlangen, wenn er ständig materielle Sorgen hatte? Aber vielleicht hatte Nick längst die Lösung gefunden. Vielleicht …

Fast fürchtete sie sich vor dem Treffen mit Altringham am nächsten Tag, so niedergeschlagen und gedemütigt fühlte Susy sich nach ihrem Gespräch mit Ellie Vanderlyn. Sie wußte, daß er nach Paris kam, um eine endgültige Antwort zu erhalten. Er würde so lange warten, wie es nötig war, wenn sie sich nur einverstanden erklärte, sofort die für eine Scheidung erforderlichen Schritte zu unternehmen. Sie wohnte in einem bescheidenen Hotel im Faubourg St. Germain und hatte auch diesmal seinen Vorschlag abgelehnt, im Nouveau Luxe oder irgendeinem eleganten Restaurant auf einem der Boulevards zu Mittag zu essen. Wie beim letzten Mal bestand sie darauf, in ein abgelegenes Lokal in der Nähe des

Luxembourg zu gehen, in dem die Preise selbst für ihren Geldbeutel erschwinglich waren.

»Ich verstehe einfach nicht«, protestierte Strefford, als sie von ihrem Hotel aus zu diesem fragwürdigen Etablissement aufbrachen, »warum du dich darauf versteifst, mir schlechtes Essen servieren zu lassen und mir die Genugtuung vorzuenthalten, mit dir gesehen zu werden. Warum müssen wir so schrecklich heimlich tun? Haben die Leute denn immer noch nicht verstanden, daß wir heiraten werden?«

Susy zuckte ein klein wenig zusammen. Sie fragte sich, ob diese Worte aus seinem Mund immer so unnatürlich klingen würden.

»Nein«, erwiderte sie lachend, »sie glauben nichts weiter, als daß du mir Perlen und Chinchilla-Capes schenkst.«

Gutgelaunt runzelte er die Stirn. »Nun, das würde ich ja liebend gerne tun – im Augenblick noch. Glaubst du nicht auch, du solltest das lieber ausnutzen? Ich will ja nicht darauf bestehen – aber ich sehe voraus, daß ich viel zu reich bin, um nicht irgendwann knausrig zu werden.«

Sie zuckte leicht die Achseln. »Im Moment gibt es nichts, was mir mehr zuwider ist als Perlen und Chinchilla … oder sonst irgend etwas in der Welt, das einfach nur teuer ist –«

Unvermittelt brach sie ab und errötete, weil ihr bewußt wurde, daß sie genau das gesagt hatte, was alle

Frauen, die ihn sich angeln wollten (außer den allerklügsten), jetzt mit Sicherheit sagen würden, obwohl nichts weniger geeignet war als das, ihn zu täuschen oder ihm zu schmeicheln.

Seine zwinkernden Augen wanderten über ihr Gesicht, und sie fuhr, mühsam sein Lächeln erwidernd, fort: »Aber trotzdem, bilde dir ja nicht ein, falls ich mich … entschließen würde … daß das nur deiner *beaux yeux* wegen wäre …«

Er lachte – wie sie fand – eher trocken. »Nein«, meinte er, »die Wahrscheinlichkeit, daß mir so etwas in Zukunft passiert, ist eher gering.«

»Oh, Streff …«, sagte sie mit schlechtem Gewissen. Es war seltsam – einst hatte sie genau gewußt, was sie zu dem jeweils aktuellen Mann sagen mußte, um wen es sich auch handelte. Sie hatte sogar, in den schwierigen Tagen vor ihrer Hochzeit, gewandt eine Art sentimentaler Komödie aufgeführt, die den armen Fred Gillow in einen Zustand sprachloser Seligkeit versetzt hatte. Aber dann hatte sie mit Nick die Liebe erlebt, und nun wollte ihr nichts mehr beiläufig über die Lippen kommen, und sie benahm sich, unter dem forschend-ironischen Blick Streffords, wie eine Anfängerin.

Sie hatten das drittklassige Restaurant erreicht. Er öffnete die Tür und blickte hinein.

»Nicht ein einziger Tisch ist frei. Und eine Luft – zum Ersticken! Was sollen wir machen? Vielleicht können wir ein Nebenzimmer bekommen ...«, schlug er vor.

Sie war einverstanden, und man führte sie eine Wendeltreppe hinauf zu einer Kammer mit niedriger Decke und Mansardenfenster, durch das wenig Licht fiel. Strefford öffnete das Fenster, und Susy stützte sich, nachdem sie ihr Cape auf den Diwan geworfen hatte, auf die Brüstung, während er das Essen bestellte.

Sie war froh, daß sie hier allein waren. Gerade weil sie sich Streffords so sicher fühlte, schien es ihr kleinlich, ihn noch länger hinzuhalten. Der Augenblick war gekommen, das entscheidende Gespräch zu führen, und in den überfüllten Räumen unten wäre das unmöglich gewesen.

Als der Kellner den ersten Gang gebracht hatte und sie sich selbst überlassen waren, machte Strefford keinerlei Anstalten, auf persönliche Dinge zu sprechen zu kommen. Statt dessen wandte er sich dem Thema zu, bei dem er sich am wohlsten fühlte: den Irrungen und Wirrungen der menschlichen Komödie, wie sie um ihn herum aufgeführt wurde. Seine boshaften Kommentare hatten Susy immer erheitert, und sie waren ja nicht nur boshaft, sondern durchaus auch scharfsinnig und originell. Neben Nick war er der einzige, der in der Komödie zwar mitspielte, aber zugleich Zuschauer war. Heute war sie jedoch enttäuscht, wie wenig seine Bruchstücke von Klatschgeschichten sie interessierten, seine Kommentare sie belustigten.

Entmutigt sagte sie sich, daß es an ihr lag, daß sie wahrscheinlich nie wieder irgend etwas amüsant finden würde. Ihre Enttäuschung beruhte darauf, daß Strefford ohne diese Leute nicht leben konnte, die er durchschaute und verspottete, und daß die eher alltäglichen Skandale, von denen er berichtete, ihn ebenso interessierten wie seine eigenen geistreichen Überlegungen dazu. Und die Vorstellung erfüllte sie mit Entsetzen, daß das luxuriöse Leben der Gräfin von Altringham in Wahrheit genauso armselig und beschränkt sein würde wie der kleine Raum, in dem sie Ellbogen an Ellbogen saßen, aber dennoch durch eine tiefe Kluft getrennt.

Gut, Strefford konnte ohne diese Leute nicht leben, sie und Nick jedoch auch nicht, wenn auch aus völlig anderen Gründen! Hätten sie dieselben Möglichkeiten gehabt wie er, dann könnte man Vergleiche anstellen. Aber was brachten solche Überlegungen – sie mußte sich den Tatsachen stellen. Stünde es denn einer Lady Altringham offen, sich die Welt zu erschaffen, die sie und Nick sich erträumt hatten? Allerdings wäre sie allein in dieser Welt. Nun gut, vermutlich war dies das Gesetz der Dinge. Alles menschliche Glück war eingeschränkt, und ihres mußte das der Einsamen sein, wenn sie schon nicht so veranlagt war wie Grace Fulmer. Und doch war auch Grace

Fulmer auf Ursulas Angebot eingegangen und war am Tag vor Susys Abreise in Ruan eingetroffen, statt mit ihrem Mann und Violet Melrose nach Spanien zu fahren. Allerdings brachte Grace dieses Opfer ihren Kindern, und irgendwie hatte man das Gefühl, daß sie, selbst wenn sie auf ihre Freiheit verzichtete, doch nicht ein Jota von sich selbst aufgab. Und darin lag der ganze Unterschied. –

»Wie schrecklich ich dich langweile!« hörte Susy Strefford ausrufen. Sie hatte ihm überhaupt nicht zugehört. Ab und zu war, wie ein Echo, ein Klang an ihr Ohr gedrungen – Violet Melrose, Ursula, Prinz Altineri, Namen, Daten, Ereignisse ... Was hatte er überhaupt erzählt? Sie wandte sich zu ihm, und ihre Augen begegneten sich. Seine waren voll melancholischer Ironie.

»Susy, altes Mädchen, was stimmt denn nicht?«

Sie nahm sich zusammen. »Ich habe gerade überlegt, Streff – als ich vorhin sagte, schon allein die Worte Perlen und Chinchilla seien mir zuwider – das konntest du mir unmöglich abnehmen. Es war wirklich ziemlich dumm, was ich da gesagt habe.«

Er lächelte. »Weil so viele Frauen wahrscheinlich genau das sagen würden – schrecklich einfallslos, nicht wahr?«

Sie lachte aus reiner Freude über seinen Scharfsinn. »Es wird einfacher sein, als ich es mir vorgestellt habe«, dachte sie. Laut fuhr sie fort: »Oh, Streff – du wirst mir immer auf die Schliche kommen! Wo auf der ganzen weiten Welt könnte ich mich je vor dir verstecken?«

»Wo?« Er lachte auch, aber dann legte er seine Hand sanft auf ihre. »In meinem Herzen, fürchte ich.«

Trotz des Lachens war sie verunsichert. Irgend etwas nahm seiner Antwort jeglichen Spott, und sie unterdrückte ein »Was? Soll das eine Liebeserklärung sein?«, das ihr auf der Zunge lag. Sie hatte plötzlich das Gefühl, nicht nur sie habe Angst, sondern er ebenfalls. Sie war jedoch auch gerührt und fragte sich fast triumphierend, ob je eine andere Frau diese fast leidenschaftliche Schwingung in seiner Stimme gehört hatte. Nie hatte sie ihn so sehr gemocht wie in diesem Augenblick. Und sie dachte, mit einem eigenartigen Gefühl des Losgelöstseins: »Jetzt – wenn er mich *jetzt* fragt, werde ich ja sagen!«

Er fragte nicht. Aber unvermittelt und ebenso überraschend für sie, als wäre sie gerade aus einer Himmelssphäre herabgefallen, in der die Bewohner über andere Möglichkeiten verfügten, ihre Sympathie zum Ausdruck zu bringen, legte er einen Arm um sie und näherte sein häßliches, rührendes Gesicht dem ihren …

Nur eine ganz zarte Berührung war es – einen Augenblick später war sie wieder frei. Aber irgend etwas in ihr rang nach Atem und wehrte sich noch, als seine Arme und Lippen sich längst von ihr gelöst hatten, während er sich, mit allzu gewollter Unbeschwertheit, eine Zigarette anzündete und in seinem Kaffee rührte.

Er hatte sie geküßt. – Na schön, natürlich, warum nicht? Sie war nicht zum ersten Mal geküßt worden. Schon richtig, normalerweise brachte man Streff nicht mit dieser Art von Gefühlsbezeugungen in Verbindung. Doch für ihre Überraschung reichte nicht einmal diese Erklärung, denn schon in Venedig hatte sie bemerkt, wie anders er sie ansah und wie er es vermied, ihre Hand zu berühren, während er sie sonst doch immer gesucht hatte.

Nein – sie hätte nicht überrascht sein dürfen. Und ein Kuß hätte sie nicht derart verwirren sollen. Vorkommnisse dieser Art waren nichts Ungewöhnliches in der Laufbahn Susy Branchs gewesen, vor allem, in längst vergessenen Zeiten, die überschwenglichen, aber plumpen Umarmungen Fred Gillows. Nun – das alles war ohne Bedeutung und längst vergessen wie das Rascheln eines Blattes bei einem Waldspaziergang, Teil des banalen »Geschäfts« der gesellschaftlichen Komödie, auf die man sich eingelassen hatte. Der Kuß Streffords war jedoch von derselben Art gewesen wie Nicks Kuß, unter den Fichten in New Hampshire, an jenem Tag, der ihr Schicksal entschieden hatte. Es war ein Kuß, in dem eine Zukunft beschlossen lag, wie ein über ihre Seele gestreifter Ring. Und jetzt, in der entsetzlichen

Pause – während Strefford mit seinem Zigarettenetui spielte und geräuschvoll seinen Kaffee umrührte –, erinnerte sich Susy, was sie durch Nicks Kuß gesehen hatte: jene unendliche blaue Weite, die die Landschaft zu ihren Füßen war – und zugleich die Zukunft ihrer Seelen. –

Vielleicht war es das, was Streffords zusammengekniffene Augen jetzt sahen, die gleiche unendliche Weite, die sie für immer verloren hatte – vielleicht sagte er zu sich selbst, wie sie einst zu sich gesagt hatte, als ihre Lippen sich von Nicks lösten: »Jedesmal, wenn wir uns küssen, werden wir all das wiedersehen ...« Während sie bei Streffords Berührung nichts als ein atemloses Zurückschrecken empfunden hatte, den schmutzigen Raum überdeutlich gesehen und gespürt hatte, daß die Umarmung sie einander nicht näher brachte, sondern auseinanderriß.

Der Augenblick zog sich hin, und sie saßen reglos da. Wie lange hatte er gedauert? Wie lange war es her, seit sie gedacht hatte: »Es wird einfacher sein, als ich es mir vorgestellt habe«? Plötzlich spürte sie, wie Strefford sie seltsam anlächelte, und sah in seinen Augen einen Ausdruck, nein, nicht des Vorwurfs oder der Enttäuschung, sondern eines tiefen, besorgten Verstehens. Statt verärgert oder gekränkt zu sein, hatte er verstanden, und er bedauerte sie.

Spontan nahm sie seine Hand, und einen weiteren Augenblick lang saßen sie schweigend da. Dann stand er auf und nahm ihr Cape vom Diwan. »Sollen wir gehen? Ich habe Karten für die private Besichtigung der Reynolds-Ausstellung im Petit Palais. Einige Porträts aus Altringham sind auch dabei. Vielleicht macht es dir Spaß.«

Im Taxi hatte sie, während ihrer betont unbeschwert dahinplätschernden Unterhaltung, Zeit, sich zu fassen, bis sie wieder das gewohnte Gefühl der freundschaftlichen Unbefangenheit verspürte. Für einen Mann, der immer so unverhohlen auf seine eigene Befriedigung bedacht war, hatte er sich äußerst rücksichtsvoll verhalten. Und wenn diese Besonnenheit nur eine indirekte Art und Weise war, sich jetzt diese Befriedigung zu verschaffen, nun gut, dann bewies dies, wieviel ihm an ihr lag, wie notwendig sie für sein Glück geworden war. Dieses Gefühl von Macht war angenehm. Noch angenehmer war das Gefühl, jemand brauche sie tatsächlich, das Glück des Mannes neben ihr hänge von ihrem Ja oder Nein ab. Sie gab sich diesem Gefühl hin und vergaß den bodenlosen Augenblick seiner Liebkosung oder redete sich zumindest ein, mit der Zeit würde sie ihn vergessen. Es brachte wirklich nichts, soviel Aufhebens davon zu machen, daß jemand, den sie so gerne mochte wie Streff, sie geküßt hatte …

Sie wußte sofort, warum er sie zu der Reynolds-Ausstellung mitnehmen wollte. Das elegante, kunstinteressierte Paris hatte erst kürzlich die englische

Malerei des 18. Jahrhunderts entdeckt. Die großen Sammlungen Englands hatten ihre bedeutendsten Exemplare des Werks des englischen Porträtisten beigesteuert, und die private Besichtigung im Petit Palais würde das gesellschaftliche Ereignis des Nachmittags sein. Jedermann – Streffords und Susys Jedermann – würde dasein. Und dies waren, wie sie wußte, die Gelegenheiten, die Streffords periodisches Interesse an Kunst aufleben ließen. In Wirklichkeit lag ihm an Ausstellungen nicht mehr und nicht weniger als an Rennen, vorausgesetzt, man konnte dort genauso viele Leute treffen. Wie anders wäre das mit Nick gewesen! Nick verabscheute Eröffnungen und Vernissagen und Kunst als gesellschaftliches Ereignis. Er hätte gewartet, bis das Interesse abgeebbt wäre, um sich dann irgendwann an einem Vormittag, wenn sie sicher sein konnten, die Galerie für sich zu haben, mit Susy davonzustehlen und sich die Bilder anzusehen.

Susy erriet allerdings, daß Strefford diesen Vorschlag noch aus einem anderen Grund gemacht hatte. Bislang hatte sie sich in der Öffentlichkeit, in ihrem Kreis, noch nie mit ihm zusammen als Paar gezeigt. Jetzt hatte er beschlossen, daß sie es tun sollten, und sie wußte auch, warum. Sie hatte seinen Stolz verletzt. Er hatte verstanden und ihr verziehen. Aber sie behandelte ihn nach wie vor wie den Strefford von einst, wie Charlie Strefford, den guten alten Strefford, der keinen Pfennig Geld hatte. Nun wollte er ihr auf diese so beiläufige und gewandte Art zeigen, daß der Mann, der sie gebeten hatte, ihn zu heiraten, nicht mehr Strefford war, sondern Lord Altringham.

Schon an der Schwelle machte die Begrüßung durch seinen Botschafter diesen Unterschied deutlich. Darauf folgten, wo er sich auch hinwandte, Willkommensrufe. Jeder, der reich oder bekannt oder korrupt genug war, um sich einen Weg in diese gesellschaftliche Festung erzwungen zu haben, war da, von den Zinnen aus winkend und Fahnen schwingend. Und für sie alle war Lord Altringham zu einer bedeutenden Gestalt geworden. Während sie sich langsam einen Weg durch die Menge der Gäste bahnten, die den Zugang zu den Bildern erst lohnenswert machten, wich er nicht von Susys Seite, so daß sie, ob sie wollte oder nicht, an seinem Triumphzug teilnahm. Sie hörte, wie ihr Name erwähnt wurde: »Lansing – eine gewisse Mrs. Lansing… Susy Lansing? Ja, natürlich… Erinnern Sie sich an sie? In Newport? In St. Moritz? Genau… Schon geschieden? Man sagt also… Susy, Liebste! Ich hatte ja keine Ahnung, daß du hier bist… und Lord Altringham! Sie können sich nicht mehr an mich erinnern, Lord Altringham, ich weiß. – Ja, letztes Jahr, in Kairo… oder in Newport… oder in Schottland… Susy, meine Liebe, wann bringst du Lord Altringham zum Diner mit?

An welchem Abend du und er eben frei seid, ich werde es so einrichten ...«

»Du und er« – sie waren also bereits »du und er«!

»Ah, das ist eine von ihnen – von meinen Urgroßmüttern», erklärte Strefford und setzte ein letztes Mal seine Ellbogen ein, um mit Susy in die vorderste Reihe zu kommen, vor ein großes, gesondert gehängtes Porträt, das durch die bloße Majestät der Aufmachung in seinem geschnitzten Goldrahmen über die anderen Gemälde präsidierte. Auf der Schriftrolle darunter las Susy: »Die Ehrenwerte Diana Lefanu, fünfzehnte Gräfin von Altringham«, und hörte Strefford sagen: »Erinnerst du dich? Es hängt an der Stelle, wo du über dem Kamin den leeren Fleck bemerkt hast, im Van-Dyck-Zimmer. Man sagt, Reynolds habe sich ausbedungen, es bei den Van-Dycks aufzuhängen.«

Nie zuvor hatte sie ihn in einem so zufriedenen Tonfall von seinen Besitztümern sprechen hören, dem Tonfall des reichen Mannes. Sie erkannte, daß der Einfluß seiner Umgebung bereits spürbar wurde. Er freute sich, daß das Porträt einer Gräfin von Altringham den ersten Platz im Hauptraum der Ausstellung einnahm, daß die Menge sich davor dichter drängte als vor den anderen Bildern und daß er zusammen mit Susy hier stand und alle ahnten, daß Susy, an dem Tag, an dem es ihr beliebte, den gleichen Namen tragen könnte wie seine porträtierte Ahnin.

Auf dem Rückweg zu ihrem Hotel machte Strefford keine weitere Anspielung auf ihre Zukunft. Sie plauderten wie alte Gefährten, jeder in seiner Ecke des Taxis sitzend. Als jedoch der Wagen vor dem Hotel anhielt, erklärte er: »Ich muß übermorgen nach England zurück – mein Pech! Warum ißt du nicht heute abend mit mir im Nouveau Luxe zu Abend? Ich habe den Botschafter und Lady Ascot eingeladen, zusammen mit ihrer jüngsten Tochter, dazu meine alte Tante von Dunes, die Herzoginwitwe, die sich hier vor ihren Gläubigern versteckt. Aber ich werde versuchen, noch zwei oder drei unterhaltsame männliche Wesen aufzutreiben, um die Runde etwas aufzulockern. Anschließend könnten wir in ein Nachtlokal gehen, falls du dich langweilst. Es sei denn, die Tanzerei dort macht dir mehr Spaß …«

Ihr wurde klar, daß er beschlossen hatte, lieber früher abzureisen, als noch länger in Ungewißheit zu schweben. Sie erinnerte sich auch daran, wie man von Lady Ascots jüngster Tochter, Lady Joan Senechal, als einem der hübschesten Mädchen der Saison gesprochen hatte. Und sie dachte an die fast übertrieben herzliche Begrüßung durch den Botschafter bei der Privatbesichtigung.

»Natürlich komme ich, mein lieber Streff!« rief sie mit angestrengter Fröhlichkeit, die in ihren eigenen empfindlichen Ohren überzeugend klang und in Streffs wohl auch, denn seine Miene hellte sich sogleich auf.

Sie winkte ihm von der Stufe aus ein Auf Wiedersehen zu und dachte, als sie ihm nachblickte: »Heute abend wird er mich nach Hause fahren, und ich werde ›ja‹ sagen. Und er wird mich wieder küssen. Aber dann wird es bei weitem nicht mehr so schlimm sein.«

Sie ging ins Hotel, warf automatisch einen Blick auf das leere Brieffach unter ihrem Schlüsselhaken, und als sie die Treppe hinaufstieg, lief die immer gleiche Bilderfolge vor ihr ab. »Ja, heute abend werde ich ›ja‹ sagen«, wiederholte sie entschlossen, als sie ihre Hand auf die Klinke zu ihrem Zimmer legte. »Das heißt, es sei denn, man hat einen Brief heraufgebracht…« Nie betrat sie das Zimmer, ohne sich vorzustellen, der Brief, den sie unten nicht vorgefunden hatte, wäre bereits nach oben gebracht worden.

Sie öffnete die Tür, schaltete das Licht an und eilte zum Tisch, auf dem gelegentlich Post für sie lag.

Kein Brief war da, nur die Morgenzeitungen, die sie noch nicht gelesen hatte, und als sie ohne sonderliches Interesse die Gesellschaftsspalten überflog, las sie:

»Nach einer ausgedehnten Kreuzfahrt durch die Ägäis und das Schwarze Meer an Bord ihrer Motorjacht *Ibis* haben sich Mr. und Mrs. Mortimer Hicks und ihre Tochter im Nouveau Luxe in Rom niedergelassen. Sie hatten kürzlich die Ehre, den Fürsten von Teutoburg-Waldhain und seine Mutter, die Fürstinwitwe, sowie deren Gefolge zum Diner empfangen zu können. Unter den geladenen Gästen waren der französische und der spanische Botschafter, ferner Duchesse de Vichy, Prince and Princess Bagnidilucca, Lady Penelope Pantiles ...« – Ungeduldig überflog Susy die lange Liste der Adelstitel – »sowie Mr. Nicholas Lansing aus New York, der während der letzten Monate Mr. und Mrs. Hicks auf ihrer Kreuzfahrt begleitete.«

20

Die Mortimer Hicks residierten jetzt in Rom. Nicht, wie es in alten Zeiten gewesen wäre, in einem der altmodischen Wirtshäuser an der Piazza di Spagna oder an der Porta del Popolo, wo sie fröhlich dem Fieber getrotzt und vom Lokalkolorit gezehrt hätten. Vielmehr residierten sie, mit all dem Prunk sorgloser Millionäre, unter den Decken des *piano nobile* eines der renommierten »Paläste«, wo sie, wie Mrs. Hicks ungeniert erklärte, »sich auf die sanitären Installationen verlassen« konnten und »den Vorzug genossen, ihren Blick über die Gärten der Königinmutter schweifen zu lassen«.

Mit strahlender Selbstsicherheit hatte Mrs. Hicks dies ausgeführt. Aber für Nick Lansing war der eitle Satz ein weiteres Beispiel für den tiefgreifenden Wandel in der Einstellung der Hicks.

Als er auf die vergangenen vier Monate zurückblickte, seit er in Genua so unerwartet an Bord der *Ibis* gegangen war, wurde ihm klar, daß die anfangs schleichende und kaum merkliche Veränderung an dem unseligen Tag eingesetzt hatte, als die Hicks zufällig einem Fürsten auf Reisen begegnet waren.

Bis dahin waren sie vor derlei Gefahren gefeit gewesen. Sowohl Mr. als auch Mrs. Hicks hatten oft betont, der Adel des Geistes sei der einzige, der sie interessiere. In diesem Fall jedoch verfügte der Fürst, Herr über ein paar Quadratmeilen Territorium und eine der schönsten Feldmarschalluniformen, die je einen königlichen Krieger umhüllt hatten, auch noch über Geist. Allerdings war der Fürst kein Krieger, er ging gebeugt, war pazifistisch eingestellt und trug eine Brille. Und daß er sich im Besitz jener Uniform befand, war Mrs. Hicks erst durch das Geschenk einer fast lebensgroßen Fotografie in einem Rahmen aus der Bond Street enthüllt worden. Schräg über den Füßen stand *Anastasius* geschrieben. Der Fürst – und das wurde den Hicks zum Verhängnis – war Archäologe, ein seriöser, wissensdurstiger und gewissenhafter Archäologe. Seine zarte Gesundheit (das deutete sein Gefolge an) verbannte ihn für einen Teil des Jahres aus seinem kalten nebligen Fürstentum. Und in Gesellschaft seiner Mutter, der unternehmungslustigen und begeisterungsfähigen Fürstinwitwe, zog er von einem Ufer des Mittelmeers zum anderen, nahm hier an der Exhumierung ptolemäischer Mumien, dort an der Ausgrabung delphischer Tempel oder nordafrikanischer Basiliken teil. Mit Beginn des Winters begaben sich der Fürst und seine Mutter normalerweise nach Rom oder Nizza, es sei denn, familiäre Verpflichtungen riefen sie nach Berlin, Wien oder Madrid. Denn ausgedehnte Verwandtschaftsbeziehungen zu nahezu allen wichtigen Königshäusern Europas zwangen sie allzu häufig, wie die Mutter des Fürsten zu sagen pflegte, irgendeinen Vetter zu begraben oder zu verheiraten. Nur selten waren sie zu anderen Anlässen in der eisigen Atmosphäre der Höfe anzutreffen. Den königlichen Palästen zogen sie die der moderneren Art vor, und in einem von diesen hatten jetzt die Hicks Quartier genommen.

Ja, der Fürst und seine Mutter (sie gestanden es fröhlich ein) liebten Palasthotels. Und da sie sich den Luxus, darin zu wohnen, nicht leisten konnten, ließen sie sich mit Freuden möglichst oft einladen, um dort mit ihren Freunden zu dinieren – »oder auch nur Tee zu trinken, meine Liebe«, wie die Fürstin lachend zugab, »denn ich mag Buttergebäck so überaus gern. Und in der Wüste gibt Anastasius mir immer so wenig zu essen.«

Die Begegnung mit den archäologisch bewanderten Hoheiten hatte – das wurde Lansing jetzt klar – Mrs. Hicks' Prinzipien den Todesstoß versetzt. Zwar hatte sie schon viele Archäologen kennengelernt, nie jedoch einen so angenehmen wie den Fürsten, und vor allem nie einen, der seinen Thron verlassen hatte, um in der Wüste zu kampieren oder in libyschen Grabstätten zu wühlen. Und es erschien ihr unendlich beklagenswert, daß diese beiden begabten Wesen, die murrten, wenn es im Palast von St. James oder Madrid »einen Vetter zu verheiraten« galt, und atemlos zu dem entlegenen Ort zurückhasteten, wo sie, bildlich gesprochen, Spitzhacke und Spaten aus ihren fürstlichen Händen hatten fallen lassen – daß diese Erben der Jahrhunderte nicht in der Lage sein sollten, sich die Annehmlichkeiten eines zeitgemäßen Lebens in Hotels zu leisten, und sich »wie kleine Kinder« freuten, wenn sie in die andere Art von »Palast« geladen wurden, um sich an Buttergebäck gütlich zu tun und den Gästen beim Tangotanzen zuzusehen.

Sie konnte den Gedanken an die Entbehrungen, unter denen sie litten, einfach nicht ertragen, und nach einer gewissen Zeit ging es Mr. Hicks nicht besser. Er hielt den Fürsten für demokratischer als irgend jemanden, den er je in Apex City kennengelernt hatte, und ihn faszinierte die Tatsache ungemein, daß ihre Augengläser von demselben Optiker stammten.

Mehr als alles andere hatten jedoch die künstlerischen Neigungen des Fürsten und seiner Mutter die Hicks für sie eingenommen. Sie fühlten sich geehrt bei dem Gedanken, daß ausgerechnet sie, die bescheidenen, sich ihrer Grenzen bewußten Hicks, das Glück hatten, unter der Unzahl vulgärer Fürstlichkeiten, die – spielend, tangotanzend, parasitär – Europa von Biarritz bis zum Engadin überrannten, diesem gebildeten Paar begegnet zu sein, das sich, in sanfter Ablehnung ihrer frivolen Sippschaft, ihnen angeschlossen hatte und mit dem sie so wunderbar harmonierten.

Endlich sah Mrs. Hicks die Möglichkeit, Kunst und Luxus gleichermaßen zu lieben, sich auf die Annehmlichkeiten moderner sanitärer Installationen verlassen zu können und dennoch weiterhin das Gespräch auf höchstem Niveau zu pflegen. »Warum wollen wir ihr nicht die Freude machen, wenn die liebe Fürstin gern im Nouveau Luxe speisen möchte?« fragte Mrs. Hicks lächelnd. »Und daß sie sich über Buttergebäck so freut, finde ich am allerentzückendsten.«

Coral Hicks stand etwas außerhalb. Aber sie nahm, mit der ihr eigenen Miene der Unparteilichkeit, die Veränderung in der Lebensweise ihrer Eltern hin und kümmerte sich (wie Nick feststellte) zum ersten Mal um die Garderobe ihrer Mutter – mit dem Ergebnis, daß Mrs. Hicks' Umrisse weniger formlos erschienen, ihre Kleider in der Farbe nüchterner und im Material feiner wurden. Auf diese Weise würde, falls jemand die Ähnlichkeit zwischen Mutter und Tochter entdeckte, die Schlußfolgerung nicht ganz so irritierend ausfallen.

Vorsichtsmaßnahmen dieser Art waren – Lansing konnte nicht umhin, dies festzustellen – aufgrund der anderen Maßstäbe der Gesellschaft, in der die Hicks sich jetzt bewegten, auch notwendig. Wenn man schon vertrauten Umgang mit dem Fürsten und seiner Mutter pflegte – die sich unablässig als die Parias, die Ausgestoßenen, die Bohemiens unter den gekrönten Häuptern bezeichneten –, so genügte es nicht, in Palasthotels zu wohnen, sondern man mußte auch mit den Leuten verkehren, die dort ein und aus gingen. Der Adjutant des Fürsten, ein angenehmer junger Mann, hatte lächelnd durchblicken lassen, Ihre Hoheiten seien es, wiewohl so durch und durch demokratisch und nicht auf Förmlichkeiten bedacht, doch gewohnt, im voraus die Namensliste der Personen zu prüfen, die ihre Gastgeber zusammen mit ihnen einzuladen gedachten. Und die Liste Mrs. Hicks' kam, wie Lansing feststellte, nachdem sie »unterbreitet« worden war, gewöhnlich etwas verlängert zurück. Nie strichen Ihre Hoheiten einen Namen aus. Voller Begeisterung und Neugierde hießen sie die merkwürdigsten und unerklärlichsten Freunde der Hicks willkommen, baten höchstens darum, einige von ihnen an einem späteren Tag kennenlernen zu dürfen, da es doch »gemütlicher« sei, ihnen in kleinerem Kreis zu begegnen. Stets jedoch ergänzten sie die Liste durch die Namen vieler ihrer Freunde, mit dem huldvollen Hinweis, sie wünschten, ihnen das »ungeheure Vorrecht« zuteil werden zu lassen, den Hicks zu begegnen. Und so kam es, daß die Hicks, als die Oktoberstürme sie nötigten, die *Ibis* ins Dock zu bringen, in Rom die Augustreisenden wiedertrafen, von denen sie sich im vorangegangenen Monat in Athen verabschiedet hatten. Und ihre Gästeliste war bereits um alles, was in der Hauptstadt gerade in Mode war, erweitert worden.

Gar keine Frage – die Mutter des Fürsten schwärmte für prähistorische Kunst und russische Musik und die Gemälde von Gauguin und Matisse. Aber sie schwärmte auch, in strahlender Verkennung des Verhältnisses dieser Dinge zueinander, für Perlen und schnelle Autos, Picknicks und moderne sanitäre Anlagen, Zigaretten und gesellschaftliche Skandale. Ihr Sohn war zwar offenbar weniger empfänglich für diese Formen von Luxus, schwärmte aber für seine Mutter und war höchst angetan, ihren Neigungen entsprechen zu können, ohne die Kosten dafür tragen zu müssen – »weil die arme Mama immer so tapfer ist, wenn wir in der Wüste ein anspruchsloses Leben führen«.

Der lächelnde Adjutant, der Lansing all dies erklärte, fügte mit einem noch strahlenderen Lächeln hinzu, der Fürst und seine Mutter seien, gesellschaftlich oder durch verwandtschaftliche Beziehungen, der Mehrzahl der Adligen verpflichtet, die einzuladen sie Mrs. Hicks baten. »Ihren Hoheiten scheint es der schmeichelhaftste Dank für die Gastfreundschaft ihrer Freunde zu sein, ihnen die Gelegenheit zu einem intellektuell so anspruchsvollen Zusammentreffen zu bieten.«

Die Tafel, an dem die Freunde Ihrer Hoheiten an besagtem Abend Platz genommen hatten, stellte von der Gästezahl her eines der anspruchsvollsten Zusammentreffen dar, das ihnen bislang geboten worden war. Dreißig Gäste hatten sich um die blumengeschmückte Tafel versammelt. Eldorada und Mr. Beck hatte man unter dem Vorwand ausgeschlossen, die Mutter des Fürsten liebe gemütliche Gesellschaften und bitte ihre Gastgeber, nie mehr als dreißig Personen zu Tisch zu laden. Zumindest war dies die Erklärung, die Mrs. Hicks ihren treuen Gefolgsleuten gab. Lansing hatte jedoch festgestellt, daß es in letzter Zeit derselben geschickten Hand, die den Bekanntenkreis der Hicks umkrempelte, normalerweise gelang, die beiden schüchternen Sekretäre davon auszuschließen. Ihre Verbannung war Lansing um so unangenehmer, als er im letzten Vierteljahr die Aufgaben von Mr. Buttles übernommen hatte und nun selbst ein bezahlter Begleiter der Hicks war. Da er jedoch die Stelle angetreten hatte, war es selbstverständlich seine Pflicht, sie entsprechend den Anforderungen seiner Arbeitgeber auszufüllen. Und Eldorada und Mr. Beck räumten neidlos ein, er habe »etwas von Mr. Buttles' wundervoller gesellschaftlicher Begabung«.

Während der Kreuzfahrt war ihm seine Aufgabe durchaus nicht unangenehm gewesen. Er war froh um alle eindeutig festgelegten Pflichten, wie banal sie auch sein mochten. Er fühlte sich als Sekretär der Hicks unabhängiger denn als ihr verwöhnter Gast, und der großzügige Scheck, den Mr. Hicks ihm am Ersten jeden Monats überreichte, gab seinem angeschlagenen Selbstwertgefühl wieder etwas Auftrieb.

Er hielt sich für grotesk überbezahlt, aber das war Sache der Hicks. Und er sah nichts Erniedrigendes darin, der Angestellte von Leuten zu sein, die er schätzte und achtete. Aber von dem Augenblick des unseligen Zusammentreffens mit dem umherstreifenden Fürsten an hatte seine Stellung sich ebensosehr verändert wie die seiner Arbeitgeber. Er war nun nicht mehr ein nützlicher und schätzenswerter Assistent für Mr. und Mrs. Hicks, auf derselben Ebene wie Eldorada und Mr. Beck, sondern er war zu einer gesellschaftlichen Errungenschaft von ungeahntem Wert geworden, da er hinsichtlich seiner Fähigkeit, sich in den Mysterien der Etikette im Ausland zurechtzufinden, Mr. Buttles gleichkam und diesen in der Kunst der persönlichen Anziehungskraft übertraf. Nick Lansing kannte, wie die Hicks jetzt feststellten, die meisten der reichen und adligen Freunde der fürstlichen Mutter. Viele von ihnen begrüßten ihn mit einem begeisterten »Hallo, Nick, alter Freund«, und er war mit den geheimen Verästelungen der Liebe und des Hasses, die Einladungen zu einem Diner in Rom noch eindeutiger zu einer Wissenschaft machten als in Apex City, fast ebenso vertraut wie der Adjutant Seiner Hoheit.

Anfangs hatte Mrs. Hicks sich hoffnungslos in dem Labyrinth untergründiger Skandale, Rivalitäten und

Eifersüchteleien verirrt. Und da Lansings hilfreiche Hand in Reichweite war, hatte sie sich hartnäckig daran festgeklammert. Zwar war der Wert des jungen Mannes in den Augen seiner Arbeitgeber gestiegen, in seinen eigenen hatte er sich jedoch verringert. Er war dazu verdammt, eine Rolle zu spielen, die nicht abgemacht war, und es schien ihm entwürdigender, sich dafür mit Banknoten bezahlen zu lassen als nur mit guten Diners und einer luxuriösen Unterkunft. Als der lächelnde Adjutant ihn einmal augenzwinkernd auf einen verbalen Ausrutscher Mrs. Hicks' aufmerksam gemacht hatte, war Nick errötet und hatte sich beim Zubettgehen geschworen, am nächsten Tag zu kündigen.

Zwei Monate waren seitdem vergangen, und er war immer noch der bezahlte Sekretär. Er hatte versucht, den Adjutanten spüren zu lassen, daß er nicht gewillt sei, geheime Blicke des Einverständnisses mit ihm zu wechseln. Aber das hatte seine Selbstachtung keineswegs wiederhergestellt, und an dem großen Abend sagte er sich, als er seinen Blick über die lange Tafel schweifen ließ, gleich morgen werde er seine Stellung aufgehen.

Nur – hatte er eine Alternative? Die Alternative war offenkundig Coral Hicks. Er blickte von einem der Dinierenden zum anderen. Angefangen bei der hochgewachsenen, mageren Gestalt der Fürstinmutter mit ihren kleinen, neugierigen Augen, die wie Mansardenfenster ganz weit oben unter einem Dach gekräuselter Haare und einem Giebel aus Rohdiamanten saßen. Dann weiter zu den fülligen oder, der Mode entsprechend, hageren Masken der ihr im Rang am nächsten stehenden Damen, und erhaschte schließlich, zwischen Orchideenzweigen, einen Blick von Miss Hicks.

Im Gegensatz zu den anderen sah sie, wie er fand, erstaunlich vornehm aus. Ihr großflächiges ernstes Gesicht war geradezu eine Erholung, und er wunderte sich über das geheimnisvolle Gesetz, das dieses archaische Geschöpf unbeschadet aus Apex City herausgebracht und in diese altehrwürdigste Gesellschaft Europas versetzt hatte.

Lansing bemerkte, daß der Adjutant, der neben ihm saß, ebenfalls Miss Hicks ansah. Sein Gesichtsausdruck war ernst, nachdenklich sogar, als jedoch seine Augen denen Lansings begegneten, setzte er wieder sein offizielles Lächeln auf.

»Ich habe gerade die Tochter unserer Gastgeber bewundert. Daß sie keinen Schmuck trägt, ist – hm – originell«, bemerkte er in dem vertraulichen Ton, den Lansing zu fürchten gelernt hatte.

»Oh, Miss Hicks ist voller Originalität«, erwiderte er kurz, und der Adjutant neigte mit bewundernder Miene den Kopf, als sei Originalität seltener als Perlen, was in seinem Milieu durchaus der Fall war. »Sie ist jeder Situation gewachsen, dessen bin ich mir sicher«, antwortete er und leitete dann gekonnt zu einem anderen Thema über.

Als sie nach dem Essen an einem Fenster des Salons standen, überraschte er Nick damit, daß er nochmals darauf zurückkam. Diesmal hielt er es nicht für nötig, sein Lächeln aufzusetzen. Sein Gesicht blieb ernst, obwohl er sich zwanglos gab.

»Ich habe während des Diners Miss Hicks' Gespür für Angemessenheit bewundert. Gewiß gestattet dies ihren Freunden, sich für sie nahezu jede Zukunft vorzustellen, wie glanzvoll auch immer.«

Lansing zögerte und unterdrückte seinen Ärger. Er wollte unbedingt wissen, was in seinem Gesprächspartner vorging.

»Was verstehen Sie unter glanzvoll?« fragte er mit einem leicht belustigten Lächeln.

»Nun – ihren Fähigkeiten entsprechend in den Augen der Öffentlichkeit zu glänzen.«

Lansing lächelte immer noch. »Die Frage ist, so vermute ich, ob ihr Bedürfnis zu glänzen ihrer Fähigkeit dazu entspricht.«

Der Adjutant starrte ihn an. »Sie meinen, sie ist nicht ambitioniert?«

»Ganz im Gegenteil. Meines Erachtens ist sie außerordentlich ambitioniert.«

»Außerordentlich?« Der Adjutant schien dies bemessen zu wollen. »Aber doch gewiß nicht über das hinaus ...« *»Über das hinaus, was wir ihr bieten* *können*«, vervollständigten seine Augen den Satz. Lansing versuchte, ihn ausdruckslos anzusehen. Der Adjutant hielt seinem Blick stand. »*Ja*«, schlossen seine Augen unvermittelt, während er die Bemerkung fallenließ: »Die Mutter des Fürsten bewundert sie ungeheuer.« In diesem Augenblick hieß ein Wink des Fächers von Mrs. Hicks sie jedoch hastig ihren Platz am Fenster zu verlassen.

»Professor Darchivio hat versprochen, uns den Unterschied zwischen sassanidischen und byzantinischen Motiven in der karolingischen Kunst zu erklären. Der Geschäftsführer hat uns jedoch gerade mitteilen lassen, daß die beiden kreolischen Tänzer aus Paris eingetroffen sind, und Ihre Durchlaucht möchte gerne in den Ballsaal gehen und einen Blick auf sie werfen. – Sie ist sicher, daß der Professor das versteht …«

»Und natürlich mit uns kommt«, ergänzte die Fürstin unbeirrt.

Das kurze Gespräch am Fenster im Nouveau Luxe hatte Lansing einiges erkennen lassen. Plötzlich gewannen Dinge Bedeutung, die er zuvor nicht beachtet hatte: Lächeln, Anspielungen, Vertraulichkeiten, Gerüchte, wie unwahrscheinlich es sei, daß der Fürst eine Familie gründete, Andeutungen, wie dringend die Teutoburger Schatzkammer einer Auffüllung bedürfe …

Miss Hicks hatte notgedrungen ihre Eltern und die fürstlichen Gäste in den Ballsaal begleitet. Da sie jedoch nicht tanzte und sich kaum für den Anblick derjenigen interessierte, die sich so hingebungsvoll dieser Tätigkeit widmeten, hielt sie sich abseits, in ein archäologisches Gespräch mit dem verdutzten, aber lächelnden *savant* vertieft, der die Gesellschaft über den Unterschied zwischen sassanidischer und byzantinischer Ornamentik hätte aufklären sollen.

Lansing, der ebenfalls Distanz wahrte, hatte sich einen Platz ausgesucht, von dem aus er das Mädchen beobachten konnte. Seit er erkannt hatte, daß sie der Mittelpunkt all der verworrenen Fäden des Ränkespiels war, sah er sie mit neuen Augen. Ja, eindeutig, sie wurde immer hübscher, oder aber sie hatte gelernt, ihre herben Gesichtszüge zu betonten, statt zu versuchen, sie zu verbergen. Als sie jetzt ihr Augenglas hob, um einen geistesabwesenden Blick auf die Tänzer zu werfen, war er verblüfft von der gerundeten Schönheit ihres Armes und der sorglosen Selbstsicherheit der Geste. Coral Hicks hatte nichts Nervöses oder Hektisches an sich. Und es überraschte ihn nicht, daß die fürstliche Mutter, zumindest in der Vorstellung, ihre Möglichkeiten abgewogen hatte.

Nick Lansing blieb die ganze Nacht hindurch auf und überdachte seine Zukunft. Er kannte die

Gesellschaft, in die es die Hicks verschlagen hatte, gut genug, um zu erraten, daß binnen kurzer Zeit der Andeutung des fürstlichen Adjutanten ein förmlicher Antrag folgen würde. Es war sogar wahrscheinlich, daß man Lansing – als die einzige Person im Hicksschen Gefolge, mit der man vernünftig reden konnte – mit dem nächsten Schritt bei den Verhandlungen betraute. Es würde heißen, »er solle das Terrain sondieren«, wie der Adjutant wohl gesagt hätte. Es gehörte offenkundig zur Politik derer von Teutoburg, Miss Hicks zusammen mit der Hand seines Souveräns die Möglichkeiten zu bieten, den Staatsschatz aufzufüllen.

Was würde das Mädchen tun? Lansing konnte es nicht erraten. Doch vage spürte er, daß ihre Reaktion in hohem Maße von seiner eigenen abhängen würde. Und wie diese aussehen könnte, das wußte er jetzt genausowenig wie in jener Nacht vor vier Monaten, als er in Venedig aus dem Zimmer seiner Frau gestürzt war und den Mitternachtsexpreß nach Genua genommen hatte.

Seine Vergangenheit und vor allem die Neigung, deren er sich einst gerühmt hatte, nämlich in der Gegenwart zu leben und alle Chancen zu nutzen, machten es ihm jetzt noch schwerer zu handeln. Allmählich sah er ein, daß er nie, nicht einmal in den innigsten Beziehungen, über seine unmittelbare Befriedigung hinaus in die Zukunft geblickt hatte.

Er fand es immer angenehm, in der Lage zu sein, sich voll und ganz jedem einzelnen Augenblick hinzugeben und nicht voller Unruhe umherzuspähen, ob er vielleicht, wie die Vorsichtigen und Phantasielosen, eine Möglichkeit verpasse. Erst als er sein Leben mit dem Susys verband, hatte er allmählich Ansprüche an die Zukunft stellen wollen, hatte sich gewünscht, sie nach seinen eigenen Vorstellungen zu formen. Damals war, in einem kaum merklichen Austauschprozeß, diese Zukunft zu seiner eigentlichen Gegenwart, dem alles verzehrenden Augenblick geworden.

Er war gescheitert, und es fehlte ihm die Kraft zu einem Versuch, die Scherben wieder zusammenzufügen. Er kam sich jetzt vor wie ein Mann, dessen Haus bei einem Erdbeben zerstört worden ist und der sich nun, in Ermangelung geschickter Handwerker, zum ersten Mal genötigt sieht, eine Kelle zu führen und Ziegel zu schleppen. Er wußte einfach nicht, wie man das macht.

Willenskraft, das erkannte er, war nichts, das zu besitzen man sich plötzlich befehlen konnte. In mühseliger Arbeit mußte sie aus einer Aufeinanderfolge kleiner Anstrengungen, alltägliche Schwierigkeiten zu meistern, aufgebaut werden. Was man Charakterstärke nannte, war ein Prozeß, ungefähr so langwierig und mühsam wie das Errichten der Pyramiden. Und wie jene ehrfurchtgebietenden Bauwerke war auch Charakterstärke vor allem dazu da, seinen Nachkommen eine Heimstatt zu geben, wenn auch sie zu Staub zerfallen wären. Dennoch, der Pyramideninstinkt war es, der die Welt geschaffen hatte, der den Menschen geschaffen hatte und dank dessen seine flüchtigen Freuden wie Fresken auf jahrhundertealten Mauern nachschimmerten.

21

Auf der Heimfahrt nach dem Diner im Nouveau Luxe nahmen die Ereignisse genau den Verlauf, den Susy vorhergesehen hatte.

Sie mußte Strefford versprechen, sich wegen ihrer Scheidung juristisch beraten zu lassen, und er hatte sie geküßt. Das Versprechen war einfacher zu geben, der Kuß weniger schwer zu ertragen gewesen, als sie erwartet hatte.

Sie zitterte vor Empörung darüber, daß ihr Mann sich immer noch bei den Hicks aufhielt, und in dieser Stimmung war sie zu dem Diner aufgebrochen. Zwar hatte sie eigentlich nichts anderes erwartet, aber die Bestätigung war doch wie ein Schock, und zum ersten Mal konnte sie die abgrundtiefe Kluft zwischen Fürchten und Wissen ermessen. Kein Wunder, daß er nicht geschrieben hatte – der moderne Ehemann hatte es nicht nötig, er brauchte es nur der Zeit und den Zeitungen zu überlassen, seine Absichten kundzutun. Susy erinnerte sich an eine Antwort, die Nick ihr einmal gegeben hatte, als sie ihn an einen unbeantworteten Brief erinnerte: »Aber man kann einen Brief doch auf ganz unterschiedliche Weise beantworten – und zufällig liegt mir Schreiben nicht.«

Nun – er hatte es auf seine Weise gemacht, und sie hatte die Antwort erhalten. Als sie die Zeitung zur Seite gelegt hatte, war es ihr schwarz vor Augen geworden, und sie hatte gespürt, daß sie erneut in die bodenlose Pein ihrer Nachtwache im Palazzo Vanderlyn hinabfallen könnte. Aber sie war der Qualen müde, ihr gesunder Körper und ihre Nerven wehrten sich instinktiv dagegen. Die Woge war abgeebbt, und sie spürte, wie sie sich unaufhaltsam ihren Weg zurück ins Licht, ins Leben, in ihre Jugend erkämpfte. Er brauchte sie nicht? Na schön, sie würde versuchen, ihn auch nicht zu brauchen! All die alten Hilfsmittel waren zur Hand – Rouge für ihre blassen Wangen, Atropin für ihre tränenverschleierten Augen, das neue Kleid auf dem Bett, der Gedanke an Strefford und seine Gäste, die sie erwarteten, und an die Schlußfolgerungen, die man aus ihrem gemeinsamen Auftreten ziehen würde. Gott sei Dank würde niemand sagen: »Die arme Susy – hast du das gewußt? Nick hat sie sitzenlassen.« Alle würden sagen: »Der arme alte Nick! Ja, ich würde meinen, es hat ihr leid getan, als sie ihm den Laufpaß gegeben hat. Aber Altringham ist ganz verrückt danach, sie zu heiraten, was konnte sie da schon machen?«

Und wiederum hatten die Ereignisse den Verlauf genommen, den sie vorhergesehen hatte. Als die neugierigen Zuschauer sie an Lord Altringhams Tisch sahen, zusammen mit den Ascots und der Herzogin von Dunes, konnten sie nicht anders, sie mußten das Diner als Bestätigung des Heiratsgerüchts auffassen.

Wie Ellie gesagt hatte, warteten die Leute heutzutage mit der Bekanntgabe ihrer »Verlobung« nicht mehr, bis die lästigen Scheidungsformalitäten erledigt waren. Ellie selbst war, verschwenderisch mit Perlen und Hermelin geschmückt, noch spät hereingerauscht, Algie Bockheimer im Kielwasser, und tat nun, nickend und winkend, Susy ihre Sympathie kund. Aus allen Augen strahlte Beifall. Es war aufregend, schienen alle zu sagen, zu sehen, daß Susy Lansing es geschafft hatte! Als die Gesellschaft nach dem Diner aus dem Restaurant zurück ins Foyer schlenderte, hörte sie, inmitten der lächelnden und ihr die Hand drückenden Leute, kaum verhohlene förmliche Gratulationen. Und Violet Melrose, die mit Fulmer in einer Ecke saß, zog sie mit ihrem jadegeschmückten Arm sanft zu sich hinab und flüsterte ihr leise zu: »Wirklich klug von dir, Liebste, keine Juwelen zu tragen.«

In den Augen der Frauen sah sie den glänzenden Widerschein der Juwelen, die sie anlegen könnte, sobald es ihr beliebte. Es war, als strahlte ihr Funkeln von der fernen Bank, wo sie im Safe der Altringhams lagen, zu ihr herüber. Was für eine Närrin war sie gewesen anzunehmen, Strefford würde ihr je glauben, ihr läge nichts daran!

Die Botschafterin, eine farblose, sehr aufrechte Person, war um eine Idee weniger liebenswürdig, als Susy es sich gewünscht hätte. Aber das war wohl der Anwesenheit Lady Joans – das Mädchen war wirklich beängstigend hübsch – zuzuschreiben. Das hatten alle Anwesenden erraten. Aber die Herzogin von Dunes war reizend gewesen. Sie sah aus wie Strefford mit Perücke und falschen Perlen (und wohl auch falschen Zähnen). So demonstrativ war ihre Herzlichkeit, daß die zukünftige Braut sie sich kaum erklären konnte, bis sie hörte, wie die alte Dame später, als sie ins Foyer gingen, ihrem Neffen leise zuzischte: »Streff, mein Lieber, wenn du eine Minute Zeit erübrigen und in meiner jämmerlichen Pension vorbeischauen könntest – ich weiß, du kannst mir erklären, was ich tun soll, um diese schrecklichen Geldverleiher zu besänftigen. – Und du bringst einmal deine köstliche Amerikanerin zu Besuch mit, ja? – Nein, Joan Senechal ist für meinen Geschmack viel zu niedlich ... irgendwie fade ...«

Ja, der Geschmack all dessen lag wieder süß auf ihren Lippen. Ein paar Tage darauf begann sie sich zu wundern, wie der Gedanke an Streffords Zärtlichkeiten so erschreckend gewesen sein konnte. Er verteilte sie zwar nicht gerade verschwenderisch, aber wenn er sie berührte, sogar wenn er sie küßte, schien das keine Rolle mehr zu spielen. Barmherzigerweise war eine fast vollständige Empfindungslosigkeit auf das erste wilde Flattern ihrer Nerven gefolgt.

Und so würde das auch bei allem anderen in ihrem neuen Leben sein. Wenn es schon keine heftigen Reaktionen hervorrief, sei es des Schmerzes oder der Freude, so würde doch das vollkommene Ausbleiben jeglicher Empfindung für Frieden sorgen. Und in der Zwischenzeit kostete sie das aus, was, wie sie vermutete, das höchste Glück für die meisten Frauen ihres Bekanntenkreises gewesen wäre: Tage, angefüllt mit Verpflichtungen, die fröhliche Begeisterung unter eleganten Leuten, die Aufregung, ein Schmuckstück oder ein *bibelot* oder ein neues Modell zu ergattern, das die »beste Freundin« haben wollte, Einladungen zu irgendeiner Privatbesichtigung oder einer exklusiven Veranstaltung, zu der die »beste Freundin« nicht geladen war. Es gab nun in dieser Hinsicht nichts mehr, was sie nicht kaufen konnte, keine Veranstaltung mehr, zu der sie nicht gehen konnte. Sie brauchte nur noch auszuwählen und zu triumphieren. Und für eine Zeitlang vermittelten ihr die oberflächlichen Aufregungen die Illusion, ihr Leben zu genießen.

Strefford hatte, wie erwartet, seine Rückkehr nach England aufgeschoben, und jetzt waren sie schon seit fast drei Wochen zusammen – in ihrer neuen, praktisch öffentlich eingestandenen Beziehung. Eigentlich hatte sie sich vorgestellt, das Zusammensein mit Strefford wäre das geringste Problem bei der ganzen Komödie – sich in die altbewährte Freundschaft zurückfallen zu lassen, um das Gefühl der Fremdheit zu vertreiben. Aber obwohl sie sich so sehr an seine Zärtlichkeiten gewöhnt hatte, er selbst blieb ihr seltsam unvertraut. Zeitweise war sie sich nicht einmal sicher, ob es der alte Strefford war, mit dem sie sprach. Nicht seine Einstellung hatte sich geändert, aber jetzt beschäftigten und interessierten ihn andere Dinge. All die kleinen Aspekte seiner neuen Stellung erfüllten ihn mit nahezu kindlicher Befriedigung. Zwar lachte er nach wie vor über die Vorrechte wie auch über die Verpflichtungen, die sie mit sich brachten, aber es war jetzt ein argwöhnisches Lachen.

So war es eine unerschöpfliche Quelle der Belustigung für ihn, zu sehen, wie Leute, die ihn stets abgelehnt hatten, dies jetzt wiedergutmachen wollten, oder an ein und demselben Tisch Leute zu versammeln, die ihren Ärger darüber, zusammen eingeladen worden zu sein, verhehlen mußten, wollten sie nicht riskieren, überhaupt nicht mehr eingeladen zu werden. Ebenso vergnüglich war für ihn die launische Bevorzugung von langweiligen und uninteressanten Leuten, wenn die brillanten und ausgefallenen erwarteten, von ihm beachtet zu werden. Beispielsweise entzückte es ihn, die Herzogin von Dunes und Violet Melrose zusammen mit dem Vikar von Altringham, der sich auf dem Weg zu einem Urlaub in der Schweiz befand, einzuladen und das Gesicht der Frau des Vikars zu beobachten, wenn die Herzogin von ihren neuesten Schwierigkeiten mit

Buchmachern und Geldverleihern berichtete und Violet verkündete, allen stünde das Recht auf Liebe und Genie zu, das früher ausschließlich langweiliger Achtbarkeit vorbehalten war.

Susys eigene Vergnügungen waren, das mußte sie zugeben, kaum erlesenerer Art. Aber sie nahm sie in Ermangelung von etwas Besserem hin, während Strefford, dem es freigestanden hatte, alles zu tun, was ihm beliebte, mit derlei Triumphen völlig zufrieden war.

Er schien, trotz seiner Ehrentitel und der Möglichkeiten, die sich ihm eröffneten, irgendwie geschrumpft zu sein. Der alte Strefford war eine Persönlichkeit gewesen, und sie fragte sich, ob materieller Reichtum immer den Beginn einer geistigen Verarmung bedeutete. Strefford war ein weit vergnüglicherer Gesellschafter gewesen, als er noch einzig und allein auf seinen Witz und Verstand angewiesen war. Wenn er jetzt versuchte, über Politik zu reden oder in einer Frage allgemeinen Interesses seine Meinung geltend zu machen, war sie gelegentlich verblüfft, wie unwissend er war. Früher hatte er, wenn er sich seiner Sache nicht sicher war, die Schwierigkeiten mit schlagfertigem Nonsense oder einer leicht hingeworfenen ironischen Bemerkung überspielt. Jetzt war er schlicht langweilig, gelegentlich sogar borniert. Außerdem stellte sie nun fest, daß er nicht gut hörte, wenn mehrere Leute gleichzeitig sprachen oder wenn er im Theater war. Er entwickelte die Gewohnheit, immer und immer wieder zu fragen: »Spricht Soundso undeutlich? Oder werde ich allmählich taub?«, was an ihren Nerven zerrte, da die Fragerei möglicherweise Anzeichen einer mit Schwerhörigkeit verbundenen geistigen Schwäche war.

Nicht immer beunruhigten sie solche Gedanken. Die Strömung müßiger Betriebsamkeit, auf der sie dahinglitten, war ihrer beider Element, und nie hatten die Wogen dieser Strömung sie so leicht dahingetragen wie jetzt. Auch in seinem Verhalten ihr gegenüber war er voller Taktgefühl und Rücksichtnahme. Ihr wurde klar, daß er sich nach wie vor an ihren erschrockenen Blick nach ihrem ersten Kuß erinnerte. Und die leichte Rührung, die sie dann empfand, reichte aus, um sie alles ertragen zu lassen.

Sie hatte sich immer, anders als die meisten Frauen, an ein einmal gegebenes Wort gehalten, und nachdem sie Strefford versprochen hatte, Schritte zu einer Scheidung zu unternehmen, hatte sie sich unverzüglich darangemacht, dies auch zu tun. Es widerstrebte ihr plötzlich, Freundinnen wie Ellie Vanderlyn, die mitten in den gleichen Verhandlungen steckten, um Rat zu fragen, und ihr fiel nichts anderes ein, als sich an einen jungen amerikanischen Anwalt zu wenden, der in Paris praktizierte und mit dem zu sprechen ihr, wie sie glaubte, leichter fallen würde, da er nicht aus New York stammte und ihre Geschichte wahrscheinlich nicht kannte.

Sie hatte so wenig Ahnung, wie man in einer solchen Angelegenheit vorging, daß sie überrascht und erleichtert war, als er ihr nur wenige persönliche Fragen stellte. Allerdings war es ein Schock zu hören, eine Scheidung könne man weder in New York noch in Paris lediglich aufgrund der Tatsache durchsetzen, daß man verlassen worden sei.

»Ich habe gedacht, heutzutage … wenn Leute es vorziehen, getrennt zu leben … könnte man das immer irgendwie regeln«, stammelte sie und wunderte sie über ihre Unwissenheit, obwohl sie doch so viele Ehen hatte zerbrechen sehen.

Der junge Anwalt lächelte und wurde ein wenig rot. Der Charme und noch mehr die Unerfahrenheit seiner hübschen Klientin schüchterten ihn ein.

»Das kann man auch … im allgemeinen«, räumte er ein. »Vor allem, wenn … wie dies vermutlich der Fall ist … Ihrem Ehemann gleichermaßen daran liegt.« –

»Oh, durchaus!« rief sie und fühlte sich plötzlich gedemütigt, weil sie dies zugeben mußte.

»Nun, dann – dürfte ich Ihnen dann folgenden Vorschlag machen? Am besten schreiben Sie ihm, um die Sache zu einem Ende zu bringen.«

Sie zuckte leicht zusammen. Es war ihr nie in den Sinn gekommen, die Anwälte könnten es ohne ihr Zutun nicht »organisieren«.

»Ihm schreiben … aber was denn?«

»Nun, Ihren Wunsch zum Ausdruck bringen … daß Sie wieder frei sein wollen. – Alles andere können wir«, so der junge Anwalt, »vermutlich Mr. Lansing überlassen.«

Sie wußte nicht genau, was er damit meinte, war aber viel zu verstört bei der Vorstellung, mit Nick Verbindung aufnehmen zu müssen, um einem anderen Gedankengang zu folgen. Wie sollte sie es fertigbringen, einen solchen Brief zu schreiben? Und doch, wie könnte sie dem Anwalt gestehen, daß sie nicht den Mut hatte, dies zu tun? Er würde ihr natürlich raten, nach Hause zu gehen und sich wieder zu versöhnen. Verwirrt zögerte sie.

»Wäre es nicht besser«, schlug sie vor, »wenn der Brief von … von Ihrem Büro kommt?«

Höflich bedachte er dies. »Aufs Ganze gesehen – nein. Wenn, wovon ich ausgehe, eine einvernehmliche Regelung erreicht werden soll – und Sie müssen für das erforderliche Beweismaterial sorgen –, dann scheint mir ein kurzes Schreiben von Ihnen, in dem Sie ein Gespräch vorschlagen, ratsamer.«

»Ein Gespräch? Ist ein Gespräch wirklich notwendig?« Sie schämte sich, dem zurückhaltend lächelnden jungen Mann, der sich wahrscheinlich über ihren kindlichen Mangel an Verständnis wunderte, ihre Erregung zu zeigen, aber das Zittern in ihrer Stimme war unkontrollierbar. »Oh, bitte, schreiben Sie ihm – ich kann es nicht! Und ich kann ihm nicht gegenübertreten! Können Sie das nicht für mich erledigen?« flehte sie.

Sie erkannte nun, daß sie sich unter einer Scheidung etwas vorgestellt hatte, was man in einem Laden kaufen – oder kaufen lassen – konnte: etwas Konkretes, das man mit Streffords Geld bezahlen und anschließend mit nach Hause nehmen konnte – ohne persönlich daran beteiligt zu sein. Für wie töricht der Anwalt sie halten mußte! Sie nahm sich zusammen und stand auf.

»Mein Mann und ich wollen einander nicht wiedersehen. – Ich bin sicher, es wäre sinnlos … und sehr schmerzlich.«

»Das können Sie selbst natürlich am besten beurteilen. Aber in jedem Fall, ein Brief von Ihnen, ein freundlicher Brief, scheint mir klüger … zumal offensichtlich kein Beweismaterial vorliegt …«

»Nun gut, ich werde ihm schreiben«, willigte sie ein und brach hastig auf. Sie hörte kaum noch, wie er ihr nachrief, sie solle unbedingt eine Kopie von ihrem Brief anfertigen.

In jener Nacht schrieb sie. Vielleicht wäre es ihr doch unmöglich gewesen, wäre nicht im Theater der kleine Breckenridge in ihrer Loge aufgetaucht. Er kam gerade aus Rom zurück, wo er mit den Hicks diniert (»eine erstklassige Show – die haben wirklich den Durchbruch geschafft – nicht wiederzuerkennen!«) und Lansing getroffen hatte, von dem alle erwarteten, daß er Coral heiraten werde, »sobald alles geklärt ist«. – »Du hattest verdammt recht, nicht wahr, Susy«, kicherte er, »damals in jener Nacht in Venedig, letzten Sommer, als wir alle dachten, du machtest einen Witz wegen ihrer Verlobung. Im nachhinein wirklich schade, daß du uns damals unseren Überraschungsbesuch bei den Hicks verdorben und Streff losgeschickt hast, um uns wieder zurückzuschleppen, als wir gerade über sie hereinbrechen wollten. Erinnerst du dich?«

Er ließ das »Streff« leichthin fallen, ganz wie früher, warf jedoch einen zögernden Seitenblick auf Lord Altringham, der sich zu Susy beugte und fragte: »Hat Breckenridge von mir gesprochen? Ich habe nicht verstanden, was er gesagt hat. Spricht er undeutlich – oder werde ich allmählich taub?«

Danach war es ihr, als Strefford sie bei ihrem Hotel abgesetzt hatte, verhältnismäßig einfach vorgekommen, nach oben zu gehen und zu schreiben. Schnell warf sie Datum und ihre Anschrift hin und hielt dann inne. Plötzlich erinnerte sie sich jedoch an das Gekicher des kleinen Breckenridge, und die Worte flossen aus ihrer Feder: »Lieber Nick, es war Juli, als Du Venedig verlassen hast, und ich habe außer dem kurzen Brief, in dem Du mir mitgeteilt hast, Du seist für ein paar Tage weggefahren und ich würde bald von Dir hören, keine Nachricht von Dir erhalten.

Du hast immer noch nicht geschrieben, obwohl

es jetzt fünf Monate her ist, seit Du mich verlassen hast. Das bedeutet, so vermute ich, Du willst Deine Freiheit wiederhaben und mir die meine geben. Wäre es in diesem Fall nicht freundlicher gewesen, mir das zu sagen? Schlimmer als alles andere wäre es, wenn wir so weitermachten wie bisher. Ich weiß nicht, wie ich mich ausdrücken soll – aber da Du mir offenbar nicht schreiben willst, ziehst Du es vielleicht vor, Deine Antwort an Mr. Frederic Spearman, den amerikanischen Anwalt hier, zu richten. Seine Adresse ist: 100, Boulevard Haussmann. Ich hoffe …«

Bei dem letzten Wort setzte sie die Feder ab. Hoffen? Was erhoffte sie, für ihn oder für sich selbst? Gute Wünsche für sein Wohlergehen hätten wie Hohn geklungen – und lieber sollte ihr Brief bitter wirken als gefühllos. Vor allem aber wollte sie es hinter sich bringen. Auch nur diese paar Zeilen noch einmal zu schreiben wäre eine Qual. Also ließ sie das »Ich hoffe« stehen und fügte einfach hinzu: »… bald zu erfahren, wozu Du Dich entschlossen hast.«

Sie las den Brief noch einmal durch und schauderte. Nicht ein Wort über die Vergangenheit – nicht eine Anspielung auf die geheimnisvolle Verflechtung ihrer beider Leben, so unzertrennbar wie Kelch und Blütenblätter. Aber was hatten Erinnerungen in einem solchen Brief zu suchen? Sie hatte das Gefühl, jenen anderen Nick in ihrer Brust verbergen zu wollen, und mit ihm jene andere Susy, die Susy, die er einst geliebt hatte ... Keiner von beiden schien etwas mit der jetzigen Angelegenheit zu tun zu haben.

Als der Brief fertig war, starrte sie auf den versiegelten Umschlag, bis der Gedanke unerträglich wurde, daß er hier in ihrem Zimmer lag, und ihr klar wurde, daß sie ihn entweder zerreißen oder sofort abschicken mußte. Sie ging in die Hotelhalle hinunter und gab dem Nachtportier ein Trinkgeld, damit er den Brief zum nächstgelegenen Postamt bringe, obwohl er einwandte, zu dieser Stunde würde man dadurch keine Zeit gewinnen. »Ich will ihn aus dem Haus haben«, beharrte sie und wartete in ihrem Morgenrock neben dem Tresen, bis er sein Botengang erledigt hatte.

Als sie wieder in ihr Zimmer trat, dachte sie an die Aufforderung des Anwalts, eine Kopie von ihrem Brief zu machen. Eine Kopie, um sie mit den anderen Unterlagen im Fall »Lansing gegen Lansing« abzuheften! Bei dieser Vorstellung brach sie in Lachen aus. Was war das für ein Stoff, aus dem Anwälte gemacht waren? Erriet der Mann denn nicht, allein am Ausdruck ihrer Augen und am Klang ihrer Stimme, daß sie, solange sie lebte, nie auch nur ein einziges Wort dieses Briefes vergessen würde? Nacht für Nacht würde sie daliegen, wie sie jetzt dalag, um mit weit aufgerissenen Augen in die Dunkelheit zu starren, während in ihrem Gehirn eine Stimme monoton hämmerte: »Lieber Nick, es war Juli, als du mich verlassen hast ... «

22

STREFFORD WÜRDE IN KÜRZE nach England aufbrechen.

Sobald er sicher war, daß Susy die ersten Schritte unternommen hatte, um wieder frei zu werden, betrachtete er sie unverhohlen als seine Verlobte und sah keinen Grund mehr, noch länger ein Geheimnis daraus zu machen. Sie verstand seine Ungeduld, ihrer beider Zukunft zu regeln. Es würde ihn vor der Bedrohung schützen, als Heiratskandidat zu gelten, und, wie er es ausdrückte, die Leute davon abhalten, sich weiterhin einzumischen. Jetzt, da seine Situation den Reiz des Neuen eingebüßt hatte, machte sich erneut seine natürliche Trägheit geltend, und nichts fürchtete er mehr, als vor den unzähligen Plänen, die Wohlmeinende für ihn schmiedeten, auf der Hut sein zu müssen. Gelegentlich bildete Susy sich ein, er wolle sie nur heiraten, weil dies der Weg des geringsten Widerstands war.

»Mich zu heiraten ist die einfachste Art und Weise, all die anderen nicht zu heiraten«, lachte sie, als er eines Tages in einer stillen Allee im Bois de Boulogne vor ihr stand und auf der Klärung mehrerer Fragen beharrte. »Ich glaube, ich bin nur ein Schutzschild für dich.«

Ein merkwürdiger Schimmer blitzte in seinen

Augen auf, und sie erriet sogleich, daß er dachte: »Und was bin ich denn für dich?«

Sie errötete, aber er erwiderte, ebenfalls lachend: »Nun, das bist du in jedem Fall, Gott sei Dank!«

Sie überlegte kurz und fragte dann: »Aber in der Zwischenzeit – wie willst du dich denn noch ein ganzes Jahr lang schützen?«

»Ah, das ist deine Sache. Du mußt dir ein kleines Haus in London nehmen. Du mußt auf mich aufpassen, verstehst du?«

Fast hätte sie ihm heftig entgegnet: »Oh, wenn dir nur daran etwas liegt...« Aber genau das war es, was sie aus ihren Gesprächen und Gedanken heraushalten wollte. Sie konnte ihn nicht fragen, was ihm an ihr lag, ohne sich nicht der gleichen Frage auszusetzen. Und davor hatte sie Angst. Strefford war kein glühender Verehrer – vielleicht aus Taktgefühl, vielleicht vom Temperament her, vielleicht auch nur infolge der langen Gewohnheit, jedes Gefühl und jede Überzeugung zu bagatellisieren –, und doch wußte sie, daß ihm so viel an ihr lag, wie ihm überhaupt je an einem Menschen liegen konnte. Wenn Gewohnheit eine große Rolle spielte – wenn er sie vor allem mochte, weil er ihre Ansichten kannte, wußte, was sie hinnahm und gelten ließ, wußte, daß sie ihn höchstwahrscheinlich nie langweilen, sondern eher amüsieren würde. Na wenn schon, es war nicht die schlechteste Mischung, wenn auch nicht gerade die feurigste, und es bestand eine gute Chance, sein Gefühl für sie angenehm temperiert zu halten. Sie hatte das Feuer kennengelernt – jetzt sehnte sie sich nach einem ausgeglicheneren Klima. Allerdings empfand sie die Vorstellung, ein Jahr lang seine Leidenschaft anfachen zu müssen, als ungeheuer bedrückend. Doch all das, genau das, konnte sie ihm nicht sagen. Die lange Bewährungszeit, in der sie ihn unterhalten, behüten, festhalten und vor den anderen Frauen schützen mußte, gehörte nun einmal zu ihrer Situation. Sie war sicher, sie würde es, wie der kleine Breckenridge gesagt hätte, »schon schaukeln«, aber sie wollte nicht darüber nachdenken. Am liebsten wäre es ihr gewesen, wegzugehen – egal wohin – und Strefford bis zu ihrer Heirat nicht mehr sehen zu müssen. Aber auch das wagte sie ihm nicht zu sagen.

»Ein kleines Haus in London …?« sagte sie fragend.

»Nun, ich nehme an, du brauchst so etwas wie ein Dach über dem Kopf.«

»Vermutlich.«

Er setzte sich neben sie auf eine Bank. »Wenn du mich genügend magst, um eines Tages in Altringham zu wohnen, darf ich dir dann nicht in der Zwischenzeit eine kleinere und bequemere Unterkunft zur Verfügung stellen?«

Noch immer zögerte sie. Die Alternative war, das wußte sie, wieder auf Kosten Ursula Gillows, Violet Melroses oder einiger ihrer anderen reichen

Freundinnen zu leben, von denen jede nur zu gerne bereit wäre, der zukünftigen Lady Altringham die großzügigste Gastfreundschaft zu gewähren. Eine solche Regelung wäre doch viel demütigender und würde ihre Unabhängigkeit noch mehr einschränken als ein kleines, von Altringham zur Verfügung gestelltes Haus. Dennoch war sie unschlüssig. »Ich werde im Dezember nach London gehen und eine Weile bei Freunden wohnen – dann können wir ja weitersehen.«

»In Ordnung, wie du willst.« Er fand ihr Zaudern ganz offensichtlich lächerlich, war jedoch zu froh darüber, daß sie die ersten Schritte zur Scheidung eingeleitet hatte, um sich von ihrer Antwort entmutigen zu lassen.

»Und jetzt, meine Liebe, hör mich an. Könnte ich dir nicht so etwas wie einen Ring schenken?«

»Einen Ring?« Bei dem Vorschlag wurde sie rot. »Aber wozu denn, Streff, mein Lieber? Wo doch all diese Juwelen in London sicher verwahrt sind …«

»Oh, ich wette, du würdest sie altmodisch finden. Und, zum Henker, warum sollte ich dir nicht etwas Neues schenken? Gestern bin ich Ellie und Bockheimer über den Weg gelaufen, in der Rue de la Paix. Sie haben dort Saphire ausgesucht. Magst du Saphire, oder Smaragde? Oder einfach einen Diamanten? Ich habe einen wunderschönen gesehen … Ich möchte, daß er dir gehört.«

Ellie und Bockheimer! Wie sie es haßte, diese Namen in einem Atemzug genannt zu hören. Die Situation der beiden war ihr immer wie eine Karikatur ihrer eigenen erschienen, und sie empfand unsinnigen Ärger auf Ellie, weil sie sich dieselbe Saison ausgesucht hatte, um sich scheiden zu lassen und wieder zu heiraten.

»Ich wollte, du würdest nicht von ihnen sprechen, Streff … als wäre es bei den beiden so wie bei uns. Ich kann es kaum ertragen, mich in einem Raum mit Ellie Vanderlyn aufzuhalten.«

»Hoppla – was paßt dir denn nicht an ihr? Du meinst, weil sie Clarissa hergibt?«

»Nicht nur das. – Du weißt nicht … und ich kann es dir nicht sagen …« Sie schauderte bei der Erinnerung und erhob sich nervös.

Strefford hob auf seine sorglose Art die Schultern. »Nun, meine Liebe, du kannst kaum von mir erwarten, deine Ansicht zu teilen, denn schließlich habe ich es Ellie zu verdanken, daß ich in Venedig so lange mit dir allein sein konnte. Wenn sie und Algie ihren Honigmond in meiner Villa nicht verlängert hätten …«

Erschrocken hielt er inne und sah Susy an. Sie war sich bewußt, daß jeder Tropfen Blut aus ihrem Gesicht gewichen war. Sie fühlte es von ihrem Herzen wegströmen wie aus durchtrennten Schlagadern, bis kein Leben mehr in ihr war, nur ein einziger schmerzender Punkt.

»Ellie – in deiner Villa? Was soll das heißen? Waren es Ellie und Bockheimer, die …«

Strefford starrte sie immer noch an: »Willst du damit sagen, du hättest das nicht gewußt?«

»… die nach Nick und mir kamen …?« fuhr sie hartnäckig fort.

»Wieso, glaubst du etwa, ich hätte euch sonst hinauskomplimentiert? Dieser widerwärtige Bockheimer hat mich einfach mit Gold zum Schweigen gebracht. Ah, nun ja, ein Gutes hat die Sache. Ich werde die Villa nie mehr vermieten müssen. Ich mag das kleine Haus selbst ganz gerne, und ich denke, gelegentlich könnten wir ein oder zwei Tage dort verbringen. – Susy, was ist denn los?« rief er aus.

Sie starrte ihn ebenfalls an, ohne ihn jedoch zu sehen. Vor ihren Augen verschwamm alles und tanzte auf und ab.

»Dann war sie *dort*, als ich alle diese Briefe für sie aufgegeben habe …?«

»Briefe – was für Briefe? Warum siehst du auf einmal so schrecklich verstört aus?«

Es war, als hätte sie ihn nicht gehört. »Sie und Algie Bockheimer sind an genau dem Tag angekommen, an dem Nick und ich abgereist sind?«

»Das nehme ich an. Ich dachte, sie hätte dir das gesagt. Ellie sagt immer allen alles.«

»Sie hätte es mir gesagt, da bin ich sicher – wenn ich sie gelassen hätte.«

»Na und, meine Liebe, das war doch wohl kaum meine Schuld, oder? Obwohl ich wirklich nicht verstehe …«

Aber Susy, vor deren Augen die Funken auf und ab tanzten, fuhr hastig fort: »Dann war es also ihr Wagen, der uns nach Mailand gebracht hat. Algie Bockheimers Wagen!« Sie wußte nicht, warum, aber dies schien ihr das Demütigendste an der ganzen widerwärtigen Geschichte. Sie erinnerte sich an Nicks Widerstreben, den Wagen zu benutzen – sie erinnerte sich an seinen Blick, als sie sich damit gebrüstet hatte, alles »organisiert zu haben«. Ihr wurde übel.

Strefford brach in Lachen aus. »Ich muß schon sagen – ihr habt euch ihren Wagen ausgeliehen? Und du hast nicht gewußt, wem er gehörte?«

»Woher denn? Ich habe den Chauffeur überredet … mit einem kleinen Trinkgeld … um das Geld für die Bahnfahrt nach Mailand zu sparen … in Italien ist es so schrecklich teuer, wenn man zusätzliches Gepäck hat …«

»Ganz die alte Susy! Hervorragend! Ich kann mir gut vorstellen, wie du das gedreht hast …«

»Oh, das ist schrecklich – das ist schrecklich!« stöhnte sie.

»Schrecklich? Was ist schrecklich?«

»Wieso verstehst du denn nicht … spürst du denn nicht …«, begann sie impulsiv und hielt dann inne. Wie sollte sie ihm das erklären – es war ja nicht nur die Vorstellung, daß er das kleine Haus, sobald sie und Nick es verlassen hatten, ausgerechnet diesen beiden zur Verfügung gestellt hatte, schlimm war es vor allem, weil es ihre eigenen glücklichen Tage in den Schmutz zog. Und was sie am meisten abstieß, war die Tatsache, daß Strefford in Nelson Vanderlyns Haus ein Leben in Luxus geführt und gleichzeitig Ellie Vanderlyns Liebesaffäre heimlich unterstützt und ihr – für einen ansehnlichen Preis – gestattet hatte, sie unter seinem Dach auszuleben. Ihre Lippen bebten, sie wollte den Vorwurf aussprechen – aber da war ihre eigene Rolle in dieser widerwärtigen Geschichte, und niemals könnte sie Strefford davon erzählen und gestehen, daß Nick sie deshalb verlassen hatte. Sie hatte keine Angst davor, daß diese Enthüllung sie in Streffords Augen schlecht dastehen lassen könnte. Moralische Probleme ließen ihn ungerührt. Er würde ihr Geständnis mit einem Lachen abtun und sich über Nick in seiner neuen Rolle als Moralist lustig machen. Aber genau das hätte sie nicht ertragen, daß irgend jemand die Aufrichtigkeit von Nicks Maßstäben anzweifelte oder erfuhr, wie tief sie, Susy, unter diese Maßstäbe gesunken war.

Sie sagte also nichts, und Strefford zog sie, nach einem Augenblick des Schweigens, sanft zurück neben sich auf die Bank. »Susy, bei meiner Seele, ich verstehe nicht, worauf du hinauswillst. Bist du auf mich wütend – oder auf dich selbst? Und was soll das Ganze eigentlich? Bist du entsetzt, weil ich die Villa einem Paar überlassen habe, das nicht verheiratet war? Diese Leute zahlen nun mal am besten – und ich mußte mir doch irgendwie meinen Lebensunterhalt verdienen! Man läuft nicht jeden Tag einem Brautpaar über den Weg.« –

Sie hob ihre Augen zu seinem verwirrten, ungläubigen Gesicht. Armer Streff! Nein, nicht auf ihn war sie wütend. Warum auch? Selbst diese unbesonnene Enthüllung hatte ihr nichts offenbart, was sie nicht bereits gewußt hätte. Ihr war nur ein weiteres Mal die Einstellung der Menschen vor Augen geführt worden, unter denen er und sie lebten. Strefford empfand genauso, wie sie empfanden, urteilte, wie sie urteilten, war ebenso blind wie sie – und wie man es von ihr erwarten würde, wenn sie erst richtig dazugehörte. Und hatte sie nicht längst stillschweigend alle Notlösungen und Kompromisse gebilligt? Und würde sie nicht weiter abstumpfen und sich im Lauf der Zeit über ihre eigene Empörung wundern, so wie jetzt Streff sich aufrichtig darüber wunderte? Bald würde sie einen eben erst entdeckten Schatz verlieren, einen Schatz, der nur für sie kostbar war, neben dem jedoch alles, was Streff ihr bot, nichts zählte: der Triumph ihres gekränkten Stolzes – nichts, die Sicherheit ihrer Zukunft – nichts.

»Was ist denn los, Susy?« fragte er mit derselben verwirrten Sanftheit.

Ach, es war unmöglich, ihn je dazu zu bringen, sie zu verstehen! Sie hatte sich quälend einsam gefühlt, als Nick sie mit seiner flammenden Empörung aus ihrem Paradies vertrieben hatte. Aber dieser Schmerz hatte ein grausames Glück in sich geborgen. Nick hatte ihr nicht die Augen für neue Wahrheiten geöffnet, sondern er hatte etwas in ihr zu neuem Leben erweckt, das unter Jahren angehäufter Gleichgültigkeit verborgen war. Und das wiedererweckte Gefühl war seitdem nie mehr vergangen und hatte sie vor der letzten, äußersten Einsamkeit bewahrt. Denn es war ein Geheimnis, das sie mit Nick teilte, und das er ihr, als er sie verließ, nicht hatte wegnehmen können. Es war fast, so empfand sie es plötzlich, als hätte er sie mit einem Kind zurückgelassen.

»Meine Liebe«, sagte Strefford mit einem resignierten Blick auf seine Uhr, »du weißt, wir müssen in die Botschaft …«

In die Botschaft? Sie sah ihn geistesabwesend an, dann erinnerte sie sich. Ja, sie dinierten an diesem Abend in der Botschaft, bei den Ascots, zusammen mit Streffords Cousin, dem Herzog von Dunes, und seiner Frau, der hübschen, untadeligen jungen Herzogin; mit der alten, dem Spiel verfallenen Herzoginwitwe, zu der Sohn und Schwiegertochter aus England zu Besuch gekommen waren; und mit anderen englischen und französischen Gästen, deren Rang und Stellung denen der Dunes' entsprachen.

Susy wußte, daß ihre Aufnahme in diesen Kreis von Gästen bei einem solchen Diner nur eines bedeuten konnte: ihre endgültige Anerkennung als Altringhams zukünftige Frau. Sie war »die kleine Amerikanerin«, die man dazuzubitten hatte, wenn man ihn einlud, selbst bei offiziellen Anlässen. Die Familie hatte sie akzeptiert. Der Botschaft blieb nichts anderes übrig, als sich dem anzuschließen.

»Es ist schon spät, meine Liebe, und ich habe noch eine geschäftliche Besprechung«, erinnerte Strefford sie geduldig.

»Oh, Streff – ich kann nicht, ich kann nicht!« Die Worte stürzten aus ihrem Mund, ohne daß sie wußte, was sie sagte. »Ich kann nicht mit dir gehen – ich kann nicht mit dir in die Botschaft gehen. Ich kann nicht mehr so weitermachen ...« In verzweifeltem Flehen blickte sie zu ihm auf. »Oh, versteh mich doch – bitte, versteh mich«, wimmerte sie und wußte, noch während sie sprach, wie völlig unmöglich das war, worum sie bat.

Streffords Gesicht war langsam blaß geworden und hatte sich verhärtet. Seine Farbe wechselte von Blässe zu einem bläulichen Weiß, und zwischen den ironischen Augenbrauen und um den leicht amüsiert lächelnden Mund zeichneten sich Falten des Eigensinns ab.

»Verstehen? Was soll ich verstehen?« Er lachte. »Daß du versuchst, mich loszuwerden – jetzt schon?«

Bei dem höhnischen »Jetzt schon« zuckte sie zusammen, aber das genau war es ja, das war die einzige Antwort, die man von ihm erwarten konnte, denn eben weil er nicht in der Lage war zu verstehen, floh sie vor ihm.

»O Streff – wenn ich nur wüßte, wie ich dir das erklären soll!«

»Das Wie spielt keine große Rolle. Ist es so, wie du zu sagen versuchst?«

Sie ließ ihren Kopf sinken und sah die welkenden Blätter, die ein Vorbote des Winters aufwirbelte, zu ihren Füßen tanzen.

»Der Grund dafür«, fuhr er fort, nachdem er sich mühsam lächelnd geräuspert hatte, »ist für mich nicht ganz so wichtig wie die Tatsache.«

Sie stand auf. Sein Schmerz quälte sie. Aber immerhin hatte er sich an das Diner in der Botschaft erinnert! Dieser Gedanke verlieh ihr den Mut weiterzusprechen.

»Es würde nicht funktionieren, Streff. Ich bin nicht im mindesten die Art Frau, die dich glücklich machen könnte.«

»Oh, das kannst du getrost mir überlassen, ja?«

»Nein, kann ich nicht. Denn ich wäre ebenfalls unglücklich.«

Er warf einen Blick auf die vorbeiwirbelnden Blätter. »Du hast ziemlich lange gebraucht, um das herauszufinden.«

Sie ahnte, daß sein neuerwachtes Gefühl dafür, welche Konsequenzen dies für ihn haben würde, ihn mehr leiden ließ als seine verletzte Zuneigung, und das gab ihr erneut Mut.

»Mag sein, daß ich lange dazu gebraucht habe – ein Grund mehr, daß es so nicht weitergehen kann. Ich habe einen Fehler gemacht, und du hast darunter gelitten.«

»Vielen Dank«, erwiderte er, »für deine rührende Besorgtheit.«

Hilflos sah sie ihn an, erfüllt von dem verzweifelten Gefühl, daß keiner zum anderen durchdringen konnte. Dann erinnerte sie sich, daß Nick ihr, während ihres letzten Gesprächs, ebenso unzugänglich erschienen war, und sie fragte sich, ob die Seelen der Menschen, wenn sie einander zu nahe zu kommen versuchen, nicht zwangsläufig zu Schleiern vor dem Blick des anderen werden. Gern hätte sie dies Streff gesagt – aber auch das hätte er nicht verstanden. Erneut schloß das Gefühl der Einsamkeit sich um sie, und vergeblich tastete sie nach einem Wort, das zu ihm durchdringen konnte.

»Laß mich allein nach Hause gehen, ja?« bat sie.

»Allein?«

Sie nickte. »Morgen – morgen ...«

Er versuchte, ziemlich tapfer, zu lächeln. »Zum Henker mit morgen! Was auch immer los ist, es wird mich nicht davon abhalten, dich nach Hause zu bringen.« Er blickte zu dem Taxi, das am anderen Ende des menschenleeren Weges auf sie wartete.

»Nein, bitte. Du hast es eilig, nimm das Taxi. Ich sehne mich nach einem langen, langen Spaziergang, allein … durch die Straßen, wenn die Lichter angehen …«

Er legte seine Hand auf ihren Arm. »Ich muß schon sagen, meine Liebe, du wirst doch nicht etwa krank?«

»Nein, ich bin nicht krank. Aber du kannst sagen, ich sei es, heute abend in der Botschaft.«

Er ließ sie los und trat einen Schritt zurück. »Oh, sehr wohl«, gab er kühl zurück. An seinem Ton erkannte sie, daß der Knoten durchtrennt war und daß er sie in diesem Augenblick fast haßte. Sie wandte sich ab und hastete den verlassenen Parkweg hinunter. Sie floh vor ihm, und sie wußte, daß er reglos dastand und ihr nachsah, verletzt, gedemütigt, nichts begreifend. Es war nicht seine Schuld und auch nicht ihre …

23

Sie floh weiter, auf die Lichter der Straßen zu, und eine Brise der Freiheit schien ihr ins Gesicht zu wehen.

Wie eine Last war die in den letzten Monaten angehäufte Scheinheiligkeit von ihr abgefallen, sie war wieder sie selbst, Nicks Susy, nichts weiter. Sie sah mit leuchtenden, staunenden Augen auf die stattlichen Fassaden im Viertel La Muette, auf die Reihen kahler Bäume, das erwachende Glitzern von Schaufenstern, die all die Dinge darboten, die sie nie wieder kaufen würde. –

Sie blieb vor dem Fenster einer Modistin stehen und sagte sich: »Warum sollte ich mir meinen Lebensunterhalt nicht als Putzmacherin verdienen?« Sie begegnete jungen Arbeiterinnen, die aus einer Toreinfahrt strömten und sich in alle Himmelsrichtungen zerstreuten, um ihre Straßenbahnen oder Omnibusse zu erreichen. Und mit neu erwachtem Interesse betrachtete sie ihre müden Gesichter – aber es waren die Gesichter freier Menschen. »Warum sollte ich mir meinen Lebensunterhalt nicht selbst verdienen, wie sie es auch tun?« dachte sie wieder. Als sie einer Nonne begegnete und ihren ruhigen zuversichtlichen Blick auffing, stellte sie sich vor, wie schön es sein könnte, sich nicht mehr um Geld kümmern zu müssen und anderen Menschen zu helfen.

Hätte denn einer von den Fremden, die sie hier sah, ihre Sorgen um Geld für Kleider, für Zigaretten, für Bridge und Taxis und Trinkgelder verstanden? Sollte sie nicht doch in die Botschaft eilen, wo ihr unveräußerliches Recht auf derlei Luxus feierlich anerkannt und besiegelt werden sollte?

Die Künstlichkeit und Unwirklichkeit ihres Lebens umfing sie wie dichter Nebel. An einer Straßenecke blieb sie stehen und atmete keuchend, als wäre sie um die Wette gelaufen. Dann begann sie langsamer und ziellos eine Straße mit kleinen, von dunstverhangenen Gärten umgebenen Privathäusern entlangzuschlendern. Sie setzte sich auf eine Bank und starrte empfindungslos vor sich hin. Als sie weiterging, war es dunkel geworden, und sie erreichte auf zitternden Beinen die Hauptstraßen, die sich zu beleben begannen. Sie fürchtete, das Pulsieren der Herzschläge der Stadt könnte die Ruhe in ihrem Innern stören, schon könnte das Verlangen, dazuzugehören, nach ihr greifen, sie von der anderen Seite des Grabes in Glanz und Luxus zurückreißen. Sie fühlte sich schwach und elend vor Einsamkeit und Hilflosigkeit, wie ein Geist unter Geistern.

Schlangen von Automobilen und Kutschen fuhren Seite an Seite dahin, überholten, reihten sich ein und scherten aus – ein Wirrwarr eiliger Vergnügungssüchtiger. Sie meinte zu verstehen, was die Paare zueinander sagten, sie stellte sie sich vor in den Salons, den Restaurants, den Tanzsälen ... Und erneut zog die Einsamkeit sie wie in einem Strudel in die Tiefe. –

Sie war, sie wußte nicht wie, die Champs-Elysées heruntergelaufen, wie verfolgt von der erhabenen Silhouette des Arc de Triomphe. An der Place de la Concorde kam Nelson Vanderlyn im Abendanzug auf sie zu. Susy schreckte zurück. Was wußte er, was hatte er erfahren von ihrer Verstrickung in die Affären seiner Frau? Möglicherweise hatte Ellie alles ausgeplaudert. Wahrscheinlich vertraute sie ihre Liebesaffären Nelson mit der gleichen Unbekümmertheit an wie allen anderen, jetzt, da sie den Bockheimer-Preis an Land gezogen hatte.

»Na ... na ... na ... hab' ich dich erwischt! Freut mich, dich zu sehen, Susy, meine Liebe.« Sie spürte, wie Vanderlyn herzlich ihre Hand drückte, und mit der altvertrauten Liebenswürdigkeit beugte er sein rundes, rosiges Gesicht über sie. Zählte denn nichts in dieser Welt, vor der sie floh, gab es denn niemanden, der liebte oder haßte oder sich erinnerte?

»Hatte keine Ahnung, daß du in Paris bist – bin eben erst angekommen«, fuhr Vanderlyn fort, sichtlich erfreut über ihre Begegnung. »Hör mal, ich nehme an, du bist nicht rein zufällig heute abend frei und würdest mitkommen und einen alten einsamen Junggesellen aufheitern, hm? Doch? Wirklich? Nun, endlich mal Glück gehabt! Ich muß schon sagen – wo sollen wir hingehen? In eines dieser Lokale, wo man tanzt, nehme ich an? Ja, hin und wieder stürze selbst ich mich in diesen tollen Wirbel. Man muß mit der Zeit gehen. Halt, Taxi! Hör zu – ich fahre dich zuerst nach Hause und warte, während du in deine Gewänder springst. Wir haben jede Menge Zeit.« Als er sie zum Taxi führte, bemerkte sie, daß er leicht hinkte, wohl wegen seiner Gicht, und Mühe hatte, hinter ihr in den Wagen zu klettern.

»Kann ich nicht so mitkommen, wie ich bin, Nelson? Mir ist nicht nach Tanzen zumute. Laß uns in einem dieser verräucherten kleinen Restaurants auf der Place de la Bourse essen.«

Er schien überrascht, aber auch erleichtert. In einer Ecke bei Baugé fanden sie einen ruhigen Tisch, von den anderen Gästen abgeschirmt, und als Vanderlyn seine Brille zurechtrückte, um die Speisekarte zu studieren, musterte Susy ihn verstohlen. Er war mit noch sorgfältigerer Eleganz gekleidet als üblich, und eine flache Armbanduhr und teure Westenknöpfe ließen auf einen Versuch schließen, auf ganz neue Art schick zu sein. Auch sein Gesicht hatte eine Veränderung durchgemacht. Der Ausdruck von abgenutztem Optimismus war, so schien es, aufpoliert worden, um ihn seiner Kleidung anzupassen, als hätte eine Art moralischer Kosmetik ihn rosiger, strahlender und munterer gemacht, ohne ihn wirklich zu verjüngen. Ein dünner Schleier von

Hochgestimmtheit lag über seinem Gesicht, und die Haarsträhnen waren sorgfältig über die kahlen Stellen auf seinem Kopf gekämmt.

»Ober! *La carte des vins!* Welchen Champagner, Susy?« Wählerisch suchte er das Beste aus, was der Keller zu bieten hatte, und murrte ein wenig über die gutbürgerliche Küche. »In seiner Art herrliches Essen, aber ein bißchen derb, findest du nicht? Na schön, ich habe nichts dagegen … ist eine ganz nette Abwechslung zur Luxusküche. Ein ganz neuartiges Erlebnis – überhaupt bin ich für neue Erlebnisse, du etwa nicht, meine Liebe?« Er füllte ihre Champagnergläser, ließ einen Arm über die Lehne seines Stuhls hängen und lächelte sie wohlwollend an.

In dem Maße, wie der Champagner strömte, sprudelten vertrauliche Geständnisse aus ihm hervor.

»Schätze, du weißt, weshalb ich hier bin – wegen dieser Scheidungsgeschichte. Wir wollten das friedlich regeln, ohne großes Aufhebens, und natürlich ist Paris der geeignetste Ort dafür. Leben und leben lassen, ohne groß Fragen zu stellen. Großartiges Land hier. Überhaupt nicht scheinheilig … die verstehen zu leben, hier in Frankreich!« Susy starrte ihn an und hörte zu. Sie erinnerte sich, daß alle gedacht hatten, Nelson würde einen Riesenkrawall veranstalten, wenn er dahinterkäme. Er hatte immer eine Schwäche für boshafte Anekdoten über untreue Ehefrauen gehabt, und schon allein sein stets wiederholter Ausruf – »Hab' ich euch erwischt, hm?« – schien ein Hinweis darauf zu sein, daß ihn diese Vorstellungen nicht losließen. Aber es schien, als habe auch er, wie es so schön hieß, »die bittere Pille geschluckt«. Kein heftiger Ausbruch von Empörung hatte ihn aus der Bahn geworfen. Sein Eifer, aus den Trümmern seines Lebens mit lächelndem Optimismus ein neues zu errichten, ließ Susy an den beharrlichen Fleiß einer Ameise denken, die ihren zerstörten Ameisenhaufen neu aufschichtet.

»Ich sag' dir, eine großartige Sache, diese Freiheit! Heutzutage verändert sich alles. Warum nicht auch die Ehe? Ein Mann kann aus einer geschäftlichen Partnerschaft aussteigen, wann immer er will. Die Pfaffen aber wollen uns unser Leben lang aneinanderketten, nur weil wir eines Tages aus Versehen in die Kirche gestolpert sind und vor einem von ihnen ›Ja‹ gesagt haben. Nein, nein – das ist zu einfach. Wir sind darüber hinaus. Wissenschaft, und all diese neuen Entdeckungen ... Ich sage dir, die Zehn Gebote wurden für den Menschen gemacht, und nicht der Mensch für die Zehn Gebote. Und außerdem steht in ihnen kein Wort gegen die Scheidung! Das sage ich immer zu meiner alten Mutter, die sich in allem auf ihre Bibel verläßt. ›Zeig mir eine Stelle, wo es heißt: *Du sollst dich nicht scheiden lassen.*‹ Es macht sie ganz wild, die arme alte Dame, weil sie es nirgends finden kann. Und sie kann sich nicht vorstellen, wie das passieren konnte, daß die das ausgelassen haben. – Ich glaube eher, Moses hat es ausgelassen, weil er besser über die Natur des Menschen Bescheid wußte als diese modernen Pfaffen. Nicht, daß sie immer einer genaueren Prüfung standhalten würden, aber das kümmert mich nicht weiter. Leben und leben lassen, hm, Susy? Haben wir nicht alle ein Recht auf unsere Schwächen? Ich habe gehört, du folgst auch unserem Beispiel. Erstklassige Idee. Es macht mir nichts aus, es dir zu sagen, ich habe es kommen sehen, letzten Sommer, in Venedig. Hab' dich erwischt, sozusagen! Der alte Nelson ist nicht so blind, wie die Leute glauben. Komm, wir wollen noch eine Flasche köpfen, auf das Wohl von Streff und Mrs. Streff!«

Sie griff nach seiner Hand, mit der er dem Ober winkte. Der aufgedrehte, geschwätzige Nelson berührte sie tiefer, als eine gebrochene Gestalt dies vermocht hätte. »Keinen Champagner mehr, bitte, Nelson. Außerdem stimmt es nicht«, fügte sie schnell hinzu.

Er starrte sie an. »Es stimmt nicht, daß du Altringham heiraten wirst?«

»Nein.«

»Beim heiligen Georg – warum, um alles in der Welt, hast du dann Nick den Laufpaß gegeben? Hast du nicht auch eine Schwäche, meine Liebe?«

Sie lachte und schüttelte den Kopf.

»Willst du damit sagen, es hat einzig und allein an Nick gelegen?«

»Ich weiß es nicht. Laß uns lieber von dir reden, Nelson. Ich bin froh, daß du so guter Dinge bist. Ich hätte eher gedacht ...«

Hastig unterbrach er sie. »Hast gedacht, ich würde ein Heidenspektakel veranstalten – ein bißchen rumballern? Ich weiß – das haben die Leute geglaubt.« Er zwirbelte seinen Schnurrbart, offensichtlich stolz auf seinen Ruf. »Na ja, mag sein, daß ich ein oder zwei Tage lang rotgesehen habe – aber vor allem anderen bin ich Philosoph. Ehe ich ins Bankgeschäft eingestiegen bin, habe ich drüben im Westen zweimal ein Vermögen gemacht und wieder verloren. Nun, wie habe ich mir wieder etwas aufgebaut? Nicht indem ich jemanden erschossen habe – nicht einmal mich selbst. Habe mich einfach dahintergeklemmt ... und genau das mache ich auch jetzt. Wieder ganz von vorne anfangen ...« Seine Stimme sank von lauter Prahlerei in wehmütige Melancholie ab, die Miene angestrengter Fröhlichkeit fiel von seinem Gesicht wie eine Maske, und einen Augenblick lang sah sie den wirklichen Menschen – gealtert, kaputt, einsam. Ja, das war es, er war einsam, verzweifelt einsam, er drohte in einem Meer der Einsamkeit unterzugehen, und jede Person aus der Vergangenheit war ein Strohhalm, an den er sich klammerte. Was auch immer er wußte oder ahnte von der Rolle, die sie bei seinem Unglück gespielt hatte, es war keine Empfindungslosigkeit, die ihn veranlaßt hatte, sie mit solch alles verzeihender Herzlichkeit zu begrüßen, sondern das gleiche Gefühl von Hilflosigkeit und Isoliertheit, das wie ein kalter Nebel auch über ihrem Leben hing. Plötzlich fühlte sie sich alt – alt und unsagbar müde.

»Es hat mich sehr gefreut, dich zu treffen, Nelson. Aber jetzt muß ich allmählich nach Hause.«

Er brachte keinen Einwand vor, sondern bat um die Rechnung, setzte wieder sein unbeschwertes Gesicht auf, während er großzügig Trinkgeld verteilte, und schlenderte hinter ihr aus dem Lokal, um ein Taxi anzuhalten.

Schweigend fuhren sie los. Susy dachte: »Und Clarissa?«, wagte jedoch nicht, die Frage auszusprechen. Vanderlyn zündete sich eine Zigarette an, summte eine Tanzmelodie und starrte aus dem Fenster. Plötzlich spürte sie seine Hand auf ihrer.

»Susy – siehst du sie noch?«

»Wen – Ellie?«

Er nickte, ohne sich ihr zuzuwenden.

»Nicht oft ... gelegentlich ...«

»Wenn du sie siehst, dann sag ihr, um Himmels willen, ich sei glücklich ... glücklich wie ein König ... sag ihr, das hättest du selbst gesehen ...« Seine Stimme brach, er keuchte leise. »Ich ... ich will verdammt sein, wenn ... wenn sie je unglücklich ist wegen mir... wenn ich das irgendwie vermeiden kann...« Die Zigarette fiel aus seinen Fingern, und mit einem Aufschluchzen schlug er die Hände vors Gesicht.

»Oh, armer Nelson – armer Nelson«, flüsterte Susy. Als ihr Taxi über die Place du Carrousel und über die Brücke rumpelte, verbarg er immer noch sein Gesicht in den Händen. Schließlich zog er ein parfümiertes Taschentuch hervor, trocknete seine Augen und tastete nach einer neuen Zigarette.

»*Mir geht es gut.* Sag ihr das, Susy, ja? Wir haben zusammen Zeiten erlebt, die ich, schätze ich, nie vergessen werde. Und die lassen mich voller Freundlichkeit an sie denken, nicht mit Ärger. Ich wußte vorher nicht, daß es so kommen würde... aber so ist es nun einmal... Und jetzt, da alles geregelt ist, bin ich vollkommen in Ordnung, und das kannst du ihr auch sagen... Hör mal, Susy...« Er umklammerte ihren Arm, als das Taxi vor ihrem Hotel vorfuhr. »Sag ihr, ich *verstehe,* ja? Ich möchte gerne, daß sie das weiß...«

»Ich werde es ihr sagen, Nelson«, versprach sie, und müde stieg sie die Treppe zu ihrem Zimmer hinauf.

Susys größte Befürchtung war, Strefford könnte, wenn er am nächsten Tag wieder zu ihr käme, das Gespräch vom vorangegangenen Abend als »Nervenkrise« bezeichnen, die nicht der Rede wert war. Es könnte allerdings auch sein, daß er über ihr

Verhalten zu verärgert war, um gleich zu versuchen, sie wiederzusehen. Aber seine sorglose, moderne Einstellung, was Verhalten und Überzeugungen betraf, machte dies unwahrscheinlich. Sie ahnte, daß ihn ihre formlose Absage für das Diner in der Botschaft am empfindlichsten getroffen hatte.

Aber warum sollte sie ihn überhaupt wiedersehen? All die Erklärungen der letzten Monate hatten sie gelehrt, daß sie nichts erklären konnte. Wenn der andere nicht beim ersten Wort, beim ersten Blick verstand, trugen weitere Versuche nur dazu bei, das Dunkel noch undurchdringlicher zu machen. Und vor allem wollte sie sich – besonders nach dem Abend mit Nelson Vanderlyn – abseits halten, damit ihr das wie auf Widerruf zurückeroberte Ich nicht erneut abhanden käme. Sie setzte sich hin und schrieb Strefford – und es schmerzte sie fast so sehr wie damals, als sie an Nick geschrieben hatte. Nicht, daß ihre Gefühle in irgendeinem vergleichbaren Maße daran beteiligt gewesen wären, aber die Entscheidung, Strefford aufzugeben, ließ sie plötzlich wieder an den alten Streff denken, an seine Freundlichkeit, seine Nachsicht, seine gute Laune und an all die anderen Eigenschaften, die sie immer an ihm gemocht hatte. Und sie schämte sich ihres Verhaltens, das ihm so viel Schmerz verursachen und ihn zutiefst demütigen mußte. Ja, vor allem demütigen. Sie wußte, daß das, was sie zu sagen hatte, seinen Stolz verletzen würde, wie auch immer sie ihr Nein formulierte. Dann dachte sie daran, was Vanderlyn über seine Frau gesagt hatte: »Wir haben zusammen Zeiten erlebt, die ich, schätze ich, nie vergessen werde ...«, und an einen Satz Grace Fulmers, den sie damals nur halb begriffen hatte: »Du bist noch nicht lange genug verheiratet, um zu verstehen, wie unwichtig solche Dinge erscheinen, aufs Ganze gesehen ... aufs Ganze der Erinnerungen.«

Zwei Menschen, die weiter als sie und Nick in das Labyrinth des Zusammengehörens eingedrungen waren und sich durch seine dornigsten Strecken hindurchgekämpft hatten. Und doch legten beide, Grace bewußt, Nelson halbbewußt, Zeugnis ab für die geheimnisvolle Tatsache, daß die Macht einer in wechselseitigem Verständnis eingegangenen Ehe zu weit reicht, als daß sie sich, selbst im Augenblick des Fliehens und des Verleugnens, nicht geltend machen würde.

»Der eigentliche Grund ist: Du bist nicht Nick«, das hätte sie Strefford sagen sollen, hätte sie den Mut aufgebracht, die nackte Wahrheit niederzuschreiben. Und sie wußte, daß er – was auch immer sie schrieb – zu scharfsinnig war, um das nicht hineinzulesen.

»Er wird glauben, es sei bloß, weil ich noch immer in Nick verliebt bin ... und vielleicht bin ich das auch. Aber selbst wenn ich das wäre, darin scheint mir der Unterschied nicht zu liegen, sondern tiefer, in Dingen, die wir miteinander geteilt haben und die dazu bestimmt schienen, die Liebe zu überdauern oder sich in etwas anderes zu verwandeln.« Hätte sie hoffen können, dies Strefford begreiflich zu machen, der Brief wäre einfach zu schreiben gewesen.

»Armer Streff – arme Susy!« dachte sie, als sie den Brief versiegelte.

Nachdem sie ihn abgeschickt hatte, breitete sich ein Gefühl der Leere in ihr aus. Es war ihr gelungen, alles Zögern, alle Zweifel aus ihrem Denken zu vertreiben. Aber langsam gewann ihr gesunder Körper wieder die Oberhand, als könnte sie sich nicht daran gewöhnen, tot zu sein. Sich daran zu gewöhnen, tot zu sein, das schien ihre vordringlichste Aufgabe. Und sie fühlte sich so sehr als Anfängerin – fühlte sich so schrecklich lebendig! Wie hatten diese anderen es gelernt, durchzukommen, ohne zu leben? Nelson – nun, er kämpfte noch. Aber vielleicht würde er, wenn er die Lektion gelernt hatte, nicht in der Lage sein, sie weiterzugeben. Aber Grace Fulmer – plötzlich erinnerte sie sich, daß Grace in Paris war, und sie machte sich auf, sie zu suchen.

24

Nick Lansing war weit in die Campagna hinausgewandert. Selten gehörte seine Zeit ihm, denn sowohl Mr. als auch Mrs. Hicks gewöhnten sich mehr und mehr daran, unvorhergesehen und fast herrisch über ihn zu verfügen. Aber diesmal hatte er sich nach dem Lunch einfach weggestohlen, hatte die Straßenbahn zur Porta Salaria genommen und war von dort aus Richtung Ponte Nomentano gewandert.

Er hatte alleinsein und nachdenken wollen. Aber jetzt, da er allein war, erwies sich das Unterfangen als genauso ergebnislos wie alles, was er seit seiner Abreise aus Venedig in Angriff genommen hatte. Nachdenken – worüber nachdenken? Seine Zukunft schien ihm unwichtig, seit er vor zwei Monaten die wenigen Zeilen von Susy erhalten hatte, in denen sie ihn um ihre Freiheit bat.

Der Brief war ein Schock gewesen – obwohl er sich vorgestellt hatte, er sei durchaus auf so etwas vorbereitet –, doch er hatte ihn, in einem anderen Sinne, auch erleichtert, denn jetzt, da die Umstände ihn zwangen, ihr zu schreiben, gaben sie ihm auch ein, was er zu sagen hatte. Kurz und einfach hatte er ihr erklärt, er werde ihr keinerlei Hindernisse in den Weg legen. Er halte sich für ihren Anwalt zur Verfügung, um weitere Briefe zu beantworten – und er würde nie ihre gemeinsame Zeit vergessen oder aufhören, sie dafür zu segnen.

Das war alles. Er nannte die Adresse seines Bankiers in Rom und wartete auf einen weiteren Brief. Es kam jedoch keiner. Wahrscheinlich nahmen die »Formalitäten«, welcher Art auch immer sie waren, mehr Zeit in Anspruch, als er vermutet hatte. Und da er selbst es durchaus nicht eilig hatte, seine Freiheit wiederzuerlangen, versuchte er nicht, den Grund für die Verzögerung herauszufinden. Seitdem betrachtete er sich allerdings praktisch als frei, und aus eben diesem Grund hörte er auf, sich auch nur im mindesten für seine Zukunft zu interessieren. Sein Leben schien ihm so schal wie das eines Rekonvaleszenten, dem man gesagt hat, er könne nie wieder ganz gesund werden.

Nur einer Sache war er sich sicher, er würde nicht in den Diensten der Hicks bleiben. Er hatte nicht die Absicht, sie zu begleiten, wenn sie Rom verließen, um nach Zentralasien zu reisen. Die Rolle des Nachfolgers von Mr. Buttles wurde ihm von Tag zu Tag unerträglicher. Von Mr. und Mrs. Hicks als bezahltes Orakel behandelt zu werden, als ein mit Stolz zur Schau gestelltes und sorgsam gehegtes Wesen, das ihnen gehörte, war quälender, als er sich je irgendeine Beziehung zu diesen netten Leuten hätte ausmalen können. Und da ihre Ambitionen sich unverhohlen auf die gesellschaftliche Ebene verlagert hatten, erwies sich seine Aufgabe zwar als einfacher, aber weit unangenehmer als in den ersten Monaten, die er bei ihnen verbracht hatte. Es war ihm lieber, Mrs. Hicks zum hundertsten Male zu erklären, sassanidisch und sarazenisch seien keine auswechselbaren Begriffe, als für sie die Genealogien ihrer adeligen Gäste zu entwirren und sie, wenn sie die Sitzordnung für ihre Diners festlegte, zu erinnern, daß Herzöge höher rangierten als Prinzen. Nein – seine Arbeit war unerträglich, und er würde sich nach anderen Möglichkeiten umsehen müssen, seinen Lebensunterhalt zu verdienen. Aber das war es eigentlich nicht, worüber er nachdenken wollte, als er sich weggestohlen hatte. Er wußte, daß er nie Hunger leiden müßte. Allmählich glaubte er sogar wieder an sein Buch. Worüber er nachdenken wollte, das war Susy – vielmehr, es war Susy, zu der seine Gedanken unweigerlich zurückkehrten, egal wo seine Grübeleien ansetzten.

Immer wieder hatte er sich vorgestellt, einen Waffenstillstand mit der Vergangenheit geschlossen zu haben, sich mit dem glorreichen Feind, den man Glück nannte, geeinigt zu haben. Er war unterlegen und hatte versagt. In Wahrheit war er jedoch an einem Punkt angelangt, an dem er endgültig wußte, daß er zu der Art von Leben, auf das er und Susy sich eingelassen hatten, nie wieder zurückkehren könnte. Das war die Tragik ihrer Beziehung. Sie zu lieben hatte in ihm Ideale geweckt, denen sie nicht genügen konnte. Er hatte sich in sie verliebt, weil sie sich, wie er selbst, gerne amüsierte, keine Vorurteile hatte und sich keine Illusionen machte. Aber er konnte sie nicht lieben, wenn sie nicht aufhörte, all das zu verkörpern. Aus diesem Kreislauf gab es kein Entrinnen, und er drehte sich verzweifelt um sich selbst.

Hätte er nicht derart hartnäckige Gerüchte über ihre Verlobung mit Lord Altringham gehört, er hätte vielleicht versucht, sie wiederzusehen. Aber er war sich der Gefahr und Aussichtslosigkeit einer Begegnung bewußt und daher, aufs Ganze gesehen, froh, einen Grund zu haben, ein Wiedersehen zu vermeiden. Dies war, so nahm er in aller Aufrichtigkeit an, seine derzeitige geistige Verfassung, bis er, wie heute, Gelegenheit hatte, seinen Gedankengang bis zu Ende zu führen. Dieses Ende war unweigerlich Susy. Nicht das Bündel von positiven und negativen Eigenschaften, in die sein kritisches Denken sie zu zerlegen versuchte, sondern die sanft-verschwommene Vorstellung von ihrem Ich, von Persönlichkeit, von Augen, Haaren, Mund, Lachen, kleinen Eigenheiten des Sprechens und der Gestik, die alle so einzigartig waren und zutiefst zu ihr gehörten und doch so geheimnisvoll losgelöst waren von dem, was sie in bestimmten entscheidenden Situationen tun, sagen, denken würde. Er erinnerte sich, wie sie zu ihm gesagt hatte: »Wahrscheinlich hattest du recht, als du mich zu deiner Geliebten machen wolltest«, und an die Fassungslosigkeit, mit der er darauf reagiert hatte. In Stunden wie dieser war es jedoch das greifbare Bild von ihr, das ihn nicht losließ, bis seine Phantasie unweigerlich den Kreis schloß und er sie an seiner Brust spürte und sie auch in seiner Seele bei sich haben wollte.

Nun – eine derart allumfassende Liebe war die seltenste aller menschlichen Erfahrungen. Er lächelte über seine Anmaßung, keine andere zu wollen. Müde wandte er sich um und wanderte durch das winterliche Zwielicht heimwärts. –

Am Hoteleingang lief er dem Adjutanten des Fürsten von Teutoburg in die Arme. Sie waren einander mehrere Tage nicht begegnet, und Nick hatte das unbestimmte Gefühl, daß er doch nicht als Abgesandter fungieren müßte, wenn die Ehepläne des Fürsten endgültig Form annahmen. Er hatte gelegentlich eine gewisse mißtrauische Kühle in dem scheinbar herzlichen Blick der Mutter des Fürsten entdeckt und daraus geschlossen, daß sie ihn möglicherweise verdächtigte, ein Hindernis für die Bestrebungen ihres Sohnes darzustellen. Er hatte durchaus nicht die Absicht, diese Rolle zu spielen, bedauerte es jedoch nicht, diesen Anschein zu erwecken, denn er mochte Coral wirklich und erhoffte für sie ein menschlicheres Schicksal als das, die Gemahlin des Fürsten Anastasius zu werden.

An diesem Abend allerdings verblüffte ihn die strahlende Beflissenheit des Adjutanten. Was auch immer für eine Wolke zwischen ihnen gehangen hatte, sie war wie weggeblasen. Aus dem einen oder anderen Grund hegte der Teutoburger Klan ihm gegenüber keine Furcht und kein Mißtrauen mehr. Die Veränderung kam lediglich in einem Händedruck, einem kurzen Wortwechsel zum Ausdruck, denn der Adjutant hastete hinter einer berühmten Witwe der alten römischen Welt her und half ihr in eine mit einer Adelskrone geschmückte Kutsche, die aussah, als wäre sie für einen feierlichen Anlaß aus einem Verkehrsmuseum hervorgeholt worden. Und blitzschnell folgerte Lansing, daß diese Dame die Person war, die man auserkoren hatte, den Antrag des Fürsten Miss Hicks zu Füßen zu legen.

Diese Entdeckung kränkte ihn. Und statt direkt in sein Zimmer zu gehen, ging er in Mrs. Hicks Salon hinauf.

Der Raum war verlassen, aber Spuren einer Teezeremonie waren zu sehen, und auf dem Tisch in der Mitte des Salons lag ein riesiger Strauß langstieliger Rosen. Als er sich umdrehte, trat, mit rotem Gesicht und verweinten Augen, Eldorada Tooker ein.

»Oh, Mr. Lansing – wir haben Sie überall gesucht.«

»Mich gesucht?«

»Ja. Vor allem Coral … sie will Sie sprechen. Sie bittet Sie, in ihr Zimmer zu kommen.«

Sie führte ihn durch das Vorzimmer und den Korridor hinunter zu der separaten Suite, die Miss Hicks bewohnte. Auf der Schwelle seufzte Eldorada gerührt auf: »Sie sieht so schön aus …« und wandte sich, mit einem Aufschluchzen, abrupt ab, bevor er eintrat.

Coral Hicks war nicht schön. Allerdings sah sie in der Tat außergewöhnlich hübsch aus. Vielleicht lag es an dem langen Kleid aus schwarzem Samt, das ihre kräftige Gestalt im gedämpften Licht einer abgeschirmten Lampe schlanker erscheinen ließ, oder an dem rosigen Schimmer auf ihren Wangen. Sie wirkte weiblicher, und sie gab sich keine Mühe, dies zu verhehlen. Das war ja eine ihrer Eigenheiten – ernst und mutig immer ihren Gemütszustand zu offenbaren.

»Sie sehen wunderbar aus«, sagte er und lächelte ihr zu.

Sie warf den Kopf zurück und sah ihm direkt in die Augen. »Das wird in Zukunft meine Aufgabe sein.«

»Wunderbar auszusehen?«

»Ja.«

»Und eine Krone zu tragen?«

»Und eine Krone zu tragen …«

Nicks Herz zog sich vor Mitleid und Verblüffung zusammen.

»Oh, Coral – es ist doch nicht schon beschlossene Sache?«

Sie musterte ihn noch einmal durchdringend. Dann wandte sie die Augen ab. »Ich brauche nie lange, um mich zu entscheiden.«

Er zögerte, erstickte fast an den widersprüchlichen Dingen, die er ihr sagen wollte und doch nicht auszusprechen wagte, aus Angst, sie damit zu täuschen oder zu quälen.

»Warum haben Sie mir nichts davon gesagt?« fragte er unbeholfen und bemerkte sofort seine Ungeschicklichkeit.

Sie setzte sich und blickte ihn unter schweren Lidern hervor an – war ihm je aufgefallen, wie dicht ihre Wimpern waren?

»Hätte es irgendeinen Unterschied gemacht, wenn ich Ihnen etwas davon gesagt hätte?«

»Einen Unterschied ... ?«

»Setzen Sie sich zu mir«, befahl sie. »Ich möchte mit Ihnen reden. Alles, was Sie vielleicht schon früher sagen wollten, können Sie jetzt vorbringen. Ich bin noch nicht verheiratet, noch bin ich frei.«

»Sie haben noch nicht auf den Antrag geantwortet?«

»Es spielt keine Rolle, ob ich das getan habe.«

Diese Antwort jagte ihm Angst ein. Sie ließ ihn ahnen, was sie nach wie vor von ihm erwartete und was ihr zu geben er nach wie vor nicht in der Lage war.

»Das heißt, Sie haben ja gesagt«, fuhr er fort, um Zeit zu gewinnen.

»Ja oder nein, das spielt keine Rolle. Irgend etwas mußte ich sagen. Was ich will – ich will Ihren Rat.«

»Um fünf Minuten vor zwölf?«

»Oder um zwölf.« Sie hielt inne. »Was soll ich tun?« fragte sie mit einem plötzlichen Anflug von Hilflosigkeit.

Er sah sie genauso hilflos an. Er konnte nicht sagen: »Fragen Sie sich selbst – fragen Sie Ihre Eltern.« Mit einem Wort würde sie eine so offensichtliche Scheinheiligkeit hinwegfegen. Ihr »Was soll ich tun?« bedeutete »Was werden *Sie* tun?«, und er wußte es und wußte, daß sie es wußte.

»Ich bin ungeeignet, Ihnen einen Rat in Ehefragen zu geben«, setzte er mit gezwungenem Lächeln an, »aber ich hatte mir für Sie etwas so ganz anderes vorgestellt.«

»Was so ganz anderes?« Sie war gnadenlos.

»Einfach das, was die Leute Glück nennen, Coral.«

»›Was die Leute Glück nennen‹ – sehen Sie, Sie glauben selbst nicht daran. Nun, ich auch nicht – jedenfalls nicht in dieser Form.«

Er überlegte. »Ich glaube daran, daß man sich darum bemühen sollte – sogar wenn dieses Bemühen das Beste daran ist.«

»Nun, ich habe mich bemüht, und ich habe versagt. Ich bin jetzt zweiundzwanzig, und ich war nie jung. Ich vermute, ich habe nicht genügend Phantasie.« Sie holte tief Luft. »Jetzt will ich etwas anderes.« Sie schien nach dem Wort zu suchen. »Ich will – prominent sein«, erklärte sie.

»Prominent?«

Unter ihrer dunklen Haut errötete sie. »Oh, Sie lächeln – Sie halten das für albern, es erscheint Ihnen nichts wert. Das kommt daher, daß Sie das alles immer gehabt haben. Ich jedoch nicht. Ich weiß, aus welcher Tiefe mein Vater sich hinaufgearbeitet hat, und ich will mich genauso hoch hinaufarbeiten – höher. Nein, ich habe nicht viel Phantasie. Ich habe mich immer an Tatsachen gehalten. Und ich glaube, ich werde die Tatsache mögen, eine Fürstin zu sein – mir die Leute auszusuchen, mit denen ich mich umgeben will, und über all diese europäischen Granden erhaben zu sein, vor denen Vater und Mutter sich verbeugen, obwohl sie glauben, sie würden sie verachten. Man kann über diese Leute erhaben sein, indem man einfach man selbst ist. Sie verstehen sich darauf. Ich brauche jedoch eine Plattform – einen Wolkenkratzer. Vater und Mutter haben sich abgerackert, um mir eine gute Erziehung angedeihen zu lassen. Sie glaubten, Erziehung sei das einzig Wichtige. Alle drei sind wir jedoch nur mittelmäßig, und daher sind wir schließlich nur unter mittelmäßigen Leuten gelandet. Sie glauben doch nicht etwa, ich würde diese ganze Pseudowissenschaft und Pseudokunst und das Pseudo-Alles, von dem wir umgeben sind, nicht durchschauen? Deshalb will ich mir einen Platz ganz oben erkaufen, wo ich mächtig genug bin, die Leute um mich zu versammeln, die ich will – die großen Menschen, die richtigen Menschen –, und ihnen helfen. Ich will die Kultur fördern, wie jene Frauen der Renaissance, von denen Sie immer erzählen. Ich will das für Apex City tun, verstehen Sie. Und auch für meinen Vater und meine Mutter. Ich will, daß diese Titel auf meinem Grabstein eingraviert werden. Das sind wenigstens Tatsachen! Lachen Sie mich nicht aus ...« Sie brach mit dem für sie charakteristischen, unbeholfenen Lächeln ab und ging auf die andere Seite des Raumes.

Er saß da und blickte sie mit einem seltsamen Gefühl der Bewunderung an. Ihr herber Positivismus wirkte belebend auf seine desillusionierte Stimmung, und er dachte: »Was für ein Jammer!«

Laut sagte er: »Mir ist durchaus nicht danach zumute, Sie auszulachen. Sie sind eine großartige Frau.«

»Dann werde ich auch eine großartige Fürstin sein.«

»Oh – Sie hätten aber etwas viel Größeres sein können.«

Erneut errötete sie. »Sagen Sie so etwas nicht.«

Unwillkürlich stand er auf und ging auf sie zu. »Warum nicht?«

»Weil Sie der einzige Mann sind, mit dem zusammen ich mir jene andere Art von Größe vorstellen kann.«

Das berührte ihn – ganz unerwartet berührte es ihn. Er kam gerade noch so weit, zu sich selbst zu sagen: »Großer Gott, wenn sie nur nicht so schrecklich reich wäre …«, um sich dann einen Augenblick lang einer verführerischen Vision all dessen hinzugeben, was er und sie mit diesen Reichtümern machen könnten, die er so fürchtete. Schließlich war an ihren Idealen nichts Niedriges – sie waren klar und materialistisch, in Übereinstimmung mit ihrer einfachen und stämmigen Person, aber sie entbehrten nicht eines gewissen grimmigen Adels. Und wenn sie von »jener anderen Art von Größe« sprach, wußte er, was sie darunter verstand und daß sie nicht nur etwas sagte, um ihn zu verführen, ihn dazu zu bringen, sich auf irgend etwas zu verpflichten. In ihr war keine Arglist, es sei denn, man wollte ihre Ehrlichkeit als solche bezeichnen.

»Jene andere Art von Größe?« wiederholte er.

»Nun, ist es nicht das, was Sie als Glück bezeichnet haben? Ich wollte glücklich sein … aber man kann es sich nicht aussuchen.«

»Nein, man kann es sich nicht aussuchen. Und wie könnte jemand Sie glücklich machen, der es selbst nicht ist?« Er nahm ihre Hände und spürte, wie groß und muskulös und willensstark sie waren, selbst jetzt, da sie so weiblich wirkte.

»Meine arme Coral, wie kann ich je von Nutzen für Sie sein? Was Ihnen not tut, ist, geliebt zu werden.«

Sie warf ihm wieder einen ihrer durchdringenden Blicke zu: »Nein«, erklärte sie heldenhaft, »nur – zu lieben.«

Dritter Teil

25

Im steten Nieselregen eines Pariser Wintermorgens ging Susy Lansing allein von der Schule, in der sie gerade die vier ältesten Fulmer-Kinder abgeliefert hatte, zu dem kleinen Haus in Passy zurück, das sie seit zwei Monaten mit ihnen bewohnte.

Sie trug ganz normale Stiefel, einen alten Regenmantel und einen Hut vom letzten Jahr, aber das störte sie nicht, auch wenn sie nicht besonders stolz darauf war. Um die Wahrheit zu sagen, sie war zu beschäftigt, um viel darüber nachzudenken. Seit sie die Verantwortung für die Fulmer-Kinder übernommen hatte, deren Eltern in Italien waren, hatte sie eine derart harte Lehrzeit als Ersatzmutter durchgemacht, daß jede Minute, bis spät in die Nacht, für die Dinge genutzt werden mußte, die auf der Stelle zu erledigen waren, ganz zu schweigen von dem immer größer werdenden Pflichtenberg, um den sie sich bei Gelegenheit kümmern wollte. Es waren nur fünf Fulmers, aber zu gewissen Zeiten wirkten sie wie eine Armee mit wehendem Banner, und ihrer erstaunlichen Fähigkeit zur Vervielfältigung kam einzig ihr Talent gleich, sich unsichtbar zu machen, zu verstummen, zu einem einzigen verwuschelten braunen Haarschopf zu verschmelzen, der sich in irgendeinem Winkel des Hauses über ein Buch beugte, einem Winkel, in dem kein Mensch je nach den Kindern gesucht hätte – und den sie natürlich genau deshalb auserkoren hatten, ob es nun das Zimmer der *bonne* in der Mansarde war oder der Kellerverschlag, in dem die Schrankkoffer aufbewahrt wurden.

Dieser Wechsel von Allgegenwärtigkeit zu Unsichtbarkeit wäre Susy noch vor ein paar Monaten als eine der entnervendsten der vielen Eigenschaften erschienen, die nicht gerade Ruhe und Erholung förderten. Doch nun empfand sie das anders. Sie hatte allmählich ein Interesse an ihrer Aufgabe entwickelt, und die Suche nach einem Schlüssel für die Methoden der Kinder, als Horde oder als Individuen, war für sie jetzt genauso aufregend wie die Entfaltung des Geschehens in einem Kriminalroman.

Am meisten interessierte sie an dem ganzen Trubel die Entdeckung, daß die Fulmer-Kinder in der Tat eine Methode hatten. Diese kleinen Menschenwesen, von den hoch aufschäumenden Wellen des turbulenten Lebens ihrer Eltern in die Welt der Verantwortung emporgeschleudert, hatten es fertiggebracht, ein provisorisches System der Selbstverwaltung zu entwickeln. Junie, die älteste (die bereits die Hüte für ihre Mutter aussuchte und sich bemühte, eine gewisse Ordnung in deren Garderobe zu bringen), wurde als Staatsoberhaupt anerkannt. Mit ihren zwölf Jahren wußte sie über eine Menge Dinge Bescheid, die ihre Mutter nie wirklich gelernt und von denen

Susy, ihre Mutter auf Zeit, nie auch nur die geringste Ahnung gehabt hatte. Voller Sachkenntnis sprach sie von allen möglichen lebenswichtigen Dingen, von Rizinusöl bis zu Flanellunterwäsche, von der gerechten Aufteilung von Briefmarken oder Murmeln bis zur Anzahl der Portionen Reisauflauf, auf die jedes der Kinder Anspruch hatte.

Gegen ihren Urteilsspruch gab es kaum eine Möglichkeit der Berufung, aber jeder ihrer Untergebenen kreiste in einer eigenen Umlaufbahn der Selbständigkeit, Gesetzen folgend, die Junie anerkannte und respektierte. Die Deutung dieser geheimnisvollen Charta von Rechten und Privilegien war für Susy nicht einfach gewesen.

Darüber hinaus galt es, materielle Schwierigkeiten zu bewältigen. Den Kindern sowie der ständig atemlosen *bonne,* die für sie alle kochte und sich abrackerte, stand für den Lebensunterhalt nur ein schmales Budget zur Verfügung. Und man hätte meinen können, wie Junie bemerkte, die Jungen äßen ihre Schuhe, so schnell lösten sie sich in nichts auf. Mit Sicherheit aßen sie eine Menge anderer Dinge, meist sehr nahrhafter und teurer Art. Sie hatten klar umrissene Vorstellungen hinsichtlich Menge und Qualität ihres Essens und waren durchaus einer kollektiven Rebellion fähig, wenn Susys Anlieferung von Lebensmitteln nicht ihren Maßstäben entsprach. All dies machte Susys Leben zu einer turbulenten, aufreibenden Angelegenheit, aber nie war es – was sie am meisten befürchtet hatte – langweilig oder bedrückend.

Es war nicht so, das gestand sie sich ein, als hätte das Zusammenleben mit den Fulmer-Kindern in ihr eine abstrakte Zuneigung für junge Menschen geweckt. Sie wußte – seit dem ersten Kuß von Nick –, daß sie jedes ihrer gemeinsamen Kinder lieben würde. Und sie hatte sich mit scheuer, wehmütiger Fürsorglichkeit um die arme kleine Clarissa Vanderlyn gekümmert. Aber an diesen ungestümen jungen Fulmers hatte sie ihre wahre Freude, und dies aus Gründen, die ihr immer mehr einleuchteten. Vor allem lag es daran, daß sie alle intelligent waren, und ihre Intelligenz war nur von Eindrücken gefördert worden, die es wert waren, sich damit zu beschäftigen. Wie unzureichend Grace Fulmers Erziehung ihrer immer größer werdenden Kinderschar auch gewesen sein mochte, nie hatten sie in ihrer Gegenwart etwas Banales oder Langweiliges zu hören bekommen. Gute Musik, gute Bücher und gute Gespräche waren ihr tägliches Brot gewesen, und wenn sie auch zuweilen aufstampften und brüllten und herumtobten wie nicht mit derartigen Privilegien gesegnete Kinder, so gab es doch Zeiten, in denen das Licht der Poesie in ihnen aufschimmerte und sie mit der Stimme der Weisheit sprachen.

Das war Susys große Entdeckung. Zum ersten Mal

lebte sie unter Menschen, deren Sinne und deren Verstand von Anfang an nur auf Schönheit gelenkt worden waren. Es war Grace und Nat Fulmer gelungen, aus ihrem beengten Haushalt alle Gefühle des Neids und der Unzufriedenheit herauszuhalten. Über Lärm und Trubel hatten sich die großartigen Bilder der Schönheit gespannt, so wie die Figuren der Ahnen auch noch im ärmsten römischen Haushalt ihren festen Platz auf der Kommode einnehmen.

Nein, die Aufgabe, die sie in Ermangelung einer besseren übernommen hatte, vermittelte Susy nicht das Gefühl, ihre Berufung verfehlt zu haben. In großem Maßstab zu »bemuttern« wäre, das sah sie ganz klar, nie ihre Sache. Vielmehr vermittelte es ihr merkwürdigerweise das Gefühl, selbst bemuttert zu werden, die ersten Schritte im Leben immaterieller Werte zu wagen, die ihr mittlerweile um so vieles realer erschienen als alle anderen, die sie je gekannt hatte.

An jenem Tag, als sie auf der Suche nach Rat und Trost zu Grace Fulmer gegangen war, hatte sie nicht geahnt, daß sie ihr in dieser Form zuteil werden könnten. Sie hatte ihre Freundin zerstreuter denn je angetroffen, dennoch voller Begeisterung und mit der erstaunlichen Anpassungsfähigkeit eines Chamäleons. Grace wäre wahrscheinlich als einzige von ihren vielen Freundinnen in der Lage gewesen zu verstehen, warum sie sich nicht dazu entschließen konnte,

Altringham zu heiraten. Im Augenblick war Grace jedoch viel zu sehr von ihren eigenen Problemen in Anspruch genommen, um denen ihrer Freundin viel Aufmerksamkeit zu schenken, und wie gewohnt begann sie unverzüglich, ihre Schwierigkeiten »auszupacken«.

Nat machte aus der günstigen Gelegenheit, die Europa für ihn darstellte, nicht das, was sie erhofft hatte. Oh, sie war selbst Künstlerin genug, um zu wissen, daß es auch unfruchtbare Zeiten geben mußte – neue Eindrücke führten selten zu unmittelbaren Ergebnissen. Das hatte sie einkalkuliert. Aber ihre lange Erfahrung mit Nats Stimmungen hatte sie gelehrt zu erkennen, wann er neue Eindrücke aufnahm, wann sie in ihm Früchte trugen. Und jetzt bewegte sich nichts, und er wußte das genausogut wie sie. Es war zuviel Unruhe um ihn gewesen, zuviel Aufregung und leere Schmeichelei ... Mrs. Melrose? Nun ja, eine Zeitlang ... die Reise nach Spanien war eine Liebesreise gewesen, zweifellos. Grace sprach ruhig, aber ihre Gesichtszüge verhärteten sich. Sie hatte gelitten, oh, schrecklich gelitten, als er ohne sie nach Spanien gefahren war. Aber sie hatte es sich, der Kinder wegen, nicht leisten können, auf die große Summe zu verzichten, die Ursula Gillow ihr für die zwei Wochen in Ruan angeboten hatte. Und ihr Musizieren hatte auf einige Leute Eindruck gemacht und auf der Rückfahrt zu zwei oder drei recht einträglichen Verpflichtungen in Londoner Privathäusern geführt. Die elegante Welt hatte »ein bißchen Aufhebens« um sie gemacht, das hatte Nat überrascht und ihm gefallen, und sie hatte in seinen Augen neue Bedeutung gewonnen. »Er hatte schon fast vergessen, daß ich nicht nur Kindermädchen bin, und es hat ihm ganz gutgetan, daran erinnert zu werden ... aber das Beste von allem ist, daß wir mit dem, was ich verdient habe, für ein Vierteljahr nach Süditalien und Sizilien fahren können. Du weißt, ich verstehe mich darauf, so etwas zu organisieren ... und wenn er mit mir allein ist, wird Nat wieder zur Ruhe kommen und sich an die Arbeit machen – sehen, fühlen, die Dinge in sich aufsaugen. Das ist die einzige Möglichkeit. Mrs. Melrose will mit ihm reisen und wieder alle Kosten übernehmen – nun, das wird sie nicht tun. *Ich* werde alles bezahlen.« Ihre abgespannten Wangen röteten sich triumphierend. »Und du wirst sehen, welche Wunder das wirkt. – Da ist nur das Problem mit den Kindern. Junie ist auch der Ansicht, daß wir sie nicht mitnehmen können ...«

Daraufhin hatte sie ihre Idee dargelegt. Wenn Susy nichts zu tun hatte und knapp bei Kasse war, könnte sie sich doch um die Kinder kümmern, während sie in Italien waren. Höchstens für drei Monate – länger würden sie bestimmt nicht wegbleiben. Sie konnten ihr natürlich nicht viel zahlen, aber zumindest wäre für ihre Unterkunft und Verpflegung gesorgt. »Und weißt du was, es wird schließlich sogar interessant für dich sein – da bin ich mir sicher«, schloß die Mutter, die sich in ihrer unbezähmbaren Hoffnungsfreude zu einer so hochgesteckten Erwartung aufschwang, während Susy mit einem zögernden Lächeln vor ihr stand.

Drei Monate lang für fünf Fulmers sorgen! Die Aussicht machte ihr angst. Wenn es nur um Junie und Geordie gegangen wäre, das älteste und das jüngste Kind der Bande, hätte sie vielleicht nicht so gezögert. Aber da war auch noch Nat, der zweitälteste, dessen Autohupe sie und Nick an jenem schicksalhaften Tag in die Hügel getrieben hatte, und da waren die Zwillinge, Jack und Peggy, an die sie ähnlich beunruhigende Erinnerungen hatte. Dieser lärmenden Horde Herr zu werden wäre weitaus anstrengender als der Versuch, Clarissa Vanderlyn in ihrem damenhaften Müßiggang zu überlisten! Und sie hätte auf der Stelle abgelehnt, wie sie schon einmal nein gesagt hatte, wären ihr die einzig möglichen Alternativen inzwischen nicht um so vieles unerträglicher erschienen und hätte Junie, die hereingerufen wurde, um ihre Meinung zu äußern, nicht – wie sie so klein, unscheinbar und sachkundig dastand – mit ihrer ruhigen Erwachsenenstimme gesagt: »O ja, ich bin sicher, Mrs. Lansing und ich schaffen das schon, während ihr weg seid – vor allem, wenn sie gut vorlesen kann.«

Gut vorlesen! Diese Bedingung hatte Susy bezaubert. Nie zuvor hatte sie Kinder kennengelernt, die Wert darauf legten, daß man ihnen vorlas. Mit einem Schaudern erinnerte sie sich an ihre Versuche, Clarissa für etwas anderes als Klatsch und Mode zu interessieren, und an den Tonfall, in dem das Kind, als es seinem Vater das Kettchen von Strefford zeigte, geäußert hatte: »Weil ich gesagt habe, ich hätte lieber das als ein Buch.«

Und hier waren Kinder, die sich einverstanden erklärten, drei Monate lang von ihren Eltern allein gelassen zu werden, allerdings unter der Bedingung, daß man für eine gute Vorleserin sorgte.

»Na schön – abgemacht! Aber was soll ich euch vorlesen?« hatte sie fröhlich gefragt. Nach einer für sie charakteristischen Pause ernsten Nachdenkens hatte Junie erklärt: »Die Kleinen mögen fast alles, aber Nat und ich wollen vor allem Dichtung. Wenn wir die nämlich selbst vorlesen, sprechen wir die ungewohnten Wörter falsch aus, und das klingt dann abscheulich.«

»Oh, ich hoffe, ich kann sie richtig aussprechen«, murmelte Susy, die plötzlich fast demütige Zweifel überkamen.

Offenbar konnte sie es, denn ihr Vorlesen wurde ein Erfolg, und selbst die Zwillinge und Geordie schienen, sobald sie sich einmal daran gewöhnt hatten, eine spannende Episode aus Heinrich V. oder die

Feenszenen aus dem Sommernachtstraum ihrer speziellen Literatur vorzuziehen, obwohl sie von Zeit zu Zeit auch damit versorgt werden wollten.

Es gab keine langweilige Minute in ihrem gemeinsamen Leben mit den Fulmers. Das lag auch daran, daß ihr die neuen Aufregungen weniger bedeutungslos und daher weniger ermüdend vorkamen als die aus dem Troß von Leuten wie Altringham, Ursula Gillow oder Ellie Vanderlyn. Und mit der Zeit fühlte sie sich von dem lauten, unbequemen kleinen Haus in Passy freudig begrüßt, wenn sie die Kinder zur Schule gebracht oder abgeholt hatte. Jedenfalls hatte sie das Gefühl, etwas Sinnvolles und sogar Notwendiges zu tun und sich ihren Lebensunterhalt selbst zu verdienen, so bescheiden er auch war, und wenn die Kinder friedlich gestimmt waren und Bücher oder Musik verlangten (oder einmal sogar, auf Wunsch der erstaunlichen Junie, einen gemeinsamen Besuch im Louvre, wo sie die erstaunlichsten Bilder erkannten und wo die beiden älteren verblüffende technische Urteile abgaben und ihre Begleiterin auf Einzelheiten aufmerksam machten, die ihr nicht aufgefallen wären), dann hatte Susy zu ihrem Erstaunen das Gefühl, in ihr kurzes Leben mit Nick zurückzukehren oder sogar in Nicks Kinderwelt einzutreten, auf die die banalen späteren Jahre ihren Staub noch nicht abgeladen hatten.

Es war seltsam, darüber nachzudenken, ob ihr gemeinsames Leben, wären Nick und sie zusammengeblieben und hätten sie ein Kind bekommen – in schlaflosen Nächten, wenn sie den kleinen Geordie betrachtete, der in seinem Kinderbettchen neben ihr schlief, tauchte immer wieder dieses Bild vor ihr auf –, wohl dem ähnlich gewesen wäre, das sie jetzt führte. Für die Welt draußen eine unwichtige Angelegenheit, aber für sie selbst so weit und tief und erfüllt!

In solchen Augenblicken konnte sie den Gedanken nicht ertragen, diese mystische Beziehung zu dem Leben, das ihr vorenthalten geblieben war, aufzugeben. Zwar fühlte sie sich ständig gehetzt und überanstrengt, zwar war die neue Umgebung schäbig und unbequem, zwar gab es Stunden, in denen die Kinder genauso »schrecklich« waren wie alle anderen Kinder und auf ihre Bitten mit einer Verschwörung feindlicher Gesichter antworteten – aber trotz alledem wollte sie bei ihnen bleiben und hatte beschlossen, die Eltern der Kinder, wenn sie zurückkehrten, zu bitten, sie nach Amerika mitzunehmen. Vielleicht, wenn Nats Erfolgssträhne anhielte und Grace sich ihrer Musik widmen könnte, hätten sie Verwendung für eine Mischung aus Gouvernante und Freundin. Jedenfalls konnte sie sich eine solche Zukunft durchaus vorstellen.

Nicks Antwort auf ihren Brief hatte sie nicht an Mr. Spearman weitergeleitet. Sie hatte ja in der Zwischenzeit mit Strefford gebrochen, und es gab daher keinen Grund mehr zu verlangen, er solle sie freigeben. Falls er seine Freiheit wollte, dann brauchte er nur, und das wußte er, darum zu bitten. Und sein Schweigen, während die Wochen vergingen, weckte eine schwache Hoffnung in ihr. Diese Hoffnung loderte auf, als sie eines Tages in der Zeitung eine vage, aber offenbar »von unterrichteter Seite« ausgehende Anspielung auf die Möglichkeit einer Verbindung zwischen Seiner Durchlaucht, dem regierenden Fürsten von Teutoburg-Waldhain, und Miss Coral Hicks aus Apex City las. Sie sank zu einem Häufchen Asche zusammen, als ein paar Tage später ihr Blick auf eine Passage fiel, in der Mr. und Mrs. Mortimer Hicks »darum ersuchten festzustellen«, an der Meldung sei kein wahres Wort.

Auf dem Fundament dieser beiden Meldungen errichtete Susy einen Wachturm der Hoffnung nach dem anderen, wahnhafte Bauwerke, die bei jedem zufälligen Hinweis aus der Welt draußen, der Nicks Namen in Zusammenhang mit den Hicks erwähnte, zerstört oder neu aufgebaut wurden. Und während die Tage verstrichen und sie nichts hörte, weder von ihm noch von ihrem Anwalt, flatterte ihre Fahne auf den wankenden Gebäuden.

Abgesehen von der Beaufsichtigung der Kinder gab es allerdings auch wenig, was ihr Gemüt von diesen hartnäckigen Grübeleien hätte abhalten können. Gelegentlich ließ sie der Gedanke zusammenzucken, daß keiner ihrer sorglosen eleganten Freunde nach ihr fragte. In der ziellosen Geschäftigkeit ihrer Tage, dem fieberhaften Schmieden von Plänen für den Winter, dem Aufbruch an die Riviera oder nach St. Moritz, nach Ägypten oder New York, blieb keine Zeit, die Verschwundene aufzuspüren. Hatten sie erfahren, daß sie ihre »Verlobung« mit Strefford rückgängig gemacht hatte, und hatte sich die Tatsache herumgesprochen, daß sie nun wieder einmal nichts weiter als ein armes Anhängsel war, das man bei sich aufnahm, wenn es gelegen kam, sonst aber ignorierte? Sie wußte es nicht, obwohl sie sich vorstellte, daß Streffords neu entwickelter Stolz ihn davon abgehalten hatte, irgend jemandem zu offenbaren, was zwischen ihnen vorgefallen war. In den ersten Tagen nach ihrer Flucht hatte er kein Lebenszeichen von sich gegeben. Aber obwohl sie sich danach sehnte, ihm zu schreiben und ihn um Vergebung zu bitten, fand sie nicht die richtigen Worte. Schließlich war er es, der ihr aus Altringham einen kurzen Brief schrieb, der charakteristisch für die besten Eigenschaften des alten Strefford war. Er sei nach Altringham gefahren, so berichtete er, um in Ruhe über ihr letztes Gespräch nachzudenken und um vielleicht zu verstehen, was sie eigentlich hatte sagen wollen. Dies sei ihm zugegebenermaßen nicht gelungen. Aber eben das, so vermute er, sei der eigentliche Grund dafür, daß sie gekränkt gewesen sei. Was auch immer er getan habe, das ihr Mißfallen erregt hätte, bedaure er, er bitte sie jedoch, angesichts seines offenkundigen Nichtverstehens, ihm zu gestatten, sein beleidigendes Verhalten nicht als Anlaß für einen endgültigen Bruch zu betrachten. Diese Möglichkeit, das habe er inzwischen gemerkt, würde ihn noch unglücklicher machen, als er sich je vorgestellt hätte. Wie sie wisse, sei ihm in seinem ganzen Leben immer sein eigenes Glück das allerwichtigste gewesen, daher bitte er sie, ihre Entscheidung noch etwas hinauszuschieben. Er rechne damit, in etwa zwei Monaten wieder nach Paris zu kommen. Ehe er einträfe, würde er ihr noch einmal schreiben und sie bitten, sich mit ihm zu verabreden.

Der Brief hatte sie gerührt, sie jedoch in ihrem Entschluß nicht wanken gemacht. Sie schrieb ihm einfach, sie sei bewegt von seiner Freundlichkeit und würde sich gerne mit ihm treffen, wenn er nach Paris käme. Gleichwohl müsse sie ihm sagen, daß sie ihre Meinung nicht geändert habe und auch nicht glaube, daß es zu seinem Glück beitragen könne, wenn er versuchte, sie umzustimmen.

Darauf antwortete er nicht, und es gab nun nichts mehr, was ihre Gedanken davon abhalten konnte, endlos um ihre innersten Hoffnungen und Ängste zu kreisen.

Als sie an jenem verregneten Nachmittag von der Schule (von der sie um sechs die Kinder wieder abholen mußte) nach Hause wanderte, hatte sie sich gesagt, daß nun genau zwei Monate seit dem Tag vergangen waren, an dem sie Nick mitgeteilt hatte, sie sei bereit, ihn freizugeben – und nach dieser Zeit war es nicht wahrscheinlich, daß er weitere Schritte unternahm. Dieser Gedanke erfüllte sie mit einer vagen Hochstimmung. Sie hatte sich eine willkürliche Frist für das Ende ihrer Qual setzen müssen, und sie hatte sich für dieses Datum entschieden. Und siehe da, sie hatte recht behalten. Denn was konnte sein Schweigen anderes bedeuten, als daß auch er …

Auf dem Tisch in der Diele lag ein mit Maschine beschriebener Umschlag mit Pariser Poststempel. Geistesabwesend öffnete sie ihn und sah, daß der Briefkopf die Adresse des Büros von Mr. Spearman trug. Die Worte darunter drehten sich vor ihren Augen. – »Hat uns davon in Kenntnis gesetzt, er stehe zu Ihrer Verfügung … um Ihren Wünschen zu entsprechen … kommt nach Paris … setzen einen Termin mit seinen Anwälten fest …«

Nick – von Nick war hier die Rede! Die gestelzten Worte enthielten die Nachricht, daß Nick nach Paris kam! Sie sank auf eine Bank neben dem Ständer mit den tropfenden Schirmen und starrte mit leerem Blick vor sich hin. Da war er also doch – dieser Schlag, an den sie, wie sie jetzt einsah, nie wirklich geglaubt hatte. Und doch hatte sie sich eingebildet, sie sei dafür gerüstet, hatte ihn erwartet, hatte bereits ihre Zukunft im Hinblick darauf geplant – ein unpersönliches Leben im Dienst der Kinder anderer Leute –, während in Wirklichkeit, unter dieser dünnen Oberfläche des Verzichts und des Sich-Abfindens, all die alten Hoffnungen glühendheiß weitergeschwelt hatten. Was für einen Sinn hatte jegliche Art von Selbstdisziplin, von Philosophie, von Erfahrung, wenn das zügellose Ich nur darauf wartete, sie in einem Augenblick wie Zunder zu verbrennen?

Sie versuchte sich zu fassen – zu verstehen, was geschehen war. Nick kam nicht nach Paris, um sich mit ihr zu treffen, sondern um seinen Anwalt zu konsultieren. Das bedeutete natürlich, daß er sich endgültig entschieden hatte, seine Freiheit einzufordern. Und wenn er nach mehr als einem halben Jahr der Untätigkeit und scheinbaren Gleichgültigkeit sich nun zu diesem letzten Schritt entschlossen hatte, dann konnte dies nur geschehen sein, weil ihm etwas Unvorhergesehenes und Entscheidendes widerfahren war. Fieberhaft fügte sie aufs neue die Bruchstücke des Klatsches und der Zeitungsmeldungen zusammen, die in den letzten Monaten zu ihr gedrungen waren. Offensichtlich war Miss Hicks' geplante Heirat mit dem Fürsten von Teutoburg-Waldhain im letzten Augenblick abgesagt worden. War abgesagt worden, weil sie vorhatte, Nick zu heiraten. Die Ankündigung von seinem Eintreffen in Paris und Mr. und Mrs. Hicks' offizielles Dementi der

Verlobung ihrer Tochter fielen zeitlich zu nahe zusammen, um irgendeine andere Schlußfolgerung zuzulassen. Susy versuchte, all diese Fakten zu begreifen, sich ihre tatsächlichen, greifbaren Folgen auszumalen. Sie stellte sich vor, wie Coral Hicks den Namen Mrs. Nick Lansing – *ihren* Namen, Susys ureigensten Namen! – tragen und mit Nick im Gefolge in Salons auftreten würde, fröhlich willkommen geheißen von eben den Leuten, die vor ein paar Monaten mit der gleichen Herzlichkeit Susy begrüßt hatten. Trotz Nicks wachsender Abneigung gegen die Gesellschaft und trotz Corals Allüre intellektueller Überlegenheit würde ihr Reichtum sie unweigerlich in die Welt zurückholen, der Nick durch alle seine Gewohnheiten und Bekanntschaften verbunden war. Und es würde ihn zweifellos amüsieren, in der Rolle des Gastgebers in die Welt zurückzukehren, in der er so lange ein Gast gewesen war. So wie Susy sich kurze Zeit eingebildet hatte, es würde ihr Spaß machen, als Lady Altringham aufzutreten. Aber sie mochte sich noch so sehr bemühen – jetzt, da diese Wirklichkeit so greifbar nahe vor ihr stand, konnte sie sich in keiner Weise damit abfinden oder irgendeine Beziehung zu sich selbst herstellen. Das bloße Nebeneinandersetzen der beiden Namen – Coral, Nick –, die sie in alten Zeiten so oft lachend in einem Atemzug genannt hatte, ließ es ihr schwarz vor Augen werden.

Immer noch saß sie hilflos neben dem Tisch in der Diele. Tränen rannen über ihre Wangen. Das Erscheinen der *bonne* holte sie wieder in die Gegenwart zurück. Ihr jüngster Schützling, Geordie, hatte ein oder zwei Tage gefiebert. Jetzt ging es ihm besser, aber er war immer noch ins Kinderzimmer verbannt. Er hatte gehört, wie Susy die Haustür aufschloß, und konnte nicht verstehen, warum sie nicht sogleich zu ihm heraufkam. Nun begann er, seine Empörung mit durchdringendem Geheul kundzutun, und Susy, aus ihrer Versunkenheit gerissen, ließ den Mantel fallen und eilte nach oben.

»Oh, dieses Kind«, stöhnte sie.

Unter dem Dach der Fulmers war wenig Raum und Zeit für persönliche Nöte. Von morgens bis abends gab es immer etwas Praktisches zu tun, das auf der Stelle die ganze Aufmerksamkeit erforderte. Und Susy erkannte allmählich, daß Kinder in beengten Haushalten möglicherweise eine zwar weniger romantische, aber nicht weniger nützliche Rolle spielten, als sie ihnen in Romanen zugeschrieben wurde, aufgrund der bloßen Tatsache, daß sie ihren Eltern keine Zeit ließen, lange über etwas nachzugrübeln, das nicht zu ändern war. Obwohl ihre Lehrzeit in Familienkunde so kurz gewesen war, hatte sie sich bereits die Fähigkeit angeeignet, sich schnell auf etwas anderes einzustellen, und als sie nun ins Kinderzimmer hinaufeilte, wurden ihre persönlichen Sorgen von einem Dutzend Problemen wie Fiebermessen, Krankenkost und Dosierung von Medikamenten verdrängt.

Diese Ablenkungen waren natürlich nur befristet. Aber jedesmal, wenn es wieder soweit war, schien sie stärker und anpassungsfähiger zu werden. »Was für ein Kind war ich selbst noch vor einem halben Jahr«, dachte sie und wunderte sich, daß der Einfluß Nicks und die Tragödie ihrer Trennung weniger dazu beigetragen hatten, sie zu festigen und reifer werden zu lassen, als diese paar Wochen in einem Haus voller Kinder.

Geordie zu besänftigen war nicht einfach, denn er hatte längst gelernt, seinen Kummer geschickt einzusetzen, den »Schuldigen« nach seiner Pfeife tanzen zu lassen und unablässig nach neuen Geschichten, Liedern und Spielen zu verlangen. »Hüten Sie sich davor, sich Geordie gegenüber ins Unrecht zu setzen«, hatte die gescheite Junie Susy von Anfang an gewarnt, »der hat ein unglaubliches Gedächtnis und wird sich mit Ihnen erst versöhnen, wenn Sie ihm jedes Märchen erzählt haben, das er je gehört hat.«

Diesmal jedoch schmolz Geordies Empörung dahin, sobald er sie sah. Sie war niedergeschlagen und voller Gewissensbisse und zermarterte ihren benommenen Kopf nach seinen Lieblingsgeschichten, als sie daran, wie sein Mund weich und seine Augen plötzlich ganz heiter wurden, sah, er würde ihr die herrliche, aber nicht vollends beruhigende Überraschung bereiten, ein braver Junge zu sein.

Nachdenklich musterte er ihr Gesicht, als sie sich neben sein Bettchen kniete. Dann streckte er einen Finger aus und preßte ihn gegen ihre tränenfeuchte Wange.

»Die arme Susy hat auch Weh«, erklärte er und schlang seine Arme um sie. Und als sie ihn fest an sich drückte, fügte er philosophisch hinzu: »Erzähl Geordie eine neue Geschichte, Susy, und du wirst es ganz schnell vergessen.«

26

Zwei Tage, nachdem sein Anwalt Mr. Spearman von seiner bevorstehenden Ankunft unterrichtet hatte, traf Nick Lansing in Paris ein.

Er war von Rom mit der festen Absicht aufgebrochen, sich selbst und Susy die Freiheit wiederzugeben. Zwar hatte er sich Coral Hicks gegenüber zu nichts verpflichtet, aber er hatte ihr den Zweck seiner Reise nicht verhehlt. Vergeblich hatte er versucht, in sich irgendeine Art von Interesse an seiner eigenen Zukunft wachzurufen. Seine Phantasie gelangte jedoch nicht über die Notwendigkeit hinaus, seine Beziehung zu Susy endgültig zu klären. Aber Corals Geständnis hatte ihn gerührt, und sein Verstand sagte ihm, daß er und sie wahrscheinlich miteinander glücklich werden könnten – die Art wohltemperierten Glücks, die auf einer Gemeinsamkeit des Geschmacks und einer Erweiterung ihrer Möglichkeiten gründete. Er hatte vor, sie nach seiner Rückkehr nach Rom um ihre Hand zu bitten, und er wußte, daß sie dies wußte. Genaugenommen war der Grund, weshalb er vor seiner Abreise nicht davon gesprochen hatte, nicht darin zu sehen, daß er seinem Schicksal noch zu entrinnen hoffte oder gar Coral auf die Folter spannen wollte, sondern einfach in der merkwürdigen Apathie, die sich seit dem Erhalt von

Susys Brief auf ihn gelegt hatte. In seinen endlosen Selbstgesprächen beschönigte er diese Apathie als Taktgefühl, das es ihm verbot, vor der Klärung seiner eigenen über die Zukunft Corals zu verfügen. In Wahrheit jedoch wußte er, daß Corals Zukunft bereits festgelegt war – und damit auch seine eigene. In Rom war ihm diese Tatsache als natürlich und unausweichlich erschienen.

In Paris wurde sie die unvorstellbarste aller unvorstellbaren Tatsachen. Nicht weil Paris so anders als Rom war, sondern weil irgendwo in dem weitläufigen, gleichgültigen Labyrinth der halb vergessene Teil seines Ichs, den Susy verkörperte, versteckt war. – Wochen-, monatelang war sein Denken von Susy erfüllt gewesen. Je länger ihre Trennung zurücklag und je unwahrscheinlicher eine Versöhnung wurde, desto näher hatte er sich ihr gefühlt. Es war, als wäre eine Krankheit, die lange Zeit in ihm geschwelt hatte, zum Ausbruch gekommen und hätte ihn in das Büßerhemd seiner Erinnerungen gehüllt. Es hatte Augenblicke gegeben, da ihm ihre wirklichen Umarmungen flüchtig und zufällig erschienen waren, verglichen mit dieser tiefen, bewußten Einprägung ihrer Seele in die seine.

Doch jetzt war alles plötzlich ganz anders. Jetzt, da er an demselben Ort lebte wie sie und ihr jeden Augenblick begegnen konnte, ihr in die Augen sehen, ihre Stimme hören, der Berührung ihrer Hand gewärtig sein konnte – jetzt wurde die geisterhafte Gestalt, mit der er gelebt hatte, in die Schatten zurückgedrängt, und zum ersten Mal seit ihrer Trennung schien er wieder wirklich und tatsächlich bei ihr zu sein. Dies wurde ihm am Morgen seiner Ankunft bewußt, als er von seinem Hotelfenster auf eine Straße hinunterblickte, durch die sie vielleicht an eben diesem Tag gehen würde, und auf ein endloses Gewirr von Dächern, von denen eines sie um diese Zeit beherbergen mochte. Der Übergang kam so überraschend, daß er sich fast fürchtete. Er hatte nicht geahnt, daß ihre bloße geographische Nähe ihn derart überfallen würde. Und was wäre, wenn sie plötzlich in sein Zimmer träte?

Gott sei Dank mußte dies nicht geschehen! Er hatte sich ausreichend über die Scheidungsformalitäten in Frankreich informiert und wußte, daß ein Zusammentreffen mit seiner Ehefrau nicht erforderlich war, und mit ein wenig Glück und mit Hilfe einiger Vorsichtsmaßnahmen könnte er es vermeiden, sie auch nur flüchtig aus der Ferne zu sehen. Er hatte nicht vor, länger als ein paar Tage in Paris zu bleiben. Und während dieser Zeit würde es – da er ihren Geschmack und den Altringhams kannte – einfach sein, die Orte zu meiden, an denen man ihr wahrscheinlich begegnete. Er wußte nicht, wo sie lebte, stellte sich jedoch vor, sie wohne bei Mrs. Melrose oder einer anderen reichen Freundin oder aber, im

Hinblick auf ihren künftigen Reichtum, im Nouveau Luxe oder in einer hübschen eigenen Wohnung. Darauf war Verlaß, Susy – ah, wie weh dies tat – würde es schon organisiert haben.

Als erstes suchte er seinen Anwalt auf. Und als er durch die vertrauten Straßen ging, sah er in jedem Gesicht, das ihm entgegenkam, in jeder Gestalt in der Ferne sie. Diese Besessenheit war unerträglich. Sie würde natürlich nicht andauern, aber im Augenblick hatte er das Gefühl, ein hilflos ausgelieferter Flüchtender in einem Alptraum zu sein, der spürt, daß er in einem geisterhaften Gewirr die einzige sichtbare Gestalt ist. Das Auge der Hauptstadt schien sich in einem unerbittlichen reglosen Starren auf ihn zu richten.

Beim Anwalt erklärte man ihm, der erste Schritt zur Freiheit sei es, einen Wohnsitz in Paris nachzuweisen. Das wußte er natürlich. Er hatte zu viele Freunde auf ihrem Gang vor das Scheidungsgericht begleitet, um nicht einigermaßen mit dem Verfahren vertraut zu sein. Aber diese einfache Tatsache stellte sich ihm in einem anderen Licht dar, sobald er versuchte, sie zu sich und Susy in Beziehung zu setzen. Es war, als wäre Susys Persönlichkeit ein Medium, durch das die Ereignisse in ein anderes Licht getaucht wurden. Noch am gleichen Tag fand er den »Wohnsitz«, eine geschmacklos möblierte Wohnung zu ebener Erde, die offenbar für ganz andere Zwecke gedacht war. Und als er, nachdem die Concierge sich mit der Miete für das erste Quartal diskret zurückgezogen hatte, dasaß und sich in der lieblos mit Plüsch ausstaffierten Unterkunft umsah, brach er in Lachen darüber aus, was sie in den Augen des Gesetzes darstellen sollte: ein Heim, ein durch sein Verhalten entweihtes Heim! Das Heim, in dem er und Susy ihr zerbrechliches Glück errichtet und es unter dem brutalen Anschlag seiner Untreue und Grausamkeiten hatten in sich zusammenstürzen sehen – denn man hatte ihm gesagt, er müsse grausam zu ihr sein und untreu! Er betrachtete die Wände, an denen billige Drucke der bronzenen »Nudes« hingen, die von Motten zerfressenen Felle und das geschmacklose Bett – und erneut war er wie betäubt von der Unwirklichkeit, der Unmöglichkeit dessen, was mit ihm geschah.

Um sich wachzurütteln, schloß er die Tür zu diesem Ort hinter sich und ging wieder zu seinem Anwalt. Er hoffte, daß er in der nüchternen Atmosphäre des Büros, wenn er die Adresse seiner Wohnung angäbe, eine Art Realitätsempfinden wiedererlangen würde. Und voller Verwunderung sah er zu, wie der Anwalt auf einem der Papiere in einem Aktenordner, auf dem in säuberlichen Blockbuchstaben sein Name stand, ganz selbstverständlich Straße und Hausnummer notierte.

Als er ging, kam es ihm in den Sinn zu fragen, wo Susy wohnte. Zumindest bildete er sich ein, es sei ihm gerade eingefallen und er erkundige sich lediglich zur Vorsicht danach, um zu wissen, welches Viertel von Paris er meiden müsse. In Wirklichkeit aber hatte die Frage sein Denken beherrscht, seit er am Morgen den Bahnhof verlassen hatte. Die Tatsache, nicht zu wissen, wo sie wohnte, machte ganz Paris zu einem bedeutungslosen, undurchschaubaren Ort, der für ihn so nutzlos war wie das Zifferblatt einer Uhr, die ihren Stundenzeiger eingebüßt hat.

Die Anschrift in Passy überraschte ihn. Er hatte angenommen, daß sie irgendwo in der Nähe der Champs-Elysées oder der Place de l'Etoile wohnen würde. Aber wahrscheinlich hatten Mrs. Melrose oder Ellie Vanderlyn sich inzwischen ein kleines Haus in Passy angeschafft. Na schön – es war irgendwie eine Erleichterung zu wissen, daß sie so weit entfernt wohnte. Keine Pflicht rief ihn in die Gegend jenseits des Trocadéro, die schon fast zu den Vororten gehörte, und damit war die Chance, ihr zu begegnen, weit geringer, als wenn sie im Zentrum von Paris gewohnt hätte.

Den ganzen Tag lang wanderte er umher, mied aber die eleganten Viertel, die Straßen, in denen, so weit das Auge reicht, Privatautos sich funkelnd aneinanderreihten oder auch nur kurz hielten, um vornehme Fahrgäste in Cafés, Kunstgalerien und Juwelierläden zu entlassen.

In einer solchen Szene würde Susy ihre Rolle spielen – schlanker, anmutiger, lebensvoller als die anderen, aber ihre Gesten imitierend, ihren Jargon plappernd und mit ihrer Hand die gleichen Perlen und Zobelpelze betastend. Er flüchtete sich zum anderen Seine-Ufer und ging am Quai entlang zur Cité, dem Netzwerk des alten Paris, zu den großartigen grauen Gewölben von St. Eustache, den belebten Straßen des Marais. Wenn er müde war, setzte er sich in ein Café, beobachtete Händler und Passanten, junge Männer, die Frauen ansprachen, Arbeitermädchen in Gruppen, Bettler und Obdachlose, die in der fahlen Wintersonne dösten, gehetzte Frauen, die vielleicht ihre Kinder von der Schule abholten, hier und da ein Straßenmädchen auf der Suche nach Kundschaft.

Der Tag wollte nicht vergehen. Gegen Abend stieg Furcht vor der Einsamkeit in ihm auf, und er spielte mit dem Gedanken, im Nouveau Luxe oder in einem anderen eleganten Restaurant zu speisen, wo er vielleicht Bekannte träfe, die ihn in ein Theater, ein Kabarett oder ein Tanzlokal mitnahmen. Alles, alles, um nur dem Karussell seiner Gedanken zu entkommen. Er empfand wieder diese nackte Angst vor der Einsamkeit, genau wie vor einigen Monaten in Genua … Selbst wenn er Susy und Altringham über den Weg lief, was bedeutete das schon? Es war besser, die Sache hinter sich zu bringen. Scheidung war doch längst kein trauriger Anlaß mehr. Paare, die in Scheidung lebten, dinierten bis zum letzten Tag miteinander und trafen sich später in ihrem jeweiligen neuen Zuhause, glücklich in dem Bewußtsein, daß ihrer beider Wiederverheiratung zwei neue gesellschaftliche Mittelpunkte geschaffen hatte. Aber die meisten Paare, die ihre neue Heirat so gelassen hinnahmen, hatten ihre Stunde der Verzauberung, des Glaubens an die Unsterblichkeit der Liebe erlebt, während er und Susy lediglich einen Geschäftsvertrag zum wechselseitigen Vorteil geschlossen hatten. Diese Tatsache ließ ihm seine Qualen und Hochstimmungen als völlig unverhältnismäßig und sich selbst als grotesk und altmodisch erscheinen, als sei er der Held eines sentimentalen Romans.

Als es fast dunkel geworden war, entschloß er sich, ein Taxi zu nehmen, in sein Hotel zurückzufahren, sich ein wenig auszuruhen und dann zum Essen auszugehen. Statt dessen rief er dem Fahrer Susys Adresse zu und nahm in dem Taxi Platz. Seine beiden Hände lagen auf dem Griff seines Regenschirms, und er starrte vor sich hin, als würde er irgendeine lästige Pflicht erfüllen, die er hinter sich bringen mußte, ehe er sein Denken wichtigeren Dingen zuwenden konnte.

»So ist es am einfachsten«, hörte er sich sagen.

An der Straßenecke – ihrer Straßenecke – ließ er das Taxi halten, stieg aus und stand reglos da, während es davonfuhr. Es war eine kurze, nichtssagende Straße, die viel weiter draußen lag, als er erwartet hatte. Sie verlor sich in einem Gewirr von Vorratsschuppen. Es nieselte, und Lansing ging die kaum beleuchtete, menschenleere Straße hinunter. Buschwerk mit kahlen Zweigen bedeckte die wenigen Meter zwischen den einzelnen Häusern. Tore und Gitterzäune schirmten die Gebäude von der Straße ab. Anfangs konnte er die Hausnummern nicht erkennen. Als er jetzt jedoch neben einer Straßenlaterne stehenblieb, stellte er fest, daß die schmale, heruntergekommene Fassade, die von ihr beleuchtet wurde, zu dem Haus gehörte, das er suchte. Er hatte sich vorgestellt, daß die kleine Straße, wie häufig in den außerhalb liegenden Vierteln, zu einer stattlichen Villa führen würde, die allenfalls noch im Grundriß an ein altes Landhaus erinnerte. Es war die neueste Marotte der Reichen, sich in den Vororten von Paris niederzulassen, wo noch Platz für Gärten war, und er hatte sich ausgemalt, wie Susy am Fenster eines prachtvollen Gebäudes saß, aus dem Licht auf die Einfahrt fiel. Statt dessen sah er ein Haus mit sechs Fenstern, das sich zwischen Nachbarhäusern der gleichen Art duckte und ihn an das verhärmte Aussehen einer erschöpften Arbeiterfrau erinnerte. Lansing, der sich an den Zaun des gegenüberstehenden Hauses lehnte, versuchte vergeblich, sein Bild von Susy mit einer derart bescheidenen Umgebung in Einklang zu bringen.

Es war anzunehmen, daß sein Anwalt ihm die falsche Adresse gegeben hatte. Nicht nur die falsche Hausnummer, sondern auch die falsche Straße. Er zog den Zettel hervor und ging auf die andere Straßenseite, um ihn unter der Lampe zu entziffern, als aus dem Dunkel ein Botenjunge auftauchte und auf das Haus zuging. Nick trat zurück. Der Junge öffnete das Tor, rannte die Stufen hinauf und klingelte.

Fast augenblicklich wurde die Tür geöffnet. Und da stand Susy. Das Licht fiel auf sie und ein rotbackiges Kind auf ihrem Arm, das sich an ihre Schulter lehnte. Der Raum hinter ihnen war dunkel oder doch nur so schwach beleuchtet, daß er einen schwarzen Hintergrund für ihre Gestalten bildete. Ohne ein Anzeichen der Überraschung sah sie den Botenjungen an und nahm das Paket entgegen. Als er gegangen war, blieb sie noch einen Augenblick in der Tür stehen und blickte die Straße hinunter.

Dieser Augenblick erschien dem, der sie jetzt beobachtete, schnell wie ein Blitz vergangen zu sein und doch so lange zu währen wie ein ganzes Leben. Da war sie, einen Steinwurf entfernt, und ahnte nichts von seiner Anwesenheit – seine Susy, die alte Susy, merkwürdig verwandelt, verklärt fast durch die neue Haltung, in der er sie sah.

Der erste Schock dieses Anblicks ließ ihn seine Überraschung vergessen, daß sie sich in einem solchen Haus aufhielt, ließ ihn vergessen, sich zu fragen, wem das Haus und wem das verschlafene Kind auf ihrem Arm gehörte. Für den Bruchteil einer Sekunde war sie ihm wie eine Vision erschienen – das unvergängliche Bild der Frau mit Kind. Und in diesem Bruchteil einer Sekunde veränderte sich seine Lebenseinstellung. Seine Augen hatten Susy gesehen, die zarte Susy mit den schmalen Armen, die das Kind umfaßten, die versonnene Art, wie sie ihre Wange an die des Kindes schmiegte, während sie ins Leere blickte. Dann trat sie zurück, die Tür fiel zu, und das Licht der Straßenlaterne schien wieder auf eine leere Fläche.

»Und sie gehört mir doch«, rief Nick in stolzem Triumph, sie wiedergefunden zu haben.

Er mußte seine Augen schließen, um die Vision festzuhalten.

Zuerst blieb sie ihm als vollständiges Bild. Dann zerbrach sie in Einzelteile, das Kind verschwand, das merkwürdige Haus verschwand, und Susy allein stand vor ihm, seine Susy, einzig und allein seine Susy, jedoch verändert, erschöpft, müde – älter sogar –, mit härteren Schatten unter den Wangenknochen, hochgezogenen Augenbrauen, und das schmale Handgelenk trat deutlich hervor. Nicht dieses Bild hatte seine Erinnerung heraufbeschworen, und es versetzte ihm einen Stich der Reue, als er sich klarmachte, daß etwas in ihrem Aussehen, ihrer Kleidung, ihrer Haltung den Eindruck von Armut vermittelt hatte, von Abhängigkeit, als gehöre sie wirklich zu dem schäbigen Haus, das ihr so gar nicht entsprach.

»Sie sieht ja aus, als sei sie *arm!*« dachte er, und sein Herz krampfte sich zusammen. Und sofort kam ihm der Gedanke, daß es die Fulmer-Kinder sein müßten, bei denen sie wohnte, während Grace und Nat durch Italien reisten. Gerüchte von Nat Fulmers plötzlichem Aufstieg waren zu ihm gedrungen, und er hatte gehört, daß das Paar kürzlich in Neapel und Palermo gesehen worden sei. Kein Mensch hatte Susys Namen im Zusammenhang mit ihnen erwähnt, und er konnte kaum sagen, wie er zu dieser Schlußfolgerung gelangt war, es sei denn, weil es natürlich erschien, daß sich Susy, wenn sie in Schwierigkeiten war, an ihre alte Freundin Grace wenden würde.

Aber wieso in Schwierigkeiten? Was für Schwierigkeiten? Was konnte geschehen sein, das ihrer triumphalen Karriere ein Ende gesetzt hatte?

»Genau das werde ich herausfinden«, dachte er.

Sein Herz pochte in einem Tumult neuer Hoffnungen und alter Erinnerungen. Der Anblick seiner Frau, in Miene und Haltung so entfernt von der Welt, in die sie in seiner Vorstellung wieder eingetaucht war, veränderte blitzschnell seine eigene Beziehung zum Leben und warf einen Schleier der Unwirklichkeit über all das, was er sich als das

Handfesteste und Greifbarste vorgestellt hatte. Nichts mehr zählte nun für ihn als die Steine der Straße, in der er stand, die Fassade des Hauses, das sie verbarg, als der Klingelknopf, den er bereits unter seinen Fingern zu spüren meinte. Gerade als er aus dem Schatten zur Schwelle treten wollte, bog ein Wagen um die Ecke, und das Zwillingsglitzern seiner Scheinwerfer ließ die nasse Straße, die zu Susys Tür führte, golden aufleuchten.

Lansing trat ins Dunkel zurück, als das Auto vor dem Haus vorfuhr. Ein Mann sprang heraus, und das Licht fiel auf Streffords Gestalt, deren träge Bewegungen auch unter dem Pelzmantel und in der neuen Staffage des Reichtums unverwechselbar waren.

Reglos stand Lansing da und starrte auf die Tür. Strefford läutete und wartete. Würde Susy gleich auftauchen? Vielleicht war sie vorhin nur deshalb sofort erschienen, weil sie nach ihm Ausschau gehalten hatte …

Aber nein, nach einer kleinen Weile erschien eine *bonne* – das etwas aufgelöste Mädchen für alles in einem geschäftigen Haushalt – und verschwand sogleich wieder, dabei den Besucher einlassend. Lansing war sicher, daß nicht ein Wort – keine Frage von Lord Altringham, keine Antwort von dem Dienstmädchen – gewechselt wurde. Kein Zweifel, man hatte ihn erwartet.

Die Tür schloß sich hinter Strefford, und durch den Rolladen des angrenzenden Fensters schimmerte Licht auf. Das Mädchen hatte den Besucher ins Wohnzimmer geführt und eine Lampe angezündet. Susy würde sich im oberen Stockwerk mit geschickten Handgriffen das zerzauste Haar glattstreichen, etwas Rouge auflegen. Ah, wie gut Lansing jede einzelne Bewegung dieses Rituals kannte, selbst das Runzeln der Stirn und das schmollende Aufwerfen der Unterlippe. Ein Gefühl der Übelkeit überkam ihn, als der Ablauf all der Gesten, an die er sich erinnerte, auf sein inneres Auge einstürmte. – Und der andere? Der andere Mann, der jetzt im Haus war, lächelte vielleicht in diesem Augenblick, während er sich dieselbe Szene vorstellte.

Lansing wandte sich um und tauchte in die Nacht ein.

27

Susy und Lord Altringham saßen in dem kleinen Salon an einem Tisch mit einer verrußten Lampe und unordentlichen Haufen von ramponierten Schulbüchern.

In einer halben Stunde würde die *bonne* mit den Kindern von der Schule zurückkommen, und jeden Augenblick konnte Geordies gebieterisches Schreien seine Sklavin ins Kinderzimmer beordern. In der knappen Zeit, die ihnen blieb, saßen die beiden da und wußten nicht, was sie sagen sollten.

Beim Eintreten hatte Strefford seinen Blick durch das trübselige Zimmer schweifen lassen, vom Klavier, auf dem sich zerfledderte Noten stapelten, über das Sofa mit Bergen von Spielsachen zu den Strohblumen und aufgespießten Schmetterlingen, die eine Messinguhr einrahmten. Dann hatte er sich zu Susy umgewandt und sie einfach gefragt: »Warum, um alles in der Welt, bist du hier?«

Sie hatte nicht versucht, ihm das zu erklären. Es war völlig aussichtslos. Und sie würde nichts von ihrer geheimen Sehnsucht, zu Nick zurückzukehren, verraten, schon gar nicht jetzt, da Nick endgültige Schritte unternommen hatte, um seine Freiheit wiederzuerlangen. Aus Furcht davor, Strefford könnte davon gehört haben und es ihr erzählen, in

Verbindung mit der Neuigkeit von Nicks bevorstehender Hochzeit, und sie könnte, wenn ihre Ängste derart bestätigt würden, ihre Selbstbeherrschung verlieren, hatte sie lieber mit möglichst gleichgültiger Stimme gesagt: »Das ›Verfahren‹ oder wie auch immer die Anwälte das nennen, hat begonnen. Währenddessen möchte ich gern allein sein. – Ich weiß auch nicht, warum …«

Daraufhin hatte Strefford sie eindringlich gemustert. »Ah«, murmelte er, und seine Lippen verzogen sich zu dem alten spöttischen Lächeln. »Da wir gerade von Verfahren sprechen«, fuhr er unbeschwert fort, »welches Stadium hat denn das von Ellie erreicht? Ich habe sie und Vanderlyn und Bockheimer heute im Larue fröhlich miteinander essen sehen.«

Susy stieg das Blut ins Gesicht. Sie erinnerte sich an den dramatischen Abend mit Nelson Vanderlyn, erst zwei Monate war es her, und dachte: »Wenn es an der Zeit ist, werden vermutlich Nick und ich …«

Laut sagte sie: »Es will mir nicht in den Kopf, wie Nelson und Ellie es fertigbringen, sich einfach so wiederzusehen. Und noch dazu in einem Restaurant!«

Strefford lächelte immer noch. »Meine Liebe, du bist unverbesserlich altmodisch. Warum sollten zwei Leute, die einander gerade den größten Gefallen getan haben, indem sie dem anderen im richtigen Augenblick den Weg frei gemacht haben, sich danach wie eingeschworene Feinde aufführen? Das ist doch absurd, der Schwindel ist zu kraß. Was auch immer unsere Generation versäumt hat, sie hat mit dieser Scheinheiligkeit aufgeräumt. Und das ist genug, um sie unsterblich zu machen. Ich wette, Nelson und Ellie haben einander nie besser leiden können als heute. Vor zwanzig Jahren hätten sie sich gescheut, das zuzugeben. Aber warum sollten sie es sich jetzt nicht eingestehen?«

Susy sah Strefford an und ahnte, daß sich unter seinen Worten der Schmerz der Enttäuschung verbarg, die sie ihm zugefügt hatte. Doch gleichzeitig wußte sie, daß diese Qual nicht das überwältigende, alles durchdringende Gefühl war, wie er es sich vielleicht wünschte, sondern ein mit einem Dutzend anderer vergleichbarer Schmerz, und sie sagte sich, daß er wahrscheinlich jetzt schon wußte, wann der Schmerz aufhören würde. Vielleicht war diese Gewißheit des Vergessens bitterer als die Gewißheit des Schmerzes.

Schweigen breitete sich zwischen ihnen aus. Schließlich stand Strefford auf und erklärte mit einem Achselzucken: »Du wirst mich am Ende noch so weit bringen, Joan Senechal zu heiraten.«

Susy lächelte: »Nun, warum nicht? Sie ist sehr hübsch.«

»Schon, aber sie wird mich langweilen.«

»Armer Streff! Also sollte ich ... «

»Vielleicht. Aber keinesfalls gleich, wenn ...« Er grinste sarkastisch. »Das hat Zeit.« Er schien darauf zu warten, daß sie etwas sagte. »Und was, um alles in der Welt, wirst *du* machen?« schloß er, da sie weiterhin schwieg.

»Oh, Streff, ich könnte dich nicht aus einem solchen Grund heiraten«, murmelte sie schließlich.

»Dann heirate mich und finde den Grund dafür später heraus.«

Sie schüttelte den Kopf und streckte, immer noch schweigend, die Hand aus, um sich zu verabschieden. Er umklammerte ihre Hand und wandte sich dann um. Auf der Schwelle blieb er jedoch stehen und starrte sie aus zusammengekniffenen Augen wehmütig an.

Der Blick rührte sie, und hastig fügte sie hinzu: »Ich kann mir nur einen Grund denken, warum ich dich *nicht* heirate. Weil ich mich noch nicht unverheiratet genug fühle.«

»Unverheiratet genug? Aber ich dachte, Nick hätte sein Bestes getan, um dir dieses Gefühl zu vermitteln?«

»Ja. Aber selbst wenn er das getan hat – gelegentlich glaube ich, daß nicht einmal das einen Unterschied macht.«

Immer noch musterte er sie nachdenklich. Seine Augen blickten sie mit einem Ernst an, den sie noch nie in seinem sorglosen Gesicht gesehen hatte.

»Meine Liebe, so ungefähr das Gefühl habe ich auch«, war alles, was er sagte, als er sich zum Gehen wandte.

Als die Kinder an diesem Abend zu Bett gegangen waren, saß Susy noch lange in dem trostlosen Wohnzimmer. Sie dachte nicht an Strefford, sondern an Nick. Er kam nach Paris – war möglicherweise schon eingetroffen. Die Vorstellung, er könnte sich in diesem Augenblick in derselben Stadt aufhalten wie sie, ohne daß sie es wußte, war so seltsam und schmerzlich, daß ihre starke, die Freude liebende Jugend sich heftig aufbäumte. Warum sollte sie weiterhin so unerträglich, so erbärmlich leben? Wenn sie ihn nur sehen, seine Stimme hören könnte, und sei es auch nur, um ihn wieder derart grausame und demütigende Worte sagen zu hören wie an jenem schrecklichen Tag in Venedig – selbst das wäre besser als diese Leere, dieses völlige und endgültige Ausgeschlossensein aus seinem Leben. Er war grausam zu ihr gewesen, unvorstellbar grausam: hart, überheblich, ungerecht – und das vielleicht vorsätzlich, weil er damals schon frei sein wollte. Sie war jedoch bereit, sogar diese Vorstellung zu ertragen, sich selbst noch tiefer zu demütigen, als er sie schon gedemütigt hatte, wenn sie ihn nur einmal wiedersehen könnte.

Sie stützte ihren schmerzenden Kopf in die Hände

und überlegte. Etwas unternehmen? Aber was? Nichts, das ihm weh tun, seiner Freiheit hinderlich sein, dem Geist ihres Pakts zuwiderlaufen könnte, dazu war sie entschlossener denn je. Sie hatten einen Vertrag miteinander geschlossen, und sie würde ihn einhalten, nicht aus irgendwelchen ideellen Gründen, sondern einfach, weil sie ihn zufällig so sehr liebte. Ja – aber ihn wiedersehen, nur noch einmal!

Plötzlich fiel ihr ein, was Strefford über Nelson Vanderlyn und seine Frau gesagt hatte: »Warum sollten zwei Leute, die einander gerade den größten Gefallen getan haben, sich wie eingeschworene Feinde aufführen?« Sie hatte Nick seine Freiheit angeboten und ihm damit einen so großen Dienst erwiesen, daß er sie vielleicht nicht mehr haßte, es nicht mehr ablehnte, sie zu sehen. – Jedenfalls, warum sollte sie ihm nicht, von dieser Annahme ausgehend, in schlichter Freundlichkeit schreiben und ihm vorschlagen, sich mit ihr zu treffen, um »gewisse Dinge zu regeln«? Das geschäftsmäßige Wort »regeln« (wie sie es haßte!) würde ihm zeigen, daß sie keine heimlichen Anschläge auf seine Freiheit plante. Zudem war er zu vorurteilslos, zu modern, zu frei von dem, was Strefford als Schwindel bezeichnete, um einen solchen Vorschlag nicht zu verstehen und darauf einzugehen. Vielleicht hatte Strefford letztlich doch recht. Es bedeutete schon etwas, die Beziehungen zwischen Menschen von Scheinheiligkeit befreit zu haben, selbst wenn dabei offenbar so viele herrliche Dinge mit hinweggerissen worden waren …

Sie rannte in ihr Zimmer hinauf, kritzelte ein paar Zeilen und lief damit durch Regen und Dunkelheit zum Briefkasten an der Ecke. Als sie zurückging, hatte sie das seltsame Gefühl, als sei die Straße nicht mehr menschenleer – als sei Nick vielleicht schon da, irgendwo im Dunkeln, in ihrer Nähe, und drauf und dran, ihr zur Tür zu folgen, ins Haus zu treten, mit ihr in ihr Schlafzimmer hinaufzugehen, so wie früher. Seltsam, wie nahe er ihr allein durch die Tatsache, ihm diesen kurzen Brief geschrieben zu haben, gekommen war.

Im Schlafzimmer lag Geordie ruhig schlummernd in seinem Bettchen. Sie löschte die Kerze und kleidete sich leise aus, um ihn nicht zu wecken.

Am folgenden Tag erhielt Nick Lansing Susys Brief, den man ihm vom Büro des Anwalts ins Hotel geschickt hatte. Er las ihn sorgfältig, immer wieder, wog und prüfte die zurückhaltenden Worte. Sie schlug ihm vor, sich mit ihm zu treffen, um »gewisse Dinge zu regeln«. Was für Dinge? Und warum sollte er auf eine solche Bitte eingehen? Was für ein geheimer Zweck hatte sie dazu veranlaßt? Es war schrecklich. Künftig sollte er, wenn er an Susy dachte, immer versteckte Beweggründe vermuten, auf erbärmliche Art immer auf der Hut sein vor irgendwelchen verborgenen Gedankengängen. Was versuchte sie jetzt »zu organisieren«?

Noch ein paar Stunden zuvor war bei ihrem Anblick alle Härte in ihm geschmolzen. Er hatte sich der Grausamkeit, der Ungerechtigkeit, jeder Sünde des Stolzes gegen sich selbst und gegen sie bezichtigt. Aber das Auftauchen Streffords, der zu so später Stunde noch so offenkundig erwartet und willkommen geheißen wurde, hatte die anschwellende Flut der Zärtlichkeit zurückgedrängt.

Dennoch, was war, alles in allem, daran so verwunderlich? Nichts hatte sich in ihrer Beziehung zueinander verändert. Er hatte seine Frau verlassen, bewußt, und in der Folgezeit war nichts geschehen, das ihm Anlaß gegeben hätte, seine Meinung zu ändern. Sie hatte sich offensichtlich mit seiner Entscheidung abgefunden und sie, wozu sie durchaus berechtigt war, genutzt, um ihre Zukunft abzusichern.

Was gab es da zu jammern oder sich an die Brust zu schlagen, für zwei Leute, die sich rühmten, den Tatsachen ins Gesicht zu sehen, fest entschlossen, das Beste daraus zu machen, ohne vergebliches Hadern? Ihre Heirat war nichts weiter als ein Akt der Torheit gewesen. Susys Zauber hatte seine Urteilskraft beeinträchtigt, und sie hatten ihr Jahr bekommen … ihr verrücktes Jahr … zumindest bis auf zwei, drei Monate. Aber seine ursprüngliche, intuitive Einsicht war richtig gewesen. Und jetzt mußten sie beide für ihre Verrücktheit bezahlen. Das Schicksal vergißt selten einen Handel, den man mit ihm geschlossen hat, und versäumt es nicht, die Zinsen einzufordern. Warum also nicht jetzt, da die Zeit gekommen war, tapfer bezahlen und sich nur an den Teil der Episode erinnern, der auf so wunderbare Weise den Preis wert gewesen war?

Er schickte ein Telegramm an Mrs. Nicholas Lansing, in dem er ihr mitteilte, er würde sich nachmittags um vier Uhr bei ihr einfinden. »Das sollte uns genügend Zeit lassen«, überlegte er nüchtern, »›gewisse Dinge zu regeln‹, wie sie es nennt, ohne Streffords Abendbesuch in die Quere zu kommen.«

28

Die Nachricht ihres Mannes lautete kurz und bündig: »Heute um vier Uhr. N. L.«

Den ganzen Tag grübelte sie voll quälender Sehnsucht darüber nach, versuchte, Bedauern, Gefühle, Erinnerungen, irgendeinen Widerhall des Aufruhrs in ihrer eigenen Brust hineinzulesen. Aber sie hatte mit »Susy« unterzeichnet, er hingegen mit »N. L.«. Dies schien einen Abgrund zwischen ihnen aufzureißen. Sie war eben frei, und er war es nicht. Vielleicht hatte sie, in Anbetracht seiner Lage, durch ihre ungewöhnliche Bitte um ein Treffen den Abstand zwischen ihnen nur noch vergrößert.

Sie saß in dem kleinen Wohnzimmer, und laut tickend verkündete die Messinguhr, daß die Minuten vergingen. Sie würde nicht aus dem Fenster sehen. Nach ihm Ausschau zu halten brachte vielleicht Unglück. Ihr war, als drängten sich tausend unsichtbare Geister um sie, verborgene Dämonen des Guten und des Bösen, spionierten ihre Gedanken aus, zählten ihre Herzschläge, bereit, auf das kleinste Anzeichen zu großer Zuversicht hin herabzustoßen und es in Hohn zu verkehren. Gäbe es doch einen Altar, um darauf Versöhnungsopfer darzubringen! Aber was hätte sie denn anderes bieten können als das erstickte Pochen ihres Herzens, ihre hinuntergewürgten Tränen?

Es läutete, und sie sprang auf, als hätte eine Sprungfeder sie in die Höhe geschnellt. Im Spiegel zwischen den getrockneten Gräsern sah ihr Gesicht hager, bleich, leblos aus. Ah, wenn er sie zu verändert fände! Wenn sie nur noch genügend Zeit hätte, hinaufzulaufen und einen Hauch Rouge aufzulegen.

Sie öffnete die Tür, sie schloß sie hinter ihm. Er war da.

Er sagte: »Du wolltest mich sprechen ...?«

Sie erwiderte: »Ja.« Und ihr Herz schien stillzustehen.

Zuerst konnte sie sich nicht erklären, was für eine geheimnisvolle Veränderung mit ihm vor sich gegangen war und warum es ihr, als sie ihn ansah, vorkam, als würde sie einen Fremden ansehen. Dann wurde ihr klar, daß seine Stimme so klang, wie sie immer geklungen hatte, wenn er mit anderen Personen sprach, und sie sagte sich, daß sie für ihn eine »andere Person« geworden war.

Ein tödliches Schweigen. Dann stammelte sie, ohne zu wissen, was sie sagte: »Nick – willst du nicht Platz nehmen?«

Er sagte: »Danke«, schien sie jedoch nicht verstanden zu haben, denn er blieb reglos stehen, durch das halbe Zimmer von ihr getrennt. Und langsam empfand sie die Sinnlosigkeit, die Aussichtslosigkeit seiner Anwesenheit. Eine Mauer aus Granit schien sich zwischen ihnen aufgetürmt zu haben. Sie hatte das

Gefühl, als sei sie unsichtbar, als starrten seine unnahbaren neuen Augen diese Mauer an und nicht sie. Plötzlich dachte sie: »Er leidet mehr als ich, weil er Mitleid mit mir hat.«

Dieser Gedanke reizte ihren Stolz. Sie hob den Kopf und begegnete seinem Blick mit einem Lächeln.

»Meinst du nicht«, fragte sie, »daß es vernünftiger ist – da doch alles in unserem Leben so anders geworden ist –, wenn wir uns auf diese Art, als Freunde gegenübertreten? Ich wollte dir sagen, du brauchst nicht – nicht im geringsten ein ungutes Gefühl zu haben wegen mir.«

Er errötete heftig. »Oh, ich weiß – ich weiß, du ...«, erklärte er hastig, und fügte mit künstlicher Munterkeit hinzu: »Aber danke, daß du mir das gesagt hast.«

»Es gibt keinen Grund«, fuhr sie fort, »unser Treffen, als Freunde eben, für uns auch nur im mindesten peinlich oder schmerzlich werden zu lassen, wenn wir doch beide festgestellt haben ...« Sie brach ab und streckte ihm die Hand hin. »Ich habe von dir und Coral gehört«, schloß sie.

Er faßte ihre Hand, mit kalten Fingern, und ließ sie wieder fallen. »Danke«, sagte er nun zum dritten Male.

»Willst du dich nicht setzen?«

Er setzte sich.

»Findest du nicht«, fuhr sie fort, »daß diese neue

Art, uns … uns als Freunde zu begegnen … und alles zu besprechen, ohne Böswilligkeit … daß … es so weit angenehmer und vernünftiger ist?«

Er lächelte. »Das ist ungeheuer nett von dir – daß du so empfindest.«

»Oh, und ob ich so empfinde!« Sie fragte sich, was sie denn eigentlich als nächstes hatte sagen wollen und warum sie so plötzlich den Faden verloren hatte.

Während dieser Pause hörte sie, wie er hüstelte und sich räusperte. »Dann will ich dir sagen«, begann er, »auch ich bin froh – ungeheuer froh, daß deine Zukunft zufriedenstellend geregelt ist.«

Sie blickte zu seinem steinernen Gesicht auf. Kein Muskel zuckte darin.

»Ja, das – das macht das Ganze leichter für dich, nicht wahr?«

»Für dich auch, hoffe ich.« Wieder räusperte er sich und fuhr dann fort: »Ich möchte dir auch sagen, ich verstehe vollkommen …«

»Oh«, fiel sie ihm ins Wort, »ich auch. Deinen Standpunkt, meine ich.«

Wieder schwiegen sie.

»Nick, können wir nicht Freunde sein – wirkliche Freunde? Wäre das nicht einfacher?« stieß sie schließlich, mit zuckenden Lippen, hervor.

»Einfacher …?«

»Ich meine, um die Dinge zu besprechen – zu regeln. Es muß doch einiges geregelt werden, nehme ich an?«

»Vermutlich.« Er zögerte. »Ich tue, was man mir sagt – befolge einfach die Anweisungen. Die Angelegenheit ist offensichtlich ganz einfach. Ich unternehme die notwendigen Schritte ...«

Sie errötete leicht und atmete tief ein. »Die notwendigen Schritte – was sind das für Schritte? Alles, was diese Anwälte einem sagen, ist so verwirrend ... Ich verstehe immer noch nicht – wie man so etwas macht.«

»Was ich zu tun habe, meinst du? Oh, das ist ganz einfach.« Er hielt inne und fügte dann in einem Ton gezwungener Leichtigkeit hinzu: »Ich fahre morgen nach Fontainebleau ...«

Sie starrte ihn verständnislos an. »Nach Fontainebleau ...?«

Ihre Verwirrung entlockte ihm das erste aufrichtige Lächeln. »Nun – ich habe mich für Fontainebleau entschieden – ich weiß auch nicht, warum ... außer, weil wir nie zusammen dort waren.«

Plötzlich begriff sie, und das Blut schoß ihr ins Gesicht. Ohne zu wissen, was sie tat, stand sie auf. Das Herz schlug ihr bis zum Hals. »Wie grotesk – wie ungeheuer abscheulich!«

Er zuckte leicht die Schultern. »Ich habe die Gesetze nicht gemacht. –«

»Aber ist das nicht ungeheuer dumm und entwürdigend, daß so etwas nötig sein soll, wenn zwei Menschen sich trennen wollen …?« Wieder brach sie ab, durch den Nachhall des schicksalhaften *»sich trennen wollen«* zum Schweigen gebracht. –

Er schien es vorzuziehen, sich nicht länger bei den gesetzlichen Vorschriften aufzuhalten.

»Du hast mir noch nicht gesagt«, setzte er versuchsweise an, »wie es kommt, daß du hier wohnst.«

»Hier – bei den Fulmer-Kindern?« Sie nahm sich zusammen und versuchte, einen ebenso leichten Ton anzuschlagen. »Oh, ich passe lediglich ein paar Wochen auf sie auf, während Nat und Grace in Sizilien sind.« Sie sagte nicht: »Der Grund ist – ich habe mich von Strefford getrennt.« Irgendwie half es ihrem verletzten Stolz ein wenig, ihm das Geheimnis ihrer Unabhängigkeit auf Widerruf vorzuenthalten.

Er blickte sie verwundert an. »Ganz allein mit dieser verstörten *bonne?* Wie viele sind es denn eigentlich? Fünf? Großer Gott!« Er richtete seine Augen, die nicht sahen, auf die Uhr und dann wieder auf ihr Gesicht. »Ich dachte, viele Kinder würden dir eher auf die Nerven gehen.«

»Oh, nicht *diese* Kinder. Sie sind so lieb zu mir.«

»Ah, nun ja, ich vermute, es ist nicht für lange.«

Wieder ließ er seine Blicke durch das Zimmer schweifen, als wolle er es in seine trostlosen Einzelteile zerlegen, und fügte, offenbar in dem Versuch, ein verbindliches Gespräch zu führen, hinzu: »Ich habe gehört, die Fulmers vertragen sich nicht mehr besonders gut, seit er so erfolgreich ist. Stimmt es, daß er Violet Melrose heiraten will?«

Susy stieg das Blut ins Gesicht. »Oh, niemals, niemals! Er und Grace sind gerade zusammen auf Reisen.«

»Das habe ich nicht gewußt. Die Leute erzählen viel ...« Das Thema war ihm sichtlich peinlich, und er bedauerte offenbar, es angeschnitten zu haben.

»Einige dieser Dinge, die die Leute sagen, sind wahr. Aber Grace ist so tapfer. Sie sagt, sie und Nat gehören zusammen. Sie können nichts dagegen machen, meint sie, nachdem sie so viel miteinander durchgemacht haben.«

»Die gute alte Grace!«

Er war aufgestanden, und diesmal machte sie keine Anstalten, ihn zurückzuhalten. Er schien sich wieder gefaßt zu haben, und sie fühlte sich gedemütigt und verletzt, weil er so leichthin von seinem morgigen Ausflug nach Fontainebleau gesprochen hatte. – Nun, Männer waren eben anders. Das hatte sie sich ja oft genug gesagt.

Sie war nahe daran, herauszuschreien: »Aber warte – so warte doch! Ich werde Strefford nicht heiraten!« Doch dies wäre wie ein Appell an sein Mitleid, seine Nachsicht erschienen, und genau das wollte sie nicht. Sie konnte nicht vergessen, daß er sie verlassen hatte, weil er nicht fähig war, ihr zu verzeihen, daß sie immer alles »organisierte« – und um nichts in der

Welt sollte er denken, sie hätte das Treffen mit ihm zu einem solchen Zweck geplant.

»Wenn er nicht merkt, daß ich wirklich anders bin, allem Anschein zum Trotz… und daß ich nie das war, was er an jenem Tag von mir sagte – wenn es ihm in all den Monaten nicht klargeworden ist, was hat es dann für einen Sinn zu versuchen, ihm das jetzt begreiflich zu machen?« überlegte sie. Und dann eilten ihre Gedanken weiter: »Vielleicht leidet er auch – ich glaube, er leidet wirklich –, jedenfalls, er leidet meinetwegen, nicht wegen sich selbst. Aber wenn er Coral verpflichtet ist, was kann er dann machen? Was würde er von mir halten, wenn ich versuchte, ihn zu veranlassen, sein Wort zu brechen?«

Da stand er – der Mann, der »morgen nach Fontainebleau fahren« würde. Der dies als »die notwendigen Schritte unternehmen« bezeichnete! Der bei dieser wie nebenbei fallengelassenen Bemerkung lächeln konnte! Bereits jetzt schien eine Welt sie voneinander zu trennen. Es war, als wäre ihre Scheidung schon vollzogen. All die Worte, Schreie, Argumente, die in ihr aufstiegen, sanken in Schweigen zurück. Nur noch ein Gedanke blieb: »Wie lange will er eigentlich noch so dastehen?«

Vielleicht hatte er diese Frage auf ihrem Gesicht gelesen, denn er wandte sich, nach einer eingehenden Betrachtung der Vorhänge, um und sagte: »Gibt es sonst noch etwas…?«

»Sonst noch etwas?«

»Ich meine, du hast davon gesprochen, gewisse Dinge seien zu regeln ...«

Sie wurde rot, erinnerte sich plötzlich an den Vorwand, den sie gebraucht hatte, um ihn herzubitten.

»Oh«, erklärte sie stockend, »ich weiß nicht ... ich dachte, da sei einiges ... Aber die Anwälte werden vermutlich ...«

Sie sah die Erleichterung in seinem versteinerten Gesicht. »Genau. Ich habe es immer für das Beste gehalten, alles ihnen zu überlassen. Ich versichere dir« – wieder verzog er für einen Augenblick den Mund angestrengt zu einem Lächeln –, »ich werde nichts tun, was einer raschen Erledigung im Weg stünde.«

Reglos stand sie da, fühlte, wie sie erstarrte. Er schien bereits weit weg, eine Gestalt, die sich in unermeßlicher Ferne verlor.

»Dann also – auf Wiedersehen«, hörte sie ihn aus dieser unermeßlichen Ferne sagen.

»Oh – auf Wiedersehen«, stammelte sie, als hätte sie erst nach dem Wort suchen müssen und sei nun froh, daß es ihr eingefallen war.

Auf der Schwelle blieb er noch einmal stehen, warf erneut einen Blick auf sie, setzte an: »Ich habe ...«, dann wiederholte er: »Auf Wiedersehen«, als wolle er sichergehen, daß er nicht vergessen hatte, das zu sagen. Und die Tür schloß sich hinter ihm.

Es war vorbei. Sie hatte ihre letzte Chance gehabt und sie nicht genutzt. Nun würde, was auch immer geschah, das einzige, wofür sie gelebt und wonach sie sich gesehnt hatte, nie Wirklichkeit werden. Er war gekommen, und sie hatte ihn wieder gehen lassen …

Wie hatte das geschehen können? Würde sie je in der Lage sein, sich das zu erklären? Wie war es möglich, daß sie, die erfindungsreiche Strategin, so geübt in den weiblichen Künsten, hilflos, sprachlos, wie ein Schulmädchen, dem das erste Liebessehnen die Kehle zuschnürt, vor ihm gestanden hatte? Wenn er gegangen war, gegangen, um nie wieder zurückzukehren, dann war das ihre Schuld, einzig und allein ihre Schuld. Was hatte sie getan, um ihn zu rühren, ihn festzuhalten, sein Herz höher schlagen und seinen Kopf schwirren zu lassen? Sie war entsetzt angesichts ihrer Unzulänglichkeit, ihrer versteinerten Unfähigkeit, sich auszudrücken …

Und plötzlich preßte sie ihre Hände an ihre pochenden Schläfen und rief: »Aber das ist Liebe! Das muß Liebe sein!«

Sie hatte ihn auch vorher geliebt, zumindest nahm sie das an. Denn wie sonst sollte sie die Kraft nennen, die sie zu ihm hingezogen, die sie gelehrt hatte, seine Bedenken zu überwinden, und die ihn mit ihr zusammen in ihr verrücktes Abenteuer hineingewirbelt hatte? Nun, wenn dies jetzt Liebe war, dann war es so etwas viel Größeres und Tieferes, daß jenes andere Gefühl lediglich als Tanzen ihres Blutes im Gleichklang mit seinem erschien ...

Aber nein! Wirkliche Liebe, große Liebe, die Liebe, die die Dichter besangen und die erwählte und gequälte Menschenwesen erlebten und an der sie zugrunde gingen, diese Liebe hatte ihre eigene, erhabene Ausdruckskraft und die sichere Befehlsgewalt über ihre Mittel. Die kleinlichen Künste der Koketterie waren davon genausoweit entfernt wie die Sprachlosigkeit des unwissenden Mädchens. Wirkliche Liebe war weise, stark, kraftvoll, wie das Genie, wie jede andere Form menschlicher Größe. Wirkliche Liebe überlegte nicht, was sie wollte und wie sie es erlangte.

Nicht die große Liebe also ... sondern nur die gewöhnliche, bescheidene, durchschnittliche menschliche Liebe war ihre Liebe. Und sie war als etwas so Neues, so Überwältigendes über sie gekommen, mit so ernstem Gesicht, ihre Berührung hatte sie so erschrecken lassen, daß sie versteinert dagestanden hatte, demütig erkennend, daß das, was sie einst für Liebe gehalten hatte, nur Vergnügen und Frühlingserwachen und der Geschmack der Jugend gewesen war.

»Aber woher sollte ich das wissen?« weinte sie. »Und jetzt ist es zu spät!«

29

Die Bewohner des kleinen Hauses in Passy waren gezwungenermaßen Frühaufsteher. Als Susy jedoch am nächsten Morgen aus dem Bett sprang, war noch niemand auf, und es fehlte fast noch eine Stunde, bis der Wecker der *bonne* läuten würde.

Für einen Augenblick lehnte sich Susy aus dem Fenster ihres Zimmers in die Dunkelheit hinaus. Kalter Nieselregen streifte ihr Gesicht. Sie fröstelte und trat einen Schritt zurück. Dann zündete sie eine Kerze an, schirmte sie gewohnheitsmäßig vor dem schlafenden Kind ab, schlüpfte in ihren Morgenrock und öffnete die Tür. Auf der Schwelle blieb sie stehen, um auf die Uhr zu sehen. Erst halb sechs. Sie hatte ein schlechtes Gewissen, Junie Fulmer so unsanft aus dem Schlaf zu reißen. Aber diese Skrupel wogen nichts im Vergleich zu ihrem Vorhaben. Die arme Junie mußte sich eben am Sonntag ausschlafen, das war alles.

Susy schlich in den Korridor, öffnete eine Tür und ließ das Licht auf das Gesicht des Mädchens fallen.

»Junie! Liebste Junie, du mußt aufwachen!«

Junie lag friedlich schlafend da. Als sie jedoch ihren Namen hörte, setzte sie sich so schnell auf wie ein Erwachsener, der weiß, daß eine Unzahl häuslicher Pflichten auf ihn wartet.

»Um welches geht es?« fragte sie, mit einem Fuß bereits aus dem Bett.

»Oh, liebe Junie, nein ... den Kindern fehlt nichts ... und auch sonst niemandem«, stammelte Susy, die sich neben das Bett gekniet hatte.

Im Schein der Kerze sah sie, wie Junies besorgtes Gesicht einen vorwurfsvollen Ausdruck annahm.

»Aber Susy, warum hast du dann ...? Ich habe gerade geträumt, wir fahren alle in einem riesiggroßen Auto mit Vater und Mutter durch Rom.«

»Es tut mir so leid, Liebes. Was für ein schöner Traum! Ich bin ein Scheusal, da hineinzuplatzen.«

Sie spürte, wie in dem kleinen Mädchen allmählich die Neugierde erwachte. »Wenn niemandem etwas fehlt, warum weinst du dann, Susy? Fehlt vielleicht dir etwas? Was ist passiert?«

»Weine ich?« Susy erhob sich von den Knien und setzte sich auf die Tagesdecke. »Ja, es geht um mich. Und ich mußte dich aufwecken.«

»Oh, Susy, liebe Susy, was ist los?« Blitzschnell streckte Junie ihre Arme nach ihr aus, und Susy ergriff sie mit ihren glühendheißen Händen.

»Junie, hör zu! Ich muß sofort weg – euch den ganzen Tag allein lassen. Kann sein, daß ich erst spätabends zurückkomme. Heute abend. Ich kann nicht genau sagen, wann, aber spät. Ich habe eurer Mutter versprochen, euch nie allein zu lassen, aber ich muß es tun – ich muß.«

Mit hellwachen Augen betrachtete Junie ihr erregtes Gesicht. »Oh, ich verrate nichts, das weißt du, Susy«, sagte sie schlicht.

Susy umarmte sie. »Junie, Junie, du bist ein Schatz! Aber das habe ich nicht gemeint. Natürlich darfst du das sagen – du *mußt* es sagen. Ich werde selbst eurer Mutter schreiben. Was mir Sorgen macht, ist, daß ich weg muß – nach Paris –, den ganzen Tag, und dabei hustet Geordie noch ein bißchen, und es ist niemand da, außer Angèle, um auf ihn aufzupassen, während ihr weg seid – und niemand, um dich und die anderen zur Schule zu bringen. Aber Junie, Junie, ich *muß* es tun!« schluchzte sie beinahe und zog das Kind enger an sich.

In ihrer merkwürdig erwachsenen Art, ihren Fall – und anscheinend alles, mit dem fertig zu werden das Schicksal ihr abverlangen würde – zu bedenken, saß Junie Fulmer einen Augenblick reglos da, während Susy sie umklammerte. Dann machte sie mit einer geschickten Bewegung ihre Handgelenke frei, lehnte sich zurück und erklärte weise: »Niemals in der Welt wirst du eine eigene Familie großziehen können, wenn du dich schon über die Kinder anderer Leute so aufregst.«

Diese Bemerkung brachte Susy, trotz des Aufruhrs in ihrem Kopf, zum Lachen. »Oh, eine eigene Familie – ich verdiene keine, so wie ich mich *euch* gegenüber verhalte!«

Junie betrachtete sie noch immer. »Meine Liebe, eine Luftveränderung wird dir guttun, du kannst sie brauchen«, erklärte sie.

Halb lachend, halb weinend stand Susy auf. »Ich bin mir nicht so sicher, ob sie mir guttun wird. Aber ich brauche sie trotzdem. Nur, ich mache mir wirklich Sorgen – und ich kann euch nicht einmal meine Adresse hierlassen!«

Junie schien weiterhin den Fall zu bedenken. »Kannst du nicht einmal mir sagen, wo du hinfährst?« fragte sie zögernd, als sei sie sich nicht ganz sicher, ob es taktvoll war, diese Frage zu stellen.

»Nun – nein, ich glaube nicht. Nicht, ehe ich wieder da bin. Außerdem, selbst wenn ich es dir sagen könnte, es würde nicht viel nützen, weil ich dir meine Adresse dort nicht nennen kann. Ich weiß sie selbst nicht.«

»Aber was macht das schon aus, wenn du doch heute abend wieder zurückkommst?«

»Natürlich komme ich zurück. Du denkst doch nicht etwa, ich würde euch länger als einen Tag allein lassen?«

»Oh, Angst hätte ich nicht – jedenfalls nicht viel, solange ich den Schürhaken und Nats Wasserpistole habe«, erklärte Junie, immer noch sehr weise.

Erneut umarmte Susy sie ungestüm und wandte sich dann praktischeren Dingen zu. Sie erklärte, sie wolle möglichst einen Zug erwischen, der um acht

Uhr dreißig von der Gare du Lyon abfahre. Es sei kein Augenblick mehr zu verlieren, wenn die Kinder angezogen, ein Frühstück für sie hergerichtet und ausführliche Anweisungen für Junie und Angèle aufgeschrieben werden sollten, ehe sie zur Metro lief.

Während sie Geordie badete und sich dann hastig selbst ankleidete, konnte sie nicht anders. Sie wunderte sich über ihre ungeheure Besorgtheit um ihre Schützlinge. Es versetzte ihr einen schmerzlichen Stich, als sie daran dachte, wie oft sie Clarissa Vanderlyn einen ganzen Tag lang sich selbst überlassen hatte, sogar zwei, drei Tage hintereinander – die arme kleine Clarissa, die so hilflos schlechten Einflüssen ausgeliefert war. Zu sehr war sie mit ihrem eigenen Glück beschäftigt gewesen, von dem sie nicht genug bekommen konnte, um das Kind mehr als nur am Rande wahrzunehmen. Aber jetzt, das spürte sie, würde kein noch so verheerender Kummer, kein noch so überwältigendes Glück sie je wieder so egoistisch handeln lassen.

Und dann, diese Kinder waren so anders! Der zarten Clarissa war bereits anzumerken, daß sie ein Opfer ihrer Umgebung werden würde. Zwischen ihrer Kinderseele und der Susys baute sich die gleiche Schranke auf wie zwischen Susy und Mrs. Vanderlyn. Clarissa konnte Susy nichts lehren als das Entsetzen vor ihren eigenen rücksichtslosen Sehnsüchten, während die Gesellschaft der lauten, streitlustigen

Fulmers eine Schule der Weisheit und des Verzichts gewesen war.

Als sie Geordies seidiges Haar bürstete und seine Schniefnase putzte, drängte sich ihr die Erkenntnis, wieviel sie ihm verdankte, so überwältigend auf, daß sie innehielt, um ihn an ihre Brust zu drücken.

»Ich werde dir heute abend eine furchtbar aufregende Geschichte erzählen, wenn du mir versprichst, den ganzen Tag brav zu sein«, versuchte sie mit ihm zu handeln. Aber Geordie, immer auf der Hut, schacherte ebenfalls: »Ehe ich das verspreche, würde ich gerne wissen, *was* für eine Geschichte.«

Schließlich war alles geschafft. Die genauen Anweisungen für Junie und Angèle waren aufgeschrieben, und Susy ging, mit Regenmantel und festem Schuhwerk gerüstet, die Stufen vor der Haustür hinunter und blieb stehen, um der Pyramide von Köpfen zuzuwinken, die ihr aus einem der Fenster im oberen Stockwerk sehnsüchtig nachblickte.

Es war kaum Tag, und es regnete immer noch, als sie in die trostlose Straße bog. Sie war, wie fast immer, menschenleer, aber an der Ecke erblickte sie ein zögernd dahinfahrendes Taxi. Vielleicht ein früher Reisender, der gerade ankam und den Wagen rechtzeitig frei machen würde, so daß sie einsteigen und sich den Weg zur Metro und das anschließende Stehen in der Bahn, krampfhaft einen der Halteriemen umklammernd, sparen könnte. Denn es war die Zeit, in der die arbeitende Bevölkerung unterwegs war. Susy rannte auf das Taxi zu, das nun schneller in ihre Richtung fuhr. Als sie dies bemerkte, blieb sie stehen, um zu sehen, wo es seine Fracht abladen würde. Es hielt genau vor ihr und ließ den frühen Reisenden aussteigen – es war Nick Lansing.

Die beiden standen im Regen da und starrten einander an, bis es aus Nick herausbrach: »Wo willst du denn hin? Ich bin gekommen, um dich zu holen.«

»Um mich zu holen? Um mich zu holen?« wiederholte sie. Neben dem Fahrer hatte sie den alten Koffer bemerkt, aus dem sie auf Wunsch ihres Mannes Streffords Zigarren wieder ausgepackt hatte, als sie von Como abreisten. Und alles, was seitdem geschehen war, schien im Schmerz und Entzücken dieser Erinnerung von ihr abzufallen und sich aufzulösen.

»Um dich zu holen, ja. Selbstverständlich.« Er sprach die Worte mit allem Nachdruck aus, fast wie einen Befehl. »Wo wolltest du hin?« wiederholte er.

Ohne zu antworten, drehte sie sich um und ging auf das Haus zu. Er folgte ihr, und das Taxi setzte sich ebenfalls in Bewegung.

»Warum hast du bei einem solchen Wetter keinen Schirm bei dir?« fuhr er im selben strengen Ton fort.

»Oh, weil Junies Schirm zerrissen ist und ich ihr meinen geben mußte, weil ich für den ganzen Tag wegfahren wollte.« Sie sprach wie in Trance.

»Für den ganzen Tag? Um diese Zeit? Wohin?«

Sie standen vor dem Haus, und automatisch tastete sie nach ihrem Schlüssel, sperrte auf und führte ihn in Wohnzimmer. Es war seit dem Vorabend nicht aufgeräumt worden. Die Schulbücher der Kinder waren über den Tisch und das Sofa verstreut, und der leere Kamin war von grauer Asche überzogen. In dem fahlen Licht wandte sie sich zu Nick.

»Ich wollte zu dir«, stammelte sie, »ich wollte dir, wenn nötig, nach Fontainebleau hinterherfahren, um dir zu sagen … um dich davon abzuhalten … «

In dem gleichen angriffslustigen Ton wiederholte er: »Um mir was zu sagen? Um mich wovon abzuhalten?«

»Um dir zu sagen, daß es eine andere Möglichkeit geben muß … eine anständige Art und Weise … uns zu trennen … ohne diese entsetzliche Aussicht … diese entsetzliche Aussicht, daß du mit einer Frau weggehst … «

Er starrte sie an und mußte plötzlich lachen. Das Blut stieg ihr ins Gesicht. Sie hatte einen vertrauten Klang in seinem Lachen gespürt, und das hatte ihr weh getan. Was fiel ihm ein, unter derartigen Umständen so zu lachen wie früher?

»Tut mir leid, aber es *gibt* keine andere Möglichkeit, fürchte ich. Keine, außer einer«, verbesserte er sich.

Ruckartig hob sie den Kopf. »Nämlich?«

»Daß du diese Frau bist. – Mein Liebling!« Er lacht nicht mehr, und fast andächtig nahm er ihre Hände.

»Mein Liebling, verstehst du denn nicht, wir haben beide das gleiche gefühlt, zur gleichen Zeit. Du hast die ganze Nacht wachgelegen und hast darüber nachgedacht, stimmt's? Jedesmal, wenn die Uhr geschlagen hat, habe ich zu mir gesagt ›Sie hört sie auch.‹ Und noch vor Tagesanbruch war ich auf und habe meine Siebensachen gepackt – ich wollte nie wieder meinen Fuß in dieses schreckliche Hotel setzen, in dem ich in den letzten drei Tagen die Hölle durchgemacht habe. Und ich habe mir geschworen, mit dem ersten Zug, den ich erwische, mit einer Frau wegzufahren – und das will ich immer noch, mein Liebling.«

Betäubt stand sie vor ihm. Ja, betäubt. Das war das allerschlimmste daran! Der Schock war zu überwältigend gewesen, und sie verstand kaum, was er sagte. Statt dessen fiel ihr auf, daß die Troddel am Rouleau schon wieder abgerissen war (oh, diese Kinder!), und halb unbewußt fragte sie sich, ob der Koffer in dem wartenden Taxi auch sicher war. Man hörte so Geschichten …

Seine Stimme drang wieder zu ihr: »Hör zu«, sagte er flehentlich. »Du mußt selbst einsehen, daß das nicht geht. Wir sind verheiratet – ist das nicht das einzige, was zählt? Oh, ich weiß – ich habe mich wie ein Unmensch verhalten, wie ein verdammter arroganter Esel! Du könntest ihm keinen gewaltigeren Tritt wünschen, als ich ihn ihm schon versetzt habe! Aber darum geht es nicht, verstehst du? Es geht darum, daß wir *verheiratet* sind … Verheiratet … Bedeutet das für dich nicht etwas, etwas – Unumstößliches? Für mich schon. Ich hätte mir das nie träumen lassen – nicht, daß es mir soviel bedeutet. Und ich kann nicht mehr sagen – aber ich vermute, daß Leute, die das nicht spüren, nicht wirklich verheiratet sind, und sie sollten sich lieber trennen, das wäre viel besser. Was uns betrifft …«

Unter Tränen stieß sie hervor: »Genauso habe ich es auch empfunden … das habe ich Streff gesagt …«

Er zog sie stürmisch an sich. »Mein Liebling! Mein Liebling! Du hast es ihm wirklich gesagt?«

»Ja«, keuchte sie. »Deshalb wohne ich hier.« Sie hielt inne. »Und du hast es Coral gesagt?«

Sie spürte, wie seine Umarmung sich lockerte. Er wich ein wenig zurück, hielt sie immer noch fest, aber mit gesenktem Kopf.

»Nein … ich … habe es ihr nicht gesagt.«

»Oh, Nick! Aber dann …?«

Er zog sie erneut an sich, verlegen. »Nun – was dann? Was willst du damit sagen? Was, um alles in der Welt, macht das für einen Unterschied?«

»Aber wenn du ihr gesagt hast, daß du sie heiraten willst …« (So sehr sie es auch versuchte, sie konnte nicht verhindern, daß ihre Stimme wie ein silbernes Glockenspiel klang.)

»Sie heiraten? Sie heiraten?« wiederholte er. »Aber

wie könnte ich? Was bedeutet denn Heiraten überhaupt? Wenn es denn irgend etwas bedeutet, dann bedeutet es – *dich!* Und ich kann doch nicht einfach Coral Hicks bitten, mit mir zu kommen und mit mir zusammenzuleben, oder?«

Lachend und weinend zugleich lag sie an seiner Brust, und er strich ihr übers Haar.

Eine Weile schwiegen sie. Dann setzte er erneut an: »Das hast du gestern selbst gesagt, weißt du noch?«

Langsam kehrte sie aus sonnendurchfluteten Regionen zurück. »Gestern?«

»Ja, daß Grace Fulmer meint, man könne zwei Leute nicht auseinanderreißen, die eine Menge durchgemacht haben …«

»Ah, zusammen durchgemacht haben – es geht nicht darum, was sie durchgemacht haben, sondern um das Zusammen«, fiel sie ihm ins Wort.

»Das Zusammen – das ist es!« Er griff nach dem Wort, als wäre es eben erst geprägt worden, um ihren Fall zu beschreiben, und als könnten sein Fühlen und Denken sich jetzt in ihm ausruhen, ohne sich weiter anstrengen zu müssen.

Die Türglocke läutete und ließ sie aufschrecken. Durch das Fenster sahen sie, wie der Taxifahrer sich gestikulierend erkundigte, was mit dem Koffer geschehen solle.

»Er will wissen, ob er ihn hierlassen soll«, lachte Susy.

»Nein – nein! Du kommst mit mir«, erklärte ihr Ehemann.

»Mit dir kommen?« Sie lachte erneut, angesichts der Widersinnigkeit des Vorschlags.

»Natürlich, auf der Stelle. Was hast denn du gedacht? Daß ich ohne dich wegfahren würde? Lauf hinauf und pack deine Sachen«, befahl er.

»Meine Sachen? Meine Sachen? Aber ich kann doch die Kinder nicht allein lassen!«

Er starrte sie an, entrüstet und amüsiert zugleich. »Du kannst die Kinder nicht allein lassen? Blödsinn! Wieso, du hast doch selbst gesagt, du wolltest mir nach Fontainebleau hinterherfahren ...«

Sie wurde wieder rot. Diesmal schmerzte es ein wenig. »Ich wußte nicht, was ich tat. – Ich mußte dich einfach finden ... aber ich wäre heute abend zurückgekommen, egal, was geschehen wäre.«

»Egal, was geschehen wäre?«

Sie nickte, und diesmal begegnete sie seinem Blick mit Entschlossenheit.

»Nein, also wirklich ...«

»Wirklich, ich muß bei den Kindern bleiben, bis Nat und Grace zurück sind. Ich habe es versprochen.«

»Ja, aber damals hast du nicht gewußt ... Warum, um alles in der Welt, kann sich denn das Kindermädchen nicht um sie kümmern?«

»Außer mir gibt es hier kein Kindermädchen.«

»Großer Gott!«

»Aber es sind doch nur noch zwei Wochen«, sagte sie bittend.

»Zwei Wochen! Ist dir klar, wie lange ich ohne dich auskommen mußte?« Er umfaßte ihre Hände und zog sie an seine Brust. »Komm wenigstens für zwei Tage mit mir – *Susy!*« flehte er.

»Oh«, rief sie aus, »jetzt hast du zum allerersten Mal meinen Namen gesagt.«

»Susy, Susy – meine Susy – Susy! Und du hast meinen erst einmal gesagt, ist dir das klar?«

»Nick!« seufzte sie selig, als wäre diese Silbe eine magische Saat, aus der große Zweige brachen, um sie beide zu umschließen.

»Nun, Susy, dann sei vernünftig. Komm!«

»Vernünftig – oh, vernünftig«, schluchzte sie, gleichzeitig lachend.

»Dann meinetwegen unvernünftig! Das ist sogar noch besser!«

Sanft löste sie sich aus seiner Umarmung. »Nick, ich habe geschworen, ich würde sie nicht sich selbst überlassen. Ich kann es nicht. Es geht nicht nur darum, daß ich es ihrer Mutter versprochen habe – es ist auch die Bedeutung, die sie selbst für mich gewonnen haben. Du weißt nicht ... du kannst dir nicht vorstellen, was sie mir alles beigebracht haben. Gelegentlich sind sie furchtbar frech, weil sie so klug sind. Aber wenn sie brav sind, dann sind sie die weisesten Menschen, die ich kenne.« Sie hielt inne, und plötzlich hatte sie eine Idee: »Aber warum nehmen wir sie nicht einfach mit?« rief sie aus.

Ihr Ehemann ließ die Arme sinken und stand völlig verblüfft da. *»Sie mitnehmen?«*

»Warum nicht?«

»Alle fünf?«

»Natürlich – ich könnte sie unmöglich auseinanderreißen. Und Junie und Nat können uns helfen, auf die Kleinen aufzupassen.«

»*Uns* helfen?« stöhnte er.

»Oh, du wirst schon sehen, sie werden dir nicht im Weg sein. Überlaß das nur mir, ich organisiere das schon …« Bei diesen Worten verstummte sie, und ihr ganzes Gesicht brannte, so tiefrot war sie geworden. Ihre Augen begegneten sich. Und ohne ein Wort zu sagen, beugte er sich zu ihr und berührte mit seinen Lippen sanft die roten Flecken auf ihrem Hals.

»Nick«, stieß sie hervor und legte ihre Hände in seine. »Aber diese Kinder …«

Statt zu antworten, fragte sie ihn: »Wo fahren wir hin?«

Sein Gesicht hellte sich auf. »Wo immer du hinwillst, Liebste.«

»Nun – ich will nach Fontainebleau!« jubelte sie.

»Ich auch! Aber wir können doch nicht mit dieser ganzen Kinderschar in einem Hotel in Fontainebleau wohnen, oder?« fragte er entmutigt. »Siehst du, meine Liebe, da sind ganz einfach die Kosten.«

Ihre Gedanken waren bereits weit vorausgeeilt. »Die Kosten werden so schlimm nicht sein. Mir ist gerade eingefallen, Angèle, die *bonne,* hat eine Schwester, die Köchin in einer hübschen altmodischen Pension ist, die um diese Jahreszeit fast leer sein müßte. Ich bin sicher, ich kann – das ohne weiteres regeln«, fuhr sie hastig fort, als sie erneut fast über das fatale Wort gestolpert wäre. »Und stell dir nur vor, was für ein Fest das für sie wird! Heute ist Freitag, da kann ich sie vom Nachmittagsunterricht befreien lassen und bis zum Montag mit aufs Land nehmen. Die armen Kleinen, sie sind monatelang nicht mehr aus Paris herausgekommen! Und ich wette, die Luftveränderung wird Geordies Husten kurieren – Geordie ist der Jüngste«, erklärte sie überrascht, daß sie sogar in dem Entzücken, wieder zusammengefunden zu haben, so am Wohlergehen der Fulmers interessiert war.

Sie war sich bewußt, daß ihr Mann ebenfalls überrascht war. Aber anstatt noch weiter zu argumentieren, fragte er einfach: »War Geordie der kleine Kerl, den du auf dem Arm hattest, als du vorgestern abend die Tür aufgemacht hast?«

Sie wiederholte: »Vorgestern abend die Tür aufgemacht?«

»Einem Botenjungen mit einem Paket.«

»Oh«, schluchzte sie, »dann warst du da? Du hast mich beobachtet?«

Er zog sie an sich, und so warm und innig und alles umschließend war ihre Umarmung – wie in jener Nacht ihres Mondes über Como.

Dann aber nahm sie sich zusammen und erledigte eins nach dem anderen. Das Taxi wurde bezahlt, der Koffer in der Diele abgestellt, und dann wurden die Kinder, die sich gerade über das Frühstück hermachten, ins Zimmer gerufen, um die Neuigkeiten zu hören.

Obwohl an Überraschungen gewöhnt, waren sie von Nicks Anwesenheit hier ganz offensichtlich verwirrt. Aber nachdem unter Gelächter und Umarmungen seine Identität geklärt und ihnen sein Recht, hier zu sein, begründet worden war, hielt Junie dieses Thema für abgeschlossen und fragte ihn auf ihre praktische Art: »Dann können wir jetzt vermutlich mit Susy über dich reden?« – und daraufhin wandten sich alle der Aussicht auf ihren unmittelbar bevorstehenden Ausflug zu.

Von diesem Augenblick an wurde das kleine Haus zum Mittelpunkt eines Wirbelsturms. Unvorhergesehene Feste, noch dazu in einer solchen Größenordnung, waren selten im Leben der kleinen Fulmers, und ohne Junies beruhigenden Einfluß wäre Susy ihre Aufgabe wohl über den Kopf gewachsen. Aber der kleine Nat, an den Nick von Mann zu Mann appellierte, ließ sich dazu überreden, das große Ereignis nicht mit der Betätigung seiner Autohupe (deren

Kreischen sie in New Hampshire gemartert hatte) zu feiern, sondern seine Autorität den Jüngeren gegenüber geltend zu machen. Und schließlich kristallisierte sich aus dem ganzen Chaos ein Plan heraus, in den sich jedes der Kinder wie ein Teil eines Puzzles einfügen ließ.

Susy, die sich mit wiedergewonnener Sicherheit von dem Wirbelwind dahintragen ließ, machte sich dennoch Sorgen. Bis jetzt hatte sie noch nicht die Zeit gehabt, mit Nick die finanzielle Seite zu besprechen. Wo so wenig Geld war, konnte es natürlich auch keine allzu große Rolle spielen. Aber das war nur noch ein Grund mehr, insgeheim entsetzt zu sein über ihren kühnen Entschluß, sich nicht von ihren Schützlingen zu trennen. Drei Tage Flitterwochen mit fünf Kindern im Gefolge – und zwar Kindern mit dem Appetit, den die Fulmers nun einmal hatten –, das mußte sich zu einer kostspieligen Angelegenheit auswachsen. Und während sie die Einzelheiten regelte, sie in die Schule schickte und nach jenen unbeschreiblichen Behältnissen wühlte, die in diesem Haus als Koffer durchgehen konnten, beschäftigten sich ihre Gedanken weiterhin mit dem vertrauten Problem: Geld.

Da war sie wieder – die ewige Schlange in ihrem Paradies. Sogar jetzt, unter dem Eindruck des so heiß ersehnten neuen Glücks, erhob sie ihren Kopf und wollte mit allen Brocken, die Susy irgendwie für sie erbetteln, borgen oder stehlen konnte, bestochen, gefüttert und besänftigt werden. Das mußte der Preis sein, den ihr das Schicksal für ihr Glück abverlangte, aber sie war sicherer denn je, daß dieses Glück den Preis wert war. Nur, wie sollte sie das Geschäftliche mit ihren neuen Grundsätzen vereinbaren?

Die Sachen der Kinder mußten gepackt, das Mittagessen mußte vorbereitet und die Pension in Fontainebleau angerufen werden, es blieb einfach keine Zeit für moralische Bedenken, und Susy fragte sich mit einer gewissen Ironie, ob nicht der chronische Mangel an Zeit, sich mit finanziellen Problemen zu befassen, der Hauptgrund für ihre bisherigen Fehler war. Sie ließ sich von dem Sturmwind der Pläne und Vorbereitungen mitreißen und schickte Nick los, um Fleisch für das Mittagessen zu besorgen und in Fontainebleau anzurufen.

Kaum war er weg – und nachdem sie sich versichert hatte, daß er um die Ecke gebogen war –, zog sie ihren Mantel über, nahm ein kleines Päckchen aus ihrem Necessaire, steckte es in ihre Tasche und rannte in der entgegengesetzten Richtung davon.

30

Zwei Taxis, bis unters Dach bepackt, schafften es kaum, die Familie Nicholas Lansing auf ihren zweiten Flitterwochen zum Bahnhof zu bringen. Das erste beförderte Nick, Susy sowie das Gepäck der ganzen Gesellschaft (einschließlich Nats Hupe – ein letztes Zugeständnis, und das auch nur, weil er es sich bis jetzt versagt hatte, sie zu betätigen). Im zweiten waren die fünf Fulmers, Angèle, die sich im letzten Augenblick geweigert hatte, allein zurückzubleiben, ein Käfig voller Kanarienvögel und ein zugelaufenes Kätzchen, das mörderische Anschläge auf die kleinen Sänger plante. Die Tiere hatte man mitnehmen müssen, denn da auch die *bonne* mit von der Partie war, wäre niemand dagewesen, um sie zu versorgen.

An der Ecke riß Susy sich aus Nicks Armen und brachte die Prozession zum Stillstand, als sie zum zweiten Taxi rannte, um sich zu vergewissern, daß Angèle den Hausschlüssel mitgenommen hatte. Es stellte sich heraus, daß nicht sie, sondern Junie daran gedacht hatte. Die Karawane setzte sich erneut in Bewegung und erreichte den Bahnhof, als der Zug gerade anfuhr, und durch irgendein Wunder, das sie der Gutmütigkeit eines Schaffners zu verdanken hatten, wurden doch noch alle in ein leeres Abteil verfrachtet – denn Bahnbeamte erkennen, wie Susy bemerkte, unfehlbar jedes frischverheiratete Paar und behandeln es voller Wohlwollen.

Die kleineren Kinder, auf die Junie ein Auge hatte, legten zuerst das Versprechen ab, sich übermenschlich brav zu verhalten. Aber einen Augenblick später sprudelten ihre Gefühle über, und sie waren nicht zu beruhigen, ehe man nicht einen Kompromiß geschlossen hatte. Bei jeder Haltestelle sollte Nat seine Autohupe betätigen dürfen, während die Zwillinge den Namen der Station brüllten und Geordie, mit den Kanarienvögeln und dem Kätzchen, so tun würde, als müßte er umsteigen.

Glücklicherweise hielt der Zug nur selten an. Aber nach den Aufregungen der Reise, in Verbindung mit Bergen von Schokolade, die Nick spendiert hatte, überfiel Geordie eine plötzliche Schwermut, die nur dadurch gelindert werden konnte, daß Susy ihm eine Geschichte nach der anderen erzählte, bis sie Fontainebleau erreichten.

Es war ein milder Tag, Sonnenstrahlen spielten auf vermoderndem Laub. Und nachdem Gepäck und lebendes Inventar vor der Pension abgeladen worden waren, gestand Susy, sie hätte den Kindern versprochen, einen Ausflug in den Wald zu unternehmen und anschließend in einem Café Butterhörnchen zu verspeisen. Friedfertig willigte Nick ein. Es war schon dunkel, und eine Unmenge Butterhörnchen waren vertilgt worden, als die Prozession endlich die Straße hinunterzog, Richtung Pension, mit Nick an der Spitze, den schlafenden Geordie auf den Schultern, während sich die anderen, denen es vor Müdigkeit und Sattheit die Sprache verschlagen hatte, an Susy hängten.

Da die *bonne* mit von der Partie war, wollte man die Kinder für die Nacht ihrer Obhut anvertrauen, damit Nick und Susy in einem nahegelegenen Hotel übernachten könnten. Nick hatte sich vorgestellt, sie würden gleich aufbrechen, aber Susy, eindeutig überrascht von dieser Idee, hatte ihn daran erinnert, daß ihre Schützlinge zuerst essen und dann ins Bett gebracht werden mußten. Sie schlug vor, er solle inzwischen ihre Taschen ins Hotel bringen, und versprach, ihm zu folgen, sobald Geordie eingeschlafen war.

Es dauerte seine Zeit, aber auf sie zu warten fiel ihm leicht, selbst in einem verlassenen Lesezimmer, das von einem schlecht funktionierenden Ofen nur unzureichend beheizt wurde. Und nachdem er seine Morgenpost durchgesehen hatte, die er beim Aufbruch aus Paris in die Tasche gestopft hatte, versank er in einen Zustand schläfriger Seligkeit. Es war das allerverrückteste Unternehmen der Welt, aber es vermittelte ihm nicht jenes Gefühl von Unwirklichkeit, das ihr erstes Abenteuer zu einem einzigen goldenen Traum gemacht hatte. Und er saß da und wartete mit der Gewißheit eines Menschen, in dem liebgewordene Gewohnheiten tiefe Wurzeln geschlagen haben. In dieser Stimmung, in der er sich allem gefügt hätte, schien ihm selbst die Anwesenheit der fünf Fulmers als natürliche und notwendige Folge alles anderen. Und als Susy schließlich auftauchte, ein wenig blaß und erschöpft, mit dem nachdenklichen, nach innen gekehrten Blick einer geschäftigen Mutter, die aus dem Kinderzimmer kommt, schien auch dies natürlich und notwendig und ein Teil der neuen Ordnung der Dinge zu sein.

Sie waren zu einem einfachen Restaurant spaziert, um dort zu Abend zu essen, und gingen jetzt in der feuchten Dezembernacht, unter einem von Regenwolken schweren Himmel, zum Hotel zurück. Es war, als hätten sie einander alles gesagt, und doch hatten sie kaum damit begonnen, so übervoll waren ihre Herzen. Und jeder Schritt, den ihre müden Füße taten, wurde schwer von der Last ihres Glücks.

Im Hotel waren fast alle Lichter gelöscht, und sie tasteten sich zu dem Zimmer im dritten Stock hinauf, dem einzigen, das in Susys Augen billig genug gewesen war. Ein Lichtstrahl von einer Straßenlaterne fiel durch die Fenster, die keine Läden hatten. Und nachdem Nick das Feuer wieder angefacht hatte, zogen sie ihre Sessel zum Kamin und saßen eine Weile schweigend beieinander.

So köstlich war ihr Schweigen, daß Nick sich nicht entschließen konnte, es zu brechen. Dieses Schweigen gab seinem unruhigen Geist ein Gefühl der Beständigkeit, das Gefühl, vor ihm läge endlich eine unbegrenzte Zeit, in der er seine Freude auskosten und sich von ihr durchdringen lassen konnte. Schließlich aber raffte er sich doch auf und sagte: »Seltsam, wie die Dinge sich ineinanderfügen. Einer der Briefe, die ich heute morgen bekommen habe, enthält recht gute Neuigkeiten.«

Susy nahm diese Mitteilung gelassen hin. »Na ja, weißt du, das konnte gar nicht anders sein«, war ihr Kommentar, als sei der Tag zu sehr zu ihrem Glückstag bestimmt, als daß ein Brief der Aufmerksamkeit der Glücksspender hätte entgehen können.

»Ja«, fuhr er mit einem Anflug von Stolz fort. »Während der Kreuzfahrt habe ich ein paar Artikel über Kreta geschrieben – oh, nur Reiseimpressionen, es konnte nicht mehr sein. Aber der Herausgeber der *New Review* hat sie genommen und will noch mehr davon. Und hier ist sein Scheck, wenn es beliebt! Du siehst also, du hättest mich ohne weiteres das hübsche Zimmer unten nehmen lassen können, das mit den rosa Vorhängen. Und es macht mich richtig hoffnungsvoll, was mein Buch betrifft.«

Er hatte mit einem Ausbruch des Entzückens gerechnet, vielleicht auch mit irgendeiner Beteuerung, wie sehr seine Frau von der glorreichen Zukunft, die auf den *Triumphzug Alexanders* wartete, überzeugt war. Und tief unter dem Wohlbehagen des Liebenden verspürte der Schriftsteller einen leichten Stich gekränkter Eitelkeit, als Susy aufsprang und gierig, ohne sich lange mit einer Vorrede aufzuhalten, rief: »Oh, Nick, Nick – laß sehen, wieviel er dir gegeben hat!«

Er schwenkte den Scheck vor ihren Augen hin und her. »Zweihundert, du habsüchtige Hexe!«

»Oh, oh …«, stieß sie hervor, als wäre die gute Nachricht fast zuviel für ihre angespannten Nerven. Dann ließ sie sich zu seiner Bestürzung auf den Boden sinken und verbarg ihr Gesicht auf seinen Knien.

»Susy, meine Susy«, flüsterte er und umfaßte ihre bebenden Schultern. »Was denn, Liebste, was ist denn passiert? Du weinst doch nicht etwa?«

»Oh, Nick, Nick – zweihundert? Zweihundert Dollar? Dann muß ich es dir erzählen – jetzt, auf der Stelle!«

Ein leichtes Frösteln überlief ihn, und unwillkürlich zog er seine Hand von ihrer zusammengekauerten Gestalt zurück.

»Jetzt? Warum jetzt?« protestierte er. »Was spielt das denn jetzt für eine Rolle – was auch immer es ist.«

Sie richtete sich auf, hob, immer noch vor ihm kniend, ihren Kopf, und das Licht des Feuers hinter ihr ließ ihr Haar rotgolden aufleuchten.

»Nick, das Armband – das Armband von Ellie … Ich habe es ihr nicht zurückgegeben«, stieß sie stockend hervor.

Er spürte, wie er vor den Händen, die seine Knie umklammerten, zurückwich. Einen Augenblick lang wußte er nicht, worauf sie anspielte. Es war die bloße Erwähnung des Namens von Ellie Vanderlyn, die wie ein eisiger Schatten zwischen sie gefallen war. Was für ein unverbesserlicher Narr er doch gewesen war, zu glauben, sie könnten je diese Erinnerungen abschütteln oder nicht mehr die Sklaven einer solchen Vergangenheit sein!

»Das Armband? – Oh, ja«, sagte er, als er plötzlich begriff. Er fühlte, wie die Kälte langsam in ihm heraufkroch, bis zu seinen Lippen.

»Ja, das Armband… Nick, ich wollte es sofort zurückgeben. Wirklich, das wollte ich. Aber an dem Tag, an dem du weggegangen bist, da habe ich alles andere vergessen. Und als ich das Ding wiedergefunden habe, ganz unten in meiner Tasche, Wochen danach, da habe ich gedacht, zwischen dir und mir sei alles aus, und ich hatte inzwischen Ellie wieder getroffen, und sie war sehr nett zu mir – und wie hätte ich es ihr da zurückgeben können?« Und wenn es um sein Leben gegangen wäre, er hätte keine Antwort auf diese Frage gewußt, und sie fuhr hastig fort: »Und heute morgen, als ich gemerkt habe, daß du dir Sorgen machst wegen des Geldes, wenn wir alle Kinder mitnehmen, ich aber das Gefühl hatte, ich könne sie nicht im Stich lassen, dich aber auch nicht, da habe ich mich an das Armband erinnert.

Und ich habe dich zum Telefonieren geschickt, während ich um die Ecke gelaufen bin, in einen kleinen Juwelierladen, wo ich schon einmal gewesen bin, und habe es verpfändet, damit du nicht für die Kinder zu zahlen brauchst. – Aber jetzt, mein Liebling, jetzt, wo du das ganze Geld bekommen hast, kann ich es auslösen und es ihr zurückschicken!«

Sie schlang ihre Arme um ihn, und er hielt sie fest und fragte sich, ob die Tränen, die er spürte, ihre waren oder seine. Noch immer sagte er kein Wort. Aber als er sie fest an sich drückte, fügte sie – sie konnte es einfach nicht lassen – mit einem Aufblitzen ihrer gewohnten Ironie hinzu: »Nicht, daß Ellie verstehen würde, warum ich das mache. Sie ist bis heute nicht dahintergekommen, warum du ihr die Krawattennadel zurückgeschickt hast.«

Noch lange schmiegte sie sich so an ihn, ihren Kopf auf seine Knie gebettet, wie auf der Terrasse in Como in jener letzten Nacht ihres Honigmondes. Sie hatte aufgehört zu sprechen, und auch er saß schweigend da und strich ihr mit der Hand langsam über den Kopf. Ihr Geständnis hatte den Eisring aus Stolz, der sein Herz umschlossen hatte, aufgebrochen und ihn auf die Erde zurückgeholt. Aber es hatte auch Vergessenes geweckt, Erinnerungen und Skrupel, die er in dem ersten Überschwang, wieder mit ihr vereint zu sein, hinweggefegt hatte. Er und sie gehörten zusammen, für immer, das war ihm jetzt klar. Die Kraft, die sie von Anfang an wieder zueinander hingezogen hatte, gegen alle Vernunft, gegen ihren Willen fast, dieses tiefverwurzelte, instinktive Bedürfnis, das der eine nach dem anderen verspürte, würde sie nie mehr ganz verlassen. Doch als er so dasaß, mußte er an Strefford denken – und an Coral Hicks. Was Coral betraf, war er ein Feigling gewesen, Susy hingegen hatte sich Strefford gegenüber ehrlich und mutig verhalten. Dennoch verweilten seine Gedanken mit Zärtlichkeit und mit Reue bei Coral, während er sich nahezu sicher war, daß Susy Strefford bereits ganz und gar aus ihrem Denken gedrängt hatte.

Es war der alte Gegensatz zwischen den zwei Arten zu lieben, der eines Mannes und der einer Frau. Und einen Augenblick später schien es Nick nur natürlich, daß Susy, von dem Moment an, als sie ihn wiedergefunden hatte, wahrscheinlich weder Mitleid noch Bedauern verspürte und Strefford ihr bereits jetzt so fremd war, als hätte er ihr nie nahegestanden. Etwas Schicksalhaftes war in allen diesen Fügungen.

Er beugte sich zu ihr hinab, nahm ihren Kopf zwischen die Hände und flüsterte: »Wach auf, Zeit zum Schlafengehen.«

Sie stand auf. Aber als sie sich umdrehte, um das Licht anzuschalten, faßte er sie bei der Hand und zog sie zum Fenster. In der Dunkelheit lehnten sie sich auf das Fensterbrett, und durch die Wolken, aus denen bereits vereinzelt Tropfen fielen, schwamm der Mond, arbeitete sich mühsam empor in die Weite des Himmels, warf seinen matten Glanz auf sie und verbarg sich wieder.

Edith Wharton, geboren am 24. Januar 1862 in New York City und gestorben am 11. August 1937 in Saint-Brice-sous-Forêt, Frankreich, stammte aus einer aristokratischen New Yorker Familie und verbrachte ihr Leben in der Gesellschaft von Künstlern und Schriftstellern, darunter Henry James, Aldous Huxley und André Gide. 1885 heiratete sie Edward Robbins Wharton, einen zwölf Jahre älteren Bankier aus Boston. Das Paar wohnte in New York, später auf Rhode Island und in Massachusetts. 1913 wurde die kinderlose Ehe geschieden. Seither reiste sie viel in Deutschland und Italien und verlegte ihren Wohnsitz nach Frankreich, nach Paris und in Hyères.

1897 erschien ihr erster Roman (*The Decoration of Houses*). 1905 folgte *The House of Mirth* (dt: *Das Haus der Freude*) und 1920 *The Age of Innocence* (dt: *Zeit der Unschuld*), der von Martin Scorsese 1993 verfilmt wurde. Neben ihren Romanen, in denen sie veraltete Gesellschaftstrukturen und vor allem die High Society kritisch, wenn auch nicht ohne Humor an den Pranger stellte, schrieb Edith Wharton Erzählungen, Reiseberichte und kulturhistorische Essays.

Ihre Vielseitigkeit und ihr Erzähltalent wurden mehrfach geehrt: 1921 erhielt sie den Pulitzerpreis, 1923 verlieh ihr die Yale University als erster Frau die Ehrendoktorwürde; es folgten die Goldene Medaille des National Institute of Arts and Letters und die Aufnahme in die American Academy of Arts and Letters. Edith Wharton gehört zu den bedeutendsten Schriftstellerinnen Amerikas.

Zum Weiterlesen …

Klassiker in der edition ebersbach

Emile Zola
Das Paradies der Damen
Roman
576 Seiten, Halbleinen, ISBN 978-3-86915-031-4

Octave Mouret, Gründer und Besitzer des größten Pariser Kaufhauses »Paradies der Damen«, weiß, wie man Frauen erobert und verführt. Der Kaufrausch, in den er die Frauen versetzt, lässt seinen Konsumtempel ständig expandieren, richtet aber die Einzelhändler, die weder mit dem Glanz noch mit den Preisen des »Paradies der Damen«, so der Name des Kaufhauses, mithalten können, langsam aber sicher zugrunde.
In groß angelegten und mit viel Liebe zum Detail ausgeführten Tableaus lässt Zola die prächtige Warenhauswelt des 19. Jhs mit all ihren Facetten wieder auferstehen: von der Architektur über das Sozialgefüge der Angestellten und den schwelgerischen Mode- und Interieurbeschreibungen, von den Umkleideräumen und der Kantine über die einzelnen Verkaufsabteilungen bis in zur Chefetage.
Der 1883 erschienene Roman, der Kaufhaus-, Liebes- und weiblicher Entwicklungsroman in einem ist, überrascht durch seine Modernität und Aktualität.

Simone de Beauvoir
»Ich will vom Leben alles«. Ein Lesebuch
hg. von Susanne Nadolny
232 Seiten, gebunden, ISBN 978-3-938740-41-5

Das Simone-de-Beauvoir-Lesebuch »Ich will vom Leben alles« erinnert mit Auszügen aus ihren Lebenserinnerungen, Essays, Reiseberichten und privaten Briefen an das unkonventionelle Leben der französischen Schriftstellerin. Zum Vorschein kommt eine Frau mit vielen Facetten, eine Frau, die vom Leben alles wollte und das meiste bekam.

Simone de Beauvoir
Ein sanfter Tod
120 Seiten, gebunden, ISBN 978-3-938740-42-2

Simone de Beauvoirs intime Aufzeichnungen über das Sterben ihrer krebskranken Mutter, bei der sie Tag und Nacht im Krankenhaus wacht, ist ein beeindruckendes und unsentimentales Plädoyer für einen würdevollen Tod.

Simone de Beauvoir
New York, mon amour
Reisetagebuch
Hg. von Susanne Nadolny
232 Seiten, Abb., Halbleinen, ISBN 978-3-86915-032-1

Nie hätte sich Simone de Beauvoir vor ihrer ersten Amerika-Reise träumen lassen, dass sie eine andere Stadt so lieben könnte wie Paris. New York begeistert sie auf Anhieb. Auf mehrstündigen Gewaltmärschen erkundet sie die Stadt teils allein, teils mit amerikanischen Freunden. Sie streift durch Manhattan und Brooklyn, besucht Chinatown und – trotz aller Warnungen – Harlem. Sie staunt über den Lärm und das Chaos und erfreut sich an den ungewöhnlichen Geräuschen und Gerüchen der Stadt. Ihrem scharfsichtigen Blick entgeht nichts.

»Trotz aller Bücher, die ich gelesen habe, trotz aller Filme, Fotos und Berichte –in meiner Vergangenheit ist New York eine sagenhafte Stadt: und zwischen Wirklichkeit und Legende gibt es keine Verbindung.«

Simone de Beauvoir

Reiseliteratur in der edition ebersbach

Emily Hahn
Shanghai Magie
Reportagen aus dem New Yorker
168 Seiten, Abb., gebunden, ISBN 978-3-938740-89-7

Als Emily Hahn 1935 nach Shanghai kommt, ist sie auf Anhieb von der Stadt verzaubert. Oft ironisch, mit feinem Humor und untrüglichem Gespür für die Dramaturgie ihrer Geschichten lässt Emily Hahn uns teilhaben an dem Lebensgefühl einer Stadt, die sich ständig wandelt.

»Emily Hahn, deren wesentliche Eigenschaften ihr Behauptungswille und ihre Exzentrik waren, hat sich nicht so leicht etwas vormachen lassen. Deshalb sind ihre Reportagen nicht nur Zeitzeugnisse, sie haben einen bleibenden Wert durch den differenzierten Blick auf die chinesische Mentalität und Kultur.«

Stefan Fischer, Süddeutsche Zeitung

»*Shanghai Magie* bietet seltene Einblicke in die Gedankenwelt, in die Lebenswelt der Menschen von damals. Die Geschichten sind stellenweise extrem witzig geschrieben und machen das Buch insgesamt zu einem wiedergefundenen Schatz und richtig toller Shanghai-Lektüre, die man nur für jeden Nachttisch empfehlen kann.« *Ruth Dickhoven, WDR5 »Bücher«*

Reiseliteratur in der edition ebersbach

MFK Fisher

Köstliche Jahre

Eine Amerikanerin im Herzen Burgunds

204 Seiten, Abb., gebunden, ISBN 978-3-938740-56-9

Die Erinnerungen der Grande Dame der Reise- und Gourmetliteratur an die frühen unbeschwerten Jahre in Dijon sind ein authentisches Porträt echter französischer Lebens- und Esskultur und ein kenntnisreiches, warmherziges Zeit- und Sittengemälde der 20er und 30er Jahre. Dem Zauber, der Faszination und dem Charme der französischsten aller Städte Frankreichs kann sich niemand entziehen.

»MFK Fishers Stärke liegt in der Beschreibung; ihre Bücher sind eine Melange aus Kochbuch und Länderkunde. Ein Buch, das auf jeder Seite zum Weiterlesen verführt.« *Gero von Randow, Die Zeit*

»Eine Reminiszenz an eine Zeit, als es noch ausschließlich regionale Küche gab. Fisher hat ihren unbeschwerten Blick beibehalten, was dem Charme und auch dem Humor ihrer Beschreibung nur zuträglich ist. Bemerkenswert ist Fishers Gabe, mit wenigen Strichen eine Person oder eine Szenerie zu skizzieren.«

Stefan Fischer, Süddeutsche Zeitung

www.edition-ebersbach.de

Reiseliteratur in der edition ebersbach

Annemarie Schwarzenbach
Orientreisen
Reportagen aus der Fremde
hg. von Walter Fähnders
192 Seiten, Halbleinen, ISBN 978-3-86915-019-2

Vier Mal fährt Annemarie Schwarzenbach, nach eigenen Worten eine »unheilbar Reisende«, in den Orient. Es ist ein andauerndes »Go East«, das sie durch Anatolien und den Vorderen Orient bis zu den Ruinen von Persepolis führt, in orientalische Metropolen wie Bagdad oder Teheran, schließlich bis in die Wüsten Turkestans und die Höhen des Hindukusch.
Sehr genau beobachtet sie die fremde, dabei stets gastfreundliche Umgebung. Und es ist die Mischung von historischen und aktuellen ›facts‹ vor dem Hintergrund des Zweiten Weltkrieges, von erzählerischen, poetischen Partien und der Wiedergabe eigener, durchaus auch krisenhafter Befindlichkeiten, die den Reiz und auch die Besonderheit dieser Reiseprosa ausmachen, die durch eine authentische und bildliche Sprache fasziniert.

»Eine Philosophie und Poetik des Reisens.«
Sabine Peters, Basler Zeitung

Die Originalausgabe erschien 1922 unter dem Titel
The Glimpses oft the Moon
bei D. Appleton and Company, New York und London,
die deutsche Übersetzung 1995 unter dem Titel
Der flüchtige Schimmer des Mondes
bei Piper Verlag GmbH.

1. Auflage 2011

www.edition-ebersbach.de

Satz und Umschlaggestaltung: Birgit Cirksena, Berlin
Druck und Bindung: Westermann Druck, Zwickau
Printed in Germany
ISBN 978-3-86915-041-3